一株柳树的自白

YI ZHU LIU SHU DE ZI BAI

残雪 作品

中国工人出版社

图书在版编目（CIP）数据

一株柳树的自白 / 残雪著. —北京：中国工人出版社，2017.6
ISBN 978-7-5008-6745-6

Ⅰ. ①一…　Ⅱ. ①残…　Ⅲ. ①中篇小说—小说集—中国—当代 ②短篇小说—小说集—中国—当代　Ⅳ. ①I247.7

中国版本图书馆CIP数据核字（2017）第142855号

一株柳树的自白

出版人	芮宗金
责任编辑	左　鹏
责任校对	董春娜
责任印制	黄　丽
出版发行	中国工人出版社
地　　址	北京市东城区鼓楼外大街45号　邮编：100120
网　　址	http://www.wp-china.com
电　　话	（010）62005043（总编室）　（010）62005039（出版物流部） （010）62379038（社科文艺分社）
发行热线	（010）62005049　（010）62005042（传真）
经　　销	各地书店
印　　刷	三河市万龙印装有限公司
开　　本	710毫米×1000毫米　1/16
印　　张	20.75
字　　数	300千字
版　　次	2017年9月第1版　2023年11月第3次印刷
定　　价	38.00元

目录

YiZhuLiuShu De ZiBai

污水上的肥皂泡

我的母亲化作了一木盆肥皂水。

没人知道这件事。如果有人明白底细，他们一定会骂我是畜生，是卑鄙阴毒的谋杀者。

今天一早，她就在厨房里不停地喊我，喊得我太阳穴一爹一爹地痛。

她从去年以来就一直睡在厨房里。其实家里也不是没房子。但她时时忘不了对我抱怨屋里冷得像个冰窖，一抱怨，就流鼻涕、流口水，骂我“忤逆子”，居然如此虐待老母，最后总以失声号啕大哭来收场。有一天，她不知怎么从多年不曾上去过的顶楼上找到了那只破旧的行军床，她像得了宝贝似的笑逐颜开，立刻就把行军床架在厨房煤火灶的对面。

“妈妈，你别，小心煤气中毒呀。”

“好呀，好儿子！”她拍着我的肩头说，“这不正是你所盼望的吗？你每天夜里梦见的就是这件事，我完全清楚。你耐心等吧，兴许等得到！”

我满脸通红，嘴里嗫嚅着一些莫名其妙的字眼。

为了向我示威，她在睡觉前将厨房的窗子关得砰砰大响，门也用木棍抵死。奇怪的是她总不中毒。有时我夜里头痛起来，就怀疑母亲是不是被毒死了。我披上衣服走出去，一走到厨房门外，立即听见里面像躺着一只猪婆似的鼾声大作，她睡得正香咧。而她睡在屋里时总是说有一只蝎子在她头部蜇了一下，半边脑袋麻木，然后就起来翻箱倒柜，弄得我通夜失眠。每当我小心地向她暗示我的苦楚，她又勃然大怒：“如今这是怎么回事啦？连亲生母亲这点小小的嗜好都要被剥夺，我的天啊！”然后又是大哭，还向我身上撞过来，把口水擦在我身上。

我走进厨房，看见她将眼屎巴巴的小脸从墨黑的被头里伸出来，吐着牙间的秽物说："你今天把礼物送到王其尤家里去，我昨天就买好了的，放在大柜顶上。"她诡谲地笑着，像策划好了一个什么阴谋，只等我去上钩。王其尤是我母亲机关里的一个小科长，生着一张极其下流卑劣的脸。他有一个女儿，是一个33岁的老处女，长相和他一模一样，一边颊上还有一个小瘤子。我母亲对他十分崇拜，变尽了法子去讨好卖乖。但那家伙摆出一副傲慢的架势，爱理不理，大概是嫌母亲又老又丑吧。周旋了几次毫无结果之后，母亲忽然灵机一动，要把我送给他当上门女婿，我跟母亲去过他家一次，当然，他家里的人全明白我是去干什么的，他们交头接耳，"哧哧"地冷笑。科长正在用一枚专门制造的小勺挖耳屎，挖出来都装在一只火柴盒子里，已经快装满了。那位33岁的老处女坐在一只大壁炉子后面，鼻子里不停地发出一种怪叫，像是有许多野兽在山洞里咆哮。她一开口我就出了一身冷汗："你们到这儿来搞什么鬼名堂，嗯？滚！我的痔疮发作了!"母亲真是一个铁一般的女人，她毫不慌张，谈笑自若地坐了约莫一刻钟，拿出一包干笋，说："小儿送给科长的。"然后拉着我在众目睽睽之下昂然走出门去。以后连着好几天她都心痒难熬地向人吹牛，用一种只可意会的语气暗示她与科长的"特殊关系"。

"我脚痛，妈妈。"

"什么?"她猛地从床上撑起，把夜里新结起的一张蛛网都弄破了，那蜘蛛飞快地爬到床上什么地方去了。

"你一喊我，我的脚就痛得要死，像有一把锯在骨头上锯。我的胃里也翻腾得厉害，说不定会在他们家里吐起来。"

"别跟我来这一手!"她舞着胳膊叫起来。她的细细的颈脖上有两根东西像鱼一样蹦跳着，"我早料到了，你一直在反对我！你把痰盂放在门槛上，想让我一脚踩上去跌倒在地……老天爷，这是怎么回事!"停了一停，她命令我把头伸到她面前去。她将我的头拨弄着，左看右看，还用积满了黑垢的指甲在我后脑勺上戳了几下，然后将一口唾沫吐在我脸上，扬言："你的阴谋永远不会得逞!"说完之后她就开始揉胸口，打自己的耳光，一直打得透不过气来。这当儿发生了一件事。

在她抬起手打自己的那一刻，她的胳膊撞翻了窗台上的一杯茶，那是她隔夜放在那里的。茶水溅了出来，泼在她脸上，她用袖子去揩，每揩一下，脸上就出现许多白色的泡沫，而且在揩过的地方，千真万确的有一道道洼痕。

“妈妈，你洗一洗吧，我这就去准备水。”我像受了鬼的差使这么说。我把滚烫的水倒在木盆里就出去了。我躲在门外，听见母亲一边掺冷水一边诅咒，说我是有意要烫死她。后来她沉默了，大约在脱衣服。我紧张得满脸苍白，一身发抖。听见里面发出一声窒息的微弱的叫喊，像人在溺水前的呼救，然后一切都静寂了，我在台阶上跳起来，衣裳汗得透湿，指甲发青，眼珠暴了出来。足足隔了一小时左右，我才用一把锈坏了的榔头撞开厨房门，一头冲进去。

屋里空无一人，母亲脱下的内衣放在床边，还有一双拖鞋。我凝视着木盆里的水，那是一盆发黑的脏肥皂水，水上浮着一串亮晶晶的泡泡，还散发出一股烂木头的气味。

我一屁股坐在小板凳上哭起来，为了母亲肮脏的、细细的颈脖，也为了她一年四季溃烂流水的脚丫。

我一直等到中午才去叫人。人来了，一窝蜂冲进来，脚步“嘣隆嘣隆”的，把地板都踩塌了一块，他们看来看去，怀疑地打量我泡肿的双眼，最后看到了厨房。有一个人弯下腰去看那木盆里的水，还用手指戳炸了一个泡泡，那是一个小个子，像个留长发的贼。

“她洗完澡就失踪了。”我勉强说出声，胃里有什么东西涌了上来。蜘蛛又在我头上结出了新网。那伙人相视一笑。

“这水里有股味儿。”蓄长发的小个子装腔作势地说，“也许，该不会有什么东西化在里面了吧？刚才我一戳，只觉得戳到了一个女人的背脊骨。”

“也许是戳到了大腿上？”大家饶有兴致地接口，全都张开血盆大口笑起来。屋顶上的瓦跳动着，四壁发出可怜的爆裂声。

他们又一窝蜂地冲出去，手舞足蹈，为刚才小个子的意外发现陶醉得要命，一些人忍不住就在屋檐下“噼里啪啦”地撒起尿来。

他们走了之后，我垂着头坐了好久。锅里有早上煮的冷饭，我盛出来吃了两口，吃出一股肥皂味儿。

“三毛，三毛，礼物送去了没有？”母亲嘶哑的声音是从木盆底部发出来的，那一排肥皂泡泡在灯光下阴凄凄地瞪着我。

我撞撞跌跌地跑到外面，到处一片墨黑，几盏路灯贼眼似的闪烁着。“三毛！三毛！”厨房里还在喊，一声比一声提高了嗓子，仿佛在发怒了。

我忽然觉得喉咙痒痒的，用力一咳，口里就发出了狗的狂吠，止也止不住。人们围拢来之后，我还在怒叫，一跳一跳的。我发现一个老家伙格外可恶，那家伙脸上挂着白痴的笑容，在人堆里挤来挤去的，居然挤出尿来，裤裆全湿了。我一头向他冲去，咬住他的胳膊，狠狠一撕，撕下一块肉来。他像一堆劈柴一样“哗啦哗啦”地倒在血泊中……

天堂里的对话

一

诗与你长相伴随，
引诱你创造奇迹。

昨天夜里又闻到了夜来香的味儿，自从你告诉过我这件事之后，这已经是第五次了。你说这话的时候，我把小小的耳朵竖起来，倾听一种“咕隆咕隆”的声音。那是一棵银杏在湖心水的深处摇摆，树上满是小小的铃铛，铃铛一发光，就灿烂地轰响。我动了动左边的脚指头，又听见风在门外卷走了谁家的垃圾箱，总是那该死的南风。

在它袭来之前，我感到内部生出一种强烈的焦躁。我摸了摸自己的双腿，发现它们像蛇一样灵活而光滑，我坐起来，张开细长的五指在空中抓来抓去，许多活的气体在我的指缝间流动。这种夜来香味儿不同于一般的夜来香，当你细细凝神的时候，你竟发觉它并不存在。我睁大双眼在黑暗中搜索，终于看见一排细小的幻影从墙根溜过。这时我的双腿变得柔软而冰凉，像水草一样在空中荡动。

那时我和你站在湖光水色中，我的双眼突然红肿起来，什么也看不见了。我摇晃了一下，正要掉下湖去，你搀住了我的腰。“夜来香。”你说，“夜——来——香！”你惊骇地扭歪了脸，低下头看着自己血红的手掌心。

就是那一次，你告诉了我关于夜来香的秘密，你叫我每天半夜里去等待。也有的时候，它并不来，因为它从不曾存在于某处。你又告诉我，你的声音充满了诱惑，像一些绿色的游移的小火星，“你只能等待。”

昨天白天，我异想天开地走到屋后那片荒坡上去等候。太阳很大，我不停地流汗，头发很快变得又湿又硬。我的行为被人发现了，他们兴头十足地在远处比画着讥笑我，还用竹子做成的弓箭来射我的背，把我那件白色的外衣射得千疮百孔。总之我白等了一天。我又累又懊丧，拖着浮肿的腿缩回小屋里去。半夜里，我翻了一个身，踢去被子，立刻发现自己被颤动的活的气流包围了。那种颤动是奇异的，我全身的关节不知不觉地脱了臼，四肢随着气流飘荡。“一条鱼。”我羞涩地说出这三个字，喝醉了似地眯起眼来。随着一阵细小的骚响，那种香味在屋角向空中弥漫。从第一次起，我对这种气味就很熟悉，它保存在久远的雾蒙蒙的早晨的记忆中，后来的四次一次比一次更强烈、更真实，以致有一回我因窒息而昏了过去。醒来的时候，头上晃动着火红的光圈，我的嘴角抽搐了几下，眼睛里满是雨滴。当时你坐在门外一个石凳上，我一下就看见了你黑色的剪影，你把两臂张得很开打了一个哈欠，轻声自言自语：“小生灵们嚷嚷了整整一夜。”你在门外踱来踱去，深沉地发出叹息声。而我，被那些光圈照耀着，满脸红晕，乌云般的黑发闪闪发亮。

要是那次我掉进湖里，我一定能找到那棵树，我会变成一条鱼，在夜晚的水中游来游去。但是现在，我只能期待。在那些宁静的不眠之夜，我把耳朵紧紧地贴着墙壁倾听。我讨厌南风，南风一来，把一切都搅乱了，耳中只剩下呼呼的怪叫。没有风的时刻，铃铛是那样美妙地碰响。你干吗搀住我的腰，我愿意我掉下湖去，变成那条鱼，这一来我就能游来游去，找到水中的那棵树，我想在那浓密的叶片间栖息。黎明的时刻，我要浮上水面来，向着在湖边焦躁踱步的你，动一动嘴唇，然后飞快地沉入水底。因为朝霞会刺瞎我的眼睛。

“只要你闭上眼，整齐地数五下，也许就能闻到它。”你告诉我的这个办法，我通夜都在不停地试验，直弄得脑袋里面悲惨地嗡叫，最后我伤心地用被子蒙住了头。

我和你是在黑暗中相识的。你是一个孤独的梦游人，一动不动地坐在一块石头上面。刚好那天夜里我出去找蜜蜂，我马上认出了你。我迫不及待地告诉你，我的胸口有一个很大的窟窿，潮湿的小石头在里面哗啦作响，我还告诉你我从小是多么地怕冷，我一边唠叨一边将冰冷的指头放进你温暖的掌心里。“蜜蜂窝在那块岩石下面，我整夜整夜地在观察它们。”你说，“你是从海边来的，我听见你一路踩着沙子走过来，沙很细，风很凉，你的头发里有海水的气味。那海很遥远，你走了十几年才走到我这儿，我一直待在这地方等你。”你把我的十个指头紧贴你的脸颊，然后又说：“这样就好了。小的时候我也怕冷得很，现在已经习惯了。哪怕在雪夜，我也独自一人在这地方守望，因为我不能确定你在什么时候到来，我怕你一下子就走过去了，把我一人撇在这儿。”那天夜里，我们在石板路上踏出了一条洼痕。

我想要问你，你是怎么活下来的，这地方干旱得十分厉害，满地都是一种小小的毒蛇，即使关上了窗子，它们也有办法爬进去咬人。你小的时候一定十分瘦弱，在冷风刮来，梧桐叶掉在瓦上的那时，你是不是耸着肩头哭泣过？你怎么竟能在同一个地方等待那么长的时间，冰雪能不冻坏你的双腿吗？我在海边的时候就已经看到了，有一个人在一处地方孤独地徘徊，用双手把小石子捏得粉碎，那个人是不是你呢？当时我怎么也看不真切。在我的记忆中，还有一只雄鸡，它总是在有雾的早晨叫起来，声音那么嘹亮，你也听到过它的叫声吗？但是我没有问你所有的这些话，我害怕我的声音搅乱了周围那种活的气流，它正柔和轻松地从我们俩的臂弯里穿过。

相识的第二天早上，我和你脱了鞋，赤着脚在那条石板路上跳来跳去。我们哈哈大笑，踩死了数不清的小毒蛇，还在每个扣眼里插好一朵金银花。我完全不害怕了，因为你牵着我的手，你的步子是那么稳健，你后来长得十分结实了。太阳已经晒起来，我们还在跳，两人的面孔都是红彤彤的。我们相互向对方大声说：“你就是那个人！”

在海边的时候，我曾经有一次认为我找不到你了。那一回，我哭泣着用沙子把自己埋起来，想等待生命静静地消失。我躺在那里，又疲乏、又凄凉，凝视着头上飞快掠过的黑影，心灰意懒。然而我还在聆听，我不能不聆听，这已经成了一种本能。是你的声音唤醒了我，我从沙堆里爬了出来，顺着你发出呼唤的方向跑得像风一样。

我还要告诉你一件要紧的事。我在半夜里等待夜来香的时候，老是有一个黑影立在门边，只要我一闭眼，他就朝我移近。我浑身直抖，怎么也不敢睡着。有一天我实在熬不住打了一个小瞌睡，他那极长的手臂竟伸了过来，抓住了我的头发。我恐怖极了，大声喊着你，直喊得喉咙红肿，唇枯舌燥。我不明白，每天睡觉前我都胆战心惊地检查了门窗，他是怎么进来的呢？他在有的时候绝不进来，那是当你坐在门外的时候。我只要看见你那黑色的剪影，心中的那块石头立刻落了地，我往往能睡得十分安宁。你能不能每天夜里都在那张石凳上出现一下呢？我真是害怕极了啊。

也许有那么一天，我终于会变成一条鱼。到那时候，你就再也见不着我了。你只会在黎明的湖边看见一条细长的小鱼蹦出水面，朝着你动一动嘴唇，然后又消失在湖中。那时你的心脏会发生一次撕裂，头昏得像风车旋转。我不忍心变成那条鱼，我要和你一起在黑夜里寻找夜来香，你在门外，我在屋里。

二

这个地方的确干旱得厉害，没有水源，只有一眼即将枯涸的深井。里面的水混浊如泥浆。绿色渐渐地从地面消失，闪闪发光的蜥蜴满地爬行，道路正在开裂。那些梦焦渴而冗长，充满了尘土味。我每天夜里出来寻找蜜蜂。一个起风的黑夜，你裹在披巾里，迈着细碎的步子从我面前一闪而过。我立刻认出了你，你也认出了我。你的肩头几乎难以察觉地抖了一抖，停住脚步，凝望着黑黝黝的大路说：“夜晚是多么地孤独和寂寞。你听，冰川也在断裂。”

风在我和你之间怒叫着，月亮是一个不发光的影子。我在风中细细捕捉你的喘息。

“我从前，很熟悉你。”你在风中摇摆着轻声地说，“你的窗台上摆着一只发光的水晶球，天花板上挂着一把巨大的黑雨伞。有时候，你无意中瞟一眼窗玻璃，那里面有一张没有胡须的白脸，光溜溜的，毫无意义。我原先住在桑树下的小屋里。在有星光的夜晚，远方总有狮子叫。我走出门外，看见心脏皱缩成一颗干柠檬。”

我沉默着。我很想向你说出那个草场。风那么热，天那么蓝，黄蜂满天飞，人在草上奔跑，远方的飞机如细小的甲虫……我没有说这件事，我说出声来的是关于那口井的事：“井水是一点一点地干涸的。我小的时候在黎明前坐在井边哭泣过。当时夜莺在什么地方唱得那么伤感。只要天一亮，成群结队的人就来往井里倒石头。这个故事长而又长。我很冷。后来我变得很注意自己的仪表，我把葡萄串起来挂在脖子上，一串又一串。在熄了灯的黑屋子里，我紧张地等着山崩。我用一把剪刀将屋顶剪一个洞，伸出狂乱的脑袋，仿佛听见了隐隐传来的轰响。这个故事太长。大路上也许有一个人。我在这里游荡的时候，总是想到这一点。那些高高的电线杆，有时会突然变成一个人。”

大路上传来那种脚步声，我和你立刻贴在一起了。土地在脚下起伏，妖媚而放荡。我的心脏冲撞着你的心脏，似乎有种踏实感。你的呼吸原来很轻很轻，细如发丝。“我的肌肤是一种很特别的水晶石。”你贴着我的耳朵悄悄地说，“南方的山林里有数不清的小红果，猛兽在树丛间埋伏。”

我越来越想说说草场，说说那种热风，但我一开口又说起了路上的那个人。我听见你的眼睫毛眨得“嚓嚓”地响，于是就羞愧地红起脸来。“睫毛上不过是结的冰珠。”你平静地拍拍我的脸颊，如哄着幼小的孩子，“这天太冷了。那个人，其实并不存在的。只要你静静地合上眼睛，我们俩就出现在银杏树下，在我们的头顶，星星的海洋掀起万丈波涛。你一定不要急躁。静静地、静静地，也许有一天我们就来试一试。”

你一直是这个样子，这就是为什么不管在什么地方，我总能一下子认出你的原因。我将葡萄挂在胸前那一次也认出了你，那时你还很小，你站在路标那里审视我，黑眼睛异常严肃，我想和你讲一点什么，你却一下子就转身走掉了。从那以后你再没来过这地方。但我知道，只要你出现，我就能认出你。我一直待在这地方和干旱搏斗，脚板上的裂口流着血，两鬓被烈日烤得焦黄。那些黄昏，我已经记不清自己是怎么挨过去的了。槐树的枝丫一作响，我就忍不住把屋顶剪一个洞，好掉下来一束光。我的屋顶已成了一个漏勺了。

昨天有人盗走了我的锄头，那是我用来开荒的。我不时种一点什么，但从来没成活过，因为天不下雨。整整一下午，我呆呆地坐着，听着那人起劲地挖，向我示威一般。我们这里的夜晚没有星星，只有一个剪纸般的假月亮，我的眼睛早就习惯了在黑暗里看东西。我坐在石头上一动不动，你绕过那座山头时我就听见了你的脚步，当时我打了一个冷噤，说：“一个人。”我坐在石头上的时候，感到自己和这荒蛮的地方一样古老。我活得太久了吧？不知从什么时候起，生命就朝一个方向无限地延续着，空泛而单一，没有任何明显的标志将它区别成一些阶段。我尝试过从这躯壳里流离出去，其结果是我的眼珠变成奇怪的颜色，再也区分不开白天和夜晚了。我就假装出去找蜜蜂，我知道这是一件荒唐事。“抱紧我，抱紧我，看那爬来的巨蟒，你的脚步踩在土地的脉搏上了。”

“啊，我不管，我干吗要管！我从前在山林里跳来跳去，连衣服也不穿的。这地方夜里真冷，你怎么能活得这么长久呢？一直就这样吗？你小时候真的哭过吗？”你不停地向我发问，哈着气，在原地跺着脚，转了一个圆圈，将一只苍白狭窄的手掌哆哆嗦嗦地放在我的胸口，“白天里太阳晒起来真是那么厉害吗？”

你告诉我你是从有星光的地方走来的，你的小屋在桑树下，站在树底下，晚霞就好像燃烧的大火，你已经走出来很久很久了，寒鸦在枯死的树枝上做了两个巢。

“泥石流凶猛地往山下冲击。有一天，我来到一个灰白色的墓地里，我坐了一整天。”你结束了你的故事，满脸都是冰冷的眼泪。

“抱紧我，抱紧我，它的牙就要咬着你的脚踝，你踩着土地的脉搏了。在那边的风中，也许站着一个人……”

“你说过了那是一根电杆。等一等，等一等，啊，我好像听见了星星的涛声。”

风是从山里面吹来的，风里夹着兽皮的臊味。一个明媚的日子，我们在骄阳下，在盛开的山菊花丛中昏昏欲睡，似看非看地望着飞过的大雁。我经常想到自己已经忘记了这回事。

“最近我出去东找西找，我站在那里，眼前晃动着枯枝的碎影，我恍然大悟，原来什么也没有。我抱着空空洞洞的头颅，蹲下来苦苦地想一件心事。我的故事又长又单调，你听，地面正在结冰。我们再看一看，说不定还剩下一只夜莺，一只没来得及飞走的小东西。”

我种过地榆、凤尾草和玫瑰，那时下过毛毛细雨。我回去的时候，总在泥泞的小路上碰见那个人。他戴着尖顶斗笠，将头部垂得很低，我看不见他的眼睛，我匆匆与他交臂而过，总觉得失落了什么似的，这种情形有好多年。后来不再下雨了，风一吹，地面终年笼罩在灰尘里。我依然和他相遇。在大路旁的电杆下，他不戴斗笠。我依然看不见他的脸，他的脸永远是依稀模糊的。他出现在那里，于是我与他交臂而过，又产生那种失落感。现在，它是一年比一年稀薄了。也许到了那一天，我再也认不出他来。

你仍然挂念着那件事。你说：“要是我们俩手挽手闭着眼一直走下去，说不定会到达桑树下的小屋。那条弯弯曲曲的小路，有时会忽然迷失在一片紫色的荒漠中。我早就忘了那地方。你摸一摸，我的头发像马尾一样硬，这是寒风梳洗的结果。你的房子，窗户一年四季总是敞开，你不甘心，生怕放过了路上那些影子，每当一棵树影，或一只蝶影在你眼前摇曳，你就焦急不安地踱步、叹息，敲得墙壁发出空洞的响声。当辣蓼草在雪地上开出小白花的时候，我在你窗前停住脚步，我们相视一笑，你的眼睛里映着两个金黄的太阳，连唇须也染得金光闪闪。只要我们再耐心一点，也许有一天，我们就来试一试。”

那个人又出现在电杆旁边——一道狭长浓黑的影。我死死地盯住他，怨恨而惶恐。

“静静地、静静地!”你的声音变成急切的耳语，“瞧那星涛里的比目鱼，太阳和月亮将同时升起，淫荡的大地扭曲着腰身，静静地，古树下面，年轻的头颅玲珑剔透!”

三

昨天夜里我又出去了。你曾劝告过我，不要在夜里出去游逛，以免遇到意想不到的伤害。我记得你的警告，但我还是出去了，像有鬼使神差一样。我脚一抬，就轻飘飘地下了楼梯。我的眼前白茫茫的，我穿过幢幢高楼，穿过“哗哗”作响的树林，穿过古老的崖石，这些东西都放射出一种冷漠的、没有色调的光，像被记忆遗忘了的某个地方，古旧而虚幻。有一只全身灰白的夜鸟在我旁边和我一道飞，但我知道那并不是一只鸟，那是很久以前，我在厨房里折的一只纸鹤，它将伴随我直到我的末日。

我从小就很能飞，这个秘密只有我自己知道，因为在我飞的时候，别人是看不见的。假如有可怕的东西追来了，我只要双脚轻轻一踮，就到了电线杆之上。我吻着那些屋脊，恐惧而又得意，假如我要转弯和改变方向，那也十分容易，我只要将一只手臂升高或放低，就能达到这个目的。我十分灵巧、敏捷，从来也没被抓住过，一次也没!昨夜出了点毛病，我出门后不久，毛毛雨就下起来了，天虽然还是白的，但我的眼前更加迷蒙，这一定又是该死的感冒引起的，我抓住一根老树的枝条，暂时栖息在那上面喘一口气。我想起了你。那一天我躺在你怀里，一边叹息一边抚摸你的头发和脸颊，忽然看见你躲在远处的小树林里。其实我发现的只是一张彩照，一张很大的立体彩照，那照片里的你时隐时现，而且能够运动，一下躲到这棵树后面，一下又躲到那棵树后面，并且你的面孔也不断地变幻，一下子变成我的舅舅，一下子变成我的表哥，一下子又变成似是而非的你自己。我听说现在有一种照片，能有录像的效果，这是我在某一天在一间假设的空房里听人说起的，这个印象永远抹杀不掉。也许这就是那种照片？我正打算把我看到的告诉抱着我的你，但我一张嘴，发现你并不在，原来是我躺在草地上自己跟自己玩游戏呢！然而彩照确确实实是真的。秋天的落叶“沙沙”作响时，你坐在那堆很高的圆木上，用手支着下巴颏，一个钟形玻璃罩罩住你的全身。那一次，我曾用脑袋去撞击墙壁，发出炸弹爆炸一样的声音。一次，我暗暗下定决心，我一定要找到我的舅舅，将这件事问它个水落石出：世上究竟有没有这种照片？为什么从懂事那天我就总是看到它？我要告诉他这是一个了不得的谜语，每次在我看到它时，我就找到了准确的答案，而一旦它消失，又重新成为一个谜，于是找到的答案也遗忘得干干净净。问题就在于：它并不是喊来就来的，只是在你完全忘记了它时，它才赫然出现在你的眼前。至于照片里的人物，也绝不是随心所欲的，它有时是那个人，有时又是某个意想不到的、早就断了联系的人，那个人的出现与我的急切盼望毫无关系，他不招自来。我问了我的舅舅，但我没法证实，我语无伦次地说了一通瞎话，打了无数不着边际的比喻，使他十分惊奇，如此而已。

该死的毛毛雨，冷得很呢。我不敢就这样回去，因为有雨的天气会导致我失去平衡。每次你不由自主地吻了我的嘴唇，我就说：“亲爱的。”只要我说了这句话，你马上变得苍白而冰凉，然后左右环顾，躲开想象中的黄蜂。所以我后来变得小心翼翼，我不再说：“亲爱的。”我把这句话留在喉咙里，默默地用手指梳理你的头发。但这也一样，你能感觉得到，你知道我把这句话留在什么地方了。你依然苍白、颤抖，像面具一样凝固了你的表情，无声地说：“我的左腿患有萎缩症，你把我错认成某个黄昏蹲在河边扔石子的男人啦。这样的错误你一生中至少犯过两次以上。”你暗示我，别以为自己飞来飞去，就能穿透一切啦。我穿不透，比如说你，因为你是一个比照片之谜更大得多的谜语，就连你的存在都是一个问题，我根本不应该对你的存在这样有把握，因为你说不定会在一天早上消失在人流中，成为无数陌生面孔中的一个；也说不定我并不走开，只是我认出了你不是黄昏扔石子的那个人，于是走开，那时我就会清晰地发现自己的轻狂，并痴痴地笑起来。

这雨看样子不会停了，我记得出了树林就有一座石塔，我可以到那里面去休息。"橘红色的游艇在海上从容不迫地行驶，拖出一条细细的红线，一个老头儿咳嗽了一声。你那么确信真奇怪。"你坐在钟形玻璃罩里没有表情地说。我冒险地一耸脊梁骨，平举双臂，就动起来了。我飞起来撞撞跌跌，但并不慌张，总之我飞得很好，像以前有一次被豹子追赶一样。我总是很镇静。出了树林之后才知道并没有塔，那座塔不是在林边，却是在海涛里，塔顶有盏绿灯，我是在10岁那年看见的，一见之后终生难忘，就像那些彩照。第一张彩照是我8岁时出现在床头柜上的，照片的背景是一片黄绿的草地，正中有一个穿着天蓝色绣花短裤的男孩，正在踢足球。我用手拨了一拨照片，他就一眨眼，调皮地飞起一脚。那一回真把我看呆了。我在空地上不断地转圈子，因为有很多小东西来来回回在地面游走，那里面也有野猪和豹子，我不敢贸然降落。我忽上忽下地滑行，居然还认出了我和你躺过的那块崖石。从上面看去，那崖石成了一个黑乎乎的圆斑，像生在灰白躯体上的一个坏疽。

你的手掌温暖而柔和，这是我躺在崖石上感觉到的。当时阳光将你的唇须染成了棕红色，你沉重的辗转使得崖石裂开了几条缝，数不清的雀子惊慌地窜入云霄。我把我这种感觉向你说了，你那么吃惊，立刻就捡起一块鹅卵石，捏了个粉碎。"一切都并不存在的。"你抬起手臂画了一个很大的、不确定的弧形，一只又一只透明的粉蝶从你背后懒洋洋地、斜斜地飘过。"我能飞。"我又打起精神想和你抗争，"你的手的确很美。我折纸鹤的时候，哭起来了。"你神秘地挤了挤眼说："那也一样。有很多人为的东西证实我们是不存在的，我们只不过是那些飘忽不定的粉蝶。当你感觉到我的手掌时，也许它压根儿就是另外一个人的，而那个人早就消失在人群里了。那种感觉长时间留在你的脸颊上，这件事与那个人完全无关。你也许会去找，但永远也无法确定。他有时在黄昏的河边扔石子，有时出现在塔顶，有时又在船头撒网。每次都不是同一个人。你不得不将使你心脏悸动的形象附着在一个又一个人的身上，而每一次都是真实而生动的。那些人将血肉和魅力赋予这个模特，使它令人销魂，青春永驻，而你……”“你干吗吻我？”你没有回答我的问题，你那些幽雅的指头在我的掌心变成了皮筋一类的东西，我将手掌握起来，一根怒跳的血管破裂了，血液慢慢渗出，如一条鲜红的蚂蟥在手臂上慢慢爬动。

15 岁那年，我摔伤了腿，躺在床上折了几千只纸鹤。一天早上，我将细瘦发绿的颈脖伸出窗外，霜风透骨，窗下熙熙攘攘的人群喧哗着，我一直待到天黑，被冰霜紧紧地粘在窗台上了。那一次我的手臂差点儿闹到要截肢的地步。我记得那些纸鹤有各种美丽的颜色（我想象的色彩），玲珑雅致。终于有一天，一个模样和你相似的青年走进我的房间，看见了扔在地上的那些纸鹤，他沉默了好久，最后弯下腰，似乎要捡起那些小东西。我连忙用脚踏住他要捡的那一只，我们对视的眼光碰出一排星星，我看见他的鬓角有一道疤。他正是那个人，我对这张有一道疤的脸熟悉极了。我讲的这些，就是你过去的经历，我们从前多次相会，我曾经是折纸鹤的少女，这当然一点儿也看不出来了。

雨停了，我就要飞回去。在假设的空房间里，在坏疽般的崖石上，我将再次和你不期而遇，你会不由自主地吻我的嘴唇，而我，下一次一定要说：

“你就是他，我是那个女人，在河边，在灯塔，在船头，在中午烈日下的沙滩上，在黄昏的桂花林里。南方温暖的濛濛细雨中，红玫瑰的花苞就要绽开，一个雪白的人影，在烟色的雨雾中伫立。”

四

第二次你见到我，你就怂恿我去做那种游戏。“那会获得无法想象的快感。”你说这句话的时候大眼睛里射出那种晶莹的冷光，使我想起某个黑夜里摆在你的窗台上的水晶石，它总是突然发光，迷人的、冷的火焰，咄咄逼人。我本能地后退着，退到那个角落里，一边用指甲在背后挖那粉墙，一边假装镇定地发出一声怪笑，我以这一声笑作为自己的武器，恶劣地做出满不在乎的样子，东张西望起来。火焰熄灭了，你的眼睛变成两小块平板的黄玻璃，混浊灰暗。“我没有搞错。”你急躁而又固执地一跺脚，然后冲了出去。空荡荡的房间里回响着你的脚步声，地板裂开了，我的指甲挖下了一大块石灰。

我已经走过了很多城市，城市里有很多人。他们的眼睛都是平板的黄玻璃，双手冰冷僵硬。满城的人都在来来往往，像数不清的鱼。每天夜里我躲进树林，像狼一样仰天长嗥。我失去了你，我还要走很多城市，假装怀着某种希望，不停步地走。

在深沉的睡眠里，那种冷的火焰就燃烧起来，光芒射穿我的五脏。那种光实在是属于我本人的，我却从你的眼睛里认了出来。也许我们长着相同的眼睛，也许我们眼里的光芒能照亮对方，自己的灵魂却永远是一片混沌。我们只能从对方的眼睛里认出自己来。沉睡的空城里有一只狼。青空里孤单单地挂着金钩儿。

我终于在想象中去做那种游戏。我们肩并肩坐在悬崖上，晃荡着四条腿，用鞋后跟在崖石上敲出很大的响声。你那么沉着，我怀疑这种游戏你已经做过多次，于是不由得怀恨在心。鬼火在空谷里浮游闪烁，灌木丛中响起暧昧的窃窃私语。“只要我们纵身一跳，就会获得一个新的灵魂，这一点不难。”你引诱我说，我听出你的声音很不可靠。“然后就失去了你。”我不假思索地替你把话讲完，只觉得自身渐渐与那崖石化为一体。那游戏总没法开始，即使在想象中也这样。

我宁愿想象，那使我的眼睛永远燃烧着迷人的火焰。（你也这样对我说过。）但我的光并不照亮我自己，灵魂永远处在昏暗之中。我必得要寻求，从众多的黄玻璃中去寻求照亮那昏暗的眼睛。一旦找到，却又面临可怕的深渊。

你没有搞错，是我在假装搞错了。我还记得我板着脸，冷冰冰地对你说："一切全是乱糟糟的。"而同时，我的手在背后的墙上挖脱了两个指甲。多少年已经过去了，从前那树上长过紫色的桑葚儿，谁不记得呢？那一片昏暗肥沃的地方，淫荡的植物根子联结着根子，蓬勃茂密，无形的鬼魅出没其间。那一天，你眼里的光芒从它上面掠过，你知道发生了什么？你知道发生了什么？

我一直在找，我也许还要碰到。（这世界大得很。）这是一个无法摆脱的恶性循环。鬼影在冥冥之中徐徐升起，毛茸茸的植物迅速地膨胀。那关在铁笼里的狼不也在狭小的天地里日夜奔跑吗？或者就有那么一天，我决定了去领略那种粉身碎骨的快感。

清早醒来，我走到外面去，看见许许多多的人从我身边走过。我站在那里，紧张地注视着这些陌生面孔，做作地高声说道："就在你们中间，必定有一个我认识的。"我一直站到夜里，和什么人赌气似的。所有的人都从我面前走过去了，那都是些过路的人，穿着油腻腻的外套。我经常这样打发一天的时间。

你是猝然闯进来的。当时我正在桌子上摆弄一个沙漏，我听见了背后"咚咚"的脚步声，于是眉毛一抖。"你看着我。"你专横地说。我根本不打算回过头去，我死死地紧盯那些沙粒，玻璃沙漏上映出我阴惨暗蓝的脸，你明知我已从那同一个地方将你看得清清楚楚，完全用不着回过头来了。你不罢休，仍旧重复那同一句话："你看着我。"那一天，我始终没有回过头来。和来的时候一样，你猝然消失在虚空里。"但那桑树已是多么遥远的幻觉了啊！"我长叹一声，再也站不稳脚跟。

我乘上飞驰的火车，在没有尽头的隧洞中穿行，走了数千里路程。你的声音始终在洞中发出金属般的震荡："你看着我！！！"一个青年男人坐在我对面，惊讶着我何以始终面对空无所有的玻璃窗。那个男人的下巴有点像你，于是我忍不住回过头来对他凄凉地一笑，负疚似的说道："你瞧，我把它失落了，真荒唐。在某处地方，那些爬地藤就如杆菌一般繁殖……也许他是对的，我疯跑些什么呀，在劫难逃吧。”

我把沙漏遗留在那间房子里了。这一手好像有点心怀鬼胎似的，又像是高明的卖弄风情。所以一路上我都在肯定自己的光明磊落，一遍又一遍，努力地想微笑起来。我沉思的时候，就设想你正坐在桌边摆弄那小东西，你的苍白的脸映在那玻璃上，满腔悲愤，嘴角涌出恶意的嘲讽。从那同一个地方，你把我看得清清楚楚，而我只能看见你的背影，还有那双熟悉的手。手是多么富有活力啊！“你只能回来，不可能有出路的。这件事，很清楚。”你皱紧眉头发出一声呻吟，什么创伤使你痛彻骨髓。当然啊，那游戏，本是极简单的。悬崖微微发抖，鬼火在空谷里浮游。

一个女人总跟在我的身后，那蓬头的野蛮人，动不动就“呵呵”地狂笑。因为她，我总不敢回头，我的眼光总盯着天边的云霞。有一天下暴雨，我在一个破亭子里停下来躲雨，心中一悸，就回过头去。她在离我约一丈远的地方站定，水淋淋的。她明明是在对我说话：“那又怎么样，你什么也不能证明的。我看见过那么多眼睛发光的人，他们全是丑陋的瞎子，夜晚跑到地里拼命地吞食草根，一个个全都拿自己毫无办法，你又能怎么样。”“珍惜……”我嗫嚅地说出这个词。她粗暴地打断我：“你听，毒蛇，还有狼，我知道在有一个地方，它们是在怎样地威胁着你，那些植物会在黑风中凶猛地咆哮起来。你真难。”

我也许会要走遍天涯海角（有时步行，有时搭乘隧洞中的列车），而你始终留在原地，悲哀而镇定地坐在那张桌边，紧盯着玻璃瓶上的女人头像。时光飞逝，你始终年轻。现在我明白了，没有把握的是我，我将永远在惊慌失措中奔逃，即使弄清了，也在致命的矛盾中。你预言我会在春天里归来。那一天，你从桌边起身，走过去打开房门，大吃一惊地看见白发苍苍的女人……

每到一个城市，我就假定你站在路标那里等我。十几年前我就记住那些路标了，我喜欢在它们边上停留，然后左看右看，惴惴地用足尖踢着泥土，慢慢地旋圈子。那些古老的路标，总给人一种亲切的虚幻感。当然你一次也没有出现过，这完全是一厢情愿的把戏，十分可笑。你早就用眼光斩钉截铁地告诉了我：你要留在原地。你就是这样骄傲到了极点，哪怕毁灭了自己也决不挪动一步。昨天有一个你的城市的人告诉我：你在门口栽了一些树，每天按时浇水。“怎么，你的眼睛怕光？”他问。“是的，我快瞎了，这些数不清的重影。”

“黄昏里的小花儿充满了柔和的意念，一片片紫蓝色的雾霭在林荫中荡漾。我们平息了内心的风暴，跑进树林，满山都是黄鹤的叫声。”

一坐在窗前，我总喜欢痴人说梦。那条唯一的小道早已被疯狂的灌木封死，谁不记得呢？我是站在路标那里看见这一骇人景象的。桑树的事本属一种捏造，由于过于念念不忘，幻觉就成了真的，我这样想过，我这样想着。

“等等我，等等我……”我在雨中低声地说。

五

那天我离开你的时候，我忘了把夜间发生的事告诉你了。我一边逃跑一边回过头去，看见你将那块大石头猛地踢下悬崖，空谷里发出“轰隆”巨响。

每天过了午夜，房间里就开始喧嚣，各种奇特的声音在讲话，忽高忽低如波浪起伏，一个影子在屋当中使劲挥动双手，似乎想制止什么。它总是在那同一时刻开始咆哮，那是一种含糊的威胁，大约要持续到三更天。它的声音反而使房间变得寂静，空气慢慢地稀薄，这时若打开灯，就能看到窒息而死的蜉蝣纷纷坠地。它们的翅膀在痉挛中变成粉红色，沙沙地发出响声。我把它假设成一只黑色的山猫，有豹子一般大，双眼是瞎的，性情凶猛狂躁。在海边的时候，我向你暗示过这只猫。你微微一笑，对着空中说：“每种东西都有存在的理由吧。”鸡一叫它就离开，而我马上觉出枕头的沉实，于是发怒地坐起身来，用力拍打，那就像一连串的爆破声。那些蜉蝣啊，有的时候它离去得早一些，那时我便被遗留在某一片灰白的高地上。岩石很冷，天很低，地上有一个一个黑色的圆洞。当我用脚尖去试探的时候，才发觉那并不是什么洞，只不过是一些阴影，什么东西的阴影呢？我左右环顾，根本看不见投下这影子的东西，四周只有凸出地面的岩石，而岩石绝不会有圆的影子。“哦喂……0！0！0……”我在高地上大声喊你的名字，流着冷汗。我这样喊的时候，有一种豁出去了的想法。奇怪的是这并不使我有实在感，我仍然是空泛而破碎的。假如我不喊，情形就更可怕：黑色的圆洞不断地分裂，越来越多，整个高地变成蜂窝状，连我站脚的地方都没有了。我明知那洞为影子，仍然不敢随意乱踩，因为这种影子不同一般，它是无物的影子，也说不定就是陷阱。我只得不停地喊你。这样，我的喉咙每天早上都是哑的，于是白天整天不说话，我必须保护我的喉咙，防止它在夜间突然出血，这种事已发生过两次了。情形是凄惨的，大口的鲜血突然喷涌出来，浑身弄得血迹斑斑，记忆想要索回，但身体始终被遗留在冰冷的高地上，抬起头来，星子也变得昏红。“0，0，0……”我只能无声地低语，等待那解救我的鸡叫。我于昏晕中每每不知鸡叫起于何时。

我并不讨厌它，可以说我每夜都在暗暗地盼望它，但它总是将我遗弃在那个地方，这种事发生得越来越频繁了。每当我想留住它，它便神秘地失踪，同时我就发现自己站在无人的高地上。这就是说，我必须克制我的妄想，听其自然。我在黑暗中睁着眼，闻一下气流，就知道它已经到了什么地方。它总是用一只前爪捣捣窗棂，然后短促地、凄凉地叫两声，接下去便就地打滚，发出那种咆哮。只要听到这种含混的咆哮，我就会变成一条白色的鲸鱼从被子里游出来，在空中摇摆着身子环游，尾部轻轻地击打着墙壁，整个房间都在“叮咚”作响。我喜欢在纯净的虚空中遨游，在遨游中我不断生出漫漫的思绪。

我和你携手穿过小树林，迎面吹来的是那种不定向的风，风儿吹乱了我的脚步。你一直走得很稳，微眯着眼，注视着前面那片白光。

“有一件事……”我的声音发抖。

你握了握我的手指，示意我别再往下说。

白光照亮了你的额头。

逃跑的事是突如其来的，以致一切我都未来得及对你述说——我是谁，从哪里来，我走来的河堤上长着什么，在春天里和秋天里，为什么我会渐渐枯萎，为什么我要搜集树叶，还搜集夜间闷死的那些蜉蝣。蜉蝣的翅膀是粉红色的。春天里和秋天里总刮着不定向的风。我就是在风中找到你的。你站立在一棵树下，沉默不语，年轻的额头上洋溢着欢欣。风在你背后扑打着黄沙。我的步子撞撞跌跌。

“你到过河堤上没有，在涨水的季节……”我急急忙忙就唠叨起来，并用手指遮挡着灰沙。

你仍旧不说话，把我看了又看，树叶上的雨珠落下来，打湿了我们的头发。最后你低低地叹息了一声，说：“我认得你，你正好是这个样子。”

我有很多事要告诉你。当我告诉你的时候，你静静地看着我，不说话，那气流就变得纯净而微微发蓝，一种忧郁的淡蓝色。每次我们在同一个地方相见，总有新鲜的、冰冷的雨珠从树叶里掉下来，即使太阳天也如此，那些雨珠是从哪里来的呀？

我告诉你的并不是我想说的，我没说清，我怎么也说不清。我记得我昏昏地说到树林、茅草、黑屋里的脚步，我还抱怨岩石下的那个蜂窝。天晓得我瞎说了一些什么。我总是这样絮叨，把简单的事搅得乱七八糟，然后又来懊悔。当夕阳西下的时候，我坐在门口，用双手抱紧低低垂下的头，你站在我的面前，用清澈的眼睛告诉我：你全懂。于是我重新恢复勇气，想再作一次尝试，也许这一次，我会说出我要说的……但是为什么要有逃跑的事？

很久以前我不知道在什么地方有一块高地，到了夜半那地方会如此地阴森。我不想这类事，我总是躺在河边的垂柳下面晒太阳。在涨水的季节我就盼望着，不停地遥望河的对岸。“别望太阳，视线别太集中。”总有声音在耳边悄悄地说，“那边有一个家伙坐在秋千架上。”春天里和秋天里的阳光有点颓废的味道，但汹涌的河水泛滥着生殖的气息，树根正在水中腐烂，生出数不清的水泡。

我和你伸出手掌，看那雨珠一滴一滴掉在掌心，出神地数道："1、2、3、4、5……什么人在那里捕蛇……"我又说起来，我注定了要一辈子不停地说，这也许是由于小的时候养过兔子，那是住在大山下的时候。这有点傻，说多了眼也有点斜，但我没法控制。你一来，我就说，我生来这么热切，他们说是太阳晒成这个样子的，我曾赤脚从滚烫的沙滩上跑过去，大声喊叫。雨珠在我们窝起的掌心里聚成一个晶亮的水湾，那里面各睡着一只棱形的假眼睛。"53、54、55……"你还在不出声地数。

"有各式各样的高地，"昨天你终于告诉我，"用不着跑开，你只要停在老地方，自身就会变得通明透亮，我就是这样过来的，只要沉住气就成了。在林荫小道上，雨珠一直滴个不停，不管我走到哪儿都听得到。我从前没有晒过太阳，我们住在大山上的岩洞里，你能够想见那种生活。我每天都从洞口眺望你走过的那条河堤，它在我的脑海中是非常清晰的。你躺在柳树下的时候，我看见你尝试过飞翔的事，你一次都没有成功，反而折断了腿骨。后来好多年，我都能凭那一瘸一瘸的身影认出你来。相遇是命中注定的，我们谁也没有去找过谁。还有伴随我们的这些雨珠，它们默默地诉说着某种永恒。"

你的小屋在荒原那一头，夜里看起来，就像是一个黑色的毒菌凸出地面。你从来不点灯，房门也从来不关，你患着那种永久性的失眠，坐在一把椅子上焦虑地数着时辰，从来也不曾真正入睡。我径直闯进去的时候，你的声音总在屋角响起："这可真好，我把豹子赶走了，它们想在你来的那条路上埋伏。一头大的和两头小的。"

今天夜里，我要和你到荒原上去，我做好了两个风筝，我们要像儿时那样大喊大叫，你将对我说："看那边，看那边，黄蜂在怎样乱舞。"我们将整整闹腾一夜，忘掉这种悲惨的失眠，也忘掉那座黑乎乎的城市。我们弯下身来，就能清晰地听见蚯蚓的叫声。在通红的阳光里，我们忽然化为两株马鞭草，草叶上挂着成串的雨珠。

空中囚禁

从纽约飞往北京的航程是 13 个小时。机舱的前方挂着本次航班航行的卫星图屏幕，每个座位的靠背上也有小小的屏幕。这样，你就每时每刻都可以看到自己在空中的位置了——这真是一次心中有数的飞行。舱里的人并不多，稀稀拉拉的，基本上是两个人可以占三四个座位。然而我一就座，目光落到前排靠背上的小卫星图上，一种特殊的拘谨感就弥漫到了全身。有些人喜欢在飞机上阅读，这也许是因为他们平时安静不下来，而机舱里的陌生氛围特别有利于他们集中注意力吧。还有一些人纯粹是为了享受旅途，他们一心一意沉浸在高超的或低俗的娱乐中，从他们翻书的样子你就可以看得出他们内心的欢快。从前我也是这些读书族中的一员，可是近年来，在屡屡遭到失败之后，我渐渐地放弃了飞机上的阅读。那一次，我发觉自己的确是无法集中注意力去抓住书中的情节了。除此之外，还微微地有种厌倦感和恶心感从心底升起，就是这种感觉使得我的大脑不时变成一片空白。于是我只好无奈地合上了书本。从那以后，恶心感总是伴随阅读而起，逼得我只好放弃。不能阅读，也不能进入睡眠（我从未在飞机上有过入眠的经验），13 个小时如何打发呢？

一开始我以为屏幕上的卫星图会有助于加快时间的度过。飞机一起飞我就盯着那些屏幕看，看完了大的又看小的。不知为什么，大屏幕并不在同一时间和小屏幕显示同样的数据，而是好像有个时间差。发现了这一点之后，我的目光变得活跃了，总在“大”与“小”之间扫来扫去的，我打算将这种兴趣维持一个小时。当然我遭到了可耻的失败——20 分钟后我的目光就又暗淡又迟钝了。所有的变化我都牢记在心，可以预测了，小小的兴趣立刻消失。我的沉闷的目光扫向我的隔开一个空座位的邻座。这位 40 岁左右的女士正在就着座位上的小小灯光阅读。她手中的那本书非常小巧，一看就是那种“轻阅读”类型的书。她是多么地放松，多么地入迷啊，就连呼吸也变得缓慢了。我在少年时代也喜欢过这类书，可是一位40岁的女士，仍旧陶醉于那种世界，这只能令我羡慕了。这时她凑巧站起来上厕所去了。我斜过身子将那本书拿起来翻了一下。这并不是一本“轻阅读”，只不过是装帧有点像。这是一本汉字字帖，工整的格子里面写着蝇头小楷。回想这位西方女士专注地读书的神情，我感到迷惑不解。她到底从字帖上读出了什么？这上面都是些日常用的字、词，之间并没有连贯的意思，只是按文字外形的美来编排的，大概这种编排特别适合不懂中文的外国人。

我刚放下书，女士就回来了。没想到她对我说起中文来。

“我从来不在飞机上读长篇小说，我每次都读一本汉字字帖。您觉得我的经验对您有用吗？”

我涨红了脸，因为她窥破了我心底的秘密。

“当然有用，当然，谢谢……我怎么就没想到呢？”

她轻巧地坐下来，拿起那本字帖继续她的阅读。而我满心惭愧，满心犹疑，甚至有种隐隐的不安从心底升起。我们是在高空，我瞟了一眼卫星图，发现一个半小时已经过去了。怎么回事？难道这本字帖有魔法吗？我再偷偷打量我的邻座，我看见她的身影变得朦胧了，她此刻一定在汉字的庇护下心想事成了。那会是一些什么样的情景？

吃饭总共只用了20分钟，很单调、很无聊。女士坐在里面，我帮她将空饭盒递出去时看见她的小巧的手腕上缠着一只虎纹蜻蜓，那蜻蜓好像还活着，又恐怖又肉感。我听到她在耳边柔声说：“谢谢。”

一阵忧伤向我袭来，我突然感到自己从前在飞机上阅读长篇小说的举动是那么地幼稚可笑。在远离大地的这种封闭机舱里，人应该思考什么呢？这位奇怪的女士应该是知道的。还有我右边的这一对情侣，他们也知道，因为我看到他们一直在相互做鬼脸，极其丑恶的鬼脸。他们旁若无人。右前方是一位穿着黄色丝绸长衫的男子，他一直在睡觉，连吃饭都谢绝了。他是特意到飞机上来做梦的。我去厕所时，注意到紧急出口旁的座位上坐了 位青年，他呆若木鸡地端坐在那里，连眼都不眨一下，猛然一看会以为是一尊蜡像。我坐下来之前扫了一眼机舱里的人们，很显然，这里面的氛围中有某种明确的专制，一种最为合情合理的专制。那是什么呢？

邻座还在入迷地阅读，虽有灯光照着，我还是看不清她的脸。有时我会有这样的幻觉，那就是她不是一个人，而是一株草，她在阳光（灯光）下疯长，那边的座位都已经容纳不下她了。我决心一下飞机就去买字帖，买那种封面朴素的、古风的柳体字帖。我想到这里时就听到了头顶的笑声。啊，有两个人在看着我笑，一男一女，他们的脸都那么瘦，很像吸毒者。

“我们觉得您是一位贪图享受的女士，这一点同我们很投机。”男的说。

女的在他肩头拍了一下，很不耐烦地说：“废话！不爱享受的人怎么会来坐飞机？喂，您在寻找同盟会吗？”

她问我的时候满是麻点的鼻尖几乎凑到了我的脸上。我厌恶地想要避开，可是我闻到了栀子花的清香。如同来自夏天早晨井边生长的栀子花。我愣住了：这个丑女孩身上怎么会有这种味道？她穿着麻布袋似的灰色旧汗衫，但她的确浑身散发出那种醉人的清香。

“真的有同盟会吗？我很感兴趣！”我的声音大概很响。

他们俩一齐将手掌竖在鼻子前面，示意我不要出声。然后他们一前一后地踮着脚尖回到了座位上。他们的座位在最后，离我很远。这个时候机身剧烈地晃动了四五下，但我没听到任何人发出声音。机舱里一片死寂，我的邻座好像睡着了一样，那本字帖掉在我们之间的空位子上。我斜过身朝她看，但还是看不清她的脸，只是看到一堆乱糟糟的红布，那是她的外衣。空姐们过来了，她们在检查我们的安全带。刚才那一下，如果没系安全带的话，我一定被抛到机舱顶上去了。

“您的安全带没系紧。”尖脸的空姐严肃地对我说。“您要向您的邻座学习，看看她是多么地尊重生命。这种事不能随便的。”

我用力睁了睁眼，看到的还是那一堆乱糟糟的红布。她一定进入了很深的梦境，即使系了安全带也是松松地系着，从她的睡姿就可以判断得出。尖脸还是用她的大眼瞪着我，似乎在想办法制服我。我连忙振作起来，将安全带抽紧，身体坐直。空姐翻了我一眼，走过去了。

就在我伸长了脖子打量周围之际，突然有个东西在座位下猛扯我的裤脚。我将伸直的腿缩回来，心里直纳闷：莫非有人将小狗带到飞机上来了？但是那不是狗，是一个精瘦的小老头儿，他好像是从过道的那头爬过来的。老头儿此刻皱着眉头，表情痛苦地对我说话：

“夏威夷岛三千英尺的高空，大气形成了一个巨大的旋涡，所以我们一直在美国境内绕圈子。你听，始祖鸟撞在机翼上头了。”

他低下头去啃地毯。这时我看到我的裤脚口被他的口涎弄得湿湿的，便很恶心。我盼望他快快离开。他偏不走，瘦屁股翘得老高地在捣鼓地毯，也许是我这里有什么东西吸引了他。奇怪的是，机舱里的卫星图一下子全关闭了。我们此刻到底在什么地方呢？现在离起飞已经有两个小时还是4个小时了？刚才经历了惊险的一刻，空姐们却没有向大家报告原因，现在她们从视线内消失了。我心里第一次生出了不祥的预感。我瞟了瞟邻座，发现她已经醒来了。她的左手高举着那本字帖，就着窗外射进来的微弱光线辨认着，口中念念有词。却原来整个机舱里的灯光都灭掉了。是不是出事了？小老头儿的声音又传到我的耳中：

“凡事我都从乐观的方面去设想。”

邻座站起身，斜过来朝过道里的老男人看了一眼，“扑哧”一笑，重又坐下，系好安全带。“别理这个小丑。”她凑近我说。

“可是我们并不知道自己在空中的位置啊。一切都成了谜。”

“据我所知，每个人都买了保险。”她在阴暗中冷笑了一声。

我感到自己的双腿在微微发抖。前面两排的位子上有两个人站起来探头探脑，然后又坐下去了。那老头儿还是停在我的脚边啃地毯，发出“嚓、嚓、嚓”的声音，让人听了产生绝望的念头。

前方屏幕所在之处忽然闪过一道雪亮的光，就像探照灯发出的光一样。

走道里一阵乱响。我低头一瞧，那老头儿无影无踪了。屏幕逐渐显出模糊的图案。那是对称的人形图案，暗紫色，两个一模一样的人影头顶着头在行走。上面那个人在空中倒立行走，下面这个谨慎地从左至右，然后又从右至左移动。不知怎么，我觉得上面那个人影走得更稳，更有定准。比较起来，下面这个人反而像是个被动的木偶，被他头顶的那股力所牵制。背景慢慢显现，却原来下面这人是在草坪里行走。他为什么那么谨慎，那么磕磕绊绊？草地上有蛇吗？我睁大了眼想将上面那个人的立足之处看清，却听到“啪”的一声炸响，屏幕上的图像重又还原为了飞机飞行的卫星图像。飞行的时间显示仍是两小时。难道时间停止了？不，没有停止，瞧，现在是两小时过去3分钟了。

有人找我换座位，是右边的那对情侣。两人都是一副惊魂未定的样子。

“我们把那边的关系搞坏了。”

女孩一边说话一边打逆呃，口里喷出臭气。

我用手挡着自己的鼻子，正要质问他们有什么理由同我换位子，没想到这两人不由分说地挤进来，男孩用力一推就将我推到了过道上。

“啊，抢劫了！杀人了！”我不顾一切地喊起来。

我的声音实在刺耳，但谁也不理我，那些人都在静静地做自己的小动作。我看见邻座在捂着嘴笑，于是我变得面红耳赤，心里比死还难受。怎么会发生这种事的呢？女孩朝我挥手，大声呵斥：

“走开！走！挡住我们的光线了！”

空中小姐过来了，这一位是长脸。她命令我回自己的座位，她用手指着两个情侣的座位，然后推了推我。

“那不是我的座位。”我冷冷地说。

“都这个时候了，你还挑挑拣拣啊？你怎么回事？”

她口出恶言，脸变得比马脸还长。奇怪，我常坐飞机，还从未见到任何一位空中服务员口出恶言的。她举起一瓶饮料，好像要砸到我头上来。我连忙一缩头，老老实实地坐到了那座位上。

“这就对了，入乡随俗嘛。”她的脸又变短了一点。

我刚刚坐好，正要去系安全带，一个东西砸到了我头上。啊，是我的邻座的字帖！我捡起落在旁边空位上的字帖，心中一喜。可是字帖打不开了，里面的书页像被一种强力胶粘住了。我努力尝试，差点儿将书页都扯坏了。而且我每扯一下，就隐隐约约地听到小孩的哭声，那种揪心的哭。我仔细打量封面，没有看出任何异常，还是原来那个时尚的封面，上面画了一颗小巧的红色的心，旁边还有一颗黑色的心。空位的那边坐着刚才啃地毯的小老头儿，他闭着眼，头部靠在一个很大的靠垫上，一副精疲力竭的样子。前排座椅靠背上的卫星图显示出我们已飞行了 5 小时 20 分了！真见鬼，怎么可以这么随意地显示时间啊。我又抬头看大屏幕，但我的眼睛近视，必须戴眼镜才看得清。我从随身小包中找出眼镜戴上，就听到旁边那老头儿对我说话了。

“机舱里的信息并不那么可靠，有时候，一切都要‘随机应变’，你说是不是啊？”

他说话的时候并没有朝我转过脸来。我就问他怎样才能“随机应变”，他简单地回答说：“飞机都是有消化能力的大家伙。”

我朝大屏幕看去，那上面显示出 5 小时 23 分。

“我们会不会被这飞机消化掉啊？”我开玩笑地说。

“嗯——”老头儿似乎犹豫不决要不要回答我。

他没有回答我，他好像睡着了。这本倔强的字帖还在我手中，我摸到书脊上有一个突出的小包，凑近一看，是人的指甲，肉色的指甲被制成美丽的形状固定在书脊上。一共有三枚！应该不是真人的指甲吧。书脊上的小字写着：指甲花出版社，我下意识地扭过头去看先前的邻座，却只看见一个空位子。她上厕所去了吗？那一对情侣一齐用冷冷的目光瞪着我，仿佛就要跳起来袭击我一样。我连忙移开了目光。啊，我看到邻座女士了。她在紧急出口那里同那位“蜡像”青年并排坐着，两人手拉着手，一动不动，神情很严肃。我举起手中的书朝她晃动，但她毫无反应。这时书脊上的指甲不知怎么掉下了一个，书脊的那个地方留下一个小洞。我将书脊凑到灯光下去看，我看见小洞往前延伸，前面的空间很宽广，涌动着光波，一波又一波，色彩瑰丽。我看了好一会儿才将书放下，放下后忍不住又去看，但是却什么都看不到了。我感到这本字帖在我手里微微颤动，像一个活物。

这时空姐领了一个人往我这边来了，她要将那人安排在我和老头儿之间的空位上。我抗议说，机舱里头有这么多空位子，干吗非要让我们挤在一处啊？其实我心里还担心那人有传染病，因为他脸色发青，额头上还流着汗。长脸的空姐冷冷地注视了我一会儿，将那人往中间这个座位上一推，说：

“这个人需要照应，你还没看出来吗？旅行途中，什么意外都会发生，要是大家都只顾自己，我们的工作还怎么做？”

那人薄薄的身体像面饼一样瘫在座位上，他没系安全带，空中小姐也不管就走开了。他悄无声息地坐在那里，还在流汗。我注意到他的小眼睛很特殊，目光灼人。他的长相和打扮很像越南人。那个老头儿还在睡觉，根本不知道有人坐在他旁边了。我当然不敢对他讲话，因为担心语言不通。那一对情侣似乎很关心这个人，总是欠起身往我们这边探望，看一阵又悄悄地议论几句，还皱眉头，叹气，很同情他的样子。没想到这两个心地冷酷的家伙还有这份善意，倒让我感到惭愧了。我该照应这个人吗？他虽虚弱，目光可不虚弱，他看我一眼我身上都要起鸡皮疙瘩。于是我在心里确定他并不需要任何人的帮助。

我拿起字帖继续打量，试探性地用我的指甲去抠书脊上的那个小洞。我刚一抠进去就感到指头一麻，一股力将我的指头弹开了，我差点儿将书掉到了地上，还是这个越南人帮我接住了。我不好意思地朝他笑了笑，点了点头。我看见他的表情还是很痛苦，目光还是像锥子一样。我只能尽量扭过头不看他，要做到这一点就只能盯住大屏幕，这样才显得自然。

不知不觉地我们已经飞行了6个半小时了！不过这个时间显示是真实的吗？我现在对机舱里发生的一切都没有把握了。旁边这两人给我的感觉就像两颗定时炸弹，也许下一刻就要出事。我想他们也许并不会炸掉飞机，他们只会制造意想不到的恐慌吧。

这时我听到了闷闷的撞击声，是从紧急出口那里发出来的。我站起来往那边看，看见原来的邻座和那位“蜡像”青年正在用身体一下一下地往飞机的舱壁上撞。那青年的头部已经撞破了，血流到脸上，样子很吓人。旁边有几个乘客在围观，但没有人阻止。有一个穿制服的警察过来了，乘客们七嘴八舌地向他诉说，他不耐烦地挥手，像赶苍蝇一样将他们赶开。我听到他在高声说：“这不属于我的管辖范围！”终于，原来的邻座撞伤了身上什么地方，倒在地上了，她就那样闷闷地躺在地上，也不呻吟。过了一会儿，那位青年也倒下了，就躺在她的对面，他脸上的血大概将地毯都弄脏了吧。围观的人和警察都觉得很没趣，就都回自己的座位去了。我走近他们想看个究竟，我蹲下来察看他们的伤势。没想到这两人满不在乎地躺在地上，正在眉目传情呢。他俩的神情那么亢奋，我都不好意思朝他们看了，于是走开一点。

“重要的是速度，刚才我并没有使多大的劲就突出去了。”青年说。

“还是年轻好啊。比如我，眼前就总是浮着一个黑东西。”女士叹道。

这时女士从口袋里掏出一个细小精致的香水瓶递给青年，青年将它放到鼻子边嗅了几下，陶醉地说：

“我出去了，出去了！那边有一个指示牌，我看到它了！”

空姐们姗姗来迟，但她们不是来处理问题的，也不是来做清洁的，她们来找一样东西，似乎有一件重要的东西遗失了。她们用足尖踢了踢这两个人，满腹狐疑地相互对视。我觉得她们有什么事拿不定主意。尖脸的空姐注视了邻座女士一会儿，摇着头对她的同事大声说：

“我看啊，已经希望不大了。现在这里已经成了高压舱，你就是找到它，它也早就破了，不是原来的模样了。你还记得上次在烈士陵墓里头发生的事吗？”

她的同事，长得像演员的空姐显出惊慌的神情，用手捂住尖脸空姐的口，压低了声音急煎煎地说：

“别说了，别说了！我站不住了，谁在扯我的脚？！”

没有任何人扯她的脚，她却倒地了，“咚”地一声大响。她倒地之后又在地上滚了两圈，滚到前排座位那里。前排的两位旅客连忙将自己的腿缩到座位上，看都不敢往下看。秀气的尖脸空姐哭起来了，诉说道：

“在这个空中地狱里，没有人设想得出我们的苦难啊，绝对没有……我可不想完蛋！喂，小牛，小牛！你起不来了吗？”

小牛不理她，她那张美丽的脸呈现出一种非人间的神情，很像我在梦中见过的那些脸。这时我听到原先的邻座在那边惊恐地说：

“她是谁？她是谁？这位小姐是谁？”

机舱里的空气像凝固了一样，我有种缺氧的感觉。另外几位空姐都在用小手帕抹眼泪，她们转身回休息室了，一步一回头。其中一位响亮地说：“我也要倒地了，我在硬撑呢。”

原来的邻座拉着青年的手，凝视着他的那双美目问道：

“你现在绕过去了吗？”

青年使劲地点头，示意她不要出声，但她忍不住，她还在说：“我们出发时没想到。要是不乘这趟飞机啊……太快了！”

青年做了个鬼脸，将小瓶子里的香水倒在自己头发上。一会儿我就被森林的气息包围了，我用力呼吸着，那么惬意。莫非这位女士是一位魔术师？这时她的头部移到了有灯光的那一块，我发现苍老从那张脸上透出来了。那些竖纹，那干枯的皮肤，那稀稀拉拉的黄头发，那下垂的嘴角……我看到的是同一个人吗？现在这位女士看去是有65岁了，青年在用那只充满活力的手抚摸女士干枯的脸颊，美目里面透出爱意，而他自己脸上的血都结了痂，很是吓人。他们俩都看到了同他们一样躺在地上的空姐，两人都对这位空姐的存在感到紧张。我又听到原先的邻座在说：“她会不会挡你的路？”她说完这句话之后，突然转过脸来朝上看，她看见了我，就恶狠狠地一瞪眼。她又一张嘴，我看见她嘴里黑洞洞的，一颗牙都没有。我连忙朝自己座位走去。

在我的座位旁的位子上，那个人正在呻吟，他的双手死死地揪住胸口的衣服，指甲全成了紫色。我朝他弯下腰，问他要不要帮助。

“您看，我正在变成两截。”他抓住我的手往他的腰上戳去，我没料到这个软绵绵的人还有这么大的力气。那衣服里面果真是什么也没有。旁边的老头儿正注视着我们，很感兴趣地凑近来看，还用手指点着说：“你倒是往这边戳一戳看，有的人喜欢伪装。”

我的确没有触到邻座的身体，而且我因为不好意思手都变麻木了，我用力从那个人的控制下挣脱出来，一脸通红。老头儿提高了声音说：

“这种事就要弄它个水落石出，不要不好意思！我们可不是每天有机会乘飞机的，再说啊，谁不对美丽的东西感到好奇？”

我试探性地坐下来了。邻座软塌塌地歪在座位上。他有着这样畸形的身体，看来是没法系安全带了。要是又发生先前那种颠簸，他肯定会被抛到舱顶上去。我瞟见他正用怨恨的目光盯着我，于是不自在地转过脸。我站起来扫视机舱，发现了一个奇怪的现象，这就是舱里的人多起来了，每一个座位上都有人。这是怎么回事？莫非他们先前都躲在舱里面？这种事好像不太可能。不少人都站在走道上，他们都将视线投向我。不，他们不是看我，他们是看我的邻座，这个面饼似的畸形人，这个空姐安插在我旁边的定时炸弹。这些人的脸都绷得紧紧的。

于是我也往走道这边移了移，免得挡住了他们的视线。我看见有两位生着绿色猫眼的外国人对我的举动很不高兴，他们正谴责地瞪着我，说着我听不懂的语言。他们似乎想要我回到自己的座位上。我决定不理他们。可是走道上其他的人也骚动起来了，他们发出声音，有的还很激烈，我听出来是在骂我。那些座位上的人也欠起身来朝我这边张望。看来是我做了违背人们心愿的事。我又试探性地坐下了，机舱里的骚动也随着平息下来。但他们并没有坐下，他们还在观察。也许他们想要观察我同旁边这个人之间的故事？我同他之间会发生故事吗？他笑了一下，这种笑哪里是笑，差不多是扮鬼脸来吓人嘛。我尽量将身体斜向走道，免得我的手又被他捉住。老头儿又在那边说话了：

“我们不是每天都有机会乘飞机的。”

他说这话时甚至扶着座位站了起来，两眼炯炯发光。我觉得他的眼睛又熟悉又好看，同谁的眼睛相像呢？啊，我记起来了，同那位蜡像青年的眼睛一模一样！那么，他俩会不会是父子？现在就连旁边这个人的目光也变得柔和了，他正崇敬地仰望着老头儿，嘴唇嚅动，似乎想说什么又没说出来。后来他一用力，说出来的是这样一句话：

“我已经变成两截了，我还没有习惯。”

老头儿慈祥地望着他，指点着他那瘪瘪的身体对我说：

“你看他有多么美。他是个老派书生。”

老头儿坐下去时前方的麦克风里响起了山泉流过的声音，那声音很快又戛然而止。此刻，我的一贯干涩的眼里居然有了泪，鼻子也有点酸，可我弄不清自己是怎么回事。旁边这人的目光还是像锥子一样，我却不再那么不自在了。我甚至鼓起勇气来同他搭讪，我的声音有点发抖：

“在你童年的那个院子里，是不是有三间茅屋啊？”

那人不出声地看着我，他的手在抖。于是我又说：

“两间是空屋，你同你伯伯住一间。”

我不敢说下去了，因为我感到他的布衫里头的身体正在融化，他好像正在消失。但他却扶着前方的椅背摇摇晃晃地站了起来，然后又再轻飘飘地落回自己的座位里。他这样做时，走道里的那些人都朝他和我投来赞赏的目光。他们，这些外国人和我的本国人，他们全看呆了，每个人的神情都那么热切。我坐在座位上，心里突然有种满足感，我觉得自己在某种程度上融入了机舱里的氛围。

我们已经飞行了 6 小时 40 分，时间过得多么慢啊。也许刚才时间在往回走？也许飞机的速度超过了时间？这些事我想不清楚，大概我的新邻座是清楚的吧。我坐在一个硬东西上头了，我伸手将它抽出来，是那本字帖，久违了的字帖。书脊上的那三枚美丽的指甲全都脱落了。我将书脊举到新邻座的眼前，问他：

“你看到了什么?”

他不出声，在座位上扭动着，然后突然伸手一拍，将我的书拍到了地上。看来书里头有令他害怕的东西。我捡起那本书，自己来观察。三个凹进去的小洞都是实心的，并无什么异样。说不定先前是我看花了眼，产生了幻觉。他为什么这么害怕这本书呢？老头儿从那边朝我抛来兴奋的目光，警告我说：

“所有的尝试都要谨慎啊。”

他示意我将字帖递给他，我照办了。他拿着字帖翻来覆去地看，还用牙去咬。他咬了几下之后，书页就散开了，于是他认真地读了起来。他那么入迷，不时发出喝彩声，惹得旁边这个人也凑过去同他一起欣赏。我很后悔，先前我怎么就不知道用牙去咬它呢？我是怕自己中毒吗？不，不是，我只是没想到而已，我从来是个事后聪明的人。旁边这个人伸出了他的手，将字帖住自己这边扯，老头儿也不示弱，紧紧地抓着书。两个人的脸都憋红了，都死死地盯着书里头的什么东西。我欠起身一看，看见书页上还是那些蝇头小楷，同先前一样，不知道他们为什么那么激动。莫非是因为文字的内容而激动？这时老头儿突然松手了，他对这个人说：

“宝贝归你了。”

新邻座解开上衣的扣子，将这本小书放进去，然后扣好衣服，仍旧歪在座位上。他的衣服里面本来就像没有身体，现在这本书放进里头，一点痕迹都没有。老头儿在那边自嘲道：“精神粮食，人人都需要啊。”他犹豫了一下又说：“我住的地方满街都卖这种字帖，还有俄文的呢。”

“俄文也能用毛笔写吗?”我问。

“那当然，什么不能用毛笔写？你刚才不是从‘指甲花’里头看到了嘛。”

“指甲花?”

“我是指那个出版机构，你刚才看到的正是那个机构，它无处不在。”

老头儿的话令我头晕。我到底看到了什么？那是一些色彩瑰丽的光波嘛，怎么会是“出版机构”呢？我斜眼瞟视老头儿，看见他红光满面，陶醉在梦想之中。我嗅到了新鲜的森林空气，整个机舱里一下子充满了这种活的气流，前面的屏幕上出现了大兴安岭的原始森林，麦克风里响起解说员声情并茂的解说。我扫视周围，走廊上的人们已各就各位了。我们听到了鹿鸣，年轻的小鹿跑出了树林，大概后面有猛兽在追击。这不是大兴安岭，是非洲。

“如果你真想买字帖，可以随时来找我。”

老头儿递给我一张写着电话号码的小纸片。是专用的纸条，上面有一部电话，旁边画着七个指甲。我收好纸条，心里七上八下的。新鲜的空气令我亢奋，我生出了新的视觉能力。大屏幕已经黑了，麦克风也沉默了，我站起来，看见几乎整个机舱里的人都在沉睡。奇怪，森林的空气竟有催眠的作用。我的目光甚至进入了头等舱，我看见那些外国商人也在沉睡，有的人脖子上还流着血，像是发生了凶杀案一样。阴影中有几个空中小姐的头部在那里一伸一缩。但那是不是空中小姐？怎么看上去又有点像鸡毛掸子？似乎是，睁着眼没入睡的只有我和这个老头儿了，连邻座都在打鼾。我不但没有睡意，思维还反常地活跃着。老头儿告诉我说，他已经看到机长从驾驶室出来了，现在这架飞机成了空中无人驾驶的大家伙。他又叹了口气，补充说：“空中的道路条条都安全。”他还说我们坐的这类飞机的机长脾气都很古怪，一不高兴就弃下飞机不管了。他说话的声音变得越来越响，或许是因为机舱里的寂静吧。后面的话我就听不懂了，似乎是在同一个卖柿子的小贩讨价还价，可是那个“价”又不是金钱，而是指甲。小贩要三枚，他只肯出一枚。我听得脑子里乱哄哄的，想要不听都不行，他那么声色俱厉，雄辩滔滔，像一名律师。我回想起他先前在地上啃地毯的样子，对他的精力感到非常诧异。

“航班卫星图就是我设计的。”他突然又回到了现实，得意地告诉我。

“那么，屏幕上显示的并不是飞机航行的实况？”我吃了一惊。

“当然不是。你想想看，太空茫茫，我们怎么可能知道实况？”

“是他们请你设计的吗？”

“是啊。航空业日渐萎缩，大家都在客舱里发抑郁症。为什么呢，就因为内心空虚嘛。”

他说了这句话之后就闭嘴了。我抬头一看，一队空姐过来了。她们走路的姿态与往常不同，双臂前伸，轻轻摆动，像游泳一样。她们的眼睛也不看旅客（大家都在睡觉呢），一律翻上去看着机舱顶上。这五个人走过去之后，老头儿又开口了，他一点儿都不抑郁。

“空姐们长期缺少睡眠，患上抑郁症的可能性很大。现在你看看屏幕，我们只有一个小时就要到家了！”

我将那数字看了又看，又转过脸充满疑惑地瞪着老头儿。

“这是设计上的问题，你只要顺从安排，慢慢就会习惯的。哈，机长又回到驾驶座位上去了！不开飞机，他还能干什么呢？我和这位青年谈过一次话，是他找我，他想到我那条街上去搞出版工作，你看这有多么好笑。他要我将他介绍给我们那里的企业。当然我拒绝了他，每个人都有自己的人生道路，怎么能见异思迁呢？我把我的思想告诉他，他就打消了改行的念头。可是他啊，他总是工作时开小差。据他自己说是因为太空的视野令他发狂！”

他说到最后一句又提高了嗓门。整个舱里都震响着他的声音。

“也许我们飞得并不那么高。”我茫然地说。

“原来你还不知道啊，这是太空旅行！”他嚷嚷起来，“你现在到走道里站一下看，看自己能不能站住。”

我松开安全带，起身到了走道里，一点都没感到异样。我看见老头儿的脸涨成紫色，话都说不出来了，怎么回事呢？有人在我肩上拍了一下，回头一看，是原先的邻座。她身上那件红色外衣脏兮兮的，但是她显得很年轻，看上去40岁都不到。

“您看！”她指着我的新邻座。

在他那空空的腰际，衣裳里头，有个东西在动。我们听到了鸟儿啾啾的叫声。女士咯咯地笑了起来，笑得弯下了腰，她上气不接下气地说：

“我的天，世上还有这种人！这下我真开了眼界了！回去以后我要对家人说，在从纽约飞往北京的客机上……”

“您的书在他的衣服底下。”我告诉她。

“我知道，我知道！这是我的字帖在叫我啊。”

她突然一伸手，抓住那人的衣服，一掀。那本书跳起来，落到了走道里。但她并不去捡字帖，而是用吃惊的目光看着那人裸露的腰。他的腰真吓人，只有茶杯那么粗，像一截20公分长的竹筒，苍白而僵硬，在应该长肚脐眼的地方却长着一枚大大的黑色的指甲。他醒来了，歉疚地看着女士，用衣服遮住腰。我觉得他眼里除了歉疚之外还有种如释重负的轻松。是因为将自己的秘密揭示出来了吗？

“他也是在出版社工作吗？”我忍不住开口问道。

“当然。他是社长嘛！”女士嘲弄地大声说。

男子眼里那种锐利的光芒完全消失了，他成了个普通男子，只是他的腰部有点吓人，不过现在都被衣服遮住了。他温和地看着我，他的眼睛也很美，令人想起玫瑰花。我觉得他在恳求我什么事，那恳求越来越急迫了。是同那本字帖有关吗？此刻女士的脚正踩在字帖上呢。即使她用力踩着，字帖也还在震颤，像里头有个小小发动机一样。我问她可不可以将字帖让给我，她缓缓地摇头，显出满脸的悲哀。她说我已经错过机会了。

“这一类的异物从那里出来之后，就不再属于任何人了。”

听了她这句话，新邻座直点头。看来他并不需要我的帮助，但为什么我老觉得他在恳求我呢？大概是我有心理问题吧。他们都是知情人，即使需要帮助也是内部相互帮助。很可能他们都不需要帮助，只有我才真正需要帮助。

女士一路用脚踢那本书，将它踢到了紧急出口那边的一个角落里。

她离开之后，新邻座的脸上现出似笑非笑的表情。在他的那边，老头儿已经睡着了，他舒展着身体，像一条鱼一样嘴巴一张一合。这两个人住在下面的某条街上，大概有着业务上的频繁联系。在暴风雨的夜里，他们有没有待在大楼的那间办公室里，一同站在巨大的玻璃窗前，观看天空里那令人荡气回肠的闪电？

真的快到家了吗？卫星图上的飞机已经到达终点，所有的数字都消失了，可是飞机还在高空。

“我的工作同出版社有点关系，您是在国营出版社吗？”

他对我的问题发出笑声。难道我真是那么幼稚？我又想起他那茶杯粗的畸形的腰。一个生着这种腰的人是如何保持旺盛的活力的？先前空姐将他送来的时候，我还以为他奄奄一息了呢。我有点恼怒，因为他太粗鲁。

“您别生气。我们谈另外的事吧。只要您一说起出版方面的事，我就忍不住要笑。我们还不如谈谈童年的轶事。您先前同我谈的时候，我还没有思想准备。后来我回忆起了很多场景。我现在的打算是，一下飞机，我就赶往那片树林。您说说看，那种枫树林，里头长年累月堆着死鸟，会不会早就在砍伐潮中消失了呢？”

“我也觉得这种事早就不存在了。不过这并不影响……”我说。

“对！你说得太对了！”老头儿在那边大声回应道，“我们社长是个不受影响的硬汉，三万英尺的高空和地洞里对他来说全一样。社长，您把您的蚕宝宝拿出来给她瞧瞧吧。”

那人将手从衣服前襟那里伸进去，掏出一个纸盒，然后打开。是一个空纸盒，里头什么都没有。他又小心翼翼地关上了盖子。他和老头儿相视一笑。

“蚕宝宝体内的生物钟提醒我们生活的节奏。”他收起盒子时说。

老头儿和新邻座的手握在了一起，他们在相互鼓励。字帖一条街的居民为什么喜欢满世界乱跑？是神奇的汉字激发了他们对于外界的胡思乱想吗？这位像面片一样的社长，却不时给人金属一样的感觉，或许这也是那里的居民的气质吧。老头儿微笑着告诉我：“地图上没有标出我们这条街。”停了一会儿他又补充说：“不过你总是会找得到的，这种事一点儿都不难。”

我看着他们的时候，我又觉得新邻座在用目光恳求我什么事。什么事呢？在这个沉睡的客舱里，有什么事是我可以做的呢？我的眼前出现一团黄色，啊，是那位穿黄色丝绸长衫的男子站起来了。他的梦都做完了吗？他应该知道我们马上要到家了。瞧，他还朝我做了一个问候的手势呢。老头儿又说话了。

“除了我们这些人之外，常常也会有一些可有可无的装饰品随着我们一块儿来到飞机上，他们就像一些花边。”

被老头儿称为“花边”的这位穿黄衫的中年男子正在打开我们头顶的行李柜找东西。他一路找过来，将每一个行李柜打开又关上。他的动作很飘浮，但还是弄出了很大的响声。人们依旧在响声中沉睡，他们都不认为飞机就要降落了。他到底找什么呢？他的动作热切而匆忙，他还将别人的行李翻过来翻过去的，他已经来到我的座位旁了。我告诉他我头顶的柜子是空的，他笑了笑，露出雪白的牙齿，就没有打开这个柜。但他也没有往前去，他停下了，我听到他的长衫里头有东西在嗡嗡作响。会不会又是一本字帖？我注意到老头儿和新邻座都警惕地看着他，我自己也觉得这个人的黄衫太扎眼了，就在心里暗暗盼他走开。但这个人不但不离开，还将他那巨大的长衫下摆举起来像一面旗子一样挡在我们面前。这种如同火焰一样的黄色很可怕。我求助地看着旁边的两位同座，他们脸色阴沉地一声不响。

穿黄衫的男子衣衫里面嗡嗡作响的东西并不是字帖，是他的肚皮。这个衬衫裹着的大肚皮里面藏着一台发报机吗？他当然知道我们都不喜欢这种末日一般的黄色，他为什么故意挑衅？受了这种鲜黄色的刺激，我的太阳穴一跳一跳的，真热！于昏头昏脑中，我听到这个人在同老头儿交谈。

“今年蚕豆长势怎么样？那片地还可以往旁边拓宽一些吧？”

“您说的是油菜地。已经没有意义了。”

“怎么会没意义，应该还是会有些收获的。”

“那种收获没有意义。”

“可是你还在天上飞来飞去的。”

“您说过，我是生活中的花边嘛。”

我看不清这两个人的脸，从他们谈话的语气听来，这两个人好像在调情。他们之间到底是对立的还是一伙的，实在是弄不清。我恨这个人，他用长衫的黄色搞得我神情恍惚，还有点恶心。他们还在一来一往地交谈，似乎新邻座也加入了谈话。看来他的黄衫只是针对我的，因为旁边这两个人都不受影响，都保持着头脑的清醒。我不甘心，挣扎着想听懂他们的交谈。我越挣扎，越抓不住要领，到后来连他们话里头的词都听不清了。我用力站起来，面对黄衫立在过道里。

"你看，你还是很有影响力的嘛！"

老头儿的声音清晰地在我背后响起，他在对黄衫说话。他的话音一落，黄衫就将衣裳的下摆收拢了，还给我让道让我过去。我并没有要过去，可他既然给我让道，我觉得自己就应该过去。于是我就走到紧急出口那里去了。其间我回了一下头，看见黄衫已经坐到了我的位子上，他们三个人还在继续讨论。

在紧急出口这里，老邻座和"蜡像"青年并排坐在座位上，两个人都变成了蜡像。一名空姐正用一个很大的喷壶往他们脸上喷水。空姐回过头来对我说：

"您瞧，意志的力量有多么惊人！"

我反问她道：

"这也属于您的工作范围吗？"

"当然！"她高兴地回答，"如果人不能随心所欲地工作，工作不就失去它的意义了吗？据我所知，有人还在休息间练书法呢！"

女士和青年的头发衣服都变得湿淋淋的，即使在幽暗的光线中，我也看得出他们俩精神焕发，目光炯炯。

"飞机正在降落吗？"我忧心忡忡地提出这个问题。

他们三个人都笑起来，齐声道：

"不可能吧！"

空姐提着空壶进休息室去了。女士拍了拍旁边的座位，建议我坐在湿漉漉的椅子上。

奇怪的是我一坐下去心就静下来了，而且我的心思也一下子离开了飞机。我开始思考我的日常工作。我在一个图书馆工作，我的女上级对我的工作从来就不满意，总想将我调去做清洁工，所以我压力很大。在高空，我将这些烦恼丢到了九霄云外，是因为周围事物太陌生了，吸走了我的全部注意力。这时那位空姐又过来了，她往我头上也浇了些水。我感到水正从我的脖子那里流到胸前背后，但是我一点儿都不难受，反而情绪非常振奋，一下子就产生了要改变自己的世俗生活的念头。我打算一回到图书馆就去向老太婆表明态度：我只做分内的工作，任何不合理的安排我都将坚决抵制。如果她要调我去做清洁工的话，我就辞职，到郊区去做一名花农。我去郊区考察过好几次了，花农的工作虽然辛苦，对我来说还是很有吸引力的。我一贯喜欢植物，我在我的小小阳台上种了一些小型植物。只要我向它们施一点肥，它们马上茂盛地生长起来，这种灵敏性每次都令我感到万分惊讶。所以现在，一想到自己有可能去租几亩地来栽培玫瑰花，我就浑身是劲，跃跃欲试。啊，玫瑰花，我生来就该干这个，从小我就爱在屋前种这种那的，我怎么会稀里糊涂当上了一名面色苍白的图书管理员？怪不得老太婆要我“趁这次出国机会思前想后，将自己的生活好好地做一个安排”！我这样冥想之际，我的目光始终盯着空姐手中的那把喷壶。这是浇花的喷壶啊，飞机上怎么会存放着这种东西？她看出了我的心思，她说她在家门口弄出了一个小小的菊花园，这把喷壶是从家里带来的。她说服了领导让她随身带着这把壶。

“您的上级真开明！”我羡慕地说。

“是啊。”她说话时目光飘忽，“总得有一样东西让我们回想起我们地面的那个家吧，悬在空中的感觉并不那么好受。”

她走了以后好久，我还在瞪着眼细想我的花农的计划，我感到生活的道路一下子在眼前拓宽了。做清洁员也很好，因为工作时间短，每天还可以利用下午时间去给那些花农打工。我想得入了迷，我的样子一定很像那种蜡像。

“人间的生活多么美妙啊！”旁边的青年语气热切地说。

现在我们三人并排坐在那里，我们都沉默了。在清新的、水淋淋的氛围里，我的眼前展开了今后生活的生气勃勃的前景。我一下子就懂得了旁边这两个人的心思。大概有追求的人就无所畏惧吧。刚上飞机不久，我就感到了这位女士不同凡响，但那时我还没有觉察到客舱里的整体氛围。我在国内常坐飞机，可以说对客舱里的那种旅途氛围是比较熟悉的，有时我也发现过一些神秘的现象，不过我都没有去细想。而一下飞机，回到日常生活里，我就将飞机上发生的事抛到了脑后。也许是因为我多年的疏忽，我体内对于某种事物的感应终于在这一次达到了一个突破？该看见的都会被我看见，时候已经到了！我的口里有玫瑰花的甜味，一束一束的金箭在空中游移。我旁边的这两个人正在接吻，女士吻一下她年轻的情人，又转过头来搂住我吻一下我的脸颊。我有点不习惯这种西方人的热情，但她带来那么浓郁的芳香，大自然的芳香，我快要被她口里的气味醉倒了。我也闻到了青年男子散发出来的气味，那是东北松的气味，毛毛细雨里的东北松。我想起了一件事：那把喷壶里头到底装的是什么水？是空姐收集的花间露水吗？

我已经决定了，我要同老太婆决裂。今后要么做清洁工，要么就去郊区当花农。在空余的时间就去买“指甲花出版社”的字帖来研读。我隐隐地感到了，那个出版社大概是一个地下出版机构，隐藏在庞大的市区人口之中，要通过某种暗号才能找到它。大自然的清香，指甲花，玫瑰花，喷壶，栀子花，这些异物今天都聚集到飞机上来了，也许是有人将奇妙的香水喷洒，使人产生了幻觉？

“女士，外面正在下小雨，您需要雨伞吗？”

长脸的空姐来到了我面前，她变得彬彬有礼了。为什么只问我一个人？她举着一把儿童花伞，像逗小孩一样在我眼前转动。我的头又晕起来了，我很生气。

“还没有降落，你怎么知道在下雨?！请您将雨伞放下！”

我几乎咆哮起来。

她将花伞塞到我手里就跑开了，旁边的青年在感叹：

“多么精巧的小伞！下雨多么好！”

我将伞扔在脚底下，还是气呼呼的。空姐将我的好心情一下子破坏掉了，看来飞机上不光让我心里通明透亮，还有种浓黑的阴影在对我步步紧逼啊。

“金菊梅！金菊梅！你害得我好找啊!!”

一个令我毛骨悚然的声音从客舱的另一头响起，是我的上级老太婆在叫我呢！世上怎么会有这种事?!

她走过来了，满面春风地站在我面前，我闻到了白兰花的幽香。老太婆起码年轻了十多岁，头发梳得溜溜光，身穿清爽的香云纱上衣，她的小眼里射出诚实的光芒，她将双手亲切地搭在我肩头。我忽然感到一种近似血缘的关系将我和这个年长女人连在一起了。我极力挣脱这种感觉。

“金菊梅，你成长得真快啊！我老了。”

她伤感地捏了捏我的肩膀。我看着她，我感到她的目光还有她眼睛的形状似曾相识。啊，这不就是我在几个人脸上都看到的那种“美目”吗？老太婆真的很美，为什么我以前从未注意到呢？

“不要抛弃我，”她盯着我的脸说，“管理图书是高尚的事业，书中自有玫瑰园。”

“我没想到您，您……我真没、没想到。”我结结巴巴地说。

这时旁边的青年站起来了，他端着一部照相机，不由分说地拍下了我和老太婆重逢的瞬间。拍完之后他还说：

“瞧，多么美妙的人间奇遇！”

邻座女士也站起来了，不住口地说：

“你们真是母女吗？真的吗？我听说你们失散几十年了，是真的吗？世界上怎么会有这种巧遇？你们俩长得真像啊！”

我红着脸，低着头不出声。但是老太婆却高兴起来了，她放开我，走到过道中间，举起她的双臂向整个客舱里的旅客宣布：

“今天，我在这里同我的女儿重逢了！我们永世也不分离了！”

热烈的掌声响起，所有的人都站起来了。

我抬起眼看着她，我在心里嘀咕：这就是那个成天看着我不顺眼，监视我的一举一动，一心要将我调去做粗活的老太婆吗？她看上去对我充满了柔情，她在编故事，她告诉大家说我们多年失散，她一直在世界各地寻找我的踪迹。她还说她今天“梦想成真”了，这是因为我们这次飞行“不同凡响”，她一上飞机就感到了这个。

现在我和她，还有邻座女士、“蜡像”青年，我们四个人坐在这排位子上了。老太婆握着我的手，女士则握着青年的手。我心里生出一种奇异的缅怀，一种感动，我的思路一下子变得非常清晰。我开始相信老太婆的故事了，她多么有远见啊。为什么我要摆脱她？不就是因为我自己性格轻浮，缺乏耐力吗？要不是她老人家为我安排了这次旅行，我至今还蒙在鼓里，把这位一心为我着想的亲人看作敌人呢。以我的这种性格，即使是到了郊区，当上了花农，也不会有好的结局的。难道花农就可以不受当地的“老太婆”的管制吗？想到这里，我眼前出现了黄昏的玫瑰园，戴草帽的花农，一位朦胧的老太婆站在视线的尽头，将浓黑的长长的身影投在地上。那个人就是身边这一位，她无处不在。她的手很温暖，她的香云纱的衣服散发出山间野花的清香，令我心旷神怡。是啊，她终于找到了我，寻找的过程该有多么漫长！

旅行变得美好起来了。此刻我甚至希望飞机不要马上降落，让我和老太婆多待一会儿！我伸着脖子打量我原来的座位，看见穿黄衫的那一位举着手向我表示友好致意。其他两位也很兴奋，都撑在椅子靠背上看着我这一边。

“我们要最后才离开。当客舱里的人都空了之后，真相就显出来了。金菊梅啊，我对你抱着很大的期望呢。我对我自己的女儿反倒没有期望。”

老太婆的话逗得邻座女士咯咯地笑，可是在我听来，这并没有什么好笑的啊。

她又指着地上踩脏了的那本字帖对我说：

“你看，有时候，人只好将理想踩在脚下，不然就不能前进。出发前我还在念叨：‘金菊梅，金菊梅，你真是‘当局者迷’啊！我念着念着差点儿不想动身了，可是我又听到你在哭。那时你是不是在哭？”

“有可能吧。”我说，“我记不起来了。”

“因为你在哭，我就撇开一切出发了，我可是公务缠身的人啊。我被我丈夫像运伤员一样运上了飞机，整个去纽约的途中我就像死过去了一样。”

老太婆的话音刚一落，客舱里的麦克风突然响起来了。播音员要大家拿好行李，按秩序出舱。舱里面开始骚动，行李柜被劈劈啪啪地打开了。我看见黄衫、老头儿，还有新邻座都已经站在过道上，他们三个人都没有行李，他们的脖子一伸一伸地在人群里找什么东西。可是飞机并没有降落，窗外白茫茫的，这些人怎么没有注意到呢？

老太婆凑在我耳边说：

“这些全是假象，我们不要动，很快就会真相大白了。”

“蜡像”青年轻轻地叹息道：

“生活中真是充满了意外啊！谁会料到这样一个称心如意的结局？”

邻座女士抚摸着青年的脸颊，鼓励他说：“一切都会好的。”

外国人和中国人一律都挤在过道里，脸上显出期盼，像鸭公一样伸脖子。空姐们和那些服务员都没有露面，大概躲起来了。氛围变得无比暧昧。我估计我们大概仍在几万英尺的高空，我等待着麦克风重新宣告飞机降落。但飞机现出不了了之的做派，过了好久仍没有任何宣告。飞机仍在白茫茫之中平稳行进。我观察这些旅客，发现他们大都是现出嘲弄的表情静静地站在那里，没有人再伸脖子了。就连黄衫也板着脸安静地站在那里。他的黄衫太醒目了，我一抬眼就看见他，我觉得他很镇定。

老太婆握着我的手，她在暗暗地给我力量。会发生什么？

她用力捏了一下我的手心，令我想起儿时外婆牵着我走在桥上给我壮胆。怎么回事，人们都往我们这里涌过来！原来紧急出口已经打开了，滑梯伸向白茫茫的外面，人们一个接一个地从那梯子上滑下去。所有的人都毫不踌躇！我的天！

我全身像筛糠一样发抖，老太婆摇晃着我的肩头不住口地问：

“你没事吧？你没事吧？我有救心丹，你要不要吃？”

我听到舱里乱糟糟的，所有的紧急出口全打开了。似乎是，每个人都迫不及待地要往下面去，而且他们大部分都提着行李。我也没看到任何人穿救生衣。

舱里的人越来越少了，只有我们四个人（不，三个，那青年已不见了。女士在微笑）坐在那里没动。我一直在朝滑梯那头看过去，那下面什么也没有，每个溜下去的乘客在消失得无影无踪之前都发出过一声呼喊，在我们听来那就如同深渊里的回响。

最后下去的是我的新邻座，他排在队伍的最后，他看上去充满了热切的希望，又好像有所顾虑。他一直在念叨：“不知道我的腰受不受得了啊？”

然后他就无声无息地滑下去了，他没有发出呼喊。

随后所有的紧急出口都自动关闭了，灯也熄了。我悄声问老太婆：

“这就是真相吗？”

“不要出声，飞机在降落。”

飞机真的在降落，大约 5 分钟后，听见“吭”地一声响，我们着地了。我心里突然升起莫名的遗憾，我不知为什么觉得我应该跟随其他人一块儿从滑梯上滑下去，现在是永远失去那种机会了。

出客舱后邻座女士也不见了，只有老太婆紧紧地抓着我的手臂，像怕我逃跑一样。很快我们就到了取行李的大厅。我看见一个熟悉的身影从我眼前飞跑过去。啊，是细腰的邻座！我不顾一切地追到外面，他举着一把雨伞，跑着跑着就腾空了。他消失在远方的雨雾之中。我回到行李厅，默默地取了行李，默默地同老太婆一块儿登上了机场大巴。周围全是陌生面孔。我愁眉苦脸地对老太婆说：

“我总是追不上。”

她轻声回答：

“这倒不失为一件好事。”

然后她转过脸去看窗外，而她的手则温存地捏了捏我的肩头。

苍老的浮云

一

楮树上的大白花含满了雨水，变得滞重起来，隔一会儿就“啪嗒”一声落下一朵。

一通夜，更善无都在这种烦人的香气里做着梦。那香气里有股浊味儿，使人联想到阴沟水，闻到它人就头脑发昏，胡思乱想。更善无看见许多红脸女人拥挤着将头从窗口探进来，她们的颈脖都极长、极细弱，脑袋耷拉着，像一大丛毒蕈。白天里，老婆偷偷摸摸地做了一个钩子安在一根竹竿上，将那花儿一朵一朵钩下来，捣烂，煮在菜汤里。她遮遮掩掩、躲躲闪闪，翘着屁股忙个不停，自以为自己的行动很秘密。老婆一喝了那种怪汤夜里就打臭屁，一个接一个，打个没完。

“墙角蹲着一个贼!”他虚张声势地喊了一声，扯亮了电灯。

慕兰“呼”地一声坐起来，蓬着头，用脚在床底下探来探去地找鞋子。

“我做了一个梦。”他松出一口气，脸上泛起不可捉摸的笑意。

“今天也许会有些什么事情发生。”他打算出门的时候这么想，“而且雨已停了，太阳马上就要出来。太阳一出来，什么都两样了，那就像是一种新生，一个崭新的开始，一……”他在脑袋里搜寻着夸张的字眼。

一开门，他立刻吓了一大跳：满地白晃晃的落花。被夜雨打落在地上的花儿依然显出生机勃勃的、贪欲的模样，仿佛正在用力吸吮着地上的雨水似的，一朵一朵地竖了起来。他生气地踏倒了一朵目中无人的小东西，用足尖在地上挖了一个浅浅的洞，拨着泥巴将那朵花埋起来。在他“劈劈啪啪”地干这勾当的时候，有一张吃惊的女人的瘦脸在他家隔壁的窗棂间晃了一晃，立刻缩回房间的黑暗里去了。“虚汝华……”他茫茫然地想，忽然意识到刚才自己的举动都被那女人窥看在眼里了，浑身都不自在起来。“落花的气味熏得人要发疯，我还以为是沤烂的白菜的味儿呢！”他歪着脖子大声地、辩解似地说，一边用脚在台阶上刮去鞋底的污泥。慕兰正在床上辗转不安，叹着气，朦朦胧胧地叽里咕噜：“对啦，要这些花儿干什么呀？一看见这些鬼花我的食欲就来了，真没道理，我吃呀吃的，弄得晕头晕脑，现在我都搞不清自己是住在什么地方啦，我老以为自己躺在一片沼泽地里，周围的泥水正在鼓出气泡来……”隔壁黑洞洞的窗口仿佛传出来轻微的喘息，他脸一热，低了头踉踉跄跄地走出去，每一脚都踏倒了一朵落花。他不敢回头，像小偷一样逃窜。一只老鼠赶在他前头死命地窜到阴沟里去了。

他气喘吁吁地奔到街上，那双眼睛仍旧盯死在他狭窄的脊背上。“窥视者……”他愤愤地骂出来，见左右无人，连忙将一把鼻涕甩在街边上，又在衣襟上擦了擦拇指。

“你骂谁？”一个脸上墨黑的小孩拦住他，手里抓着一把灰。

“啊？!”那灰迎面撒来，眼珠像割破了似的痛。

那天早上，虚汝华也在看那些落下的花。

半夜醒来，听见她丈夫嘴里发出“嘣隆嘣隆”的声响。

“老况，你在干什么!”她有点儿吃惊。

“吃蚕豆。”他咂巴着嘴说，“外面的香气烦人得很，雨水把树上的花朵都泡烂了，你不做梦吗？医生说12点以前做梦伤害神经。我炒了一包蚕豆放在床头，准备梦醒了就吃，吃着吃着就睡着了。我一连试了三天，效果很好。”

果然，隔了一会儿，他就将一堵厚墙似的背脊冲着她，很响地打起鼾来了。在鼾声的间歇中，她听见隔壁床上的人被神经官能症折磨得翻来覆去，压得床板“吱吱呀呀”响个不停。天花板一角有许多老鼠在穿梭，爪子拨下的灰块不断地打在帐顶上。很久很久以前，她还是一个少女时，也曾有过做母亲的梦想的。自从门口的楮树结出红的浆果来以后，她的体内便渐渐干涸了。她时常拍一拍肚子，开玩笑地说：“这里面长着一些芦秆嘛。”

“天一亮，花儿落得满地都是。”她用力摇醒了男人，对着他的耳朵大声说话。

“花儿？”老况迷迷糊糊地应道，“蚕豆的作用比安眠药更好，你也试一试吧，嗯？奇迹般的作用……”

“每一朵花的瓣子里都蓄满了雨水，”她又说，将床板踢得“咚咚”直响，“所以掉下来这么沉，‘啪嗒’一响，你听见了没有？”

男人已经打起鼾来了。

有许多小虫子在胸膛里蠕动。黑风从树丫间穿过，变成好多小股。那棵树是风的筛子。

天亮时她打开窗户，看见了地上的白花，就痴痴地在窗前坐下来了。

“蚕豆的作用真是奇妙，我建议你也试一下。”男人在她背后说，“下半夜我睡得真沉，只是在天快亮的时候，我老在梦里担心着贼来偷东西，才挣扎着醒了过来。”

这时隔壁男人那狭长的背脊出现了，他正聚精会神地用足尖在地上戳出一个洞来，他的帽檐下面的一只耳朵上有一个肉瘤，随着他的身子一抖一抖的。虚汝华的内心出现一块很大的空白。

“要不要洒些杀虫剂呀？这种花的香味是特别能引诱虫子的。”老况用指关节敲打着床沿，打出四五个隔夜的蚕豆嗝。

傍晚，虚汝华正弯着腰在厨房洒杀虫剂，有人从窗外扔进来一个小纸团，展开来一看，上面歪七扭八地写着两句不可思议的话：

请不要窥视人家的私生活，因为这是一种目中无人的行为，比直接的干涉更霸道。

她从窗眼里望出去，看见婆婆从拐角处一颠一颠地向他们家走过来了。

“你们这里像个猪圈。”婆婆硬邦邦地立在屋当中，眼珠贼溜溜地转来转去，鼻孔里哼哼着。

“最近我又找到了一个治疗神经衰弱的验方。”老况挤出一个吓人的笑脸，“妈妈，我发觉天蓝色有理想的疗效。”

“这种雷雨天，你们还敢开收音机!”她拍着巴掌嚷嚷道，“我有个邻居，在打雷的当儿开收音机，一下就被雷劈成了两段！你们总要干些不寻常的事来炫耀自己!”说完她就跨过去“砰”地一声关了收音机，口里用力地、痛恨地啐着，摇摇摆摆出了门。

妈妈一走，老况就兴高采烈地喊：“汝华！汝华!”虚汝华正在将杀虫剂洒到灶底下。

“你干吗不答应?”老况有点愠怒的表情。

“啊——”她从迷迷糊糊的状态中惊醒过来，脸上现出恍惚的微笑，“我一点儿也没听到——你在叫我吗？我以为是婆婆在房里嚷嚷呢！你和她的声音这么相像，我简直分不出。”

“妈妈老是生我们的气，妈妈已经走了。”他哭丧着脸回答，情绪一下子低落得那么厉害，“她完全有道理，我们太没有独立生活的能力了。”

二

她还在说梦话似的：“时常你在院子里讲话，我就以为是婆婆来了……我的耳朵恐怕要出毛病了。比如今天，我就一点没想到你在屋里，我以为婆婆一个人在那边提高了嗓子自言自语呢。”

“街上的老鞋匠耳朵里长出了桂花，香得不得了，”他再一次试着提起精神来，“我下班回来时看见人们将他的门都挤破了。”他挨着她伸出一只手臂，做出想要搂住她的姿势。

“这种杀虫剂真厉害，”她簌簌地发抖，牙齿磕响着，“我好像中毒了。”

他立刻缩回手臂，怕传染似的和她隔开一点。“你的体质太虚弱了。”他干巴巴地咽下一口唾沫。

一朵大白花飘落在窗台上，在幽暗中活生生地抖动着。

他是在沟里捡到那只小麻雀的。看来它是刚刚学飞，跌落到沟里去的。他将湿淋淋的小东西放到桌子上，稚嫩的心脏还在胸膛里搏动。他将它翻过来、拨过去，心不在焉地敲着，一直看着它咽了气。

“煞有介事！”听见慕兰在背后说。

“煞有介事！”15岁的女儿也俨然地说，大概还伸出咬秃了指甲的手指指指戳戳。

“有些人真不可理解，”慕兰换了一种腔调，“你注意到了没有？隔壁在后面搭了一个棚子，大概是想养花。真是异想天开！我和他们做了八年邻居了，怎么也猜不透他们心里想些什么。我认为那女的特别阴险。每次她从我们窗前走过，总是一副恍恍惚惚的样子，连脚步声也没有！人怎么能没有脚步声呢？既是一个人，就该有一定的重量，不然算是怎么回事？我真担心她是不是会突然冲到我们房里来行凶。楮树的花香弄得人心神不定……”

更善无找出一个牛皮纸的信封，将死雀放进去，然后用两粒饭粘牢，在口子上“啪啪啪”地拍了几下。

“我出去一下。”他大声说，将装着死雀的信袋放进衣袋里。

他绕到隔壁的厨房外面，蹲下来，将装着死雀的信袋从窗口用力掷进去，然后猫着腰溜回了自己家里。

隔壁的女人忽然“哦”地惊叹了一声，好像是在对她男人讲话，声音从板壁的缝里传了过来，很飘忽，很不真实：

“……那时我们常常坐在草地上玩丢手绢。太阳刚刚落山，草地还很热，碰巧还能捉到螳螂呢。我时常出其不意地扔出一只死老鼠！去年热天有一只蟋蟀在床脚叫了整整三天三夜，我猜它一定在心力交瘁中死掉了……”

更善无的脑子里浮出一双女人的眼睛，像死水深潭的、阴绿的眼睛。一想到自己狭长的背脊被这双眼睛盯住就觉得受不了。

“楮树上的花朵已经落完了，混浊的香味不久也会消失，”她用不相称的尖声继续说，“一定有人失落了什么，在落花中寻找来着，我发现数不清的脚印……花朵究竟是被雨打落下来的，还是自己开得不耐烦了掉下来的？深夜我在房间里走来走去，看见月亮挂在树梢，正像一只淡黄的毛线球……”

一会儿台阶上响起了沉甸甸的脚步声，是她男人回来了，女人的声音戛然而止。原来那女的一直在屋里对着木板壁说话。或许她是在念一封写不完的信？

吃中饭的时候，他用力嚼着一块软骨，弄出“嘣隆嘣隆”的响声。

“好！好！”慕兰赞赏地说，喉结一动，“咕咚”一声咽下一大口酸汤。

女儿也学着他们的样儿，口里弄出“嘣隆嘣隆”的声音，喉咙不停地“咕咚”作响。

吃完了，他擦着嘴角的酸汤站起来，用指甲剔着牙，像是对老婆，又像是对什么别的人说：“窗棂上的蜘蛛逮蚊子，逮了一点多钟了，哪里逮得到！”

“工间操的时候，林老头儿把屎拉在裤裆里了。”慕兰说，一股酸水随着一个嗝涌上来，她“咕咚”一声又吞了回去。

“今天的排骨没炖烂。”

“你吃的是里脊肉！”她吃惊地看了他一眼。

“我吃的是里脊肉。”他看着蜘蛛说，“我是说排骨。”

“哈！”慕兰作了一个鬼脸，“你又在骗人嘛。”

夜晚，在楮树花朵最后一点残香里，更善无和隔壁那个女人做了一个相同的梦，两人都在梦中看见一只暴眼珠的乌龟向他们的房子爬来。门前的院子被暴雨落成了泥潭，它沿着泥潭的边缘不停地爬，爪子上沾满了泥巴，总也爬不到。当树上的风把梦搅碎的时候，两人都在各自的房里汗水淋淋地醒了过来。

从学院毕业的时候，他剃着光头，背上背着一个军用旅行袋。汗从腋下不停地冒出来，有股甜味儿。那时太阳很亮，天空就像个大玻璃盖，他老是眯缝着眼看东西。

“夜里我掉进了泥潭。”隔壁那女人又在尖声说话了，“到现在身上还黏糊糊的。天快亮的时候，‘咔嚓’一声，树枝被风折断了。”

他很是纳闷：为什么每次都是只有他一个人能听见隔壁那女人的疯话？为什么慕兰听不见？她是不是装蒜？

慕兰在低着头剪她那短指头上的指甲，连眼皮都没抬一下。

“你听到什么响动了吗？”他试探性地问。

“听到了。”她若无其事地回答，仍旧没抬头，“是风刮得隔壁的窗纸‘沙沙’作响，这家人家一副破落相，那男的居然还放了一个玻璃缸在后面，里面养了两条黑金鱼呢，真是幼稚可笑的举动！我已经在后面的墙上挂了一面大镜子，从镜子里可以侦察到他们的一举一动，方便极了。我对他们养金鱼的做法极为反感。”

地上被践踏的花儿全都成了黑色。

他打开门，赫然映入他眼中的是隔壁窗口女人的头部。她也在看地上的残花，两眼贪婪地闪闪发光，脖子伸得极长，好像就要从窗口跳出去。

“花儿已经死了。”他用自己意想不到的声音轻飘飘地说。

“它已经过去了，这个疯狂的季节……”女人的嘴唇动了动，几乎看不出她在讲话。

“真是梦游人的生活呀，日里夜里……然而这么快就过去了。这些日子里，这些扰人的花儿弄得我们全发疯了，你有没有梦见过……”他还要再说下去，然而女人已经不见了。

在大玻璃盖底下，所有的东西都是一个个黄色的椭圆形，外来的光芒是那样地刺人，没有任何地方可以遮阴。

花间的梦全部失落了。

三

他踌躇着推开门的时候，她正坐在桌边吃一小碟酸黄瓜。桌上放着一只坛子，黄瓜就是从那里夹出来的。她轻轻地咀嚼，像兔子一样动着嘴唇，几乎不发出一点儿响声。她并不看他，吃完一条，又去夹第二条，垂着眼皮，细细地品味。黄瓜的汁水有两次从嘴角流出来了，她将舌头伸出来，舔得干干净净。

“我来谈一件事，或者说，根本不是一件事，只不过是一种象征。”他用一种奇怪的、像是探询、又像是发怒的语气开了口，“究竟，你是不是也看到过？或者说，你是不是也有那种预感？”

虚汝华痴呆地看了他一眼，一声不响，仍旧垂下眼皮嚼她的黄瓜。她记起来这是她的邻居，那个鬼鬼祟祟的男人，老在院子里搞些小动作，挡住她的视线。吃午饭的时候，老况看见她吃黄瓜，立刻惊骇得不得了，说是酸东西搞坏神经，吃不得。等他上班去了，她就一个人痛痛快快地大吃特吃起来。

“当我在梦里看见它的时候，好像有个人坐在窗子后面，我现在记起那个人是谁了……你说说看，那个泥潭，它爬了多久了？”他还不死心，胡搅蛮缠地说下去，“那个泥潭，是不是就在我们的院子里？”

“死麻雀是怎么回事？”她开了口，仍旧看也不看他，掏出手绢来擦了一下嘴巴，“这几天我都在屋里洒了杀虫剂。”她的声音这么冷静，弄得他脑袋里像塞满了石头，“哗啦哗啦”地响开了。

“不过是因为心里有点儿发慌。”他尴尬地承认，“你知道，那些花儿开得人心惶惶的。有一个时候，我是很不错的，我还干过地质队呢。山是很高的，太阳离得那么近，简直一伸手就可以碰到……当然，说这些有什么意思，我们在同一个屋顶下面住了八年，你天天看到我，你看到我的时候，我就这样了。夜里乌龟来的时候，你正在这间房子里辗转，我听见床板吱吱呀呀地响，心里就想，那间屋子里有个人也和我一样，正在受着噩梦的纠缠。噩梦袭击着小屋，从窗口钻进来，压在你身上……等树上结出了红的浆果，那时就会有金龟子飞来，我们就可以安安稳稳地睡觉了，年年都这样。我夜里喜欢用两块砖将枕头死死地压住，因为它会出其不意地轰响起来，把你吓一大跳。你整天洒杀虫剂，把蚊虫都毒死了。在黑暗里，当什么东西袭来的时候，心里不害怕吗？我喜欢有蚊虫在耳边嗡嗡地叫着，给我壮胆似的……”他说来说去的，连他自己都大吃一惊，不知在说些什么了。

“我要去洒杀虫剂了。”她看着他说，站起身去拿喷筒。她走了几步，又回转头来说：“我在后面养了一盆洋金花。他们说这种东西很厉害，只要吃两朵以上就可以致人死命。我喜欢这种东西，它激起人漫无边际的梦想。你老婆总在镜子里偷看我们吧？要是你想谈你心里那件事，你可以常来谈，等我情绪好的时候。”他张了一下嘴，打算说点什么，然而她已经在后面房里“哧哧”地弄响喷筒了。她瞥了瞥镜子，看见里面那个人就像在气体里游动似的，那胸前有两大块油迹闪闪发亮，她记起是中午喝汤的时候心不在焉地弄下的。她忽然觉得羞愧起来，这是一种陌生的情绪，为了什么呢？大概是为了一件毫无意义的小事吧，她记不得了。当隔壁那个男人说话的时候，她觉得就是自己在说话，所以她一点儿也不感到怪异，她只是听着，听自己说话。她记起那些暴风雨的夜晚，黑黝黝的枝丫张牙舞爪地伸进窗口，直向她脸上戳来，隔壁那个人为什么和她这么相像呢？也许所有的人都是这么相像吧。比如她就总是分不清老况和他母亲。在她脑子里，她总把他们两人当作一个人，而且觉得这样很便当。但是每当她讲话中露出这样的意思，老况总要坐立不安，担心她的神经，劝她去实行一种疗法等等。前天他又在和他母亲偷偷摸摸地商量，说是要骗她去看一回医生，又说如果不这样的话，天晓得有什么大难临头。他们俩讲话的那种郑重其事的神气使她忍不住“哧”地一笑。听到笑声，他们发觉她在偷听，两人同时恼羞成怒，向她猛扑过来，用力摇晃她的肩膀追问她有什么好笑的。“如果这样下去的话，后果全由你自己承担。”婆婆幸灾乐祸地说：“我们已经尽到了责任。”近来老况每天偷偷地将小便撒在后面的阴沟里，他总以为她不知道，把后门关得紧紧的，一撒完又装得若无其事的样子。而她也就假装不知道，照旧按他的吩咐每天洒杀虫药。

他们刚刚结婚时，他还是一个中学教员，剪着平头，穿着短裤。那时他常常从学校带回诸如钢笔、日记簿等各种小东西，说是没收了学生的。有一回他还带回两条女学生的花手绢，说“洗一洗还可以用”。一开始他们俩都抱着希望，以为会有孩子，后来她反倒幸灾乐祸起来——他们这家子（她、老况、婆婆）遇事总爱幸灾乐祸。隔壁那鬼鬼祟祟的男人竟会有一个孩子，想到这一点就叫她觉得十分诧异。小孩子，总不可以像大人那样飘忽的吧？今天清早，她裸着上半身在屋里走来走去，不停地拍响肚子。“你干吗？”老况怒气冲冲地说。“有时候，”她对他揶揄地一笑，“我觉得这根本不是什么女人的肚子，只不过是一张皮和一些肮脏的肠子还有鬼知道是什么的一些东西。”“你最好吃一片‘安定’。”老况从她身边冲过去，差一点儿把她撞倒。

她拿着喷水壶到后面去给洋金花浇水的时候，看了一眼金鱼缸就怔住了。两条金鱼肚皮朝天浮在水面上，那水很混浊，有股肥皂味儿，她用手指拨了一下，金鱼仍旧一动不动。这当儿她瞥见隔壁那女人踮着脚站在镜子面前，正在观察她呢。她慢吞吞地捞起金鱼，扔到簸箕里面。

下一次那男人再来谈那件事的时候，她一定要告诉他，她喜欢过夹竹桃。当太阳离得很近（一伸手就可以抓到），夹竹桃的花朵带着苦涩的香味开起来的时候，她在树底下跑得像兔子一样快！她这样想着，又瞥了一眼那女人肥满的背部，心里泛起一种恶毒的快意。

“你在后面干吗？”更善无飞快地将一包饼干藏进皮包，“啪”的一声扣上按钮，大声地说：“我要去上班啦。”

慕兰从后面走出来，黑着脸，失神地说：“我倒了一盆肥皂水……我正在想……我怎么也……上月的房租还欠着呢。”

“你变得多愁善感起来了。”他冷笑一声，且说且走。一直过了人街，转了弯，他才回头看了一看，然后伸手到皮包里拿出饼干，很响地大嚼起来。

他的女儿从百货店出来了，昂着头发稀少的脑袋，趾高气扬地走着。他连忙往公共厕所后面一躲，一直看着她走到大街那边去了才出来。“她已经转了弯了。”一个人从背后耳语似的告诉他。回头一看，原来是岳父。老人长着稀稀拉拉的山羊胡子，上面有龌龊的酒渍。

“你说谁?”他板着脸，恶狠狠地问。

“凤君罢，还有谁!”岳父滑稽地眨了眨一只红眼睛，伸出瘦骨伶仃的长胳膊搭在他的肩膀上，兴致勃勃地说:“来，你出钱，我们去喝一杯!”

“呸!”更善无嫌恶地甩脱了他的胳膊，只听见那只胳膊“嘎吱嘎吱”地乱响了一阵，那是里面的骨头在发出干燥的摩擦声。

“哈哈哈！躲猫猫，吃包包！哈哈哈……”岳父兴高采烈地手舞足蹈，大喊大叫。

他脸一热，下意识地摸了摸皮包，里面还剩得三块饼干。

四

岳父也是一名讨厌的窥视者。从他娶了他女儿那天起，他每天都在暗中刺探他的一切。他像鬼魂一样，总在意想不到的地方冒出来，钻进他的灵魂。有一回他实在忍不可遏，就冲上去将他的胳膊反剪起来。那一次他的胳膊就像今天这样发出“嘎吱嘎吱”的怪响，像是要断裂，弄得他害起怕来，不知不觉中松了手，于是他像蚂蚱那样蹦起来就逃走了，边跑口里还边威胁，说是“日后要实行致命的报复”。

“躲猫猫，吃包包……”岳父还在喊，大张着两臂，往一只垃圾箱上一扑，“咯咯咯……”地笑个不停。笑完之后，他就窜进寺院去了。寺院已经破败，里面早没人住，岳父时常爬到那阁楼上，从小小的窗眼里向过往的行人身上扔石子，扔中了就“咚咚咚”地跑下楼，找个地方躲起来哈哈大笑一通。

十年前，他穿着卡其布的中山装到他们家去求婚。慕兰用很重的脚步在地板上走来走去，一副青春焕发的模样。岳母闷闷地放了几个消化不良的臭屁，朝着天井里那堵长了青苔的砖墙说：“算我倒霉，把个女儿让你这痞子拐走了。”三年后她躺进了医院的太平间，他去看她时，她仍然是那副好笑的样子，鼓着暴眼，好像要吃了他一般。

他们结婚以后，有一天，两人在街上走，慕兰买了许多梅子，边走边往口里扔，那条街总也走不完似的。忽然她往他身上一靠，闭上眼，吐出一颗梅子核，说道：“唉，我真悲伤！”她干吗要悲伤？更善无直到今天都莫名其妙。

岳父每次来都要绕着他们的房子侦察一番，然后选择一个有利的时机躲在后门那里轻轻地，没完没了地唤凤君出来，爷孙俩就站在屋檐下谈起话来。阳光斜斜地照着他的红鼻头，他的脸上现出恨恨的神气，眼珠不断地向屋里瞄来瞄去，肚子里暗暗打着主意。最后，在走的时候，飞快地窜进屋里捞起一样小东西跑掉了。接着就听见脚步声，慕兰气急败坏地走出来问女儿：“该死的，又拿走什么啦？”

吃完三块饼干，正好走到所里的门口。昨天在所里办公的时候，他正偷偷地用事先准备好的干馒头屑喂平台上的那些麻雀，冷不防安国为在他屁股上拍了一掌，眯着三角小眼问他：“你对泥潭问题做出了什么样的结论？”说完就将香烟头往外一吐，跷起二郎腿坐在他的办公桌边缘上。他惴惴地过了一整天，怎么也想不出那小子话里的用意。回家之后，他假装坐在门口修胡子，用一面镜子照着后面，偷眼观察隔壁那人的一举一动，确定并无可疑之处，才稍稍安下心来。也许是他这该死的心跳泄露了秘密？在楮树花朵扰乱人心的这些日子里，他的心脏跳得这么厉害，将手掌放在胸口上，里面“嗵嗵嗵”的，像有条鱼在蹦。他觉得人家一定也听到这种声音了，所以所里的人都用那种意味深长的眼光盯视他，还假惺惺地说：“啊——这阵子你的脸色……”为了防止心跳的声音让人听见，他一上班就飞快地钻到他的角落里，把脸一连几个钟头朝着窗外，从包里掏出事先预备好的馒头屑来喂麻雀。今天他伸出脑袋，竟发现其他两个窗口都有脑袋伸出来。转过身来一看，原来是他同室的同事。他们背着手，把脸朝着窗外，仿佛正在深思的样子。他又心怀鬼胎地溜到走廊上，从其他科室的门缝往里一看，发现那里面也一样，每个窗口都站着一个表情严肃的人，有的人还踱来踱去，现出焦虑不安的形状。后来同事们骚乱起来，原来是一只大花蝶摇摇晃晃地闯进来了，黑亮的翅膀闪着紫光，威风凛凛地在他们头上绕来绕去。所有的人都像弹子似的蹦起。关门的关门，关窗的关窗，有两个人拿着鸡毛扫帚在下死力扑打，其余的人则尖声叫着跳着来助威。一个个满脸紫胀，如醉如狂。更善无为了掩盖自己心中不可告人的隐私，也尖声叫着，并竭力和大家一样，做出发了狂的模样来。花蝶扑下来之后，原来站在窗口的那两个人马上恢复了严肃的表情，背着手脸朝窗外，陷入了高深莫测的遐想之中。他忽然想起，这两个假作正经的家伙也许是天天如此站在窗口的，只是自己平时没注意，直到现在与他们为伍，才发现这一点。他们三人像木桩子一样一直站到下班铃响，才拿起皮包回家。他注意到那两人在马路上走路的姿势也是那么一本正经，低着头，手背在后面，步子迈得又慢又稳。斜阳照着他们的驼背，透过肥大的裤管，他窥见了几条多毛的腿子。

“今天有炖得很烂很烂的骨头，你可以连骨髓都吸干净。”慕兰舔着嘴边的油脂，兴致勃勃地说。

“我对排骨总是害怕，它们总是让我的舌头上长出很大的血泡来。”他用一根小木棒拨弄着窗子上的蜘蛛网，“你不能想点其他的花样出来吗？”

“我想不出什么花样。隔壁又在大扫除，我从镜子里看见的。哼，成天煞有介事，洒杀虫药啦，大扫除啦，养金鱼啦，简直是神经过敏！那女的已经发现我在镜子里看她了。你闻见后面阴沟里的尿臊气没有？真是骇人听闻呀。都在传说喝生鸡血的秘方，你听说没有呀？说是可以长生不死呢。”

“吃炖得很烂的排骨也可以长生不死。”

“你又在骗人!”她惊骇得扭歪了脸，“今天早上我正要告诉你我在想什么，你没听完就走了。是这样的，当时我坐在这个门口，风吹得挺吓人的。我就想——对啦，我想了关于凤君的事。我看这孩子像是大有出息的样子。昨天我替她买了一件便宜的格子布衣，你猜她说什么？她说：‘谢谢，我还不至于像个叫花子。’我琢磨着她话里的意思，高兴得不得了呢。这个丫头天生一种知足守己的好性格。”

“她像她妈妈，将来会出息得吓人一跳。”他讥诮地说。

一回到家里，乌龟的梦又萦绕在他脑子里，使他心烦意乱。他在屋子里踱来踱去，脚步“嗵！嗵！嗵！”地响着，眼前不断地浮出被烈日晒蔫了的向日葵。隔壁那女人的尖嗓音顺着一股细细的风吹过来了，又干又热，还有点喑哑。

“……不错，泥浆热得像煮开了的粥，上面鼓着气泡。它爬过的时候，脚板上烫出了泡，眼珠暴得像要掉出来……夹竹桃与山菊花的香味有什么区别？你能分得清吗？我不敢睡觉，我一睡着，那些树枝就抽在我的脸上，痛得要发狂。我时常很奇怪，它们是怎么从窗口伸进来的呢？我不是已经叫老况钉上铁条了吗？（我假装对他说是防小偷。）我打算另外做两扇门，上面也钉满铁条，这一来屋子就像个铁笼子了。也许在铁笼子里我才睡得着觉。累死了!”

慕兰正从砂锅里将排骨夹出来，用牙齿去撕扯。看着她张开的血盆大嘴，更善无很惊异、很疑惑。

“什么东西作响……”他迟迟疑疑地说。

“老鼠。我早上不该拿掉鼠夹子的。总算过去了，开花的那些天真可怕……我以为你要搞什么名堂。”

“什么?!”

“我说开花的事呀，你干吗那么吓人地瞪着我！那些天你老在半夜里起来，把门开得‘吱呀’一响。你一起来，冷风就钻进来。”

“原来她也是一个窥视者……”他迷迷糊糊地想。

五

虚汝华倚在门边仔细地倾听着。一架飞机在天上飞，“嗡嗡嗡嗡”地叫得很恐怖。金鱼死掉以后，老况就一脚踢翻了她种的洋金花，把后门钉死了。“家里笼罩着一种谋杀气氛，”他惶惶不安地逢人就诉说，“这都是由于我们缺乏独立生活的能力。”现在他变得很暴躁、很多疑，老在屋里搜来搜去的，担心着谋杀犯，有一回半夜里还突然跳起，打着手电，趴到床底下照了好久。婆婆来的时候总是戴一顶烂了边的草帽，穿一双长筒防雨胶鞋，手执一根铁棍。一来立刻用眼光将两间屋子搜索一遍，甚至门背后都要仔细查看。看过之后，紧张不安地站着，脸颊抽个不停，脖子上现出红色的疹子。有一天她回家，看见门关得死死的，甚至放下了窗帘，叫了老半天的门也叫不开。她从窗帘卷起的一角看见里面满屋子烟气腾腾的，婆婆和老况正咬着牙，舞着铁棍在干那种“驱邪”的勾当。传来窃窃的讲话声，分不清是谁的声音。等了一会儿，门“吱呀”一声开了，老况扶着婆婆走下台阶，他们俩都垂着头，好像睡着了的样子，梦游着从她面前走过。“驱”过“邪”之后，老况就在门上装了一个铃铛，说是万一有人来谋杀抢劫，铃铛就会响起来。结果等了好久，谋杀犯没来，倒是他们自己被自己弄响的铃声搞得心惊肉跳。每次来了客人，老况就压低喉咙告诉他们：简直没法在这种恐怖气氛中生存下去了，他已经患了早期心肌梗塞，说不定会在哪一次惊吓中丧命。婆婆自从“驱”过“邪”之后就再也不上他们家来了。只是每隔两三天派她的一个秃头侄女送一张字条来。那侄女长年累月戴一顶青布小圆帽，梳着怪模怪样的发型，没牙的嘴里老在嚼什么。婆婆的字条上写着诸如此类的句子：“要警惕周围的密探！”“睡觉前别忘了：1. 洗冷水脸（并不包括脖子）。2. 在枕头底下放三块鹅卵石。”“走路的姿势要正确，千万不要东张西望，尤其不能望左边。”“每天睡觉前服用一颗消炎镇痛片（也可以用磺胺代替)。”“望远可以消除下肢的疲劳。”等等。老况接到母亲的字条总要激动不安，身上奇痒难熬，东抓西抓，然后在椅子上扭过来扭过去地搞好半天，才勉强写好一张字条让那秃头的侄女带回去。他写字条的时候总用另外一只手死死遮住，生怕她偷看了去，只有一回她瞥见（不如说是猜出）字条上写的是：“立即执行，前项已大见成效。”突然有一回秃头侄女不来了，老况心神恍惚地忍耐了好多天，夜里在床上翻来覆去，口中念念有词，人也消瘦了好多，吃饭的时候老是一惊，放下碗将耳朵贴在墙壁上，皱起眉头倾听什么声音。婆婆终于来将他接走了。那一天她站在屋角的阴影里，戴着大草帽，整个脸用一条奇大无比的黑围巾包得严严实实，只留两只眼在外面，口中不停地念叨“晦气，晦气……”大声斥责磨磨蹭蹭的儿子。出门的时候，婆婆紧紧拽住老况多毛的手臂，生怕他丢失的样子，两人逃跑似的离去。她听见婆婆边走边说：“重要的是走路的姿势，我不是已经告诫过你了吗？我看你是太麻痹大意了，你从小就是这么麻痹大意，不着边际。”后来老况从婆婆那里回来过一次。那一次她正在楮树下面看那些金龟子，他“嗨”的一声，用力拍了一下她枯瘦的背脊，然后一抬脚窜到屋里去了。听到他在屋里乒乒乓乓地翻箱倒柜，折腾了好久，然后他挽好两个巨大的包袱出来了。“这阵子我的神经很振奋，”他用一方油腻腻的手帕抹着胡须上的汗珠子，“妈妈说得对，重要的问题在注意小节上面，首先要端正做人的态度……你对这个问题有什么感想?”他轻轻巧巧地提起包袱就走了。夜里。她把钉满铁条的门关得紧紧的，还用箱子堵上了。黑暗中数不清的小东西在水泥地上穿梭，在天花板上穿梭，在她盖着的毯子上面穿梭。她在发胀的床脚下死力咬紧了牙关，她身上的毯子轻飘飘的，不断地被风鼓起，又落下，用砖头压紧也无济于事。不知从哪里飞来的天牛“嗒嗒嗒”地接二连三落在枕边，向她脸上爬来，害得她没个完的开灯，将它们拂去。

时常她用毯子蒙住头，还是听得见隔壁那个男人在床上扭来扭去，发出“咯咯”的、痛苦的磨牙声，其间又伴随着一种好似狼嗥的呼啸声，咬牙切齿的咒骂声。他提过泥潭的事，确实是这样。他提过的都是他梦里看见过的东西，是不是睡在同一个屋顶下的人都要做相同的梦呢？然而她自己逐日干涸下去了。她老是看见烈日、沙滩、滚烫的岩石，那些东西不断地煎熬着体内的水分。“虚脱产生的幻象。”老况从前总这样说。她每天早上汗水淋淋地爬起来，走到穿衣镜面前去，仔细打量着脸上的红晕。“你说，那件事究竟是不是幻象?”那声音停留在半空中。他终于又来了，他的长脖子从窗眼里伸进来，眼睛古怪地一闪一闪。原来他的脖子很红，上面有一层金黄色的汗毛。她正在吃老况扔下的半包蚕豆，蚕豆已经回了潮，软软的，有股霉味儿，嚼起来一点儿响声都没有。

“你吃不吃酸黄瓜？我还腌的有好多。飞机在头顶上叫了一上午了，我生怕我的脑袋会轰的一声炸成碎片。”她听出自己声音的急切，立刻像小姑娘那样涨红了脸，腋下的汗毛一炸一炸的，把腋窝弄得生痛。有一会儿他沉默着，于是她的声音也凝结在半空中，像一些印刷体的字。

他在屋里走来走去，到处都要嗅一嗅。他的动作很轻柔，扁平的身体如同在风中飘动的一块破布。最后他落在书桌上，两条瘦长的腿子差不多垂到了地上。书桌上有一层厚厚的白灰，他一坐上去，灰尘立刻向四处飞扬起来，钻进人的鼻孔里。“这屋里好久没洒过杀虫药了。”他肯定地说，“我听见夜里蚊虫猖狂得不得了。我还听见你把它们拍死在板壁上，这上面有好多血印。”

“蚊虫倒不见得怎么样，身上盖的毯子却发了疯似的，老要从窗口飞出去。我每天夜里与这条毯子搏斗，弄得浑身是汗，像是掉进了泥潭。”她不知不觉诉起苦来了。她忽然觉得，这个男人，夜里“咯咯”地磨牙的人，她很需要和他讲些什么亲切的悄悄话。“屋角长着一枚怪蕈，像人头那么大。天花板上常常出其不意地伸出一只脚来，上面爬满了蜘蛛。你也在这个屋顶下面睡觉，相类似的事，你也该习惯了吧?”

“对啦，相类似的事，我见得不少。”他忽然打了一个哈欠，显出睡意朦胧的样子来。

她立刻慌张起来，她莽撞地将赤裸的手臂伸到他的鼻子底下，指着上面隆起的血管，滔滔不绝地说：“你看我有多么瘦，在那个时候，你有没有注意到夹竹桃？夹竹桃被热辣辣的阳光一晒，就有股苦涩味儿。我还当过短跑运动员呢，你看到我的时候，我就跟你一个样了。我们俩真像孪生姊妹，连讲起话来都差不多。我做了一个梦醒来，翻身的时候，听见你也在床上翻身，大概你也刚好做了一个梦醒来，说不定那个梦正好和我做的梦相同。今天早上你一来，提到那件事，我马上明白了你的意思，因为我也刚好正在想那件事。喂，你打起精神来呀。”她推他一把，那手就停留在他的背脊上了。“昨天在公园里，一棵枯树顶上长着人的头发……”

六

她来回地抚摸着他的背脊。

他缩起两条腿，像老猫一样弓着背，一动也不动。

“这些日子，我真累。”他的声音“嗡嗡”地从两个膝盖的缝里响起来，说着又打了一个哈欠，“到处都在窥视，逃也逃不开。”

“真可怜。”她说，同时就想到了自己萎缩的肚子，“楮树上已经结果了，等果子一熟，你就会睡得很熟很熟，这话是你告诉我的。从前母亲老跟我说：别到雨里去，别打湿了鞋子。她是一个很厉害的女人，打起小孩来把棍子都打断了。她身上老长疮，就因为她脾气大。不过那个时候，我还是睡得很熟很熟，一个梦也没做。”

“我到厕所去解手，就有人从裂开的门缝那里露出一只眼睛来。我在办公室里只好整天站着，把脸朝着窗外，一天下来，腿子像被人打断了似的。”

“真可怜。”她重复说，将他的头贴着自己干瘪的肚子。那头发真扎人，像刷子一样根根竖起。

后来他从桌子上下来，她牵着他到墨黑的蚊帐里去。

她的胯骨在床头狠狠地撞了一下，痛得她弯下了腰。

床上的灰尘腾得满屋都是，她很懊丧，但愿他没看见就好。

她还躺在床上，盖着那条会飞的毯子，他已经回家去了。

他坐过的桌上留下一个半圆的屁股印。

在他来之前，她盼望他讲一讲地质队的事，然而他忘记了，她也忘记了。

很久没洒杀虫药，虫子在屋里不断地繁殖起来。近来，那些新长出来的蟋蟀又开始鸣叫了，断断续续的，很凄苦，很吃力，总是使她为它们在手心里捏一把汗。老况说这屋里是个“虫窝”，或许他就是因为害怕虫子才搬走的。三年前，婆婆在他们房里发现了第一只蟋蟀。从那天起，老况就遵从婆婆的嘱咐买回大量杀虫剂，要她每天按时喷洒两次。虽然喷了杀虫剂，蟋蟀还是长起来，然而都是病态的，叫声也很可怜。婆婆每回来他们家，只要听到蟋蟀叫，脸上就变了色，就要拿起一把扫帚，翘起屁股钻到床底下去，乱扑乱打一阵，将那些小东西们赶走，然后满面灰垢地爬出来，高声嚷嚷：“岂有此理!”有时老况也帮着母亲赶，娘儿俩都往床底下钻，两个大屁股留在外面。完了老况总要发出这样的感叹：“要是没有杀虫剂，这屋里真不知道成个什么体统!”今天早上从床上爬起来，听着蟋蟀的病吟，拍着干瘪的胸部和肚子，想起好久没洒杀虫剂了，不由得快意地冷笑起来。下一次老况来拿东西，她一定要叫他将后门也钉上铁条，另外还要叫他带两包蚕豆来(现在她夜里也嚼起蚕豆来了)。她又想另写一张字条叫人送去。她打开抽屉找笔，找了好久，怎么也找不到，只得放弃了这个想法。

结婚以后，她的母亲来看过她一次。那是她刚刚从一场肺炎里挣扎出来，脱离了危险期的那一天。母亲是穿着黑衣黑裤，包着黑头巾走来的，大概是打算赴丧的。她吃惊地看着恢复了神志的她，别扭地扯了扯嘴角，用两个指头捏了捏她苍白的手指尖，说道：“这不是很好嘛，很好嘛。”然后气冲冲地扭转屁股回家去了。看她的神气很可能在懊悔白来了一趟。自从老况搬走之后，有一天，她又在屋子附近看到了母亲穿着黑衣黑裤的背影，她身上出着大汗，衣服粘在肥厚的背脊上。隔着老远，虚汝华都闻到了她身上透出的那股浴室的气味，一种熟悉而恶心的气味。为了避免和母亲打照面，她尽量少出门，每天下班回来都几乎是跑进屋里，一进屋就放下深棕色的窗帘。一天她撩起窗帘的一角，竟发现了树背后的黑影。果然，不久母亲就在她的门上贴了一张字条。上面写着很大的字：好逸恶劳、痴心妄想，必导致意志的衰退，成为社会上的垃圾！后来她又接连不断地写字条，有时用字条包着石头压在她的房门外面，有时又贴在楮树的树杆上。有一回她还躲在树背后，趁她一开门就将包着石头的字条扔进屋里，防也防不住。虚汝华总是看也不看就一脚将字条踢出老远，于是又听见她在树背后发出的切齿诅咒。楮树上飞来金龟子的那天夜里，她正在床上与毯子搏斗，满身虚汗，被灰呛得透不过气来，忽然她听到了窗外的脚步声："嗵！嗵！嗵……"阴森恐怖。她战栗着爬起来，用指头将窗帘拨出一条细缝，看见了从头到脚蒙黑的影子，影子摇曳着，像是在狞笑。虽然门窗钉满了铁条，她还是怕得不得了，也不敢开灯，隔一会儿就用手电照一照床底下、门背后、屋顶上，生怕她会意想不到地藏在那些地方。她在窗外"嗵嗵嗵"地走过来、走过去，还恶作剧地不时咳嗽一下。一直闹到天明她拉开窗帘，才发现窗外并无一人。"也许只是一个幻影？"虚汝华惴惴地想。接下去又发生了没完没了的跟踪。当她暂时甩脱了身后的尾巴，精疲力竭地回到小屋里，轻轻地揉着肋间的排骨时，她感觉体内已经密密地长满了芦秆，一呼气就"轰轰"地响得吓人。昨天上午，母亲在她门上贴出了"最后通牒"。上面写着："如果一意孤行，夜里必有眼镜蛇前来复仇。"她还用红笔打了三个恶狠狠的惊叹号。当她揭下那张纸条时，她发现隔壁那女人正将颈脖伸得很长很长向这边看，她一转身，那女人连忙将颈脖一缩，自作聪明地装出呆板的神气，还假作正经地对着空中自言自语："这树叶响起来有种骚动不安的情绪。"后来她听见板壁那边在窃窃地讲话。

"我觉得悲哀透——了。"隔壁那女人拖长了声音。

"这件事搞得我就像热锅上的蚂蚁。"另一个陌生的声音说，"人生莫测……请你把镜子移到外面来，就挂在树上也很方便，必须继续侦察，当心发生狗急跳墙。”

声音很怪异，使人汗毛竖起。

“我在这里踱来踱去，有个人正好也在我家的天井里兜圈子。周围黑得就像一桶漆……这已经有好几天了。”那个怪声音还在说。

门“吱呀”一响。她急忙撩开窗帘，看见母亲敏捷得像只黑山猫，一窜就不见了。原来是母亲在隔壁讲话！

“那母亲弄得心力衰竭了呢，真是不屈不挠呀。”慕兰用指头抹去嘴边的油脂，一边大嚼一边说：“有人就是要弄得四邻不安，故作神秘，借此来标榜清高。其实仔细一想什么事也没有，不过就是精神空虚罢了。”

“簸箕里的排骨渣子引来了蚂蚁，爬得满桌全是。”更善无溜了她一眼，聚精会神地用牙剔出排骨上的那点筋。“我的胃里面填满了这些烂烂渣渣的排骨，稍微一动就扎得痛。”

“天热起来了。”慕兰擦了擦腋下流出来的汗，“我的头发只要隔一天不洗，就全馊了，我自己都不敢闻。”

七

第一枚多汁的红果掉在窗台上时，小屋的门窗在炎热里“噼噼啪啪”地炸个不停了。天牛呻吟，金龟子“嗡嗡”，屋里凝滞的空气泛出淡红色。擦着通身大汗，虚汝华吃了两根酸黄瓜来醒脑子。

“我一闻到酸黄瓜的香味儿，就忍不住来了。”门一开，男人长长的影子投进屋里。

“你们不是要在树上挂镜子吗？”她怨恨地说，“要侦察我呢。”

他无声地笑着。原来他的牙齿很白，有两颗突出的犬牙，很尖利，是不是为着吃排骨而生的？一想到他牙缝里可能残留着排骨渣，她都直想呕吐。

“每一夜都像在开水里煮，通身湿透。”她继续抱怨，带点儿撒娇的语调，连她自己听着都皮肤上起疙瘩。她指了指肚子，“我的体内已经长满芦秆了。瞧这儿，不信你拍一拍，声音很空洞，对不对？从前我还想过小孩的事呢，真不可理解呀。我时常觉得只要我一踮脚，就会随风飘到半空中。所以我总是睡得不踏实，因为这屋里总是有风来捣乱。人家说我成天恍恍惚惚的。”

在床上，他的肋骨紧擦着她的，很短、很难受的一瞬间。

在她的反复要求下，他终于讲了一个地质队的故事。

那故事发生在荒蛮之中，从头至尾贯穿着炎热，蜥蜴和蝗虫遍地皆是，太阳终日在头顶上轰响，释放出红的火花。

汗就像小河一样从毛孔里淌出来，结成盐霜。

“那地质队，后来怎样了？”她催促着他。

“后来？没有了。只不过是短暂的一瞬，毫无意思的。有时候我忍不住要说：‘我还干过地质队呢。’其实也不过就说一说罢了，并没有什么其他的意思。我这个人，你看见我的时候早就是这么个人了。”

“也许是欺骗呢！不是还有结婚的事么？”她愤愤不平起来。

“对啦，结婚，那是由一篮梅子引起的。我们吃呀吃的，老没个完，后来不耐烦了，就结婚了。”

“你真可怜。”她怜悯地来回抚着他的脊背，“你还没开口，我就知道你要说些什么，你这么像我自己。等将来，我要跟你讲一讲夹竹桃的，但是现在我不讲。我还有一包蚕豆呢，是老况托人送来的。”

他们俩在幽暗里“嘣隆嘣隆”地嚼着蚕豆，很快活似的。

一只老鼠在床底下的破布堆里临产，弄出的响声。

蚕豆嚼完了，两人都觉得很不自在。

“这屋里有很多老鼠。”他说，带点儿要刺伤她的意味。

“对呀，像睡在灰堆里，浑身黏糊糊的。”她惭愧地回答，心里暗暗盼望他快快离开。她瞥了一眼肚子，只觉得皱纹更多、更瘪了。她记起早上她为了他来，还在脸上擦了一点粉呢。她脸朝着墙，看见酸汗从他腋下不停地流出来，狭长的背部也在淌汗。他的头发湿淋淋的，一束一束地粘在一起。好像经过刚才一场，他全身的骨架都散了，变成了鳝鱼泥鳅一类的动物了。现在他全身都是柔滑的、布满黏液的，她隐隐约约地闻到了一股腥味儿。

“最近我生出了一种要养猫的愿望。”他说，还是没有要起身的样子，“我已经捉到了一只全黑的，精瘦，眼睛绿森森的，总是不怀好意地在打量我。你的金鱼，怎么会死呢？”

“老况说这屋里凶杀的味儿太浓了。金鱼是吓死的。最近我对剪贴图片发生了兴趣，有时我半夜起来还搞一阵，贴出各种花样来。我有一个计划，将屋里糊墙纸全部撕掉，贴上各式图片。这样只要一进屋，神经就受到了图片的刺激，就不会感到心慌意乱了。你老是睡在这里，一点儿都不觉得腻味吗？”

沉默，两人都在后悔刚才的胡言乱语。

更善无一跨出门去，就踩在一块西瓜皮上，仰天摔了一大跤。他揉着屁股定睛一看，发现门槛下一字儿排开四五块西瓜皮。后来他又在厨房里发现了西瓜皮，堆成一大堆，成金字塔形状。在他搜集了西瓜皮扔到簸箕里去的时候，看见岳父正用一把铁锹在他房子的墙根起劲地刨，已经挖碎了两块砖。他的裤腿卷得高高的，露出多毛的细腿。

“滚！”他用力一撞，撞得他扑在地上。

他爬起来，拍了拍身上的灰土，将铁锹扛在肩上，边走边啐口水，还扬起拳头。

“爹爹拿走了你的青瓷茶壶。”慕兰哭丧着脸说。那茶壶是他心爱的东西。

“人都死了吗?!”他咆哮起来。

“我本来不准，但是他威胁说他会干出谋杀的勾当来。谁敢担保呢？也许他真的就做得出来，我看见他杀过一个小孩……他已经半疯了，这都是受了你的刺激，原来你什么才能也没有，原来你骗取了我们一家人的信任，母亲也是被你气死的……为什么？”她竟抹起泪来。

“屎从喉咙里屙出来!”他骂过就一跺脚走进屋，睡到竹躺椅上，瞪着天花板上的蛛网穗子，发着痴。

他在听，他听见鸟儿在树上“喳喳”叫，啄得红果一枚一枚掉在地上。他想起她说的那只在心力交瘁中死掉的蟋蟀。那蟋蟀最后的叫声是怎样的呢？要听一听才好。好久以来，他就在盼望树上的那些果子变红，因为他对她说过，等树上结出红浆果，大家就都能睡得安稳了。所以当第一枚红浆果掉在窗台上时，他简直欣喜若狂！然而他并不能睡得很安稳，当天夜里他就失眠了。他仍然受着炎热的煎熬，他在树下走来走去，用手电照着地上那些红浆果，一脚一脚地将它们踩扁。月亮很大，他的影子投在地上，怪好笑的。那女人的呻吟震响着闭得很严实的窗户，窗户底下就有那么一只心力衰竭的蟋蟀。她正在噩梦里搏斗，很柔弱、很艰难，难怪她早上总是汗水淋淋。有的人并不做梦，他们的夜是不是一团漆黑呢？有一次他忍不住问了慕兰这个问题，没想到女人直瞪瞪地看了他老半天，忽然一拍掌，号啕大哭起来，哭得他头发都竖起来了。后来她偷偷地在枕头底下塞了一只闹钟，半夜里毛骨悚然地闹将起来，她一睁眼就跳起来，倒一大杯水，逼着他吞下一粒黄不黄黑不黑的丸子。那丸子有股鸡屎味儿，他怀疑是鸡屎做的。这种把戏一直延续到有一回他在狂怒之下用菜刀剁烂那只闹钟为止。当时慕兰躲在柜子后面，吓得面无人色。慕兰传染上了他的失眠症，从那以后也睡不安了，虽然不做梦，却老在床上滚来滚去，伤心地放着臭屁，唠叨：“自从认识到他的才能范围之后，消化功能就出了毛病。”黑猫又叫起来了，很饥饿、很凄惨。那只猫是女儿凤君的死敌。昨天他下班回来，看见她揪住猫的尾巴，正要举刀去剁。他一声大喝，刀子掉在地上。“我正在吓唬它呢。”她虚伪地笑着，那神气极像她外公。昨天与隔壁女人躺在床上时，他发现自己捏死了一只臭虫，他将血渍擦在床沿上，心里暗暗打定主意再不到这床上来睡觉。

“你们屋里有没有杀虫剂?”邻居麻老五探出下巴上生了一个大肉瘤的头，微笑着问。

他心中一惊，冷冷地说："早用完了。"

老头不甘心，钻进屋子，眼睛溜来溜去的。"就这个也行嘛。"他顺手拿了一瓶驱蚊水向外走。

"那是驱蚊水，我们要用的！"更善无喊道。

"很好，很好！"他假作糊涂地答道，撒腿就跑远了。

八

"你怎么能放他进来呀？"女人像猫一样钻进来了，"他是一个贼！他上别人家借东西，其实是去侦察形势，夜里好去偷。你真是痴呆得很！"

"我倒希望他来偷一些什么去，有什么大不了的？你父亲天天来偷，你心里还暗暗高兴呢。要一视同仁嘛。"

"有点什么发生，闹一闹，弄出点响动，倒也不错的，免得心里老是害怕。你的父亲，夜里潜伏在我们厨房里……我真想不通。"他含含糊糊地说。

"那个林老头儿，这是第三次拉屎拉在裤裆里了。"慕兰已经忘了刚才的龃龉，又兴致很好地说起话来。

"林老头？你们是一个人吧。"他想着心事，不知不觉说出了口。

"造孽呀。"

"我当真认为你们是一个人。"他认起真来，"你不是老惦记着他拉屎的事吗？那分明就如同惦记自己一样。你一定带有一个小本子，上面记着这些你要操心的事。我很赞成，这一来……"他仍旧看着窗外，盯着那只在树上摇摇晃晃要掉下来的红果，心里暗暗地为它使着劲。

"赞成什么？"她仔细观察他的表情，越来越迷惑。

"赞成你们的事吧。所有的问题都是这棵树引起的。你当然知道，首先是开花，满屋子花的臭味，现在又是结红果，不知还有个完没有。我已经这么久没睡觉了，有时困得发狂，简直担心自己会自杀。"

他脸上游离的表情使她没法发火，他肯定是中了什么邪，讲话才这么疯疯癫癫的。

“你和林老头儿其实是一个人。”歇了一歇，他又说下去，“当你在想一件事的时候，倘若你去问问他，他一定也在想同一件事，你可以试验一下。其实你一点儿也用不着大惊小怪。比如住在我们这个屋顶下的人，就总是讲同样的话，做同样的梦……”他突然打住，因为意识到了自己是在重弹虚汝华的陈词滥调。她是不是隔着板壁在听呢？

“我和林老头儿怎么会是一个人呢？真岂有此理，要知道他拉屎拉在裤裆里，又是大家的笑柄。”她没有把握地辩解起来。

“那也一样。你笑他的时候，你自己就是一个笑柄。你讲起他来，我以为你在讲你自己。我看出来你心里害怕，你像小孩子一样异想天开，其实又有什么用呢？”

他老婆拼命将自己区别于那什么林老头儿。她们总要极力去笑别人，其实是因为心里害怕，怕暴露自己，才假装做出一副姿态，好像发现了什么惊人可笑的事。比如慕兰，就总将拉屎这类事记在小本本上，他们认识的初期，她就开始搞这类把戏了。那时街上有一个炸油粑粑的老头儿，有一天，她挺神秘地将他唤到那老头儿的门口，要他从裂缝里朝里看，说是有“精彩的表演”。他弓着背看了好久，没看出什么名堂来，她却在一旁笑得直不起腰来了，还说什么“差点儿把我笑死”。原来她在笑他自己？他过了许多时候才明白过来。

“你干吗笑我？”他后来问。

“因为你是傻瓜。”

“那么你呢？”

“我怎么会是傻瓜，要是我是傻瓜的话还看得出你傻吗？”

“原来是这样。”

他看透她了。

她却不知道，仍旧玩着那套老把戏。

所以他今天戳穿她，心里很痛快。

“吃饭前喝三口水是保持情绪平衡的有力措施。”老婆还在唠叨，“重要的是要有一种实际的态度，切忌精神恍惚。隔壁那一对是你的前车之鉴，以前我怎么观察也觉得他们的行为不可思议。那种自以为与众不同的、莫名其妙的举动导致了什么样的后果呢？这不是一个深刻的教训吗？要是……”

昨天所长对他大谈养鹦鹉的事，闪烁其词、七弯八拐地告诉他：如果他能为他物色到那种良种货色，他将会在他心目中留下良好的印象等等，要知道饲养鹦鹉，这是一种高尚的娱乐。所长说话的时候，眯缝的笑眼透出凶光。而他，竟在谈话之间显出迷惑的神态，思想开了小差，而且在末尾毫不得体地插了一句话：“您老是不是养猫?”所长当时拍着他瘦骨嶙峋的背脊，用吓死人的音量大笑起来，一直笑得流出了两粒细小的泪珠。

麻老五肯定已将那瓶驱蚊药水洒在屋里了。这可恶的老头子，裤子从不系好，动不动就掉下来，露出那可怕的东西。他养着一只脱光了毛的白公鸡。他几乎每天都要去拼命追那只小公鸡，有时还用石块朝它身上扔，将它背上打出几个肿块来才罢手。这老头儿极瞧不起他，每次看见他夹着公文包，猥猥琐琐地从街上走过，他就从鼻子里哼一声，说：“低能。”有时还故意将这两个字说得很响，好让他听见。被这老头儿鄙视这件事使他万分苦恼，因为他每天上下班必须经过他的家。他想过种种办法来逃避，比如躲在老头儿家对面的公共厕所里，看见老头儿一进去，马上出来，从他门口一冲而过；或者拉一个同事一起走，边走边谈话，假装根本不注意他。但这麻老五竟是十分执着的人，自从看出他的逃避勾当之后，他比往常更勤快了。他往往估计好他上下班的时间，然后耐心地守候，一等他走近马上迎出来与他打个照面，然后，对着他的背影用怜悯的口气说出那使他发狂的字眼。这已经成了他一种最大的赏心乐事。哪怕落大雨大雪，他也必定准备好一把油布伞站在门口恭候他的来临。有一天他感冒没去上班，躺在床上，心里庆幸着逃脱了老头儿的侮辱。一抬眼，看见窗外站着一个戴草帽的人影，很面熟，那人一钻就不见了。他想了好久才想起来他是麻老五，原来他化了装来调查他的病情来了。

“这屋里有点儿潮。”老婆厂里的科长在前面房里大声嚷嚷。

“那家伙是个傻瓜。”老婆叹了一口气，很烦闷似的。

“是傻瓜。”科长很响地打了一个饱嗝。

“而且又固执。”

“正是，又固执。”

“我要把你耳朵里的这两根毫毛剪下来，装在盒子里。”

“干什么!?你说得怪吓人的。”

“作个纪念，你这小猴子。”

“别叫我小猴子，我是小公鸡。”

“小蜘蛛，小跳蚤，小蝗虫，小……”科长忽然发出一声母鸡下蛋的啼叫，接下去又是第二声、第三……原来他在笑。笑了又笑，整个小屋都震动起来，地面发抖，碗柜里的碟子“当啷”作响，空气“咝咝”地锐叫。更善无心惊肉跳地捂住耳朵，打开后门逃到外面。差不多过了十来分钟，那怪笑才渐渐平静下来。屋里又“嘭!”地一声闷响。他从板壁缝里一瞧，看见老婆和科长抱在一起，正在床底下打滚。“原来他俩在打架。”他松了一口气，“那床底下有蝎子呢。”

科长出去后，他和慕兰也打起架来了。开始是闹着玩，他将她推在床上搔痒，忽然他情不自禁地踢了她一脚。她尖声叫着，扑上来咬他，死死地搂住他的脖子，用尽全身力气将他的头朝壁上乱碰。他被憋得出不了气，全身厌恶得发抖。最后他终于挣脱出来，发疯地朝她身上要害部位猛踢。他的女儿进来了，冷静地在一旁观察了好久，忽然捉住那只黑猫朝他们中间扔来。他俩一愣，同时住了手。女儿鄙视地笑着，溜出去了。黑猫将他油污的裤腿当作了练功的柱子，欢快地在上面练它的爪子。

“我活得真费力，”他对慕兰说，“这都是由于失眠引起的。”

“我们应该对隔壁那女人加强监视。最近她通夜不熄灯，我总在半夜看见板壁缝里透着灯光。我有一次偷看到她正在搜集女人屁股的图片，她的壁上贴满了这类屁股，真是不堪入目。也许她在暗地做贩卖淫画的生意?”

她出去了。他拿起她的一只皮鞋，扔到后面的阴沟里，然后嘻嘻地笑了一阵。麻老五对他的侵犯已经到了忍无可忍的地步了，今天他当众死死揪住他的手臂，将一只臭虫塞到他手里，然后跳开去，向围着观看的人宣布：要将他的私人秘密公布于众。他吓破了胆，抱头鼠窜。

“我要活一百岁!”麻老五在他背后宣告。

九

她找出一大叠报纸，剪成细的长条，然后搬来梯子，爬上去将板壁的每一条缝都仔细地封死了。她忙乎到半夜，身上不断地流出酸臭的汗液，屋里的灰尘又在她身上画出一道道污迹。

他们闹起来的时候，她一直坐在家里。她的窗帘破了一个大洞，一只丑陋不堪的麻点蛾子从那个洞里爬进来，撒了一泡黄水，还在窗帘上密密麻麻地产了一大片卵，叫人看着身上一阵阵发麻。炎热是一天天地厉害了，她一进屋就将全身脱得精光。在镜子里面看见熟悉的、皱巴巴的肢体，她又模模糊糊地想起了那个男人，那个瘦长的身影。在她的记忆中，他就是这么一个飘浮的东西，怎么也无法抓住。她使劲地回忆他们睡在床上的情形，总是只得到一些零落的、似有似无的片断。桌上的灰已被她扫去了，连半圆形的屁股印子都没留下。也许她完全弄错了？在一开始，她的确有过一种类似欲望的东西。自从最后一次和他吃完了那包蚕豆，他讲了地质队的事之后，她觉得欲望消失得无影无踪了（也许原来就不存在的，不过是她自欺的想法）。好些天来，她一直在提心吊胆，生怕他出其不意地闯进来。她将门闩好，躲在蚊帐里面，汗流浃背，懊恼不已。他们闹起来的时候，她听得清清楚楚，但是她并不关心，她正在紧张地注视那只蛾子，生怕它飞到床上来产卵。“那男的是一个鬼鬼祟祟的怪物。”她心平气和地想。她已经忘了她说过他像自己这码事了。帐子里很闷，两只大苍蝇在帐顶嗡嗡叫着，滚成一团在那里交媾。外面太阳很毒，然而白天是昏沉的。在她的记忆中，白天总是昏沉的，楮树和小屋总是沉沦在那昏沉的底里，蚊虫在紧闭的屋里唱着窒闷的歌。亮晶晶的白天只有从前才有，那是与夹竹桃的苦涩一起到来的。那时满树的叶子就像着了火，地上有一个一个的小圆圈，像撒了一地的银元。那时听不到蟋蟀的病吟，只有两只斑鸠温柔地、梦呓般地从早到晚啼叫。她的父亲是一个工程师。"她将来要继承父业。"小时母亲时常对人吹牛。但是她没能继承父业，她成了一个卖糖果的营业员。母亲因此恨透了她，发誓："要搅得她永远不得安宁。""这家伙要了我的命。"她逢人就诉说，还哭起来，"真是一条毒蛇呀，为什么?!"她这人总喜欢耿耿于怀，或许父亲就因为这个受不了她，去和街上一个摆香烟摊子的老太婆姘居了。母亲每天上街买菜总看见他从那老太婆的矮屋檐下钻出来，但她放不下臭架子，只好装得若无其事的样子。老况昨天又托人送来一包蚕豆，这一次炒得更硬，嚼久了很不舒服，太阳穴胀得不行。下班的时候，她看见老况被婆婆紧紧地挽着臂在街上蹓跶。婆婆穿着一件鲜亮刺目的绉纱衣裳，头上还是戴着那顶破烂的草帽，干枯平板的身子像斧头砍出的一般。老况脸上大放油光，显出和往日大不相同的、自信的神气，劲头十足地飞起一脚，将一块路上的碎砖头踢出老远。"生活要有明确的奋斗目标。"听见婆婆斩钉截铁地说，还把烂草帽自负地从头上摘下来，胸有成竹地抖掉上面的灰。她经过他们面前时，婆婆看见了她，镇定地、蔑视地向她点了两下头，然后目标明确地挽着老况，从她身边一擦而过。"这顶草帽对于我有非同寻常的意义……"她的语气那么热切，为的是掩饰内心的空虚。"原来她还搽香水呢。"她一看到这两人在一起那种一本正经的神态，总忍不住要笑。但这次她不敢笑，因为她发现谁家窗帘在抖，有人躲在帘子后面观察她。那人推开窗，弄虚作假地漱了好久的喉咙，朝外面吐了一口唾沫，翻着白眼打量了她一眼，又关上了窗，兴许还躲在帘子边上。婆婆他们已经走远了，声音还是顺着风不停地传到她耳朵里来，"保持心明眼亮，就会产生使不完的劲头……"

白天是昏沉的，在白天，桌上居然有成群的老鼠穿梭，跳出了弹性的、沉甸甸的脚步声。她一闭眼，立刻就看见向日葵的花盘，一个又一个，热烘烘的、金黄的……

“我真活不下去了呀。”他的声音拖着哭腔。她看见他头上的皮屑将肩头弄出一片白色。

“你一点儿也不冲动，别装样了。”她打开门，两臂交叉，傲慢地瞪着他，“你这种样子不是太可笑了吗？这上面有一只怪蛾子，老巴着不肯走，你替我打死它吧。”她指了指扫帚。

他猫着长腰接近蛾子的所在，用扫帚猛地一扑，蛾子掉在地上。

“也许，我是太不坚强了。”他发着窘，“当然你都听见了的，并没什么大不了的事，是这样吗？我的样子就像一个卖老鼠药的婆子。”

“完全是自作多情。”她舒了一口气，一脚踏死了蛾子，“你变得像我母亲了。我母亲这种人生活真不容易，一天到晚老是那么愤愤地，老是那么上蹿下跳，辛苦得很呢。我有时真想不出她怎么还能活到今天，也许她终究要得癌症死掉的。”

“最近我没做什么梦。”他嗫嚅地告诉她，退到了门边，似乎打算去开门。

“当然，你忙得不得了。”她谅解地说，“你一直想变一变看看。我想你或许会有成效的，你一直在努力，这有多难，无法想象……”

“难极了，我简直是一个白痴，”他满腔忧愤，站住不动了，“所有的人，讲什么话，做什么事，都规定得好好的。而我，什么也不是，也变不像。哪怕费尽心机模仿别人走路，哪怕整日站在办公室的窗口装出在思索的样子，腿子站断。其实我也是被规定好了的，就是这么一个什么也不是的人。”停了一停，他又说：“几十年来，我一直这样，你怎样？”

“我？啊，我老是想不起你来。在我看来，你是一个影子一类的东西。你的确什么也不是。其实我也这样，但是我不为这个苦恼，也不去想变的事。我已经干涸了，我早告诉了你，长满了芦秆。我只有一件要苦恼的事，就是这条毯子。我打算睡觉前将它钉在床沿上，免得它再飞。在我们这类人里，有的想变，成功了，变成了一般的人。但还有一些不能成功，而又不安于什么也不是，总想给自己一个明确的规定，于是徒劳无益地挣扎了一辈子。我觉得你也不能成功，你的骨头这么笨重，又患着关节炎，你在人前转动你的身体都十分困难。你看，我就这个样，我吃腌黄瓜，过得很坦然。”

“邻居假装来跟我借杀虫剂，当着我的面把驱蚊药水抢走了。我老婆说这屈辱得很呢。”

“这一点儿也不屈辱，其实你也一定没感到屈辱，对不对？干吗要来这里佯装呢？这多不好。你根本用不着那么怕他，我是说那个邻居。在黑暗中，你听见树干发出的爆裂声没有？这棵树真是狂怒得很呢，我看见满树的叶子都爆出了火星……”

“我这一向没做什么梦，我得走了。”他出去了，没有在桌上留下半圆形的屁股印子。

他说“我得走了”的时候那种做贼心虚的神气，她看了觉得挺开心的。她注意到他身上的那件汗衫已经十分脏、十分油腻了，靠腋窝处还有个地方散了线，他穿着它显得可怜巴巴的。他的女人大概已经跟他闹翻了，才不肯帮他补汗衫，而他，还要假模假样地说什么“一个梦也没做”。真是怪事。

其实他听见了树干的爆裂声，也看见了叶片上的火星，他说“没做梦”是因为心里羞愧。当时他跳起来关紧了窗户，因为数不清的蛾子正带着火星飞进屋里来。在窗外，惨白的月光下，一动不动地站着一个披头散发的裸体女人，那身体的轮廓使他蓦地一惊，身上长满了疹子。他想睡，后脑勺刚一接触枕头，就被什么尖锐的东西扎了一下。他将枕头拍打了一阵，翻了一个边，刚一躺下，又被更狠地扎了一下。“哎哟”，他失口叫出了声。那女人正站在窗玻璃外面，干瘪的乳房耷拉下来，浑身载满了火星。她无声地动了动嘴唇。

十

“你折腾些什么?”老婆重重地踢了他一脚。

“红果不停地掉在瓦片上，你一点儿也没有听见？你看看窗外吧，有样怪东西站在那里。”

“胡说,”她趿着鞋走到窗口，打开窗向外探了探头，说：“呸！别吓人啦，大概是我白天挂的那面镜子的反光。它扰得你不能睡觉？你的神经真是太脆弱了，你怎么这样娇气，我上去把它取下来。”她“嗵嗵嗵”地走出去，又“嗵嗵嗵”地进来了，“明天是不是去找那法师来驱一驱邪，有人私下告诉我，说我们这小屋闹鬼，已经闹了好久了。你知道我干吗要用镜子来侦察隔壁的举动吗？我一直在怀疑！他们驱过邪，不管用，后来那男的才搬走了的，你注意到了没有？那女的肯定已经被缠上了，有天夜里我听见她在屋里跟什么东西厮打，弄得乒乒乓乓直响呢！你千万别朝她看，她的眼睛里面有一根两寸长的钢针，我看见她朝一个小孩身上发射，那小孩痛得哇哇直叫。”

因为和所长的那次谈话，他成了众人的笑柄了。那一天，安国为在办公室里大喊大叫地冲他说：“喂，你有没有良种猫？请捐献一只!”其余的人都在交头接耳、挤眉弄眼，其中一个还用指头蘸着唾沫，大模大样地在蒙灰的玻璃上画了一只猫。他怔怔地站着，那伙人却又追赶起一只老鼠来了。叫叫嚷嚷，碰碰跌跌，还乘机将他推过来、撞过去，一下子将他挺到墙上，一下子又将他挺到桌子边。

“我并不养猫……”他揉着碰痛了的腰，吞吞吐吐地说。

“他说什么?”所有的人都停下来，老鼠也不追了，满怀兴致地朝他围拢来，死死地盯紧了他。

“你说什么?”

“我正在说……我打算说——我有一种特殊的自我感觉。”他胆怯地看着这一伙人，不敢往下说了。

“天老爷!”所有的人都蹦起老高老高，乐得要死，“他说他有特异功能！同志们！这家伙不是在吹牛吗？哈哈哈!!”

“哈哈哈。”他也迟疑地笑起来，因为总得表示点什么。老鼠又从桌子底下跑出来了，大家一窝蜂地去追老鼠，他忽然觉得自己仿佛也成了他们当中的一员，于是也去追老鼠。

“且慢!”安国为抠住他的脖子，“我要把这事报告所长，你并不养猫。”他笑眯眯地说。

他心怀鬼胎地熬了好多天，所长却没来找他，甚至远远见了他都要绕弯儿避开。只是有一回，他偶然在办公室门外偷听到了所长对他的评价，他说他是“一只滑稽的老鹦鹉”，说过就又用那种吓死人的音量大笑起来。“我的脚指头为什么这么痒？呃?”他上气不接下气地说，“我一笑脚指头就痒得不行，该死的东西!”

一个下雨的早晨，麻老五又当街拦住他，还将发绿的鼻涕甩在他的裤管上。于是，他下定决心要脱胎换骨了，他鼓起勇气朝所长家里走去。

屋里乱糟糟的情况使他大吃一惊，他还以为走进了废品收购站。五花八门的东西一直堆到了天花板上，两个大阁楼全被压得摇摇欲坠。他使劲眨了眨眼，从那数不清的、蒙灰的什物堆里认出一个盛酒的坛子，一把没把的铁锹，一串念珠，一摞粗瓷碗，一个鸟笼（里面站着两只半死不活的鹦鹉），一大束女人的长发（颇为吓人地从阁楼上垂下来），一张三条腿的古式床，一大堆生殖器的石膏模型，一副鲨鱼头骨，一只断了的拐杖，等等。在一个角落里，所长和他夫人正在吃饭，饭菜都摆在一个竹制鸡笼上面，鸡笼里还养着一只黄母鸡。所长的夫人像一个墨黑的泥人，眼珠子一动也不动。

“我也许能……”他讷讷地开口，小心地挪动脚步，绕过那些杂物，“我想过了，我有办法搞到那种良种货色。”

“嘿嘿?”所长翻着白眼，停止了咀嚼，将酒糟鼻伸到他衣服上仔细地嗅了几嗅，“你觉得印象怎样？这下我可让你大开眼界了吧？你看见那副鲨鱼骨头没有？你有什么感想？现在你可以到所里去吹牛啦，你真运气！不过我这两只东西确实糟透了，哪里是什么鹦鹉，简直是乌鸦！我说你别坐在那张床上，它只有三条腿，你可以坐在这个鸟笼子上面，我们有时将它当凳子坐，在有客人的情况下。等你帮我搞来良种货色，我就让你参观我后面两间房里的东西，不过现在还不行，你得先交良种货色，我可不打算给你白看，看了好去吹牛。你也别想打这种鬼主意，老弟，他们说你鬼得很，对不对？也许你在偷偷地干搜集邮票的勾当，好一鸣惊人？呸，这种事你得跟我好好学。”

“实际上，我有一种很严肃的想法，我正打算脱胎……”“嘘！别说话！近来我的心脏跳得很不正常。这就对啦，这就对啦。”他宽宏大量地拍拍他的背脊，忽又想起了什么，“你至迟不能超过后天，要是超过了后天，我就不让你参观我后面房里的宝贝了，你听明白了没有？要是看不到我的宝贝，你要后悔一辈子的，一直后悔到坟墓里去！”他竖起一根胖指头，警告地在他脸上戳了一下，“第一流的！举世无双的！明白了没有？”

近来他感到自己日渐衰老了。偶尔他还记得地质队的事，然而那些情景都已经退得极遥远，缩成了一个模糊的小光斑。时常在白天里，他发现自己在干一些不可思议的事：有一次他打算用一把锯把床脚锯断，还有一次他把尿撒在老婆的袜子上面。隔壁的女人竟能旁若无人地吃她的酸黄瓜，这件事想一想都使他心绪缭乱。他听见蚊虫在她那个房里拥挤着，简直像开运动会。虽然板壁缝贴上了纸条，仍然可听到她的髋关节在床板上嘎吱地磨响的声音，还有那种衰弱的喘息。他的耳朵怎么反而越老越灵敏了呢？比如慕兰，就从来听不到什么。她听不到红浆果落在瓦片上，也听不到树干的爆裂声，她听不到蚊虫在隔壁房里喧闹，也听不到女人在床上辗转。她每天夜里都在床上放着消化不良的臭屁，从前她母亲放屁的毛病遗传给她了。有时他卑怯地问一问她听到什么没有，她总要大发脾气，说他这种人“天生一副猥琐的相貌”，“心里藏着见不得人的鬼事”。他喂的那只黑猫已经从家里出走了。偶尔它也回来，阴谋家似的嗅来嗅去，献媚地朝他叫两声，又匆匆地逃离了。他注意到它的尾巴只剩了半截，是不是女儿剁的呢？这么看来她终于得手了。当他假意用玩笑的口吻谈起这件事的时候，女儿竟怪模怪样地哭起来，还说要跳到后面的井里去淹死，说她对这个家已经看够了，早就不耐烦了，倒好像她自己有多么清高似的！

终于有一天，当黑暗的窗口飘出热昏了的人的谵语时，最后一只红果“嚓”地一声，落到了瓦缝里。

十一

“灵魂上的杂念是引起堕落的导火线。”这句话母亲已经说过五遍了，她正在吐唾沫。自从他搬回来以后，看见母亲每晚都坐在大柜后面的阴影里，朝一只纸盒里不停地吐唾沫，从来也不上任何地方去，也没人到她这儿来。开始他很惊讶，后来母亲告诉他：“我正在进行灵魂上的清洗工作。”于是从那天起，他迷上了搜集名人语录的工作。两个月来，他已经搜集了两大本，而且越干越来劲儿。“名人的思想里有无穷的奥妙。”他跟人说话开始使用这样的口吻，“只要想一想都叫人诚惶诚恐、五体投地。从前在我没有找到生活的宗旨的时候，我心中是一片漆黑，真不知怎么活过来的。现在一切都有了一种不同的情景，生命的意义已经展现出来……”本来他是一个沉默寡言的人，现在竟出乎意料地变得像老婆子一般，逢人就唠叨心中的事儿了。“新的生活使他很振奋，”有一天他听见母亲跟摆香烟摊子的老太婆说。（那老太婆是跟一个瘦骨伶仃的秃头工程师姘居的，她说他是一个“妙不可言的人儿”，“有种说不出的高级派头”。）“这就像一种崭新的姿态。你想一想吧，活了三十多岁，忽然整个生活的意义一下子展现在眼前！”每天傍晚他都和母亲到街上去散步，手挽着手，趾高气扬，他心中升起一种从未体验过的新奇感和自豪感。当这种情绪在他胸中涨满起来的时候，他总恨不得踢一脚路边的石子，恨不得捶一顿路边的电线杆，然后哈哈大笑，笑得一身打战。有时他也不由自主地回想起楮树下的小屋里的生活，那就如一个朦朦胧胧的梦境。那种嚼蚕豆的不眠之夜，那种挣不脱的恐怖，现在体验起来仍然使他脸色发青，汗如雨下。“一切都是由酸黄瓜引起的，”他向母亲诉说道，“不正常的嗜好常常引起罪恶的欲念。我有一个同事的老婆，每天要吃臭豆腐干，有一年冬天买不到，她馋得发了疯，竟把她丈夫干掉了。真是沉痛的教训呀。”“你老婆这种人并不存在，”母亲一字一板地从牙缝里说，那门牙上有两个蛀洞，“她终将自行消失。”然而她到现在还没消失，她在阴暗发霉的小屋里像老鼠一样生活，悄悄地嚼着酸黄瓜和蚕豆，行踪越来越诡秘。他每星期给她送去蚕豆，那惭愧的心情就如同喂着一只老鼠。“分开后感觉怎样?”有一天她口里吐着蚕豆壳随随便便地问他，好像他是她的一个邻居。“也许身心两方面都健康得多。”他红光满面地回答，同时就涌上一股莫名其妙的负疚情绪，他冲口而出又补充了一句：“你也可以搬过来住。”她冲他古怪地一笑，说：“现在这屋里的蚊虫简直像在开运动会，你在夜里听见没有?在刮南风的时候，那声音兴许能传到你的枕边。”后来母亲称他那种负疚情绪为“残余的龌龊念头”。从那里搬出来之后好久，他才隐隐约约地听人讲起小屋闹鬼的事，他当晚就在床上捣鼓了一夜没睡，弄得好几天头昏脑涨，背心出冷汗。有的时候，他躺在窗旁，看见浮云从天边逝去，忽然很感动，甚至涌出了眼泪。“活到老，学到老。”他喃喃地自言自语，为一下子想到了用这句成语来形容自己的情绪而高兴。“你必须试一试吃蚕蛹。”母亲说，两只睁得圆圆的小眼很像鸡眼，“我的一个熟人试过了，简直有起死回生的作用。”

前天他从学校回家，看见岳母鬼头鬼脑地在酒店门背后将脖子一伸，等候着他走进去。他转身拔腿就跑。她在后面追着，高声大叫：“骗子手！道德败坏的东西！我要送你上监狱去！”还捡起路边的碎石头来扔他呢。结婚以来，她一次也没上他们的小屋来过，从来也没承认过他是什么女婿。自从他从家里搬出之后，她却忽然对他们的私生活感到了极大的兴趣，整日整日在那小屋附近转悠，有时还当街拦住他，挥着拳头对他说，要将他的卑劣行径向学校领导作一个详细汇报。如果他不赶快醒悟，将是自取灭亡。边说还边跺脚，脸上沉痛的表情使他迷惑不解。“她一直等着这一天，”他去送蚕豆时虚汝华微笑着告诉他，“她的头发都已经等白了，你还没发现吗？现在她认定时机到了，就跳将出来。多少年来，不管日里夜里，她总在不断地诅咒，她这人太执着，太喜欢耿耿于怀了，看着她日子过得这般艰难，我都替她在手心捏一把汗呀。她快完蛋了，也许在做垂死的挣扎吧，我觉得她近来气色很坏。”他一回去就向母亲诉苦了：“那屋里的蚊虫就如强盗一般迎面扑来，朝你身上乱叮乱咬。喷筒啦，杀虫剂啦，全不知扔到什么地方去啦。我不知道她心里全在想些什么，真是岂有此理，都是酸黄瓜引起的，当初我竟会由着她吃……”母亲从鼻眼里“吭吭”了一阵，说：“有人告诉我，那屋里半夜传出狼嗥，真是阴森可怕呀。”“对啦对啦，”他摆弄着名人的语录本，愁眉紧锁，“首先是金鱼的惨死，接着是暖水壶的失踪，当时我为什么不把所有的事联系起来想一想呢？我看了这么久，原来她已经完全无可救药了，原来事情是一场骗局，我完全弄错了。她一直企图咬死我……”“这种女人终究会自行消失。”母亲又一字一板地说，“因为她从来就不存在。”

媒人介绍他们俩认识的时候，她已经是快嫁不出去的老姑娘，短头发乱蓬蓬的，从来也不用梳子梳理，只用指头抓两下了事。然而她一点儿也不固执，甚至像小孩一样毫无主见，正是这一点使他怦然心动。在她面前，他觉得自己仿佛是一个男子汉。他把她带到楮树下面的小屋里来，满脑子又空又大的计划，想要在屋前搭一个葡萄架，想要在后面搭一个花棚，这些都没来得及实现，因为蟋蟀的入侵把他拖得精疲力竭了。随着岁月的流逝，他才惶恐地发现，原来老婆是一只老鼠。她静悄悄的，总在“嘎吱嘎吱”地咬啮着什么东西，屋里所有的家具上都留下了她那尖利的牙齿印痕。有一天睡到半夜，他忽然觉得后脑勺上被什么东西蜇了一下，惊醒过来之后用手一摸，发现了手上的血渍。他狂怒地推醒了她，吼道：“你要干什么?!”“我?”她揉着泡肿的眼，揉得手上满是眼屎，“我抓着了一只小老鼠，它总想从我手里逃脱，我发了急，就咬了它一口。”“原来你想咬死我!”“咬死？我咬死你干什么?”她漠然地对着空中喃喃低语，然后打了一个哈欠，倒下睡去了。他灭了灯，在黑暗中仔细倾听，听出来她的鼾声是虚假的，听出来她紧张得全身发抖。

十二

从那天起他就失眠了，不久就变成了神经官能症。后来她还咬过他好几次，因为他很警惕，伤势都不重。有一回咬在肩膀上，他醒来后她仍旧死死咬住不放，他只好打了她一个耳光，把她从床上打落到地下去。他让她张开嘴巴，于是发现了牙间的瘀血，原来她之所以死死咬住不放，是在吸他的血！有时他一下子意志软弱，怀疑起她是不是一个妖婆来，但他很快又打消了这种想法，他怕别人讥笑。他只好硬着头皮去捉蟋蟀，她则像机器人一样执行命令：每天喷洒三次杀虫剂，用棍子没个完地捣毁蟋蟀的巢穴，每天早上做几百下舒展动作（这是他熟识的一个医生的忠告），实行蚕豆疗法，睡觉时头朝东，等等。这些方案一点也没有起到应有的作用，他终于看着她一点一点地萎缩下去，变成了一颗干柠檬。她的牙齿慢慢地松动了，她不再咬啮什么东西，却开始吃起酸黄瓜来，而且腌了一坛又一坛。有时夜里一觉睡醒还起来吃一阵，整天嚼个没完。当他在屋里的时候，只要听见牙巴间“嘎嘣”一响，闭着眼也知道她在干什么勾当。虽然她尽量轻轻地嚼，那响声还是搞得他暴跳如雷。那一次他一下就砸烂了五个坛子，满屋子腌黄瓜气味熏得他通夜失眠，痛苦至极。她看着，若有所思，愁苦不堪。后来不知哪一天他发现，床底下又悄悄地摆起了五个新坛子。在他离开的前几天，她唆使他将屋里的窗子都钉上了铁条，说有个小偷在附近转悠，是不是要破门而入？他一边钉一边心里却在想：她是不是以疯作邪，打算在他熟睡时给他一下子？不然她讲话的当儿为什么眼里冒出那种邪火来呢？那几天睡觉他一直睁一只眼闭一只眼，到母亲接走他的时候，他的神经已快错乱了。

“喂。”母亲端着纸盒，从大柜后面的阴影里走出来了，一边吐一边说，“我的灵魂清洗工作结束了。我跟你讲一桩奇事，是摆香烟摊子的老太婆(她从来不提她的名字，也许不知道）告诉我的。她说只要过了夜里12点，王鞋匠的家里就传出桂花香，整条街都香遍。昨夜12点，我使劲嗅了嗅，果然有那么一股味儿。今天中午我一直在考虑这事，弄得烦躁不安，午觉都没睡成。今天夜里我一定要把这事调查个水落石出，说不定是搞什么阴谋呢。你吃过晚饭后不要闩门，我打算在他家门外守候到12点，必要时还要查看他的耳朵，看看香味究竟是不是那里散发出来的。是不是报纸上讲的那种特异功能呢？要是那样倒也放下一桩心思。”

“妈妈，你看出来虚汝华现在变成什么东西了没有?”

“那个女人?”她将鸡眼凑近，从头到脚细细打量他。

“你没注意到吗？她早就变成一只老鼠了。人要是常模仿什么也许就会变成什么。过去她常模仿老鼠，在屋里咬来咬去的，现在果然变成了老鼠，一只牙齿松动的老鼠。有时我竟会起了这种念头，想在蚕豆里拌一点砒霜送去，悄悄地，就如毒死一只老鼠，这不是很卑鄙吗?”他迟疑了一下，害羞地补充说，“要是能离婚，其实我是很逗女人喜欢……”

“那种卑鄙念头你从来没起过，也不会去干。你怎么会起那一类念头呢?你从来也学不会自作主张去干一件事。那女人早就活得不耐烦了，她迟早会从这世界上消失得无影无踪，你时常软弱起来，以致丧失了信心。如果你每时每刻留心自己的一举一动，睡前别忘了服用消炎镇痛片，每天坚持灵魂的清洗工作，就会慢慢地强壮起来。别再提那种蠢事，你要我们成为大家的笑柄吗？你从小就很孱弱，很迟钝，又特别喜欢想入非非，自作多情，忘乎所以，像你这种人根本不能结婚，当初你怎么会没意识到这一点呢？幸亏我——”她陡地截住话头，板着面孔不作声了。此刻她心里大概对他的愚钝觉得分外憎恨。她大声地、威胁地嗽着喉咙，用力朝纸盒吐去，翻着白眼看了他一眼。

“妈妈说得对，我完全是发了疯了。”他在母亲的目光下沮丧地缩成一团，变成了一个大肉球，微微颤抖着。

“这就好了。”母亲缓和地说，两眼变得像毛玻璃那样混浊无光了。

他非常害怕母亲生气，只要母亲一对他生气，他就吓得走投无路，痛苦得活不下去。当天夜里他做了一个噩梦，梦见有人把他睡的那张床从身底下抽走了，他悬在半空中，落又落不下去。

“你没命地扑打些什么?”母亲在隔壁发问。

“床底下蹲着一只野猫，不断地要爬上床来，我正吓唬它呢。”

“你在心里背诵几条语录吧。”

月光像铺在地上的一长条尸布。

“你有没有碰见过野猫?”他说，竭力做出狰狞的鬼脸，“要知道野猫是很厉害的呢，你睡着了，它冷不防抓在你脸上。”

她陡然变了脸，向着天花板很快地说：“你找什么东西呀？你的喷筒和杀虫剂，我全扔到垃圾堆里面去了，因为你不在，这些东西放在那里挺碍眼的，还是扔了干净。我倒是很能习惯在蚊虫里面过活的呢。蚊虫喜欢围着我嗡嗡并不咬。听见蟋蟀叫，我就觉得很亲切似的。你走了之后，蟋蟀的叫声越来越自信、有力了。现在我睡得很安稳，用不着为它们的心力衰竭日夜操心。”

“墙上怎么巴着这么多蛾子?”

“是飞进来产卵的，很可怜，不是吗?”

“我拿来的蚕豆，你好好嚼烂吧，有人说这屋里闹鬼呢!”

“闹鬼的也许是我。我总是半夜里起来，将毯子甩得呼呼作响，要是你不搬走的话，说不定会被吓死，你的性格太软弱了。”

“或许是这样，”他伤心地叹了一口气，“你一直想咬死我。”

……

“你早就疯了，我怎么会没发觉。”

……

“你母亲就有疯病，你是遗传的。我从前还打算种葡萄呢，那些蟋蟀差点儿要了我的命。我一回忆往事就出冷汗，发夜游症，我母亲老说我患了迫害狂。”

……

“你好好嚼蚕豆吧。”

“你下回不要亲自来了。隔壁的在大树上挂了一面镜子，你来的时候看见没有？他们从镜子里观察你的形迹呢。我实在弄不清他们的用心何在，挺可怕的，对不对？说不定他们打算搞谋杀吧？”

十三

当她闭上眼嚼着盐水豆的当儿，天花板上的石灰又剥落了一大块，这一次是露出里面的木条来了。

8 年来，她一直在这幢房子里苟延残喘，奇怪的是总不死。每次发病之后，她总能用细瘦的腿子颤颤巍巍地支起沉重的身躯，重又在屋里扶墙移动。稍一恢复，她就在天井里用箩筐捕麻雀，整天整天地守候。在天井里的墙上，钉着几十只麻雀的尸体，一律是从眼珠里钉进去的，外人看了无不目瞪口呆，满身鸡皮疙瘩。不久前她忽然食欲大增，一天一天地强壮起来了。

有人告诉了她那边小屋里的事儿，她闻讯后立刻精神抖擞，全副武装，开始了她的监视活动。

“原来如此！”她对卖油饼的老婆子嚷道，“想一想吧，8 年的痛苦！凄惨的晚年！每天夜里臭虫的咬啮！你们有谁受过这种折磨？现在他终于看出了这条毒蛇了！有一回我在街上看见他，好小子，他的一边脸古怪地抽搐着，脖子上伤痕累累，浑身散发出狐臭，可怜的家伙，他怎么会落到她手中的呢？这就好比苍蝇落进了毒蜘蛛张开的网，她吸干了他的血！这事到死都是个谜。也许他是一个白痴？我觉得他走路的姿势很特别，邻居说他把葡萄架搭在卧房里，我的天!”在她小的时候，她也曾对她抱过期望的，然而她天生的性格卑贱，歪门邪道。“汝华呀，你又把菜汤滴在衬衫前襟上面了！真腻心呀！你的脚步跺得那么响，我疑心你的鞋底是不是钉着铁掌呢!”那时她总是心烦气躁地喊。她明明听到的，却一声不响，仍旧低头弯腰，沿着墙根找蚂蚁的巢穴。她吃起东西来毫无顾忌，满不在乎地嚼得牙巴大响，完全酷似她那疯疯癫癫的父亲。有一回她用棍子打她，她忽然跳起来咬了她一口，刚好咬在虎口上。咬得很轻，像是被什么鸟啄了一下，那伤口竟肿了一个多月。后来她细细查看了她的牙齿，发现那些牙齿生得很古怪，十分尖利，过于细小，简直不像人的牙齿。

在她睡着了的时候，她多次起过一种欲念：想用锤子敲掉她几颗牙齿。有一次她已经举起了锤子，不料她睁开了眼讥笑地瞪着她，原来她一直在装睡，在肚子里暗笑。自从她丈夫与街上摆香烟摊子的老太婆姘居以来，她一直视而不见，生怕女儿知道。有一天她从那家路过，听见里面欢声笑语，好不热闹。从板壁缝往里一瞧，原来三人在里边喝茶呢。而在家里，他们一家人从来也没有一道喝过茶。桌上摆着几样小吃，一面大镜子吓死人地反着光。老头儿笑得嘴角流出了涎水，两条麻秆儿似的细腿在桌子底下蹭着那婆子墨黑多毛的大粗腿，女儿也在傻乎乎地笑，装模作样地捂住肚子。那老太婆已经老得如一棵枯树，皱巴巴的，满嘴大黑牙，成天一支接一支地抽烟，只有精神失常的疯子才会看上这样一件货色。而她的丈夫就正是一个疯子，现在疯病又传给了女儿。“真是一对活宝呀。”当时她从牙缝里咕噜了一句，喉咙里有一种吞了蛆的感觉。到她一成年，就将她这做母亲的当成了生死仇人，一味地胡作非为，想尽办法来刺激她的神经，而且装出一副麻木不仁的神气，来掩盖内心的快意。那次她患肺炎，她本来算好她一准完蛋，报复的好时机来了，谁知到头来又是空欢喜一场。“妈妈呀，”她故意嗲声嗲气地说，“您何必来看我？还好得很呢，离死还远着呢，您就放心了吧。您想想看，像我这种人怎么能死得了呢?”不久前她忽然心生一计，想跟那男的订立盟约，来共同对付她女儿。她满脑子幻想，在厕所的墙下边等了好久，看见他来了，仍旧是那种白痴模样。她冲上去拽住他的衣袖，滔滔不绝地诉说起来，什么“同病相怜”呀，“孤苦伶仃”呀，“要采取有力的措施来自卫”呀，等等。“我一直在心里把你当我的亲儿子，做梦也在担心你的生命安危呢。”她谄媚地说。他骨碌碌地转动钝重的眼珠，总也听不明白她的意思。“果然是个白痴呀。”她想。最后，他好像忽然下了大决心似的，脸色一变，用猛力甩脱她，粗声粗气地问：“喂，你是什么人？我怎么从来没见过？也许你是想来谋财害命的吧？别打错了主意！我母亲可厉害啦，我要喊她来教训教训你！”“你是我的女婿呀。”“你别来搞诈骗，我不是你的什么女婿。你当街拦住我，眼珠不怀好意地盯着我，这是怎么回事？你再欺侮我我可要告诉我母亲，让她来给你真颜色看看！”他边说边逃跑，追也追不上。

他的腿的确是细得像麻秆儿一样了。好多年以前，他也曾是一个高大的汉子，脸上红彤彤的。有一天，他正在做一个梦，梦见窗前的美人蕉发了疯似的怒放，太阳又高又远。忽然他被什么东西扎了一下，痛醒了过来。他看见老婆正在吸吮着他的腿子，做出猫吃肉的种种姿态。她的舌头上生着密密麻麻的肉刺，刚才在梦里他就是被这些肉刺扎得痛。他想缩回腿子，无奈她使出从没有过的蛮力按得紧紧的，用力咬着，像要将小腿上的大块肌肉全撕下来吞进肚里去。他只好闭上眼，忍着恶心，听之任之。没想到这种把戏竟继续下去了，而且变本加厉。每天早上起来，他身上都是青一块紫一块的，有时还肿起老高。他的身子一天天变细，肌肉一天天消融，淋巴结像一个个鸽子蛋。他时常疑心他身上的肌肉是不是在睡着的时候被她吃掉了，因为她已经在不断地发胖。“你，干吗老吃我的肉？”他说。“呸！”她嚷嚷起来，“势利小人！算计者！我的天呀……”她老不洗头发，她一接近他，头发上那股酸臭味儿就猛冲他的鼻孔。后来有一天，她拿盆子来洗头了。大块的污垢连着发根从她脑袋上掉下来，落在盆子里，所有的头发全脱光了。她要他朝她头上浇水，他的手抖得厉害，瓢落到了地上。她跳起来，口里骂着污秽的粗话，光着发红的秃头，叉着腰追赶他，提起一桶冷水从他头顶上淋下去。他在床上躺了一个星期，发着高烧，不断地摸着脑袋，嚷叫有人要剥他的头皮，又说头皮剥开就会露出里面的脑髓来。病好之后，他逃到了摆香烟摊子的老太婆这里，老太婆浑身冒着葵花子味儿，卧房又大又黑，他觉得十分安心。她起初夜里还来找，从窗眼里窥视，将门敲得“嘣嘣”地响。

“妈妈的头发长出来没有?”汝华小的时候，他总问她这个问题。

“没有。你没看见她包着头巾吗？我看见她每天晚上按摩头皮，她怕伤风怕得要命，也许她会死掉吧?”她天真地分析着。

“可怜的人。”他沉思了一会儿，立刻又骇怕地加了一句：“说不定她打算报复我吧?”

“昨天我轻轻地咬了她一口。”

他震惊地“啊”了一声，像梦游人那样伸出手来抚摸她的头发。“这些头发长得很结实，”他说，“你要经常洗涤它们。你睡觉时有没有看见天花板裂开过?”

“天花板?”

“对呀，天花板。那栋房子很大、很旧，墙壁里常常传出什么人厮打的响声。睡觉的时候，天花板会出其不意地在上面裂开，伸出许多细小得如蛇头的人脑袋……当然，我在骗你了，你该不会害怕的吧？我喜欢讲这些惊险的故事。”

十四

最近有一次，他和汝华在街上劈面相遇，他竟没认出她来，一直从她身旁走过去了。后来他的同事告诉他这件事，他还觉得莫名其妙呢。汝华竟会去结婚，他想她一定是神经错乱了，要不就是受了坏人的利诱。这孩子从小就是一副自甘堕落的派头，和他自己一样无所作为，懒懒散散。女婿是个流氓加白痴，恋爱的头一天就跑到他这里来搞讹诈，异想天开地要他负担费用。

“原来你是一只大乌龟。”他一字一顿威严地说。

“你，你说什么?”那蠢材还摸了摸后脑勺呢。

“我说你是一只大乌龟！我女儿跟所有的男人都搞！听明白了吗?”他更加威严地逼近了他，“滚!”

他吓得屁滚尿流，一点儿也弄不清发生的事，然而还贼头贼脑地溜着眼珠，威胁说要“解除婚约”，假如他不负担费用的话。他一走，他就没命地大笑起来，笑得在床上打了三个滚。

后来他还和这女婿常见面，每次都是他来索钱，每次都被他讥笑一顿，空手而归。但这家伙脑子有毛病，总抱着希望，想入非非，而且态度老是那样不可思议地理直气壮。

“你得给钱。”他又来这一套了。

“我偏不给。”他感兴趣地用一只眼斜睨着他。

“你在耍流氓。”

“什么？你跟流氓来要钱？啊?”

“你是她父亲，你得给钱。”

“我是一个流氓，我偏不给钱。”

“我咒你马上暴死!”

每次他都气得发疯，看来他是狂躁型的。

女婿从家里出走后，他马上跑到女儿那里跟她说：

“你以为他跟你结婚是为了什么?”

“不知道。”她提防地瞄着他，“他说是为了在门口搭葡萄架，恐怕他是在说谎。”

“呸！他跟你结婚是为了谋害我！他一开始看中的就是我这老头子而不是你，绝不是你！他一直误认为我藏得有大宗钱财。夜里我睡着了，他还在我房子周围转悠，烦躁地跺着脚，我知道他骗你说是起夜来着。你怎么这么自信，居然去结婚。他等了 8 年，一直没机会下手，现在是等得不耐烦了才走掉的。”

“说不定连你也弄错了吧?”她嘲笑地看着他,“我倒认为他看中的不是你的什么钱财。他看中的是你现在的老婆,我看见她向他卖弄过风情呢,这事很出乎你的意料吧?”

“胡说八道!”他觉得自己上了当,脸都红了,“你讲起话来真武断。刚才我在路上正在想你母亲的事。听说她在夹墙上挖了一个洞,天天将死雀子塞进去!什么东西老在她天井里嘤嘤地哭,我一经过那里总听见。她这人真是歹毒。”他很愿意讲一讲他前妻的坏话,这一来精神很畅快似的。

“从前你总说你是中了妈妈的计,怎么能使人相信呢?太出奇了。有人说你是想骗取她的私房积蓄,这很难听,是不是?我完全不相信那种中伤,至于你怎么会跟她结的婚,那是一个很微妙的问题。”她摆出一副局外人的派头,使他觉得有条虫子在咬啮他的牙根。

他很懊恼,本来是要谈女婿的事,刺激一下女儿,陶醉陶醉,没想到反被她抢白了去,改变了话题。近来她变得像蛇一样灵巧了,像他这种脑筋迟钝的老头子休想斗得过她。

“他时常到我那里去搞侦察,想嗅到钱财藏在什么地方。”他还不甘心。

“我梦见你变成了一只麻雀,‘叽叽喳喳’地跳个不停。他干吗老说葡萄架的事?这是一个弥天大谎,你也在向我说一个弥天大谎,你和他一定合得来。”

屋里很暗,一些小东西在墙根和屋梁上窜来窜去,弄出很大的响声。墙上巴着的五六只大蛾子忽然“呼”的一下全飞起来,在他们头顶绕圈子,撒下有毒的粉末,弄得他眼发直脚发抖。女儿裸着上半身裹在一条破毯子里,在屋里大踏步地走来走去。毯子飘扬起来,使她看上去很可怕。

他忽然失去了主张,嗫嚅地说:“我要走……”然后打开门撒腿就跑,一直跑到拐弯的那堵墙后面才停下来,回头一看,女儿的房门已关得紧紧的,有一个黑影从小屋后面钻出来,躲在大树后面,他发现那是前妻。窗帘抖动了一下,又毫无动静了。

她听见有人在拨屋顶上的瓦,“哗啦哗啦”的,阴森恐怖。她拨开窗帘，看见母亲矮胖的身子，她正踮着脚用一根竹竿在干这勾当。“你想标榜一下自己吗？哼……你必须给一个明确的答复，听明白了没有？”她低语着，呼吸困难。她则在屋里踱来踱去，检查铁护栅的牢度。“哗啦哗啦”的声音越来越大，越来越蛮横，有几片瓦落到了天花板上，砸得粉碎。母亲近来特别放肆，昨天半夜她已经在屋顶上弄了一个洞，她还扬言要把所有的瓦全掀掉，冻死她，以解心头之恨。她还拾来毛毛虫、臭鱼烂虾，从板壁裂缝里塞到屋里来。父亲一来，就意味深长地打量屋顶，不怀好意地说：“刮风的时候，这棵大树该不会把屋子砸垮吧？昨天你那个流氓又到了我那里，跟我说巴不得你马上死掉，又说要是你死掉了，他说不定要发大财。他时常来找我讲他心里的话，从一开始就这样。你老不相信，以为我骗你，你太自负了。他甚至还提出要和我交朋友呢，当然是为了钱财，也为了要我和他一起来对付你。我经过考虑，决定答应他的要求。不过他休想从我这里搞到什么，他远不是我的对手。你那个流氓也和你一样，目中无人，骄横得不得了，但是他蠢得很，简直是一个白痴，他老在我面前诽谤你……”他一啰唆起来就不收场，坐下又站起，站起又坐下，一会儿搔屁股，一会儿搔背心，像有数不清的跳蚤在咬他似的。她打断他的话，撩拨他说：

“你该去认识一下街上那个卖老鼠药的婆子。”

“我干吗要认识她？”他又上当了。

“没什么，我不过说说好玩。”她审视着天花板，假装在研究那些蛛网。

“好嘛！！”他恍然大悟了，“门口的大树会将屋子砸垮，所有的人都这么说。”

十五

她听见枯叶“沙沙”地掉在屋顶上、地下，她听见体内的芦秆发出“哔哔啪啪”的爆裂声。她已经有一星期不曾大便了，也许是吃下的东西全变成了芦杆，在肚皮里面支棱着。她从桌上的玻璃罐里倒出水来喝，她必须不停地喝水，否则芦秆会燃烧起来，将她烧死。有一忽儿她张开嘴巴，一股焦味儿从嘴里喷出来，她大口吐着，一下子口里就冒烟了，还夹着一些火星。

“你必须喝些水。”黑影在窗外说。

她将整整一玻璃罐水全喝了进去，然后去打开门。影子飘了进来，有一股向日葵的香味儿。“你身上有一股向日葵的味儿。”她背对着他说。

“对啦，刚才我正在想着一些遥远的事儿，长长的山坡上栽着一行向日葵，山脚下流着泉水。因为我在想那些事，我身上才有向日葵的味儿，你也是在想象中闻到了那股味儿吧，那不是真的。”

“我只好不停地喝水，否则我会被烧死。”她又倒了满满一玻璃罐水放在桌子上，“我体内出了什么岔子。”

“我已经放弃了那些努力，”他发着窘，“你算得真准，我终于什么也不是。我贴着墙根钻来钻去，把屎拉在裤裆里。时常天晚了，我的影子在地上拉得很长很长，我就哭起来。”

“这就对啦，”她体贴地凝视着他，在她的眼里，他的形象越来越模糊，“你看我，多么安然。我不受外界的刺激，我的烦恼是另一样的，我的体内出了岔子。我只好不停地喝水，真窝心。在外面的太阳里面，一个什么地方，蝉在树枝上长鸣，单调而平和。已经是秋天了，树林子里是不是枯燥得燃烧起来了呢？”

“你将壁缝全贴上了纸条，我还是听见芦秆在你体内‘噼噼啪啪’地爆裂。你说你有一星期不曾大便了，这是真的吗？”

“不仅这样，连汗也不出了。从前我总是通身大汗从床上爬起来的。我喂在瓦罐里的一只小蟋蟀，昨天死了，它还没有长大起来呢。也许这屋里的蟋蟀都是长不大的。从前我没注意过这一点，很可惜。你有一个女儿，这是怎么回事呢？”

“这事我也觉得很诧异。我在这里闭上眼想，怎么也想不出她的模样来。

你想要说她根本不可能存在，因为我也是一个虚飘的东西，对不对？”

“在林子边上挂着一轮血红的太阳，红得很恐怖。我碰巧到那里去看，一直看得两边的太阳穴胀痛得不行。麻雀在我头顶上喧闹，枯叶不停地落下来，落在我的头上、肩膀上。有一个人从路上走过，怒气冲冲地朝我吐了一口痰，脚步重重地踏在水泥路边上，‘咚咚’直响。”

“在同一个时候我也去看过，我在林子的另一边，我一直站到太阳落下去。那时蟋蟀用力鸣叫，周围的草木像活着一样荡动，我的周身熠熠生光。那些蟋蟀，也许是最后一批了。”

他们躺在那里，听见秋风匆忙地从屋顶上跑过，听见谁家小孩用弹弓将石子打在瓦上，听见最后一只小蟋蟀在瓦罐里呻吟。他们恐惧地相互搂紧了，然后又嫌恶地分开来。

“你的圆领汗衫在腋窝处有一股汗酸。”

“汗衫是今天早上换的！”

“也许，但是我闻到了。你以前说是一股甜味儿，可能你那时弄错了，只不过是一股酸味儿。”

“但是我爱说一说这些，总得说一些什么。”

“对，我也爱说，也可能我们都弄错了，也可能我们是故意弄错的，这一来就有些什么东西说一说了。比如刚才你来，身上就有股向日葵味儿，我们就说这个向日葵，其实那都没有的，你也知道。”

“我的岳父唆使他女儿不断地将屋里的东西偷到娘家去，他们以为我不知道，像演戏似的。”

“其实你根本不在乎。”

“我假装看不透他们的把戏，做出愤怒的样子。有时看见老人撺掇女儿的怪模样，真恨不得躲起来大笑一阵呢。昨天我的女儿跑来跟我说，她恨死了她母亲，再也不能忍受了。她一天到晚对她施加压力，睡觉前把老鼠藏在她的枕头底下，把她写给朋友的信偷去烧毁，还让她穿得像个叫花子，她一出门她就盯梢，看她是不是向谁卖弄风情，搞得她没脸见人，她反去跟她的同事们吹嘘，说她女儿止在发奋成才，不久就会有大出息。女儿又说家里的东西都是她母亲和外公串通了弄出去的。”

“你怎么说?”

“我？我决不上当！我鼓圆了眼大喝一声：‘滚蛋!’她吓得魂飞魄散，过了老半天才委委屈屈地说：‘我来向你告密，你倒吆喝起我来了。’‘谁让你告密来着?!’我气势汹汹地说，‘干这种奸细勾当！小小年纪倒学起这一手来了。’她惊恐地看了我一眼，一溜烟跑了。果然到晚上老婆就发起脾气来，说我怀疑她是贼！我冲到女儿睡的房里，在她床上乱捣一阵，捣出一个纸盒，里面装着半条猫的尾巴，我将猫尾巴朝女儿脸上掷去，她突然发了抽搐！这些人真是疯了。”

“你说得好像煞有介事。你说在同一个时候，你刚好站在林子的另一边?你还看到了一些东西。”

“我站在那里的时候，看见了长长的烟柱，整个城市都在红光中晃动，空中‘噼啪’作响。一个什么东西，蹒跚地在泥浆中爬着，背上摔了一条裂缝，暗红的血迹拖出长长的一条。”

“满天红光?”

“满天红光弄得我头晕目眩，我心里懊恼地想着那东西也许爬不到了，一块最近的突出的石头将会把它弄个四脚朝天。它要爬到哪里去呢?”

“它要爬到哪里去呢?”她像回声似地应着。

十六

风把窗帘吹开了，桌上那层细细的、白色的灰尘被风吹散，满屋子飞扬。玻璃罐里的冷水叮当作响。他们死死地按住线毯，免得它飞到空中去。一架飞机飞过来了，沉重地嗡叫着，像是在他们头上凝住了似的。风把两个男人讲话的声音送到他们的耳朵里，那声音时而遥远，时而贴近。

“所有值钱的东西都在屋后那口井里，老朋友。”一个甜蜜蜜的声音劝诱道，“你将一夜之间发财，如果你能借来抽水机。你等了多少年了啊，我有时真怕你会悄悄窜来割下我的脑袋呢。”

“你完全弄错了，我一点儿也不想发财，我只要属于我的那一份。你总是无中生有，编些故事说给人听。”另一个声音硬邦邦地说。

“干吗不发财呢？人应该有雄心壮志嘛。在我年轻的时候，总有一个找到一块金砖的念头诱惑着我。后来我就去干盗墓的勾当。在那些夜里，小枞树嘶哑地怒叫着，鬼火像落下的星子一样浮在你周围，数不清的黑影在那些乱冢间出没，我看见了那块金砖，它在地底下闪闪发光……这些年来，你每天夜里都用注射器抽出我女儿的骨髓，装在床脚一个玻璃瓶里，还泡上蜈蚣。我女儿一洗澡，你就将瓶子里的东西倒在澡盆里，你把她彻底搞垮了。你跟我交朋友，以为这些事我完全蒙在鼓里，其实我女儿每天到我这里来，把你的勾当告诉我，讲完以后还痛哭流涕。你是因为从我这里弄不到钱才这么干的，对不对？”

“我要把你对我的污蔑告诉我母亲，让你领教一下她的厉害，她可不是好惹的，她每天晚上吐的痰装在一处可以把你淹死。你们一家人都是阴谋家，你女儿嫁给我以前早就疯了，我这老实人竟没看出，呸！你想想看，8年来，她一直偷偷地在屋里饲养蟋蟀和蜈蚣，真肉麻呀。我日日夜夜担惊受怕，不断地买回杀虫药水，跟这些毒虫整整斗了8年，弄得我自己差不多都神经错乱了。8年青春！一生中最好的时光！我的天！你现在可以去看看，那里早就成了虫窝了，要是睡上一夜，虫子会把你啃得只剩下骨架。”

“你不要逗得我笑死。‘8年青春’？‘一生中最好的时光’？你装给谁看呢？不害臊吗？我女儿每天都向我揭发你，有时半夜还把我叫醒，诉说你的罪行。要是我把她讲的话学给你听，你说不定要吓得做噩梦死掉……”

两个男人的脚步声渐渐地远了，消失了。两只大苍蝇窜到蚊帐里面来，不断地绕圈子，想叮他们的脸，赶也赶不开。他懊丧地站起身，将出汗的背脊冲着她，开始穿圆领汗衫。那汗衫被压得皱皱巴巴，上面还粘着一只麻点蛾子，他害怕地用猛力一抖，蛾子跌在地上。她盯着他狭窄的出汗的背脊，想象着自己的眼光变成了一只蛾子，然后打了两个腻心的嗝，伸手拿起玻璃罐，仰头喝了一个饱。等她放下玻璃罐时，听见他的脚步声已下了台阶。在他睡过的枕头上有一个凹下去的半圆，她拿起来嗅了几嗅，有一股汗酸味。她将枕头往墙角一扔，重又倒头睡下。有人在后面的沟里撒尿，“噼里啪啦”的声音肆无忌惮地响起来，很长的一泡尿。她走到窗根那里往外一瞧，看见了那件圆领汗衫，他正在若无其事地扣裤子前面的扣子，还擤了一把鼻涕。她连忙往旁边一闪，躲起来。听见他在大声打哈欠，同时就从窗玻璃上看出汗衫被绷开了线缝，露出了腋窝里的黑毛。后来她闭上眼，竭力沉入一种热烘烘的想象里面去，在她的这些画面里，总有一个穿粗呢大衣的成年男子，一会儿慷慨，一会儿温柔地说出一些动听的话语来，一直说得她的耳朵嗡嗡地叫起来。已经是黄昏，夕阳昏昏地照在窗玻璃上，许多小虫正在上面爬来爬去，好像在举行一个什么集会。远处什么地方有一支送殡的队伍，一个老女人拖长了嗓音滑稽地号叫着，恶劣地模仿着悲哀。在黄昏里总是有无数细小的声音响起，骚乱不安。在这一切的后面，是那巨大的，无法抗拒的毁灭的临近。曾经有过一次，她在黄昏试着哼了一支从前的曲子，结果那支曲子像冰柱儿似的冻结在她的嘴唇上面了。她睁开眼扫视了一下房内，摸摸铁栅的牢度，冲着隔壁那男人“喂”了一声。男人惊奇地转过身来，对站在灰蒙蒙的玻璃后面的这个女人审视了好久。一丝自信的冷笑浮上了她的嘴角。她将线毯披在身上，开始在屋里疯跑。线毯浮在空中，发出“呼呼”的怒叫。天花板上的蛾子惊恐地飞下来，又被毯子撞落在地，作着垂死的挣扎。她喘着粗气，停下来的时候，瞥见衣柜的镜子里有许多溃烂的舌头。她害怕窗玻璃上那昏然的夕阳光线，那黄黄的一条，刺得她的眼珠十分难受。她用深色的毯子蒙上玻璃，然而还是透出零零星星的光点。

“今天我不想吃炖排骨，能不能想出一点新的花样？比如萝卜干炒辣椒什么的。”隔壁那男人说。

“炖排骨怎么也吃不厌，”那女人回答，声音里含着讥讽，“要是再加些肉块，就更鲜了。我怎么也想不出，你竟会讨厌炖排骨，那是只有疯子才这么想。你这可怜的人，也许神志不清了吧。”

十七

她把窗帘掀开一角，阴沉沉地看着外面那几个人，然后试着扳了几下铁的栅栏，向他们扮了一个放肆的鬼脸，放下了窗帘。“除非太阳从西边出！”她在屋里挑衅地喊道。

门外的四个人先是一愣，然后一齐扑上去擂门，直擂得整个小屋颤动起来。忽然约好了似的，四个人一齐停下，面面相觑。

“我们斗不过她。”沉默了好久，老况终于沮丧地开口说，“所有的门窗全钉上铁栅了，是她事先唆使我钉的，原来她早就起了这种卑鄙的意图，她老是欺骗我。”

她在前面蹒跚地走着。她身上的水分老是排不出去，这使她全身变得沉甸甸的，皮肤绷得十分难受，手和腿的屈伸也很困难。她老是吃利尿的药，今天一早起床还吃来着，医生曾多次警告她不能连续吃，但她的确是十分难受。

他想要赶上她，他的麻秆儿似的细腿哆嗦着，瘦小的影子犹犹豫豫地与她那庞大的黑影忽而叠在一起，忽而又分开。他看出她被浮肿折磨得十分痛苦，她那张衰老的白脸激动地颤动着。

“原来她欺骗了我们大家。”到他同她并肩而行的时候，他开口说，“真是一个历史的误会呀，这下她给我们当头一棒！”

她一怔，似乎要停下脚步，后来又改变主意，默不作声地同他走起来。

“你怎样看？这不是耻辱吗？人家会如何看？我们俩的名誉在外面会变得怎样？万万没料到呀！这下可不是什么都完了吗？啊？”他高高兴兴地搓着胸口。

“我要把那座小屋捣毁。”她一字一顿地从牙缝里说。他闻见她身上透出衰老的躯体特有的那种气味。

“我们两人要联合起来。”他毫不迟疑地宣布，然后向四周溜了几眼，挺神秘地叽喳起来：“首先得弄清她的动机，是什么动机促使她将自己封闭在小屋里，与世隔绝起来的呢？这真是一个微妙的问题，我有一些线索，这些线索都与那个流氓女婿有关。不知你有没有注意到，每天夜里，他都在街上来去，搜集过路行人遗下的唾沫，装在一个随身的公文包里面。有一天他跟我吵起来，扬言要用他搜集的唾沫淹死我！从那以后我就睡不好了，小腿不住地抽筋。”

她将眼光移到他的身上，她的眼光里流出一丝暖意，然而她脸上的每一个皱褶里都含满了阴森的气息。她喘着气，用力提起岩石样的腿子，痛苦地扭曲着嘴唇说：“我就像一大块吸饱了脏水的烂肉。”

他们踏进那座尘封的老屋的时候，听见天花板上的石灰在每个房间里“嚓嚓”地落下，老鼠们在房里“嘎哒嘎哒”地赛跑。他又坐在昔日的藤靠椅上面了，刚一坐下，壁上的闹钟就吓人地响了起来，空洞而悠长，一共响了12下。“这钟现在老是骗人。”她说，脸上泛出冷笑，“房里的每样东西都跟我作对。有一天我打开了窗子，结果风把墙头上青苔的气味刮进来，弄得每件家具上都沾满了那种味儿。当夕阳照到天井里的时候。我就开始将麻雀钉在墙上，这工作很不顺利，羽毛弄得到处飞扬。你刚才说什么？她这一手是怎么回事？我可以告诉你，她的目标只在我，她要让我身败名裂，像她朝思暮想的那样。谁也猜不透她打的什么主意，我却再清楚不过了。我站在窗外，她正在帐子里恶狠狠地磨牙，她咬过我一口，你还记得吗？那一回我几乎丧了命。也许你想和我一起用饭？长期以来，我就不做饭了，我一直吃着从店子里买回的泡面。他们说我的浮肿是因为缺乏维生素。我强壮过一段，本来可以和她较量到底，但现在彻底垮下来了，因为她想出了这么一招。你看见我脸上的黑斑没有？我活不长了。要是今晚打雷，我一定要去看看那棵树的情况……”

从朽烂的地板下面传出一种沉重的、闷闷的声音，震得灰尘跳跃起来。他从座位上弹起来，脸色发白，声音哽在喉咙里：

“什么声音?”

“石磨。”她低声回答，“巨大的、阴森的怪物，日夜不停地磨，碾碎一切。你别怕，习惯了就好了。你看这些老鼠，它们也习惯了。”

已经是下午，屋里的光线暗下来了。他们断断续续地谈了那么多的话，喉咙嘶哑了，对方面部的轮廓也变得模模糊糊，像是从颈部割断了似的浮在空中。壁上的挂钟每隔半小时就敲响一次。挂钟一响，他们的思路就被打断，然后又艰难地、费尽心力地重新起头。最后，他们心神不定地沉默下来了，头部像岩石一样沉重地落到颈脖上面。这当儿一只麻雀从朽烂的纱窗的洞眼里闯进来，在房内绕了半个圈子，飞快地钻到了床底下，在那里弄出鬼鬼祟祟的响声。

“每天都有麻雀从那个眼里钻进来。床底下摆着母亲的骨灰坛子呢。”她的声音颤抖了一下，解脱似的舒了一口气，似乎要站起来找什么东西。

“麻雀钻进房里来！你怎么能允许这种岂有此理的事？到处都是这种吓人的鬼东西，石磨！麻雀！说不定还有游尸吧？你居然活到了今天，这件事本身就叫我全身起鸡皮疙瘩。”

“我昨天把屎屙在一只从前的酒杯里，丢了两只臭虫进去，结果打了整整一夜的嗝儿。”她微笑着陷入了回忆之中。

他像被狗蚤咬了一样跳起来，摇摇晃晃地跑出去。“你应该去死！”他回过头来喊道。

巨大的石磨转动起来了。老女人脸上呈现冻结的微笑。

“妈妈，我们大祸临头啦！”

她严厉地盯了他一眼，她的眼光像两把锥子将他刺了个透穿。鸽子“咕咕”叫着，弹棉厂的碎花像密密麻麻的一群群飞蛾一样从窗前飘过。她鄙视地看着他，庄严地端起痰盒子，用力朝里面吐了一口痰。

十八

“我从前是一个小姑娘来着。”

“是，妈妈。”

“我胸口有一个肿块，已经长了十年啦，近来它里面发生了脓肿，一跳一跳地痛得慌。我一听到你对我说话就难受得要死，精神上失去平衡，你不要轻易对我开口，这对我的神经很不利。我有一个建议，我们将中间这道门钉死，各自从自己房里的门出进怎么样？这样一来就可以防止相互打扰，可以保持内心的平静。”

“是，妈妈。”

他佝偻着背出去了。她看见他的裤带从衣服下摆那里掉了出来。

前不久的一天夜里，她正在做一个捕蝗虫的梦，忽然梦里的一声雷鸣将她惊醒过来。她扯亮电灯，又听见了第二声，第三声……她披上衣，朝儿子房里走去，看见他像一个肉球那样蜷缩着，雷声原来就是从那个颤抖的肉球里面发出来的：“轰隆隆，轰隆隆……”

整整一夜，她在窗外那条煤渣路上踱来踱去，脚下“喳喳”作响，胸中狂怒地发出呻吟。

“谁？”一个算命瞎子朝她抬起黑洞洞的两眼。

“一个鬼魂。”她恶狠狠地回答。

一直到天亮，雷声才渐渐平息下来。

然而第二天夜里，一切又重演了。开始是蝗虫的梦，然后又是惊醒……

她大踏步走进儿子的房间，猛烈地摇醒了他。

“好大的雨呀，妈妈。”他迷迷糊糊地说，“我正在田里捕蝗虫，忽然一声惊雷，接着就下大雨了。”

她目瞪口呆地听着他的梦呓，然后，瞥了一眼连通两个房间的那扇门，明白了。原来他的梦就是从那扇门进入她的房间，然后进入她的身体的。

那扇门从那天起成了她的心病。

他贴着门缝在倾听隔壁房间里的动静。

封门后的那个傍晚，白头发的乞丐就来了，他的一只手探在怀里捉虱子，口里大声说："这屋里怎么这么闷?"然后直瞪瞪地看着他，鞠了三下躬，在床沿上坐了下来。"我今晚要在你这里睡下。"他一边说，一边脱下他的鞋。他的身上散发出老鼠的气味。

"妈妈！妈妈……"他惶恐地小声呼道，在屋里转来转去，然而门是封起来了。

他嘟嘟囔囔地抱怨了一整夜。床很窄，老人的臭脚不时伸到了他的嘴边，虱子一刻不停地袭击着他。

"你干吗不关电灯?"母亲在隔壁威严地说。

"妈妈，这里有一个人……"

老人忽然下死力踢了他一脚，刚好踢在他的要害部位，他痛得几乎晕了过去。

听见母亲恶毒地诅咒着，一会儿就响起了鼾声。那天夜里她肯定睡得很死。算命的瞎子又来了，敲了几下她的窗子，里面毫无反应。

然而他一个梦也没做。黄黄的灯光照着老人的脸，他的很长的白发向四面张开，如同一些箭，那面目狰狞可憎。他将他挤到了床边，还用枯干的细腿夹住他，他的身上落下许多灰质鳞片，弄得到处都是。黄的灯光照着，屋里有种隐秘的邪恶。天快亮的时候，老人下了床，一瘸一拐地走出去了。

"妈妈！妈妈……"他捶打着房门，声音细弱得如同婴儿。

当夕阳从琉璃瓦屋顶那里沉下去，风在空中烦人地吹响哀乐的时候，老人又来了。仍旧带着那只长长的破布袋，一进屋就坐在床上，脱掉鞋。

破布袋神秘地动弹着。

"里面是什么?"

"眼镜蛇。"

疯狂的、恐怖的夜晚，蛇从袋子里探出头来。

他裹着毯子，紧贴那张门守候了一夜。他的鼻孔里长满了米粒大小的疖子。

“我们斗不过她，”他绕到那边门口，扯住母亲的衣袖哀哀地说，“她将要制造奇迹，所有的门全钉上了铁栅，是我亲自钉的。”

“啐！”她朝痰盒子里吐了一口痰，迎着他“砰”地一声关上了门。

现在她每天夜里都睡得沉。她儿子独自一个在墙那边捕蝗虫。

打雷的那天夜里，他打着油布伞站在楮树下的小屋外面。屋里一片墨黑。隔着窗户听见了里面沉重的喘息，那喘息令他想起冒烟的烟囱。他爬上窗，借着电光一闪往里看，见她正在仰头喝那玻璃罐里的水，果然有两条浓烟呈螺旋状从她张得大大的鼻孔里冒出来。

“巴在窗户上的是一只大蜘蛛吗？”她在里面用嘲弄的口气问，然后奇怪地哼着，居然哼出一支歌子来。那支歌子哼了又哼，冗长单调，老是提到一只没有胡子的瞎眼白猫，提到一个婴孩被这只猫咬去了大拇指，鲜血淋漓，惨不忍睹。

“你干吗不关灯？”

“我怕，妈妈。”

“看见灯光从壁缝里透出来，我误认为你房里起了火。好好注意自己的灵魂吧。”

“不要撇下我，妈妈，我在田里爬呀爬的，蝗虫把我的腿子咬得满是窟窿。”

十九

他将一砂锅炖排骨泼在门前的台阶上面了。慕兰摆好餐具，叫他吃饭的时候，他默默地走过去端起砂锅，将排骨“砰”地一声泼在台阶上，动作干净利落。

他坐下，看着妻子讥诮的眼光，心里直想呕吐。

“一只死雀从隔壁屋顶的破洞里掉到了天花板上。没有人射，雀子怎么会死的呢？”她毫不在意地说着。

她出去了，麻老五笑眯眯地走进来。

“没有杀虫药剂。”他连忙抢先说。

“是这样吗？”他不相信地扫了他一眼，假装亲密地挨着他坐在床沿上，悄悄地对着他的耳朵说：“今天我坐在屋里的靠椅上想了整整一上午，我弄不清楚，你和我到底是一种什么样的关系呢？你是我的邻居，又是朋友，对不对？我时常感觉，你和我有一种很老很老的关系，还在娘肚子里，你和我就被决定了是要唇齿相依的。你搬来的第一天，我就看着你很面熟似的。那一天有火烧云，我正在追赶我饲养的十来只公鸡，忽然你来了，穿着灰不灰蓝不蓝的衣服，可怜巴巴的。我心里涌起一种很亲切的情绪，就像一种甜浆糊。你呢，你毫不懂得，你认为我是在缠你。我的胯间长了一个瘤子，你看，在这儿，我知道你要幸灾乐祸的，不过医生说了不要紧的。我来告诉你，免得你有种得了解放似的感觉。这是一定要好的，医生下过保证了。你我唇齿相依，这是在娘肚子里就被决定了的。”他站起身，若有所思地向四周看了一遍又一遍，然后悻悻地离开了。但走出房门时裤子再一次掉了下来。麻老五最近对他的侵犯越来越忍无可忍了，昨天他当街死死揪住他，将臭烘烘的脸凑到他面前亲了几下，然后跳开去，哈哈大笑。他又一次向围观的人说：要将他的私人秘密抖搂于众。当时他面如土色，吓掉了魂。然而此刻，他并不觉得有得了解放的感觉，他呆呆地瞪着他的背影，看见他的裤子落下去，露出劈柴般的大腿和胯间的黑毛（他明明是故意让裤子掉下去的），心里像吃了老鼠药一般地倒腾。他一点儿也不幸灾乐祸，他像一只快被毒死的瘦猫一样抽着风。

“你的眼镜到哪里去了？”所长拍拍他的肩膀说，“噢，原来你在混日子！你干得真巧妙！同志们看吧，这真是一种奇异的社会现象！这个人，他每天坐在这里，究竟是怎么回事？从前我有一个同事，每天白天坐在办公室里，夜里却在干着盗墓的勾当，神不知鬼不觉……哈！”

老刘头儿凑近他嗅了几嗅，怀疑地摇着头咕噜道：“有什么东西不对头，极不对头……这人究竟是怎么回事？该不会发羊痫疯吧？”

他听见隔壁女人从玻璃瓶里倒水的“叮当”声，以及喉咙里“咕咚咕咚”的响声。他忆起他们谈论过的林子里看到的事，只觉得周身燥热，痛苦不堪。那些事是他极力要忘却的，他愿意自己完全摆脱的。麻老五的这一招将他彻底打垮了，他的裤子掉下去的时候，他全身像蚯蚓一样扭曲着。他听说过肠穿孔这种病，他自己会不会得了肠穿孔呢？

“那老头儿被送到医院里去了。”慕兰凝视着他，放了几个闷屁。

“谁？”

“还有谁。他还给邻居留下话，说千万不能让你知道他住院的事。他们要锯他的腿子了。你们之间究竟是怎么回事？邻居已经在议论这件事，说你见了他就像老鼠见了猫，又说你是不是一个男性这件事很值得怀疑，因为谁也没亲眼看见过，所以没法证实……”

“我患了肠穿孔。”他说完又倒在地上抽起风来。

“从那以后，多少时间过去了啊！”那女人的声音“咝咝”地从板壁缝里钻出来，“你注意到了没有？树叶已经枯透了，用脚一踩，立刻碎成齑粉。落雨的那天，我梦见它的根膨胀得纷纷裂开了，它干吗喝得那么凶呢？现在这些水分全部蒸发了。火是从内部烧起来的，连着这些天不落雨，根部又全部成了红炭。今天早上撩开窗帘，看见青烟从树顶袅袅上升，枝丫痛苦地张得很开、很开。那火是虚火、阴火，永远烧不出明亮的火花来……昨天中午，老况梦见了树底下的葡萄架，他一来，我闻见他身上的味儿，立刻猜出他做了什么梦，为此他恼火得要命。”

“如果再等一等，会有什么事情发生呢？”他在心里反驳着她。

“麻老五就要变成一个肉团。”妻子的声音像苍蝇在耳边嗡嗡，“想一想吧，那样一团东西在地上滚来滚去，滚来滚去，你干吗怕他？”

“我的门窗钉得多么牢！现在我多么安全！他们来过，夜夜都来，但有什么法子？徒劳地在窗外踱来踱去，打着无法实现的鬼主意罢了。太阳升起，我的心就在胸膛里怦怦直跳，我要把窗帘遮得严严的，他们说我是一只老鼠，这话不错，我的确喜欢躲在阴暗的地方咬啮家具，我的牙齿也曾由此磨得十分尖利。老况说他想用老鼠药毒死我，也不过就想一想罢了，他一点胆量也没有，他是一条圆滚滚的蛔虫，我看见他夜里钻进他母亲的肠子，十分惬意地巴在那上面了。说不定有一天他母亲会把他屙出来的，一想到他被他母亲从肛门挤出来的样子就好笑。”

她的声音一天比一天微弱，那床破毯子却一天比一天凶狠地怒叫着。

慕兰抬起头，做出倾听的样子，然后嘘了一口气说：“那女人已经完蛋了。我很奇怪，她怎么能做到一天到晚不弄出一点响声来的？我贴着板壁听，听不出一点细微的响动，好久以来就这样了。有几回我以为她完蛋了，但半夜又亮起了灯。昨天夜里电灯没亮，你注意到了没有？”

“你应该将这件事记在你的小本本上。”

“你这是什么意思？”

“我这是什么意思？我已经记不得我要讲的话的意思了，结果我讲了一句自己也不懂的话。我总在想一些不想干的事，比如刚才，我就正在想我们是不是在后面砌一个蓄水池来养鱼，我又想到墙壁会不会爆裂开，从里面钻出蛇的脑袋来，我整天被这些想法纠缠不休，辛苦得不得了，闹得自己患了神经衰弱。你已经睡着了，我却睁着眼，倾听虫子在衣柜里咬啮衣物的声音，那声音日夜不息。”

老婆一走开，岳父的红鼻头又从窗眼里伸进来了。当然，他们是串通好了的。

“你以为我和她是串通好了的吗？”他滑稽地皱着鼻子，“你弄错了，女婿。我一直恨死了她。每次你们吵起来，我总恨不得让你把她杀了才好，我躲在门后暗暗为你使劲呢。但是你不敢，你这人怎么这么孱头。我每回来拿东西，她就大惊小怪地叫起来，说我是贼，其实你一点儿也不明白内情。我从这里拿了东西回家，她就半路上截住我，强迫我和她平分，折价付钱给她，有一回吵起来，还把我的脑袋按进烂泥里面。她有许多情夫，她把情夫带到我家里去和她睡觉，逼我老头子站在门外帮她放哨，哪怕落大雨淋得透湿也毫不怜惜。你的事情，我在寺院的楼上看得清清楚楚，不管什么情况都逃不脱我这双老眼。比如你的心头之患我就了如指掌，你最怕的人是麻老五，他总是当街出你的洋相……”

“我要杀你！”他突然跳起来抠住老头儿的衣领，眼珠发了直。

“嘘！你怎么回事?！啊?”他用力甩脱他的手，“对不起，我要走了，我唠叨些什么呢？对于白痴，你还有些什么好期望的?”

12 点一过，那两个幽灵又来了，在月光下踱来踱去，将枯叶弄得痛苦地“沙沙”作响。隔着窗户，他听见他的疲惫的低语：

“我在来的路上，一条腿陷进一个很深的烂泥坑里面去了，拔也拔不出，有什么东西咬在腿肚子上，针扎似的痛。这屋里新生的一窝鼠仔又长大了，你听见它们窜来窜去的脚步声没有？我们真像荒野里的两匹狼，对不对?”

“刚才我从床上撑起来，简直提不起脚，利尿药把我害苦啦。这些个日日夜夜，每半点钟我就听见壁上的挂钟发了疯地敲，现在它里面的齿轮已经锈坏了，快要咬住了，它这种临终前的挣扎把我吓坏了。”

“我们都这样，我昨天也没睡。我一直在等着什么事发生，我看见夜气里浮着许多冰钩儿，一只猫儿在墙角像人一样叹着气，‘踏踏踏，踏踏踏……’数不清的小偷在窗外钻来钻去。奇怪，我们怎么能活得如此长久，我们不是早就垮了吗?”

“我的头发是怎么掉的你清楚吗？那个秋天老是落雨，到处湿漉漉的，我坐在摇椅里读报，她像猫一样溜进来了。我有一种预感似的打了一个寒战，这当儿她闪电一样跳起来在我头皮上啄了一下，然后逃跑了。从那天起我的头发就大块地脱落，头皮全部坏死了。你摸一摸这树，像是烧着了一般烫手……对啦，我的全部灾难正是从那个秋天开始的，那时所有椅子上的油漆都坏了，一坐上去裤子就被紧紧地粘住，脚板也老出汗，鞋子里又冷又潮，脚一伸进去全身都肉麻得不行。”

那两人呻吟着，痛苦地踩响着地面：“踏—踏—踏—踏……”

他在床上抽着风，被单像鞭子一样抽打在他赤裸的背脊上，他学会了像蛇一样蠕动。

清晨，他的全身肿得紧绷绷的，僵硬难受。

二十

她的一条腿像被钉在床上似的不能动弹了。昨天她烧好了水到浴室去洗澡，因为常年不打扫，浴室的地面溜溜滑滑，她一进去就摔倒在水泥地上了。当时她听见左腿里面有什么东西发出瓷器破碎的声音，那声音很细弱，但是她听到了。她用手撑起来，爬回卧室，和着黏糊糊的有腐烂味儿的衣服倒在床上。现在死亡从她的伤腿那里开始了，她等着，看见它不断地向她的上半身蔓延过来。麻雀一只又一只地从纱窗的破洞里钻进来，猖狂地在半明半暗中飞来飞去。她用尚能活动自如的手在床上摸索着枕头，向这些中了魔的小东西投去。外面也许正出着大太阳吧？屋顶上的瓦不是被晒得“喳喳”作响吗？石磨在地板底下发出空洞干涩的声音，她将死在太阳天里，她的死正如这座阴森的老屋一样黑暗，她终将与这老屋融为一体。壁上的老挂钟最后一次敲响是在昨天夜里，那是一次疯狂的、混乱的敲打，钟的内部发生了不可思议的爆炸，其结果是钟面上的玻璃碎成了好几块。现在它永久地沉默了，带着被毁坏了的死亡的遗容漠然瞪视着床上的她。她的身体从伤腿那儿正在开始腐烂，那气味和浴室里多年来的气味一模一样，她恍然大悟，原来好多年以前，死亡就已经到来了。她挣扎着想要脱掉这件在浴室里跌脏了的衣服，然而办不到，衣服紧紧地巴在她身上，与她的皮肤不可分割，那气味也已渗透到她身体内部的器官里面去了，这件衣服将跟着她一道死亡。床底下的骨灰坛子抵着了她的背脊，像冰块一样袭人。她母亲的死亡也是发生在这间卧室里，在最后的日子里，她的躯体也是在这个床上慢慢消融掉的。她记得她老是抱怨那只挂钟的声音，说一下一下就敲在她的心脏上，但是谁都认为她是神经错乱，没人理会她的话。她死于心脏破裂，她临终的那种怨恨表情至今留在她的脑子里。她想痛哭，她的泪腺堵塞，喉咙里发出近似小猫叫的怪声音。她早已忘了哭的方法了。昨天夜里，她和她的前夫突然跳起来，拼着命用头部朝那棵树的树干撞去，后来两人一齐摔倒在地。女儿房里的灯亮了起来，那灯光是古怪的酱油色，他们从深色窗帘的隙缝里看见了她木乃伊似的身体，她全身一丝不挂，灰白的皮肤上长着许多绿的斑点，斑点上似乎还有很长的毫毛。

“外面有两条饿狼。”女儿鄙夷地说，“那孩子完蛋了，瞎眼猫最后一口咬断了他的颈脖。”

“那真是一个伤心的日子，瘦弱的金银花纷纷飘落在地……”

她一停下来，嘴唇立刻冻僵了，眉毛上也长起了白霜。她划燃一根火柴，吻着那火苗，口里哈出寒冷的白气。火苗熄灭了，她似乎冻得更厉害了，全身硬邦邦的。她找来许多报纸，在地上堆成一大堆，用火柴点燃，让那火苗舔着她的胸膛、后背。火苗越蹿越高，她的身体也越来越柔软、灵活，皮肤泛出玫瑰的红色，鼻孔里冒出烟和火星，眼睛里燃着火，恐怖地睁得很大很大。当火苗几乎舔到了天花板的时候，借着晃动的亮光，她看见前夫像一摊蜡一样融化着，越来越矮下去，头部痉挛地一伸一伸，悲惨地打着逆呃，眼珠渐渐收缩为两个细小的白点。“我的脑血管破裂了……”他可怜地哼了一声，吐出一口黑乎乎的东西。

她的光光的头皮痒得厉害，她使劲去抓，直到抓出了血。她忘不了她失去头发的那件事。那个湿漉漉的秋天，树上的枯叶红得像要滴血，墙壁上渗出黑水。她坐在摇椅里面，惶惶不可终日……然而石磨再一次响起来了，干涩刺耳，震得墙上的石灰纷纷剥落，两只受惊的麻雀被天花板撞伤，破布一样坠落在地，床底的骨灰坛子在跳跃，死人在坛内艰难地辗转。有什么东西落入两片磨盘之间，发出脆弱的一响，像是一声轻微的啜泣，很快又被无情的噪音吞没了。

在街上，前夫紧紧地跟着她，用阴谋家的眼光反复打量她，表情沉重地说："我们老成什么样子了啊！"

她的眼光从浮肿的眼缝后面挣扎出来看着他那顶有窟窿的帽子，浑身打着冷战说："你记得我们活了多久了么？"

"我怎么也记不住，我的脑子早就坏了。这些日子，窗外树上的枯叶一直不肯放过我，'沙沙沙，沙沙沙……'"我们活了多久了？"

"我梦见过一些事，全是与那个雨天有关的……我一下台阶就滑倒了。"

她的眼光摇摆不定，像一只风筝那样在他脸上掠过。天上出着太阳，光线太强，她失去了最后一点气力，风筝回到了她的眼眶里。

"我眼前一片漆黑。"她诉着苦，扶住了电线杆，"我很快就要瞎了。我真后悔，我把它们用得太苦了。"

"谁？"他大吃一惊。

"我的眼睛呗。"

"也许有那么一天，你从你的房子里走出来，踱到天井里，那时天上飘着细雨，一只猫儿蹲在天井的墙角里哀哀地哭，于是你说：'够了。'好，一切都会结束。你回到屋里，马上入睡了。"

一列火车在远处奔驰而过，悠长地叫着，然后是轮子擦在铁轨上的声音，一节又一节车厢，一节又一节……

"你怎么如此肯定？"她生气地说，"正好相反，根本不可能有什么结束。它们就在我的神经里，挤得满满的，只在做噩梦的时候一点一点钻出来。我记不得这有多久了，反正一切都不会结束。我照过了X光，肾脏里面全是小石子，我一弯腰，里面就'哗啦'作响。"

他沮丧地瘪了瘪嘴巴，似乎就要哭起来。"啊。一直到死！一直到死！"他绝望地惊叹道，"'沙沙沙，沙沙沙……'我的梦里也充满了那个声音。从前在黎明，我老听见一个人在煤渣路上踱步，原来那人也受着这种可怕的折磨。他不得不踱来踱去、踱来踱去，一直到挪不动脚步，于是末日来临了。万一我们活得很长久？"

她匆匆地要赶到前面去，他拽住她的衣袖，苦苦地哀求着："再说一点什么吧，再说一点什么吧，我心慌得发抖。"

他的手指缝里渗出许多黏液来，像胶水一样巴在她的袖子上，甩也甩不掉。他的鼻孔、眼角也开始流出那种黄色的黏液。他唏嘘着，还在说个不停。太阳从寺院的屋顶上沉下去了，空中刮着不吉祥的风。她看出来，他一点儿也不想死，他唠叨不停的原因正是怕死，他对自己的小命如此珍惜这件事，使她感到十分惊骇。他的手指在她衣袖上抽搐着，活像几条丑陋的泥鳅。

"我看不清你的嘴脸。"她开始说。

"说下去，说下去！"

"我跟你说过了头发的事，还有一件事是你不知道的。"

"说下去。"

"那是关于被我钉在墙上的麻雀的事。"

"好极了。"

"在黑暗里，麻雀在墙上叽叫着，扑腾起来，口中流出一滴滴黑血。我把头从被褥里探出来，开始呕吐，我吐出的东西的气味和我浴室里的气味一模一样，月亮照着纱窗，窗棂苦苦地呻吟。有一个东西在天井里走来走去，像是一只狗，麻雀们立刻沉默了。在西头那间小杂屋里，天花板上又剥落了一块石灰，一只老鼠飞快地从屋当中穿过，跑到厨房里去了。"

"有一天夜里，我用钥匙开开了你的大门，在天井里走来走去，一直到天亮。我没有看见麻雀，因为那天没有月亮，四周一片漆黑。"

"当时我正在呕吐，月光照在纱窗上。"她恶狠狠地一摇头，"你闻到一种刺鼻的气味了吗？"

"周围那么黑，我就像掉进了一个细颈瓷瓶的底部。我呼吸不到足够的氧气，只好大张着嘴，像一条憋坏了的鱼。"

石磨缓缓地转，越来越阴沉，越来越杀气腾腾，麻雀在被碾碎前发出的惨叫，隐没在暴怒的、压抑的雷声里。

隔壁房里的天花板整个地塌下来了，她闻到一股刺鼻的石灰味。一只雀子“啪”地一声掉在她的被褥上，还拼命地扑腾了一阵才死。

她听见在远处的什么地方惊雷劈倒了一棵大树。

结 局

她还在梦中，就已经闻到了很浓的焦木味儿，她梦见抽屉里的蛋糕全都化成了油光闪亮的臭虫。她撑起来，用最后一点干肉喂一只母鼠。她把干肉扔在床底下，倾听它“嘎吱嘎吱”的咬啮声。父母昨天没有来，也许就因为这个，她被虫牙折磨着。每隔一点钟，她就往床底下扔一小块干肉，让那只老鼠咬出响声，借以减轻神经的剧痛。到天明，干肉全部扔完了，牙痛也慢慢减轻，这时她忽然记起那两人昨夜没来，觉得诧异。大树是在清晨被雷劈倒的，滚滚的浓烟冲天而起，里面夹着通红的火星。现在它倒在地上，内部全部烧空了。隔壁的男人和女人一齐走了出来，到那零乱地散在地上的枝条中去寻找从前挂在树干上的一面镜子。两个人都把屁股撅得高高的，浮肿的嘴脸几乎凑到了地面，畏缩地用两个指头拣出那些镀了水银的碎玻璃片。她从窗帘后面打量这一对，听见发僵的脚尖在地上跺来跺去，看见紫胀的手指伸到口里含着，眼里溢着痛苦的泪水。一夜之间，男人的头发全部脱光了，苍白的头皮令人作呕。隔着窗子，她隐约地闻见了熟悉的汗酸味儿，就是他称作“甜味儿”的那种气味。烧完报纸以后，再也没有什么可烧的了，虽然外面出着大太阳，骨头却像泡在冰水里，早上起来几乎全身都冻僵了，必须用毛巾发了疯地擦才能让腿子弯转来，不然就像干竹子，一动就“啪啪”乱响。她不敢用力出气，一用力，鼻尖就出现冰花，六角形的、边缘很锐利的冰花，将嘴唇都割出血来。大柜上的镜子已经用一匹黑布遮住了，好久以来她就不愿照镜子。那一天她突然觉得身上的衣裳宽荡荡的，她剥下衣裳一看，才发现自己的身子已经变得像干鱼那么薄，胸腔和腹腔几乎是透明的，对着光亮，可以隐约看出纤细的芦秆密密地排列着。她用指头敲一敲，里面发出空洞的响声："嘣嘣嘣的嘣！"她拿起玻璃罐从水缸里舀出最后点发黑的水，仰头一饮而尽，她清楚地看见涓涓的细流从胸腔流到腹腔，然后不可思议地消失不见了。她已有一个多月没有尿。老鼠终于丢弃了肉块，拖着沉重的身子回到洞里去了。她像一条干鱼一样在粗毛毯底下发着抖，"嚓嚓嚓嚓"地擦得毛毯响个不停。南风从瓦缝里灌进来了，毛毯鼓满了风，裹着她一起飘离床铺，在半空中悬了一会儿，然后又"啪"地一声落回床上。南风里有股腥味，她一闻到那股味脑子里就出现野兔的幻象，它们总是躲在很深的草丛里。萎缩症已经蔓延到下肢，很快她就要下不了床了。她算了一算，她已经两个月零二十天没吃任何东西了。因为这个，她的肠胃渐渐从体内消失。现在她拍一拍肚子，那只是一块硬而薄的透明的东西，里面除了一些芦秆的阴影外空无所有。很久以来，她就分不出白天和黑夜，她完全是按照内心的感觉来划分日子的。照她算来，她把自己封闭在房子里已经有三年零四个月了。在这段时间里，粉虫吃掉了一整把藤椅，只剩下一堆筋络留在墙角；没有喷杀虫剂，蟋蟀却全部冻死了，满地僵硬的尸体；水缸里长满了一种绿色的小虫子，她在喝水时将它们喝进了肚子；一个早上醒来，她发现她的线毯朽成了一堆烂布，用指头一点那布就成了灰；房子中央好久以来就在漏雨，不久就形成了一个小水洼，天一晴，水洼里蹦出几只小蛤蟆。她的腿子里面发出干竹子的裂响，她拖着脚步在房子里走了一圈，看来看去地看了一遍，然后用一根麻绳束起她那一头老鼠色的长发，打开抽屉，找出一瓶从前使用过的甘油，将干裂开叉的指头轮流伸进去浸泡，直到指头重新弥合，然后她小心地上了床，盖好毛毯，决心不再动挪了。她的眼光穿透墙壁，看见那男人将身体摆成极其难受的姿势，在他的长统套鞋里面，长满了滑溜溜的青苔，那些瘦骨伶仃的脚趾全冻成了青色，发疯地抽搐，他极力要站稳，脚板在巨大的鞋子底部滑来滑去。"所有的碎片都烧焦了……它的有花纹的背上渗出陌生的向日葵的味儿，泥沙割破了暴出的眼珠，忽然，漫天红光，泥浆里翻腾着泡沫，那就像一个真正的结局……哦，哦！怎么回事啊？他咯着血，身体慢慢地倾斜，向铺满了腐叶的地上倒去。

她的眼光变得那样深邃，她看见了母亲住的老公馆，那上面爬满了一种绿色的毛毛虫。在一叶纱窗上面，有一个很大的破洞，麻雀从破洞里鱼贯而入。一阵南风刮来，毛虫纷纷从墙壁上掉落地面，被无数蚂蚁袭击着。在一只破烂的木桶下面有一双开裂的木板拖鞋，她当小姑娘的时候穿的拖鞋，现在那上面奇怪地长着一排木耳。父亲在天井里摸索着滑溜溜的墙壁绕圈子，指甲深深地抠进青苔里面。他的双眼患了白内障，从他脸上神气看出，他根本不认为自己在兜圈子，而是觉得自己在沿着一条笔直的、黑暗的通道不断地前行。他在天井里已经走了三天三夜了。她看不到母亲，但是她能够听见她的声音从破棉絮里隐约传来，那声音就仿佛母亲在咀嚼自己的舌头，痛得直打哆嗦。父亲听见了母亲的呻吟，一丝笑意埋藏在他深刻的皱纹里面，他扶着墙走得更起劲了，简直像在疯跑，他的手指甲里渗出一滴一滴的血珠，脚板底长满了鸡眼。“妈妈也许会死掉的，”她听见自己的声音从天井的墙缝里钻出来，那声音稚嫩，带着热切的企望，“要是她死了，这院子里就会爬满毛毛虫。”但是父亲听不见她的声音，父亲的耳朵已经中了魔，他在听母亲的呻吟，一些遥远的模糊的呼唤传到他耳朵里来，他的面色豁然开朗，全身的神经跃跃欲试，白发可笑地往脑后飞扬。墙上的青苔被他不断地抠下，纷纷掉落在地，他还在跑——朝着臆想中的通道。她听见石磨碾碎了母亲的肢体，惨烈的呼叫也被分裂了，七零八落的，那“咔嚓”的一声大约是母亲的头盖骨。石磨转动，尸体成了稀薄的一层混合胶状物，从磨盘边缘慢慢地流下。当南风将血的腥味送到小屋里来的时候，她看到了死亡的临近。

“母亲……”她忽然觉得嗓子眼里有种不习惯的感觉，于是异想天开地想来哭一哭。她憋足了劲，口里发出一种拙劣可笑的模仿。

在天井里，她的父亲一边跑一边从口里吐出泥鳅来。

当天傍晚，更善无在回家的时候看见被截了肢的麻老五坐在破藤椅上，紧握两个拳头向他号叫着。他在夜里梦见了荆棘，他赤身裸体扑倒在荆棘上面，浑身抽搐着，慢慢地进入了永久的睡眠。

一株柳树的自白

一

现在我是一天天枯萎下去了，我的老叶耷拉着，我再也没有兴趣增生新叶；我的外皮枯裂、泛出红色；前天我的树梢上又出现了五片黄叶。就连麻雀和喜鹊也已经把我当死树了，我从它们在我枝头上颠簸的频率就能觉察得出来。先前，我的嫩叶很多，虫子也多，它们来了，一边捉虫一边开会，跳来跳去的，吵开了锅。现在它们就只将我当一个歇脚的地方了。它们飞累了，在我枝头上假寐一会儿，然后就飞走了。这种局面的形成是因为我生不出嫩叶，没有嫩叶，就无法养活那些可爱的虫子。我已经成了可有可无的了。

最难过的时候是黄昏。那时太阳还没有完全落山，园子里很静，栅栏外面偶尔飘过一位老农的身影，“玫瑰园”三个大字在园门上头诡秘地闪烁。只要我稍微一凝神就可以听见哀歌，天上、山上、小河里、地底下，到处都在唱，是为我而唱。我不喜欢听哀歌，可是远方的那个男声每天都不肯放过我。他真无礼，就算那是我的命运，也用不着他每天来唱给我听呀。不过他也可能是唱给自己听的，那也还是他的无礼，他不该让自己的歌声传得这么远、这么广泛。哀歌响起时，我只有忍耐，要忍到天黑，天一黑，那人就住口了。

造成我目前现状的根本原因是园丁的行为。去年春天，他在这片草地的当中种下了我。当时我已经是一年生的小树。我一落地就知道了，玫瑰园的土地非常贫瘠，基本上是沙土，存不住雨水和肥料。园丁只是在地表铺了薄薄一层优质土，撒了肥料。所以从表面看去，这里花草繁茂，其实是转眼即逝的假象。我也得到了园丁的照顾，他为我施了一点底肥，并且每隔一天就来给我浇水。我抱着得过且过的想法在这里安定下来，当时我还没有产生生为植物不能在空间里移动的痛苦念头，我只是隐隐地觉得我对园丁的这种依赖不是一件好事。当他挑着水桶出现在园门那里时，我就会激动起来，我的枝叶乱摆动，立都立不稳了。那是生命之水，我越吸得饱，就发育得越好。这个地方，一年才有两三次雨，所以老天是靠不住的，只能靠园丁。我们柳树，赖以生存的主要营养就是通过水来得到，我真想不通园丁为什么要将我移栽到这片沙地里来，有时我甚至设想这是他的一个阴谋。

园丁的脸是没有表情的，我们全都无法猜透这个人心里想些什么。我们草啦、花啦、灌木啦，全都对这个人评价很高。但是只有我对他的看法有些摇摆不定。比方有一天，他在离我很近的地方突然挥起锄头挖下去，他越挖越深，一锄就斩断了我的一束根。我因为疼痛而猛烈摇晃。可他倒好，将挖出的坑重新填回去，拍平，又到别处挖去了。他经常干这种莫名其妙的挖掘，不但伤及了我，也伤及了玫瑰园的其他植物。奇怪的是据我观察，其他植物都对这个人没有丝毫怨言，反而以自己受到的伤害为荣。我在黑夜里听到的议论有各式各样的。

台湾草：我们往往不知道自己内部的系统是如何工作的，虽然好奇，也得不到这方面的信息。是园丁满足了我们的好奇心，即使同他沟通要付出这么高的代价我们也是完全心甘情愿的。

枣树：我最欣赏园丁挥锄的样子。他其实长得很像我的一位没见过面的老公公。我每天都在这里回忆我的老公公的形象，往往在黎明的时候，我眼看就要想出他的样子来了，最后又没有成功。园丁有神通，只要他一挥锄，我就会看见老公公那果实累累的形象，老公公的背后是无边的星空。他有一次挖断了我的主根，那一次是我最兴奋的时候，是我主动用我的根去迎他的锄头的，我把他的锄头看成枣树老公公了。

杜鹃花：他挑水的样子也很好看，他是一个有抱负的人，要不然怎么会选择玫瑰园做我们的家园呢？

蒲公英：这里缺水，我天天梦见水桶，我的绒毛都是在做梦的时候长出来的。园丁真厚道，他的那两只大水桶引得我不断地做梦。有时候啊，我真盼望他一锄将我挖起来扔进他那只空桶里。我听见过路的人说我的绒毛特别多，不像沙地上的蒲公英。他们不知道我的绒毛是同水桶有关的。

紫藤：园丁真英俊！我虽然不爱他，但我天天想着他。每次我一想起他，我身体里的色素就增加，我就变得很美。这里也出现过一些长得好看的人，可是像园丁这么十全十美的我还没见过呢。我老想着如何引起他的注意，我的方法一次都没有奏效。不论我变得丑也好、美也好，他根本没注意过。

酸模：一般来说，我们并不适合生长在这种干燥的沙地上。可不知为什么，自从园丁让我们在这种地方扎根之后，我们都觉得再也没有比此地更为合适的家了。有时候，土地的贫瘠对于我们族类来说反而是件好事。为什么呢？只要我们回忆起那种死过去又活过来的感觉，生长力就会回到我们体内。我们听说我们那些居住在潮湿地段的同胞反而没有我们这么大的生长力。园丁那沉着的背影总是给我们带来力量，他是我们的福音，应该说是他为我们选择了家园。所以有时候，我们听到谣言说，是一股神秘的教派势力营造了我们的家园时，我们简直气得发抖！

还有一些模糊的、哼哼唧唧的声音，我无法辨别是从哪里发出来的，但是那些声音更有意味，给我带来更大的不安，也带来更大的好奇心。可以说，是这些暗藏的居民维持了我对生活的兴趣。即使目前，园丁已经很长时间没给我浇水了，即使我在半死不活的挣扎中情绪低沉，可只要听到那种哼哼唧唧，我里面的那些阴影就会退缩，各种各样的愿望又会复活。那是种什么性质的声音也很难说清。在我听来，叙述的成分居多，并不是特地讲给谁听的，但也许只要听到了，就会感到那种特殊语言里头有种挑逗的成分，就像我这样。

我想不通园丁为什么要断我的水。我的根还很浅，只是扎在沙土层里，我听说过沙土层下面有优质的黑土，但那是在很深很深的处所。像我辈之流，即使过了十年生长期，我们的根也到不了那种地方。园丁当然不缺这方面的常识，那么他的所作所为是否表示他已经将我放弃？他既然要放弃我，当初又为什么要将我移栽到这里来？在苗圃的时候，我是多么无忧无虑！那时我们都有远大的抱负，我们都盼望通过移栽来实现自己的抱负。有好多次，在暗淡的星光下，我清晰地看见了自己的命运。那个时候我还不知道那是我的命运，我以为那只是一团黑影。后来园丁就来了，他一共来过两次。他是个与众不同的沉默的人，他的汗衫上面有个黑色的标记，但我看不清那个黑色的图案。我被他深深地吸引了，所以他一将目光落到我身上我就疯狂地摇摆。结果可想而知。

我随大家一块被运到这里，被安置好之后，我的雄心壮志仍然没有改变。我希望自己长成传说中的参天大树，可以让星星在我的枝叶间做梦的那种大树。在我原先的苗圃里，就有这样一株老柳树，他的枝叶在空中招展，覆盖了整个苗圃。苗圃里的工人都说从来没有见过这么大的树，他们称他为“树王”。那时我一抬眼就看见他，我对未来的所有规划都是以他为榜样，我简直认定了我的未来就是他。园丁将我的梦想全打破了。首先，他将我安置在贫瘠的沙地上，这就延缓了我的生长速度。幸亏他还给我浇水，他给我浇水的期间，我倒长得并不那么慢，大概是渴望有助于生长吧。再说离开苗圃后我对于自己的生长速度更为专注了。然后他就忽然对我断水了，连个过渡阶段都没有。

我至今还记得第一夜的那种艰辛。由于心里存着希望，每时每刻就变成了真正的煎熬。我老是觉得他会在夜里记起这件事来，对我加以补偿。焦渴使我处于睡眠和清醒的中间状态。一个人影来了又去了。这个人穿一件有巨大口袋的长衫，两个口袋里放着两瓶水，他动一下，瓶里的水就发出响声。这个人是不是园丁？我始终确定不了。第二夜也好不了多少，无边的寂静更加促使我想到水，我都差不多发狂了。天上的月亮都令我心惊肉跳，像看见了鬼一样。园里所有的植物都在沉睡，只有我无比清醒。不知为什么，我觉得自己死不了，这个死不了的念头又让我感到毛骨悚然。小时候，树王给我们讲过关于一棵行走的树的故事。我记起了这个故事，于是试着挪动了一下我的根，左边的那一根。我立刻就痛昏过去了。醒来时天已亮。

过了那关键的两夜之后，躁动就渐渐平息了，我有点“认命”了。我说认命并不等于我不再努力改变自己的处境了。而是说，我不再将未来的希望寄托在园丁的恩赐上面了。我觉得他已不会再对我施以任何恩赐了。他经过我面前时板着脸、垂着头。他的肢体语言在说，他已经觉得没必要再帮助我了，我应该自食其力，靠自己的挣扎活下去。这是可能的吗？我们植物的生长离不了水，而这片沙地里不可能有地下水。我们也不能从空气里获得水分，唯一的途径是靠人工浇灌。我当然也想成为传说中的行走的树，我尝试了三次，都遭到了可耻的失败——我不是那块料。我应该如何挣扎？一想这个问题我里面就变得十分混乱，像有个锤子在不断地砸我一样。我眼巴巴地看着园丁从小河里挑来清水，浇灌着这些感恩的伙伴们——他们全是他的崇拜者——而我因为恐惧连叶子都变成了白色。要是一直得不到水，我就只有死路一条了啊，怎么能不害怕？

我就在等死的途中渐渐晕过去了。有一天早上，一只老麻雀唤醒了我。

我对自己还活着这件事感到万分诧异。我的树干里头已经没有多少水分了，我的叶子已掉了一大半，没掉的叶子也在纷纷变黄。我一阵一阵地发晕，我觉得自己一旦晕过去就不会再醒来了。但是我错了。我不但醒来了，而且特别清醒，我的感觉也比以前敏锐多了。在这样一个清新的夏天的早晨，有一只老麻雀在我的枝头上一声接一声地呼唤她失去的孩子，还有什么比这更为动人的景象？我不知道她是如何样失去她的孩子的，但她那专属于麻雀种类的略显单调的叫声在我听来是世界上最为哀婉的悲歌！我想到的是：啊，我还活着！只有活着的物才能体验到这样的情感啊。我这样想的时候，自己就仿佛变成了麻雀。她每叫一声，我的枝头也应和着她抖动一下，而且我也看到了她脑海里那只小麻雀的形象。

园丁将我和老麻雀的这出戏看在眼里，他在我附近转悠了一会儿就走开了。从他的举动来看，他对我并不是漠不关心的。那么，他是在等待吗？还会有事情发生在我身上吗？我感到某种朦胧的希望出现了，虽然我还不知道那是什么。我暗暗地为老麻雀鼓劲，老麻雀也觉察到了我的存在，她将自己肚里的苦水全倒出来了。终于，她想到了节制，她在我的枝头跳过来跳过去，然后突然展翅飞向了天空。

她飞走了，她把空虚留给了我。我看到园丁在那边狡猾地冷笑。

我的树干炸开了一条长长的裂缝，这裂缝一直深入了我的中心部位。我就要完全失去水分了，死期已经不远。有时候，清晨醒来，我感到自己轻轻地浮在雾气里。“我”已经消失了，只剩下一小撮黄不黄、绿不绿的叶子。我的思想已经得不到我运行它时最需要的水，所以只剩下了一些莫名其妙的片断和线索。在太阳的暴晒下，我昏头昏脑地叨念着：“向左，向右，拐进石窟……”我每念一遍，就感到园丁藏在什么地方朝我打手势，也不知道他是在怂恿我呢，还是在阻止我。

苦难的岁月，可怕的沉沦。玫瑰园不是地狱，但对于被园丁遗弃了的我来说，比地狱也好不到哪里去。

二

我又一次晕过去了。这一次很像真正的死亡——并没有痛苦，一瞬间就失去知觉。我最后看到的景象是园丁手持一把钢锯朝我走来。

但是并没有发生被锯倒的事。大雨将我浇醒之后，我发现自己仍然立在草地上。我开始喝水，经过了这么长时间的焦渴，水的味道已经完全改变了！那是我最厌恶的辛辣的味道。怎么回事？啊，真难受，倒不如不喝！我仍然抑制不住，我自动地喝着这天上落下的辣椒汤。我那萎缩的根须迅速地膨胀起来，我的叶子也在变绿。周围的伙伴们都在欢呼跳跃、激动万分，只有我，全身像被火烧着了一样，产生出那种“生不如死”的痛苦。要是我能移动的话，我一定在地上打滚了。我命中注定了只能在原地受煎熬，只能在疼痛的极限中一次次丧失意识，又一次次重新获得意识。我听见自己在高温中发出的谵语：“我倒不如……我倒不如……”

幸亏这场雨没下多久就停了。我在余痛中看见园丁停在我旁边了。他抚摸着我身上那道长长的裂口，阴森森地笑了起来。他的不怀好意的笑声震怒了我，我气得全身猛烈地抖动，几乎又一次丧失意识。他很快就走开了，他在巡视这场大雨对他的植物产生的效果。大家都用欢呼来迎接他，因为雨是老天的馈赠，意外的礼物，只有我的反应同他们相反，我是园子里唯一得不到浇灌的植物。此刻，我的膨胀的根须、我的突然喝饱了水的枝叶都让我恶心。是的，除了疼痛还有恶心。

天黑之前疼痛终于真正开始缓解了，或者说我的根、树干和枝叶都已经麻木了。太阳一点一点地缩进山坳里，空气中弥漫着雨后的清新，不时有一个人影从园门那里飘然而过，那些人手中都拿着一面小红旗。我听到台湾草在我下面议论说，夜间在那边山坡上有一个庆祝会，这些人都是去那里的。“因为这是今年第一场雨啊。”台湾草说，他的语气显得很欣慰。

在渐渐降临的黑暗中，我觉得自己正在明白一件事，这就是，我这辈子不可能再得到大家所盼望的那种轻松和愉悦了，我必须学会在焦渴、紧张与疼痛中获取一种另类的愉快。那种愉快就如同园丁阴森的笑声。我什么时候学会了像他那样笑，我的面前也许就会展开一个更为广阔的视野。

接下来几天的干燥又让我恢复到了以前的状态，可是在感觉和思路上我有了一些变化。我可以用“泰然处之”来形容自己。先前，每次看到园丁给他们浇灌我都会产生怨恨，现在我对他的感情一下子变了。我从园丁的形象里看出了很多思维的层次。他背着锄头的样子，他弯腰锄土的样子，他挑着水桶的样子，他浇灌的样子，他积肥的样子，他给大家施肥的样子……我越观察越觉得他有意味，觉得这个瘦瘦的男子心里隐藏了一套一套的魔术，这些魔术都会施加到我的身上，我只要等待，它们就会对我发生作用。

从表面看，这个园子并不茂盛，甚至还有点萧条的味道。植物也并没有很规则的布局，就是随随便便的这里一丛、那里一片。说是玫瑰园又没有玫瑰，只有一些杜鹃和菊花、栀子花。前几天园丁又挑选来两棵刺槐，就栽在我的旁边。他栽好就走了，一直到现在也没有给他们浇水。他俩耷拉着黄黄的叶子，但并不抱怨园丁。我知道这些都只是表面现象，同苗圃不同的是，我们这些植物都对自己的存活有信心。我也不知道这种信心是哪里来的，他们不都是依赖园丁的浇灌吗？万一哪天园丁生病了，或出了意外呢？我也同他们讨论过这个问题，但他们都排除我的这个假设，听都不愿听。说到我自己，现在我也觉得自己会存活下去了。既然我在得不到浇灌的情况下还可以维持到今天，没有理由认为我不能维持下去。啊，我们是一个奇异的园子！很难分辨究竟是园丁的策划还是我们自己的努力给园子带来了一种特殊氛围。

看，刺槐的叶子纷纷脱落，他俩越是焦渴反而越是出汗。我想，等他们的汗出完了，体内变得像我一样干燥了，我就会同他们有共同语言了。他们现在正幻想要成为那种四处游走的树呢。我就是从我这两个同伴的身上看出了园丁的意图。对于这个玫瑰园来说，到底谁是主人？你一定会回答说，是园丁。我原来也这样以为，可是最近我的看法有了改变。我通过观察看出来，园丁的行为其实是任意的，他的思维的层次也不是蓄谋出来的，而是本身就如此。他为什么不给刺槐浇水？那是因为在他的判断中，刺槐就是不需要浇水的。他为什么给我浇了一阵水，后来就停止了？那也是他的看法，他认为我不需要水也可以活得下去（这个看法很可能没有错)。来到玫瑰园这么久之后，我感到前途变得越来越暧昧不明了。篱笆后面阴影重重，干燥透明的空气里有更为透明的鬼魅在游荡。我不需要变成游走的树，我只需要待在原地，等待某种变化发生。变化真的开始了。

我的一束根须在傍晚时苏醒过来，我感觉到它已经深入了一个陌生的区域，这就是说，辣椒雨的浇灌使它生长了。现在这根须所在的深层土壤里仍然没有水，但是那种坚硬的颗粒状的土质却出乎意料地给我带来一种类似水的感觉。我的末端痒痒的，这是生长的征兆，也是某种料不到的事物要发生的征兆。按我的估计，我的这一束根在短短的几天里头起码往下扎了一米多，完全可以称之为“飞长”，称之为奇迹。好几天没有下雨了，它还在长。那么，我是否正在获取另外一种养料来代替水起作用？“生命之水”的说法对于我来说已经不适用了吗？

深夜里，我听到园丁含糊的说话声，他的声音消失后，一阵细小的、噼噼啪啪的骚响由我自己的身体里头发出来，我的那些灰头土脑的老叶居然闪烁出一些绿色的荧光。这一阵骚响使得我旁边的刺槐也醒过来了，我听到他俩发出赞叹。他俩几乎是异口同声地说道：“园丁给了柳树多么大的恩惠啊！”他们的话音一落，整个园子都沸腾起来了，七嘴八舌，模糊不清，仔细听了好一会儿，才分辨出两个字：“焰火”。他们是说我在放焰火。可是我只不过发出了那么一点光，他们为什么如此大惊小怪？

我体内的骚动很快就平息了，我感到空虚，其实，我不应该感到空虚，我不是在生长，甚至在发光吗？园丁不是在暗中支持我吗？可我还是空虚，或许这是因为我盼望下一次再发光？因为我太没有把握？唉，园丁园丁，您可千万别给我浇水啊。我陷入了冥思，我想知道那种看不见的养料到底是什么，我觉得园丁应该知道。他们都羡慕我，我是唯一的在夜间发光的植物，我得到了园丁最大的支持。

黎明之际，我的身体分外空虚，我的叶子在夜间几乎全枯萎了，树干更加发红，那道裂口也更深。我问自己：我会在今天死去吗？除了思维，我已感觉不到自己体内的生命活动，就连那束根须，我也感觉不到它了。篱笆那里被第一缕霞光照亮了，园子的轮廓渐渐清晰。有一个声音老在我面前的空中重复这句话：“那会是谁？那会是谁？那会……”我很想看清这声音是由谁发出来的，我想既然“它”能发声，就总有个实体吧。但是却没有。声音就由空气的无端的振动而产生，多么恐怖！

园丁挑着水桶出现在园门那里，他停下来朝我张望，他看见我在发抖，然后他就笑了，又是那种阴森森的笑！他转过背去履行他的浇灌职责，不再管我了。空气中的那个句子还在持续，我听到杜鹃花在小声地说：“嘘，那是熊！一只黑熊啊……”

难道是黑熊在说话？我怎么看不见？我要完蛋了吗??

“一只黑熊啊，多么了不起！”杜鹃花还在说。

我想，既然她看见的是了不起的东西，而刚才园丁又向我传送了生命的信息，我就死不了。既然死不了，我还怕什么？那么我也来发声吧。

“哦——嗬——嗬！”

我向着空中连喊了三声！哈，我的声音从这条裂缝中发出来，竟然无比的洪亮，将“黑熊”的声音都盖住了！现在已经没有“黑熊”了，只有我的“哦——嗬——嗬”在空气中一遍又一遍地震荡着。玫瑰园的植物全都在诧异地倾听着。然而我还可以听到杜鹃花吃惊的低语：“真是黑熊啊，谁能想得到？”

过了好一会儿我的声音才平息下来。我回想起杜鹃花的议论，心里又生出恐惧。难道我自己是黑熊？从前在苗圃时，大家都听到过关于黑熊的血淋淋的故事。那一年，黑熊将对面山上的动物全部吃光了，只剩下他们自己，他们就相互残杀……杜鹃花是最诚实的植物，从不说谎的……那么，她说的是事实？按照她的看法，起先空气中那个声音是我发出的，后来的声音也是我发出的。或许园丁早就知情，只有我……太可怕了！太可怕了！救命……我晕过去了。

我醒来了。我当然不是黑熊，要是我是黑熊，园丁早就被我吃掉了。我也不是可以走动的树，我身上可以动的部分只有根须，但也只能依仗生长力往下扎。话虽这样说，我对园丁还是心存畏惧的。刚才他不是又盯了我一眼吗？他假装朝紫藤弯下腰去，实际上那目光射到了我的身上。那种浑浊的目光仿佛来自我的祖先。他在我身上看到了什么？我，奄奄一息的柳树，以不知名的东西作为生存养料的植物，在晕过去又醒过来的挣扎之间苟延残喘的怪物，如果要我自己来看自己，肯定是看不清的。照我的推理得出的结论应该是，我必须通过园丁看我所产生的形象来看自己。我知道他从我身上看出了很多东西，可是我捕捉不到那些东西。当我望着他时（我们植物是用身体来看的），我只觉得那两只眼睛里头的光芒直勾勾的，这种直勾勾使得我很难为情。因为难为情，我就不能坚持看他看很长时间，所以也就无法弄清他眼里的我到底是什么样的。我唯一知道的一点就是：这个人始终将我看得很透。他是那种能看透周围事物的怪人。

啊，我多么空虚！此刻，体内的空虚感居然让我发抖了。我抖得厉害，就连我的根须都在深土中颤动，我触到了什么？在那下面有一个东西！我不能确定那是什么东西，它似乎是一动不动的固体，又似乎是一个活体，可以动。我觉得我的根须有了导向，对了，我的根须就是根据那个东西所在的方向延伸着……我触到它了吗？不，我始终没有触到它，但我可以确定它就在那下面。当我的根须用力延伸，产生出这种确信的时候，空虚感就减轻了一点，但我还是因空虚在发抖。

杜鹃花还在那边低语道："真是黑熊啊，谁能想得到？"

她的话刺激了我，我又忍不住发声了。

"嗬……"

这一次，我的声音传到了很远的地方，我看到园子里的植物都在聆听着。他们不再诧异了，他们显得很专注，而我的声音，居然在空中持续了那么久。

当余音终于消失之际，整个园子里的植物都开始窃窃私语，我听到大家都在说"黑熊"这两个字。也许，他们（还有园丁）都认定了我就是那只凶残的黑熊的化身。可为什么，他们的语气里头充满了那么多的赞赏呢？看，园丁朝我挥锄了，他要毁掉我吗？不，他在帮我松土！他的动作好像在说，空气中也有看不见的营养，可以通过泥土里的间隙抵达我的根部。

就在这个时候，我看见了那株行走的植物，我们园子里的紫藤。紫藤并不是自己用脚行走，他没有脚，他巴在园丁的背上，园丁走到哪里就将他带到哪里。他多么激动！他的全身涨成了很深的颜色，有点近乎黑色了。他那一大把根须在园丁的背后晃荡着，上面还粘着泥球呢。我左想右想也想不出，在那破釜沉舟的一刹那间，他是如何从地里飞出来，巴到园丁背上去的。一般来说我们植物脱离了泥土就只有死路一条，这应该是他为什么没有变成行走的植物，却巴在了园丁背上的原因吧。他一定蓄谋已久，他是我们当中最最盼望行走的植物。想想他从前说过的话就明白了。如今他终于如愿以偿，甚至还超过了他的期待，他同园丁连为一体了。他成了世界上最幸福的家伙了。我想，紫藤能够得逞的前提就在于他知道园丁是不会让他丧失生命的。

园丁在园子里忙来忙去的，而紫藤，既紧张又激动地巴在他背后发抖。我心里对他非常羡慕，可也知道自己不可能获得这种高级待遇。他是藤，我是树，只有藤才能到人身上去，树嘛，就只好待在原地另谋出路了。园丁终于忙完了，他来到紫藤原来生长的地方，将他从背上取下来，重新栽进地里。我听到紫藤发出舒服的呻吟，他此刻一定为自己的冒险感到莫大的自豪。可是我觉得预先就知道了结果，这并不算什么很大的冒险。那么我，我的出路在哪里？

我没有出路，我的出路在于想出一条出路，在于“想”本身。我不是还在想吗？我不是还没死吗？我的根不是比刚来的时候长长了两倍吗？这就是不会行走的植物的优势啊！我要是有紫藤那种技巧，我的根就不可能扎这么深了。咳，我就待在原地吧，我前程未卜，更大的凶险在前面等待着我呢。园丁准备回去了，他回过头来对我会意地笑了一下。他是一个不会笑的人，他的笑容让我想起死人的笑。他就用这种让我难受的方式同我达成了某种默契。

在地底的那里，那个东西又抵了一下我的主根。

布谷鸟叫的那一瞬间

我躺在车站的一条旧椅子上，椅子的油漆已经剥落，一些小虫在椅子底下撞击。空气里烟雾腾腾的，有人打了一个很响的屁。我从椅子靠背的间格里望出去，看见许多墨黑的颈脖。

“那座木桥快断了，走在上面悠悠晃晃，我一直迷迷糊糊的……”邻座正在跟谁哀哀地诉说，他一诉说起来绝没个完。淡青的烟雾里现出一口粉红的大牙，褐色的唇嚅动着，一张一合，发出很响的一声磕碰，里面破碎了两颗，唇往外翻，正在用口水吞下。

我闭上眼，竭力要回到那个地方，那里有一个操场，屋檐水日夜滴答作响。那孩子的脸十分白皙，永远于我有无法抵御的魅力。很多年以前，他是一个实实在在的人。当太阳从瓦缝里射进教室的时候，他穿着学生蓝的衬衫坐在我旁边，胸前别着一只蝴蝶标本，标本的翅膀上浮着几个大金点子，孩童的目光温柔而羞涩。几十年以来，一触到那目光，我的血就烧灼着血管。

我站起来，顺着墙摸到外面，决心踏遍每一条小巷去找他。风吹得屋顶的瓦片刺耳地擦响，我在半夜敲开一扇扇紧闭的房门，害怕地看见里面的镜子发出反光，一条大青虫趴在镜子正中央。我动一动出汗的脚趾头，地板很厉害地颠动起来。但是我知道，只要布谷鸟轻轻地叫三声，我就会很快地遇见他。他的胸前永远别着那只金蝴蝶，牙齿熠熠生光。

有一次，我在遇见他的时候决定：第二天夜里还在同一地点与他相会。第二天夜里我跑到那个地方，跑得气喘吁吁，然而他的形象已经褪色了。学生蓝的衬衫又灰又白，头发成了老鼠色。一个医生走过来，拐弯抹角地暗示我也许患有癌症，脸上始终藏着诡谲的微笑。那天夜里是个倒霉的日子，因为有人企图挖空房子的地基，捅开纱窗，放进一条眼镜蛇。早上起床时，我的两只耳朵肿得硬邦邦的。

我的确在白天看见过他一次。那是一天中午，太阳很毒。我看见他的时候，觉得很羞耻。他实实在在是一个侏儒，苍白的小腿上连一根汗毛也没有，而且也和我一样，上了年纪。他不认得我，像贼一样低了头溜过去。我站了好久，一直到沥青马路在我脚底熔出两个坑洼。

时常，出其不意地，我们又在夜里相遇了。那是在墨黑的房子里，在许多镜子之间。他的周身异常温暖，我听见血在他的血管里“扑扑”地流过。我建议和他玩一种游戏，就是两人手牵手走进那些镜子里面去，我们把青虫打落在地上，朝着镜子外面吐口水。那孩子的笑容永远于我有无法抵御的魅力。

“列车四点半到站。”一个老头在角落里说，并不停地咳着痰，我听见那种声音我的肺就胀满了胸膛，挤得我想要把它呕出来。许多黑影子靠墙扭来扭去，一个婴儿跌在水泥地上，闷闷地一响。“布谷鸟马上要叫了。”老头告诉我。他的眼里有两盏昏暗的油灯，“每当布谷鸟一叫，我就闻见松蕈的味儿，七十三年来总这样。我在这个角落里看了你很久了，你一直在等那一声叫唤吧？我认得一个人，他得癌症死了，他老挣扎着不睡，等呀等的，他过于消耗了精力了。你感到的是一棵树吧？我猜得对不对？各人感到的都不同，有人闻见菱角香，有人看见小红帽，而我，就闻见松蕈的味儿，那种味儿我闻惯了，已经有七十三年了。”

在屋后，有一个人总在挖一个泉眼。“吭吭吭……”那响声长年不断。我从未看见过那人，每次我跑出屋外，他早已逃得无影无踪。一把锄头扔在坑边，还有一个生了锈的水壶。他所选择的地势很成问题，那里绝不会冒出泉水来。我认为那人是一个乞丐，样子长得十分像我。我去问妈妈，妈妈说没有什么泉眼呀，一定是我看花了眼，还说我整天嚷嚷吃不饱，像饿狗一样在屋里搜索，真岂有此理。

有一天，我正好敲那些紧闭的门，忽然发现敲的是潮湿的砖墙，一摸指关节，已经敲烂了。我侧着身子想要从小巷退出，却找不到进来的路口了。

我转来转去，后来恍然大悟，原来我是落进了井底。那一夜，布谷鸟没叫。早上我的眼内长了白内障，快要长到瞳孔了。妈妈说是由于我体质太虚，建议我不停地吃补脑汁。我连吃两天，直到连眼皮都打不开。第三天，他来了，我的全身像火烧，眼珠红通通。我们并排坐在教室的座位上，我失手打翻了一个墨水瓶，他羞涩地微笑着替我收拾墨迹。孩子的嘴唇红艳艳，一绺黑发垂在眉心，他正盯着我稚嫩的嘴角和辫子上的红头绳。我屏住气聆听，我知道，只要外面的钟声一响，他就要褪色，我的眼角就会出现鱼尾纹。我摸了摸滚烫的课桌，难受得在椅子上扭来扭去。我对他说："明天我们还在这里见面，你等我。只要我们约好了，第二天就能见到，这样的情况已经有两次。我们往往在分手时忘了约定下次见面的事，这很不好，这一来，我有时很久见不到你。有一次我在街上看见过你，我在心里说：那是他，他一来我就知道了。后来走来的是一个侏儒，我心里却认为那是你，这件事我一直没有弄清。"钟响起来了，他的嘴唇变成绿灰色，我狂怒地冲出教室。那老头紧跟在后面说："这种事并不奇怪，人人都一样。有各种各样的形象、声音、气味，会发生在布谷鸟叫的一刹那间。比如我，就只是闻见松蕈，我可以证明……"

我决心要在那温馨明媚的一瞬里停留。我坐在谷皮树下，空虚如一件袍子。"哒哒哒、哒哒哒……"红红绿绿的金龟子像雨一样落下来。我伸一伸脖子，身上的衣服就要随风飘去，我用干燥开裂的指甲在树皮上刻了一个"他"字，抬起头来，满眼都是蚕豆大小的螺旋桨。猫儿号叫着从我两胯间窜过去了，每次都是那只贼眼的猫。当我刻着"他"字的时候，那奇妙的感觉就如蓝衬衫坐在我的身旁。有时在黄昏，听见那人在屋后挖泉眼，看见一朵紫蓝色的牵牛花在幽暗中招摇，也会有这种感觉。那时脖子渐渐地泛红，眉毛弯得像两把弓。最后总是见到那只绿眼的黑猫。

我问妈妈：为什么在深夜，每一张紧闭的房门一敲就开，然后看见同样一面可怕的镜子？妈妈说，那是由于我患有肺气肿。凡是患有肺气肿的人，都喜欢在夜里去敲人家的门，他们的内心世界不平衡，一生都在冒险的冲动中。她说这话的时候，中指的指肚如蛇头一样摆动，然后她很清晰地接着说：

“我看见过你的那个人啦。”

我怪叫一声，用十个指头用力抠挖墙壁上的石灰，直抠得指头流出血来。

在黎明前，往往有很多东西在纱窗上撞死——“喳喳喳、喳喳喳……”我走到屋外，听见背后尾随而来的脚步。“启明星一直在那边游来游去，会不会是一只飞蛾?”那老头的声音从牙缝里吱吱叫。我回过头，确实看见了他，原来他是一只老鼠。我记得这老头原来不是一只老鼠，但墙边这只老鼠的确是他。他正瞪着我，动了动胡子，眼珠像两盏油灯。

“蝴蝶标本……”我昏昏然咕噜道。

明明是老鼠的乱叫，我的耳朵却听出老头的嚷嚷：

“请看天边那块红玻璃！好多年，好多年，那时还不曾有恐龙和鲸鱼，就已经有了布谷鸟。鸟儿一叫，还有松蕈、蝴蝶、小红帽!”

水管边有个洞，他一纵身钻进洞内，伸出小小的贼头，仍在嚷嚷。

太阳一出来，我眼里的白内障就开始恶化。我隐隐约约看见了那个挖泉眼的人——是风吹着一根断裂的枯枝拍打树干。这正是那个人，在黎明时挖得汗流浃背，轰响声震得我耳内长出两个疖子。

我明白，这一次，我又失去了那动人的一瞬。我抱住火炉，全身萎缩成一个皮囊。有人起床了，响起牙刷敲击漱口杯的响声，然后是最后一股含着山菊花香的清风匆匆而过。

我知道在明天，或在一个适当的时候，我又会听到布谷鸟的叫声。

天 窗

我的同事的父亲是火葬场烧尸的，他烧了大半辈子死尸，浑身都是那种气味。有一天，他的家人们私下里商量好，全体遗弃了他。他一个人孤零零地住在火葬场墓地边上的小屋里，据我所知已住了十年。今天早上，我忽然收到他写来的一封怪信，那信上没邮戳，只用铅笔画了一个很大的骷髅，却顺利地被送到了我家的信箱里。信上的话很怪，句式也很奇特。他写道：

这里很好。天清气爽。空气中长满了细叶香蒿。葡萄一大嘟噜一大嘟噜地浮在雾气里。每天夜里都有一种舞蹈。

Y 同学之父

对于他的暗示我心领神会。我想得出那些葡萄，那死人骨灰养育的植物。

我打开窗子，看见妈妈沉重的身躯蹲在瓦砾堆里。她艰难地喘着，正在大便。瓦砾堆上长着一蓬一蓬的青蒿，妈妈痛得发疯，不停地将青蒿拔起来、甩开去。

一整天，我一直为口袋里的信忐忑不安。我的一个小兄弟已用半只眼偷偷地打量我好几次了，还在喝汤时悄悄朝我碗里放进一粒老鼠屎来试探。

“这栋房子虽是一栋老屋，”父亲威严地从溃烂成两个小孔的鼻腔里嗡嗡地说，“但却是这一带唯一的房子。多少年已经过去了，我很欣赏我们那些青蒿。”

“妙极！”小弟欢呼起来，将碗里的汤溅得满桌皆是。

我鄙视他说出“欣赏”这个词儿，他一辈子都在说些耸人听闻的词语。

他们已经看透了我的心思。

夜里十二点，烧尸老人出现在大柜的镜子里。他是一团模模糊糊的东西，像一股气。他从镜子里朝我伸出手来，那手满是焦肉的油烟味。

“你一直在等?”他冲着我说，他的声音也是含含糊糊的，如跌坏了的半导体收音机，“我们马上走。”

我忽然记得我已经与他约定了什么。

外面黑得不见五指。他在我前面五六步的地方急走，看去很像一只闪着朦胧光斑的大猩猩。每走十几步，他就提醒我一句：“我们脚下是一条浮桥。”

经他一提醒，我脚下的地面果然有了浮动的感觉，还隐约听见“哗哗”的流水声。

“渔翁是十二点之前掉进洞的。”他又莫名其妙地说。

我滑了一下，分明有两排牙齿咬住我的脚趾，但很快又松开了，底下传来“呵呵”的狞笑，恨恨的咒骂，歇斯底里的吼叫，在这些喧闹中间，一架闹钟自始至终丁零作响。

老人健步如飞，我跑得气喘吁吁才能跟上。远处有两个绿色的光晕，我们朝那光晕奔去，越到近前光越强烈，就像走到了火里面，然后是“吱呀”一声门响，一切全消失了。

“你上来。”老人浮在半空，声音有点喑哑，患了伤风似的，喉咙里传出“咝咝”的锐叫。

我轻轻一蹬，也如他一样，浮在了黑的虚空里。

“咔嚓、咔嚓、咔嚓!”

“咔嚓、咔嚓、咔嚓!”

“咔嚓、咔嚓、咔嚓……”

牙齿的磕碰声从四面八方传来。

等我的双眼适应了黑暗，就发现有一些隐隐约约的光在屋顶上晃动。借着那微光，我琢磨出这是一间十平方米左右的草屋，墙上挂满了龇牙咧嘴的骷髅。

“那些移动的光，是时间在匆匆经过。”老头咬了咬牙，发出一种难听的声音，“这里是刻骨寂寞的。墙角有个蛛网，已经结了十二年了。十二年前，我的小女儿站在门口说：‘呸！’我看见她的胸膛里长着一个大瘤子，紧紧地挤压着很小的心脏。”

“咔嚓、咔嚓、咔嚓……”

绿色的光晕又出现了，先是两点，然后越来越大，比刚才更炫目，颤动得更惊心。

“喂，你，离开！”

光晕又收拢成两点，黑影掠过。原来是只笨重的夜鸟，它愤怒地怪叫一声，扑向天窗口，用硕大的翅膀凶猛地拍击屋顶，发出雷鸣般的轰响。“食人肉的鸟。”老头说，我猜得出他正在微笑。“它估计错了。天明我要带你上天窗口去看一些绝妙的东西。”他发出了微微的鼾声。我却挣扎着不敢睡，我害怕从现在平躺着的虚空里掉下去，落进无底的深渊。老头不停地翻身，弄得骨头“嘎嘎”作响，仿佛这虚空碰痛了他的脊背。我折腾了大半夜，后来就看见露水羞羞答答地从丁香花瓣里滴下，蓝灿灿的天空里有一轮巨大的红月亮，像头毛茸茸的怪兽。荒坡上成千上万的猿猴对着天上的怪物啼叫，奇异扑鼻的香气弥漫在空中。

“这是细叶香薷的味儿。”老人已经起身，我还躺在半空的草堆上。他弓着背在满屋的枯草里翻来翻去，胡子上挂满了草茎。“整个夏天，我都在采集这种小草，它们在屋子后面堆得像一座小山。你不去看看我的葡萄吗？”

我还没来得及回答，他已经爬到草堆最高处，灵巧地向上一蹿，攀住了天窗口，“请你上来。”他朝我打了个手势，诡秘地一笑。

我们俩都将上半身在杉木皮的屋顶上趴好。他捅了我一下，用手指向雾蒙蒙的空中点来点去。“请看我那些宝贝儿，你看见没有，左边那一片闪光的珍珠？还有右边，全是些无籽的绿葡萄。”“哪里是什么葡萄，我的天！”我说我什么也看不见，除了雾，但他不理会我。“这里的墓地里终年吹着孤独的风，有时也夹带着黄沙，暴雨一样打在屋顶上。在古柏下听起来，风的声音特别大，隐藏着威胁似的。我已经习惯了独立在风中，那时这世界空空荡荡，只偶尔有一只老鸦歪歪斜斜地从你面前擦过。刚才你还在睡，我已经听过了樟树枝头那只最后的蝉的绝唱，那真是少见的。它唱完之后，立刻变成了透明的残骸，那发生在最后一个音节上。等一等，你说一些什么吧。”

“我？我生下来便被扔进尿桶。因为被尿泡过，长大起来，我的眼珠老往外鼓，脖子软绵绵的，脑袋肿得像个球。我在有毒的空气里呼吸了半辈子，肋骨早被结核杆菌啃空了。我的父亲是一个梅毒病患者，鼻子烂成两个吓人的小孔，还有母亲……我的家在一片废墟上，那里有一幢空旷的老屋，那是那一带唯一的房子，我和我的家人们就睡在里面。白天，我们都去废墟上翻找破铜烂铁，人人都不示弱，把自己搞得精疲力竭。黑夜一来，我们就如老鼠一样在老屋里乱钻，寻找着最阴暗、最隐蔽的处所。我一直想歇一歇。有时候，在阳光里，一切都静止了，我久久地凝视着碎砖瓦砾中的一丛淡红小花，想让眼睛得到片刻的休息——我的眼珠总是胀痛。为什么那些花儿都是苍白的脸孔呢？”

我记得那个下雨的泥泞的早晨，父亲使劲踏着套鞋从外面进来，弄得满屋子全是雨水。然后他凑拢来，闪烁其词地告诉我：检验结果表明，我的肺里面长有三条水蛭。他说话时满脸得意的神色，他觉得自己终于完成了一项了不得的使命。我出走的时候腿老伸不直，一路跌着大跟头，跌得满身泥泞。其实谁都知道我的出走，这是个公开的秘密。他们只从鼻子里哼了一声，认为我的标新立异委实可恶。

“小花儿？苍白的？我很明白这个。”老人垂下脑袋，迷迷糊糊地咕噜道，忽儿又眼一亮，振作地说，“老鸦栖息在发黑的墓碑上，‘哇’的一声，十二年过去了，坟上长满芬芳的玫瑰，两只泥脚踏倒了细叶香蒿，即使白天也有幽灵游荡。”

雾气从眼前慢慢退去，远方黑色的废墟上，燃烧着通红的晚霞。阴森的老屋的轮廓柔和了，屋檐滴下发绿的檐水。屋顶上，像脓疮一样坐着患了晚期梅毒的父亲，还有肥胖的、被糖尿病折磨得奄奄一息的母亲，两人搀扶着，踩塌了许多屋瓦。我的兄弟们像猴子一样在那上面爬来爬去，在他们那空虚透明的腹腔内，一个巨大的胃痉挛地渗出绿色的液体。他们全都用空泛发白的眼珠瞪着烟色的天，做出一种笨拙的期待手势。我动了动嘴唇，正想喊出一些什么。忽然眼前又化为一片迷茫。

“妈妈，你想说：妈——妈。”老人一字一顿地说，显得很厌倦，“我的时间不多了，这些日子以来，我老是看见彩虹，那发生在我去墓地散步的时候，有时睡着了也这样，一种熟悉的出其不意。”

“你是谁?!”我不禁毛发耸立。

“我？烧尸人吧。”他伸出一只手搭在我肩上，“我想趴在这里睡一下，你不介意吧？这里真是安静，我已经选好了我躺下去的位置，就在那丛葡萄下面，紧紧挨着小池塘。池塘里的水从来没人饮过，除了黑老鸦。一些人也会来和我躺在一起，我挖了许多的坑。有一天，他们来了，一个姑娘走在最前面，他们跪下去，饮了塘里的水，然后倒在那些坑里，坑底垫着细叶香薷。你挨过那些冬天的长夜了吧?”

“我不停地搓着冻伤的脚趾，要是停下来，人就会变成冰柱。”

“在冰封的墓地里，有红松鼠的舞蹈，火红的尾巴如雪地上燃着的大蜡烛。‘叮叮叮叮咚，叮叮叮叮咚！’”他用一个指头敲着杉木皮睡着了，谜一样的微笑始终挂在他的嘴角。

我在天窗上趴了一天，密切注视着远方废墟上的动静。一开始除了雾，什么也看不见。到了中午，雾慢慢散去，烈日当顶，老屋那边却已是暮气沉沉了。有一根粗大的烟柱从烟囱里冒出来，慢慢凝滞在半空，形成一朵不动的蘑菇云。地窖的门忽然大开，老姑妈骑在一匹发狂的大母狗身上冲出来，在炉渣上兜了一个大圈，又发狂地冲进了地窖。门“砰”的一声响，关住了一声惨痛的呜咽。什么地方的钟声一敲，瓦砾堆里就长出数不清的灰色头颅，一条绿蛇在其间穿行。门又打开了，母亲被装在一个浴盆里推出来，她满脸鲜血，一只手高举一大把白发，白发上面粘着点点头皮。她喊不出声，声音被咽间的一根骨头堵住了。浴盆很高，她在试着爬出来，一次又一次的努力终归失败。老人动了一下，眼皮下面滚出两颗血滴，嘴角堆着抽风吐出的白沫。“我已经好了。”他有些歉意，背着我吐出咬碎的牙。

天一黑下来，老头就在堆得密密匝匝的细叶香薷中打了一个洞。我们钻入洞中，把洞口封上，弄出惬意的响声，很快进入梦中。我周围满是飞舞的红蜻蜓，旋出数不清的光晕，每当蒙眬中要醒，光晕又旋往更深的梦境。我弯下腰去，正想摘取一朵水仙，有人从背后猛推了我一把。

“你不去看我的葡萄吗？”老人伤风的嗓子响着。

我们钻出洞口，宛如暗夜里的两匹老猫。

我的脚下又有了那种浮动的感觉。在地底的喧哗声中，一只闹钟始终丁零作响。

一阵风刮来，是从未体验过的，彻心透骨的冷风。我弯下腰，捂紧肚子发出了呻吟。

“葡萄很好。”老人蹲下去，津津有味地咂着嘴，抓住我的手伸向暗处。我触到了柔软的、湿乎乎的一大堆，很像动物的内脏，还有股腥酸味。我惊跳，发出尖叫。

“一开始，”老人的手在黑暗中捏弄着他称为“葡萄”的那些东西，不断地送进口中去咀嚼，“它们移动得很慢，后来渐渐快起来。有一个冬夜，我看见那些影子停滞在屋顶。就是那一瞬，我第一次看见了彩虹，于昏昏欲睡的状态中。事情来得很突然，我竟没有完全醒悟，后来又复演了好多次，现在我已经习惯下来了。我的坑，就在这底下，你可以用脚触到它。”

我用脚尖一探，又触到那些柔软的、湿乎乎的内脏，那上面好像还长着细小的吸盘，紧紧吸住脚上的血管不放。我连忙缩回脚，用手抽打着脚背。

“我常常碰见这种事：我在墓碑间踱来踱去，一抬头，看见天上悬着一只通红的玻璃酒杯，浑浊的黄酒翻滚着泡沫，从杯边溢出来。我听呀听的，周围寂然无声，只有邪恶的泡沫在空中哗哗流淌。你不尝尝这些葡萄吗？”

他用冰冷黏糊的指头来触摸我的手。

我缩成 团，躲来躲去。

食人肉的夜鸟又来了，两只绿眼在空中虎视眈眈，翅膀哗啦哗啦地拍打着树枝向我扑来。我一躲闪，额头咚的一声与一个硬东西相撞，两把钳子紧紧卡住了我的腰。

“你说‘请’。”于昏沉中听见老人嘲弄的声音。

“请。”我稀里糊涂地脱口而出。

满地皆是黑色粗大的枝桠。不知从何处射来的微光里，老人那暗蓝发青的、软绵绵的细腿依稀可见，很像肠子一类的东西。

我从半空向地下喷吐胃里的积食。

“这种舞蹈很狂热，”老人沉思着，“这是我母亲，她是一个不甘寂寞的人，每天夜间都要从那底下爬出来狩猎，她的脑子早被蚂蚁吃空了。你听：嘭嘭嘭嘭嘭、嘭嘭嘭嘭嘭！她要像这样跳一通夜，真是惊人的情欲。她有点粗野吧？她从来就这样，我一直感到害怕，现在倒好了。我的性格优柔寡断，招人厌恶，我一直想学母亲，徒劳地努力了一辈子。”

我心有余悸地回想着那两把钳子，一身痛得直哆嗦。夜鸟的瞳仁仍然浮在空中，一下子放大，一下子缩小，像在打什么信号。这里有一种虚假的凶险气味，我闻到了这个，沮丧得抬不起头来。

“我身上是不是有腐肉的味道啊？那家伙紧盯我不放呢。我们这里，所有的东西都要活到最后一刻。从那些影子停滞不动以来，我在心里把我的年龄算作一百零三岁了。我挖了许多坑和洞，由于我天生的性格缺陷，我总在犹豫，在那些坑和洞边踩出很深的沟槽，听见积水哗啦啦地溅响。中午的太阳照着石榴，影子又短又小，忽然，我看见了石榴树，闹钟在地底咔嗒咔嗒地移动了几下指针，又停了下来，天地间重又进入死境。转眼之间，我又改变了主意。”

“你是谁？”

“一个在墓地里挖隧道的老家伙。这里所有的东西都要活下去，直至变为透明的残骸，敲起来嘭嘭作响。刚才你正要摘一朵水仙，白云在上头，石榴在周围，风儿永恒地吹，闹钟丁零响，你就要看见石榴树长在红土上，虚幻的花朵满树怒放。”

“我的母亲坐在浴盆里，头皮全部脱落。”我叙述着一件新发生的事，它像一枚幼芽从我的肺里长出来，弄得我的胸膛如此饱胀。

“噢，妈——妈。”他的声音饱含讥讽。

“炊烟从烟囱里袅袅上升，蒙灰的纱窗里面生着壁炉子；我的小弟今年四十岁了，我比他大三岁。”我的声音渐渐清晰起来。

我们又钻进那个枯草洞里。

我们被旋进深沉的梦境，彼此相隔很远。

树林尽头有隐隐的雷声，那是他在另一头打鼾。草丛里没有水仙，每一株矮地茶下面有一颗灰眼珠，不断地眨出露珠般的清泪。我捡起一颗眼珠，它立刻在我的掌心化为齑粉，还喷出一股烟雾。

我记得我是在盛夏来到这里，头戴草帽，白衬衫像燃烧一般耀眼。

我是来这里找蘑菇的，手里还提着一只竹篮。

我找来找去，眼里长出了麦粒肿。闹钟无情地咔嗒作响，半辈子过去了。

我用劲睁开红肿的眼，满地都是红蜻蜓的尸体，野猫在灌木丛里哀哀地哭泣。

雷声渐渐靠近。老头躺在一株银杏树下，双脚已略呈透明。食人肉的夜鸟栖息在枝头，收敛了眼里的光晕。他正沉溺于一个更深的梦境，他的梦一定是紫色的，他的头顶晃动着紫光。我无法走进他的梦境，因为长大的幼芽使我的肺部窒闷不堪。

天窗从银杏的枝桠间显露出来，那是茅草屋上的一个黑洞，蠓虫如浓烟般从洞里涌出。两个灰衣人来到屋旁，用石膏在墙上写出粗大的字体：TX，然后匆匆离开，踩倒了许多细叶香蒿。

我们在黎明醒来，那时传来悠远的钟声：当——当——当，一共敲三下，很齐整。老屋里竟有一座钟，敲钟人是我的父亲，这件事很滑稽。在我没来这里时，那座钟是摆在地窖里，上面长着厚厚的绿霉。一个晴天，我想把它搬出来晒一晒，结果压伤了我的脚趾。

他们的确敲了钟，一共三下，敲钟的人是我的父亲，我从钟声判断出来。

“他们敲钟了。”我说。

“我刚才听见了蝉的绝唱。”老人注意地看了我一眼，预感到了什么，用发抖的指头摘去鬓角的草茎。

在墓地那一边，雨水已将坑涨满，腐草漂在水面，坑边一动不动地立着许多蟾蜍。

“我不能咳嗽，这里面刚刚长出一个东西，也许是竹笋，我还不习惯……”我双手交叉抱住胸口，仿佛果然闻到了松木燃烧的气味。

“你同样看见过彩虹。当时我在电杆底下观察过你，你的眼珠成了两个冰球，那种感觉是绝对真实的。冷风吹来的时候，我们是走在荒坡上的两个黑影，彼此不相干，踽踽独行。”

“天花板晃动着红光，一个故事残留在灰烬里。我知道这有多么吃力，还有那种永恒的凄凉。”我吃力地发出声，嗓子痛得一跳一跳的。

“他们就要说：新年好！”老人忍住喉咙里的暗笑，也忍住眉心的忧伤。

“那不重要。树林里飞着一只蛾子，太阳下，翅膀闪亮如猩红的软缎。她飞了那么久，我在夜里听见了她坠落在地的响声，清晰而悦耳。星光暗淡，林涛呜咽。你在梦中眼里滴出过血。”

“新年好！新年好！”老人喃喃地重复着，爬出草堆，在泥泞的路上踩出很深的脚印。

从天窗口可以瞭望得很远。老人蹲在黎明的风中，僵硬的脸贴在一个麻石墓碑上。在周围，每隔几步就是他掘出的一个大坑。太阳一照，坑中的积水反出耀眼的白光，使他看起来如置身于一个玻璃世界，脆弱的地面到处是裂缝。墓地尽头，灌木林中，有一个人正匍匐爬行而来，每爬一段，他就向苍天高举他细长绵软的手臂，喊出一些含含糊糊的句子。那是我的小弟，他在一夜之间长出了鼹鼠的尾巴和皮毛。在他那退化了的记忆里，我的影子依稀模糊。他流着口涎，用力捕捉某种淡黄色的意境，终于为这捉摸不定的意念驱使，从地窖爬到了这里。母亲坐在地窖里的一只木桶上，喃喃地念着一个奇怪陌生的名字。她正在融化，有一股黑色的细流从她脚下窜出来，直奔地窖口。父亲又开始敲钟了，笨拙可笑地撅着屁股：当——当——当，一共三下，有些畏怯的三下，他扔掉了铁锤，一只眼立刻变瞎了。竹笋胀痛了我的胸膛。

灰衣人早就走了，墙壁上的字迹已被夜雨冲掉，原来夜里下雨了。那时我正在盛夏的烈日下遨游。

这里是如此的空间，还有那种风。

满天都是虚假的星子，游移不定。

壁炉已经烧暖，另一个故事凝结在灰色的蘑菇烟里。

许多人从瓦砾堆上走下来，踩着煤渣路走向老屋。他们的背影细长飘忽，脚步轻浮不定。废墟上有另外一些房子，另外一些人，我在多年以前就忘了这件事。发红的街灯一亮一灭，灯罩在寒雾里喳喳地响，地上有一层银霜。一个瘦子吹起口哨，红黄的火焰从窗玻璃上一跳一跳地升起，一股蒸汽又将那影像弄模糊了。长满青苔的墙上晃动着许多影子，房子吱吱呀呀地摇晃，屋檐的冰柱纷纷掉落。

老人迅速地冻成透明的冰块。夜鸟睡着了。

很久以前，我和他在林子里找过蘑菇，那时他还没开始挖坑。

他想不通我的叛变，独自去了那一边。

夜鸟会在下雨时惊醒，扑打着巨翅吞食他的残骸。那些坑内全涨满了积水，积水上浮着黑的腐草。

我穿透玻璃世界的白光，匆匆地向前走去。

“你，想伪装吗？”灰衣人在林子尽头截住我。那人没有头，声音在胸腔里嗡嗡作响。

我听见背后叮当作响，那个世界正在破碎。

“不，不，我只是想换一套内衣，换一双鞋，然后把头发梳理整齐，很简单的事情。如果有可能，我还要制蝴蝶的标本，那种红蝴蝶。在冬夜里，我将细细地倾听那些脚步声，把梧桐树的故事想个明白。外面很黑，屋里也很黑，我用冰冷的指头摸索到火柴，划了四五下，点出一朵颤抖的火苗。许多人从窗前飘然而去，许多人。我一伸手就能触到他们的肉体，我咬啮他们的脸颊，私下里觉得很快意。我要在暗夜里坐到最后一刻，冷冷地微笑，温情地微笑，凄凉地微笑。那时油灯熄灭，钟声长鸣。”我终于对自己的声音着了迷，那是一种柔和优美的低音，永恒不息地在我耳边倾诉。

贫民窟的故事

一

贫民窟是我的家。我并不固定地寄住在哪一家，只要是有火炉子的房间我就可以待。这里出产煤，家家夜里都要留火，我就躺在灶角避寒，我夜里怕冷。

从那个阶梯下来是一大片低洼地，贫民窟就在这片洼地里。对于人们来说，这里是一个煎熬之地，就连小孩子夜里都睡不安。他们发出惊叫，从床上一跃而起，赤着脚就跑到门外去了。他们在那些狭窄的巷子里跑呀跑呀，一停下来就冻僵了。他们的父母要待天亮才出去将他们捡回来。这些父母都是极黑极瘦的人，脸上只看见两个眼白在转动的那种。据我观察，他们夜里很少真正睡着，只不过是躺在床上假寐。虽然是假寐，却又有很多梦，不仅夫妇在梦里交谈，邻居与邻居之间也隔着竹篾织成的薄墙进行交谈。我一听谈话的内容就知道那是梦话。有时候，他们在梦里争吵、打架，但是他们身体并不接触，每一拳都是挥向空气。

我忘了说房子了，房子全都是连成很长一排一排的那种。是不是因为害怕，这些人才将房子盖成这个样子呢？我有这样的感觉，只要住进一家，就等于是同所有的人都住到一起了。每一家有一张大门，但里头的房间窗户又少又小，黑乎乎的。冬天里，我不太记得哪一家有火炉子，哪一家没有。如果我误入了没有火炉的那一家，那家的小孩往往拖住我的脚，不让我出来。我强行挣脱，把脚上的皮都擦破了。这些不烧炉子的家庭，大概是吃生的食物，所以他们才会这么野。

我和家鼠是在大白天结识的。大白天，房子里面也比夜里亮不了多少。我听到有什么东西在啃骨头，我以为是猫，就从灶台跳下，跑过去看。啊，不是猫，是一只家鼠，他比一般的家鼠要大一倍。该死的，他正在啃老爷爷的脚跟！我看见白骨森森，可是却没有血。家鼠很兴奋，“咔咔咔”地，身子颤动，仿佛在啃世界上最美味的骨头。这位老爷爷我很熟悉，他在屋后养了两头猪，现在猪在栏里饿得直叫呢。莫非他死了？我绕到床头看了看，他没有死，他正在摆弄他的老花眼镜。平时，他就戴着这副眼镜坐在屋门口，举着手里的一张纸，看那上面的图案，一看就是好久好久。他的脚后跟都被咬掉了，还怎么去养猪呢？家鼠终于吃饱了，回过身来看见了我，微微一点头，腆着大肚子啪的一声落到地上。我很好奇地想，他还怎么钻洞呢？这屋里可没有这么大的洞。但是家鼠并不钻洞，他慢吞吞地绕房间走了一圈，仿佛因吃得太多有点痛苦似的。他吃的都是些什么东西啊，想一想我都要呕吐呢。他走了一圈之后便发饭困了，靠着墙根打起盹来，他不把我放在眼里。

老爷爷从床上坐起来了，正在用破布缠他的脚后跟，原来他早备下了破布做绷带啊。他将布条撕得很响，看起来他很有力气。他缠啊缠啊，将那只脚缠成了一个大布包。猪们在栏里叫得越来越厉害，差不多都要跳栏了。他下了床，受伤的那只脚不穿鞋，就在地下踩。他居然到屋后喂猪去了。这是怎么回事？他为什么要让家鼠咬开他的脚后跟？莫非那里头长了瘤子，他在让家鼠给他做手术？多么可敬佩的毅力啊！

再看家鼠，我发现他的身体明显地肿大了许多，连腿子都变得那么粗，是吃下的东西毒性发作了吗？他在睡觉。我感到很压抑，心情沉重地走到门外去透一透气。冬天过去了，那些在外头钻来钻去的小孩都不愿回屋，有的就睡在路边。他们的家长也不急着将他们捡回去，让他们爱睡多久就睡多久。小孩们反正又不用干活，除了跑就是睡，有的恐怕连白天和黑夜都不大分得清，再说，他们也不在乎。他们只在乎一件事，那就是独轮手推车队的到来。独轮手推车队推着粮食从小巷子里经过，轮子“吱呀吱呀”地叫，小孩们就全都跑过来，一辆车上坐一个，就坐在那些面粉上头，显出趾高气扬的神态。这些外省的车夫们憨厚地笑着，也不赶他们下去。听说他们是从冰天雪地的平原那边来的。搬面粉的时候小孩们就跑开了，父母们皱着眉头将门敞开，做出一副对粮食不感兴趣的样子。“北边天气好了吗？”他们问车夫。“还有一次寒流要来。”

一般来说，我不在一家住得太久，免得他们将我当作了家里的成员。不过只要我一出现，他们就注意到了我。他们将剩饭放在灶台上，我到了夜深人静的时候就去吃。我对吃饭这事总是很羞愧，同家鼠相比简直是一个天上一个地下。我轻轻地吃，尽量不弄出声音来，其实我吃得还是很贪婪的，连碟子都舔得干干净净。关于吃，无论哪一家都绝不亏待我。他们吃什么就给我留什么，当然都是他们吃剩的那些。他们将我看作一个什么东西呢？我很少听到人们议论我，他们只用短句来表达对我的感觉：“来了吗？”“来了。”“吃了吗？”“还真吃得干干净净！”他们对于我是非常有感觉的，可他们绝不愿意说出来，黑屋子里的简短交谈在我听来就如响起惊雷。我从地上跳到灶台上还是要费很大的力气的，他们注意到了，于是搬一张矮凳放到灶边。他们这么体谅我反倒成了我的思想包袱。我可不愿同他们搞得太密切。我尤其不愿意参加他们的家庭骚乱，我指的是夜半时分孩子们引发的那种骚乱。孩子们到底是被什么样的恶魔吓着了呢？对他们来说，家里是隐藏恶魔的地方吗？他们跑出去后就感到安全了吗？那种时候，母亲站在敞开的门口反复念叨：“回来啊，宝贝，你能跑到哪里去？”那些母亲的腿子都发抖，她们醒了吗？

曾经有好多次，我爬上那个台阶，想离开这个浑浑噩噩之地。太阳照射着，我背上的嫩皮都要开裂了。在大马路上，我居然没有影子。唉！我在柏油路上走呀、走呀，我口干舌燥，只想找个黑黑的地方歇息一下，喝口水。这城里哪里有黑地方呢？房子的外墙全是玻璃，屋顶是某种金属，太阳光照在上面就像燃起了大火。那些个屋子啊，里面都有人在无声无息地走动，他们虽然穿了某种像是衣服的布片，我却可以看见他们里面的内脏和骨骼。我推开一张玻璃门进去，立刻就感到走进了一个大火炉，涌动的热浪将我体内的液体都要蒸发光了。我慌忙回头往外跑，这时我就撞上了他——那只家鼠。家鼠警惕地把着门，剑拔弩张的样子。他的皮毛油亮发光，眼睛炯炯有神，他似乎是专为这所玻璃房子而生。我记起来他是如何啃老爷爷的脚后跟的，就不敢同他正面交锋了。我装作没事一样走开去。可是我心里怎能没事呢？我全身的皮肤都要脱落了啊。我听到许许多多回声在这个大厅里响起，震得我的头发晕。我鼓起最后一点勇气抬头一望，啊，我看见了……我看见了那个梦，那个梦在夜里是躲在所有其他梦后面的。我就哭起来了。可我的两只小眼干干的，没泪。我快死了吗？大厅里不断有人走过来走过去，都是那些透明的家伙。他们有时也擦过我身边，我闻到干爽芬芳的气息，感觉到这些人身上完全就没有液体，所以对他们来说也不存在被蒸干的问题。而我却很臭。尽管快死了，身上的臭气仍然一阵一阵地传到鼻孔里来。这时我听到门响，原来是家鼠将门拉开了，我拼全力跌跌撞撞地跑出去了。家鼠的眼神是多么的鄙夷啊。他又是如何拉开门的呢？以他那么矮小的个子。

到了外面就好多了，虽然被太阳暴晒，温度总算降了好多。有一个侏儒将一支冰棍递给我，我接住，三口两口就吃完了。柏油路和水泥路，路边是火炉一样的玻璃屋，无处可躲。一律穿黑衣的路人匆匆地走过，他们的神情很镇定，也没有谁出汗。差不多可以说，他们的目光里透出寒意呢。又想起玻璃屋里的那些人，那是些不同种类的人，还是人一进到那里头就变得透明了呢？我想起人们的那个比喻：“贫富两重天”。我要下去了，我在这里没法待。

我埋着头走，撞着了一个路人，那人被我绊倒了，是慢慢倒下去的。我看见他朝太阳翻着白眼，口里说：“冷，冷啊……”他赖着不起来，他在想些什么呢？我顾不得观察他了，我必须赶路，不然就会像他一样倒下。那人在我的身后喊道：“你这个丑八怪！”我丑吗？我不知道，这可是新鲜事。

啊，回来了！回来就好了，先到老爷爷的溺水缸里泡一泡，润一润皮肤。真舒服，真爽快！可是这两只猪，为什么哼个不停呢？又有紧急的事发生了吗？我走进老爷爷的房里，看见他正在缠他的脚。旁边坐着他的孙子，那孙子吵吵嚷嚷地说要看爷爷的伤口。那个瘦精精的小男孩，贼头贼脑的，我向来对他没个好印象。老爷爷一缠好，他又将他的绷带扯散，弄乱，还在地上打滚，说如果不让他看，他就去死！终于，老爷爷将伤口包好了，他站了起来，他要去后面喂猪去了。男孩坐在暗处，他的眼睛睁得那么大，他看见了什么呢？哈，他爬到床底下去了，他躲起来了吗？我听见老爷爷将猪潲倒进槽里的声音，还听到屋前有一队独轮车经过。这一家今天给我一种不安全的感觉，我应该换个地方休息。我这样想着，就悄悄地出了门，溜进对面那一家。

这一家不养猪，却养着一只黑山羊。黑山羊瘦伶伶的，被拴在屋后，正在啃一个萝卜。他们平时用什么来喂他呢？黑山羊看见我就打量起我来，萝卜也不啃了。虽然他自己的脚被拴着，走不了几步，可他一点都不自卑，目光炯炯的，倒弄得我自卑起来。我想起人们平时为我准备好的饭菜，都是在碟子里放得好好的，可是给他的却只有一个不新鲜的小萝卜。他就是为这件事自傲吧？

这家的主人在一盏电石灯下锉钥匙，桌上放了一把小虎钳。他飞快地锉啊锉的，雪亮的灯光照着他那张狰狞的脸，他就像一个鬼。一个木盒子里装着他锉好的钥匙，可能有几百片吧。这些铜钥匙都是开什么锁的呢？没看见过那些锁，也可能根本就没有什么锁。屋里有硫黄的气味，我开始打喷嚏，打了一轮又一轮，鼻涕都流到嘴里去了。最后，我终于习惯了。我没有到灶头上去，我就在那张板凳上蹲着休息。这时我听到了女主人和主人的谈话。女主人坐在暗处择菜，声音幽幽的，起先我还没看见她呢。

“我嘛，就弯下腰去将它捡起来了。管它是个什么，捡回来再说。”她声音里有点得意。

“你做得对。”男人瓮声瓮气地说。

“我本来都走出好远了，像鬼拖住了我的脚一样。”

“那鬼就是我吧。”

“屋里都被这些东西堆满了。”

“在它们当中穿来穿去的，很好。”

“异物呀！想一想都怕。那一年我从龙县捡回那一个之后……”

他们的谈话戛然而止。男主人也不锉了。有件事令我困惑：这两口子是说的梦话么？就在不久前，我听见他俩在梦里讨论过这事。他们在干什么呢？他们在倾听那只山羊。山羊好像在外面撞墙，一下一下的，那根绳子会不会断呢？这两口子的心肠真黑。山羊撞了一会儿就停止了。可能受了伤。这边主人又锉起钥匙来，锉刀在铜片上发出刺耳的声音，我的脑子全乱了，简直要发狂。我抱着头冲到了外面。

黑山羊脚上的那根麻绳已经断了，他却没有跑，他在朝黑屋子里头探头探脑的。真是一副奴才的德行啊。这时女主人出来了，手臂上挽了一根新绳子。山羊想跑，女人铁钳一般的双手一把就摁住了他。他哀哀地哭着，那条腿又被拴住了。绳子就捆扎在旧的伤口之上，那伤口惨不忍睹。女主人进屋之际，黑山羊好像失去了所有的活力，瘪瘪地摊在地上一动不动。我看不下去，就朝他蹲下去，我想帮他把绳子咬断。绳子是新麻绳，很结实，不过我的牙齿也是很不错的。我就蹲在那里一边咬一边梦想。我想象着自己带领黑山羊兄弟逃到了贫民窟的东端，那里有一个空着的猪栏，原来里头养着一只花猪，后来不知被什么东西毒死了。我和他在那里避难。我们相依为命，我到哪里都带着他，绝不让他沦为奴隶。我想到这里时，脑袋上重重地挨了一下，差点晕了过去，原来是他用那条没被拴住的腿狠狠地踢到了我。这一下我痛得没法形容，我就在泥地上滚来滚去滚了好久。到疼痛终于减轻了一点，我抱住头虚弱地呻吟时，这才发现黑山羊若无其事地站在那里。这家伙真是邪恶到了极点了啊。贫民窟里怎么养着这样的动物呢？也难说，不是还有家鼠那种类型的吗？如果不同他们打交道，是领教不到他们心里头的阴狠的。真的，他就若无其事地站那里晒太阳，不时还去啃几口那只已经发臭了的小萝卜。这家伙的心事同屋里那两个一样，真是讳莫如深啊。

有东西在身后捅了捅我，是侏儒。侏儒不是属于上面的吗，怎么到这里来了呢？“我坐升降机下来的，”他说，“那机器的好处就是让我同时在上面又在下面。你的皮肤啊，太白了。”我的皮肤白吗？我的皮肤是土黄色的，为什么他要这么乱说呢？让我想一想，对了，他有色盲，可能住在玻璃屋子里头的人都有色盲呢。侏儒同黑山羊对视了一眼，我觉得他俩交换了一个眼色，也许是我神经过敏吧。“我呀，是这底下一家人的儿子呢。”他又说。他这句话让我吃了一惊。儿子？我怎么从来也没有看见过他？“因为我在升降机里头嘛，哈哈！”

侏儒将我称作“鼠”。我一点都不高兴这个称呼。我哪里是什么鼠啊，我比鼠大多了。他让我同他一块进屋。我们进去时，两位主人都不知上哪里去了，屋里静悄悄的。我又开始打喷嚏。侏儒说，主人总是喷洒硫黄粉消毒，他特别怕死。侏儒说完这句话之后突然怪叫了一声，仰面倒在地上，我弯下腰一看，才发现他的脚踝被一把单车锁锁在八仙桌的脚上了。是谁干的呢？桌子下面是那个木盒，里头放着主人锉好的那几百片钥匙。我将木盒移到侏儒的面前，他坐起来，尝试用那些钥匙开锁。此刻，这屋里给我一种心惊肉跳的感觉，要不是黑山羊在外头叫了两声，我几乎会怀疑是他在搞鬼。侏儒开锁的速度越来越快，越来越不耐烦，地上已经扔了好几十片钥匙了。我模模糊糊地意识到了某件事，我必须马上离开这里。

我跑到外面，正好碰见老爷爷。老爷爷还是那样，一只脚缠着肮脏的大布包，手里拄着拐杖。不同的是，他的那条好腿的裤腿上溅了不少血。他用手指了指屋里，叫我进去看看。我小心地推开那张门，刚刚朝内一探头，就吓得往外一弹。我怕什么呢，里头什么也没有啊，一间空房，连家具什么的也搬空了。老爷爷凑过来对我说：“钥匙啊，就在这里。”什么钥匙？我不明白。他又说：“你要的钥匙嘛，元儿拿着呢。”我又朝里头瞥了一眼，并没有看到他的孙儿。他拄着拐杖过马路了，他是去看侏儒去了吗？

我往前走，走了好远。在贫民窟，太阳总是一下子探头，一下子又缩进去，这里的一切都是阴沉沉的，尤其是房子外面。至于屋里嘛，大同小异，都是那种黑，习惯了也不觉得了。有一个小孩躺在路边酣睡，样子有点像阿元，可并不是阿元。那么他是谁呢？我特意注意了一下他那双赤脚的脚踝，那里有被什么东西擦坏的痕迹，难道是绳子吗？我推了推他的脑袋，他口里吐出一连串的花儿的名称，然后就笑。小猪跑过来了，是老爷爷养的那只花猪。小猪嗅了嗅这个男孩就跑了，男孩笑得更响了。那是不是笑？"咯咯咯咯"的，也不太像笑。他是不是这一家的呢？这一家的门敞开着，我进去了。

突然很想睡，就爬上他家的灶头睡去。没睡多久主人就来生火了。这一家的主人是屠夫，脸上的胡子很长。他从火里头拿出烧红的火钳，在我面前扬了扬，那火钳擦着了我胸口的毛，我闻到了烧焦的气味。我正在想他会不会将我烫死时，他扔了火钳，往地上坐去。在前面房里，他家的孩子们在唱歌呢。阴惨的房里忽然响起稚嫩的童声，仿佛末日的景象啊。再看屠夫，他的胡须在发抖，什么样的可怕的回忆缠住了他？我跳下灶台，他一动不动，像没看见我一样。我溜到前面房里时，孩子们已经出去了，我仅仅看到一个女孩的背影。我想，屠夫的女儿，每天夜里会梦见羊脖子上喷出来的热血吗？是因为那种梦，才唱儿歌的吗？谁在捅我的背？哈，又是侏儒，他终于打开了那把锁。侏儒说："看，他也来了。"长得像阿元的小孩子溜进来了。接着就是"砰"的一声响，屠夫在闩门了！我们三个被闩在屋子里了。小男孩发出闷闷的哭声，是侏儒堵住了他的嘴呢。侏儒在哄他安静下来。我也想哭，因为想起了那把烧红的火钳。屠夫在厨房里磨蹭些什么呢？小男孩终于不哭了，侏儒说："我真高兴啊。"也许他是高兴看我们完蛋，而他自己，很快有升降机来救援他。现在他抱着男孩坐在椅子里头，那孩子在他怀里轻轻啜泣，肩头一耸一耸的。我突然记起，在那火炉一般的上面，他不是给过我一根冰棍吗？侏儒的心肠真是很慈悲的啊。

屠夫始终没有过来。小男孩（侏儒叫他"鼓"）在侏儒怀里说起了梦话，他说他本人就是升降机，这里的好些人都要靠他，没他活不了。他一边在梦里吹牛，侏儒一边附和他。侏儒说："对呀，对呀，你这个漂亮的小男孩。"鼓忽然挣脱了侏儒，用一个什么东西在侏儒脸上划了一下，侏儒立刻倒下去了。鼓举起手里的那个东西，那东西一晃一晃的发亮。我终于看出来了，是一片铜钥匙。侏儒在地上呻吟，轻轻地念叨着："鼓啊，鼓啊。"一片钥匙怎么会有这么大的杀伤力呢？我想起锉钥匙的那个男人，他是一个沉默的人，脸上有很多竖纹，他那双手就如同老树的树根，我看见过他掰断一把相当大的锉刀！鼓举着钥匙朝我走过来了，我有点想躲，但还是没有躲，我要看看这小东西到底有多大杀伤力。但是鼓凑近我，将那把钥匙交给我，并且向我比画着，要我将钥匙刺向他本人。钥匙很大，很像一把小刀，我不知所措地站在那里。我们都听到了屠夫在灶屋里弄出很响的声音，就像发怒了似的。他在催促我们吗？

当我将钥匙刺向鼓的脖子之际，他马上用双手握住，再猛一用力，钥匙就全部进入他的脖子里头去了。血涌出来，他软软地倒下，同侏儒倒在一处。我感到很恶心，就背转身去吐了起来。这时屠夫打开厨房门进来了。他手里拿着那把烧得红通通的火钳。他将火钳举到我的面前，我赶紧闪身躲开。于是我又闻到了自己的毛被烧焦的臭气。"鼠啊鼠，这可是难得的机会。"他说。真讨厌，他也叫我鼠。他开开大门，先将侏儒抱出去，扔在路边，又返回来将鼓也抱出去了。然后他又闩上门。我以为他要来收拾我了，可是他没有。一会儿那两个家伙就来撞门了，拼命要进来，他们的伤怎么好得这么快啊？他们那么大的力气，门都要被他们撞开了。趁着我一愣神的瞬间，屠夫就将那把火钳伸到我的胸脯上戳了几下。我先是簌簌发抖，后来就晕倒了。朦胧中，看见自己在火焰山上。火烧着了我的全身，可是我一点都不痛苦，脑子里居然还冒出这样的念头：烧完了就好了吧。对面还有一座山，也在冒火，有小孩子在火中唱歌，声音怎么这么熟悉？对了，那不是屠夫的女儿们吗？她们唱得真好听啊。这时我看一看自己的身体，啊，腿已经烧没了！我不能动了！这不是他在我耳边说话吗？"鼠啊鼠，这可是难得的机会。"他还推我呢，他不让我完全入梦，可是我害怕，我闭上眼，不管不顾地入梦了。

我醒来时看见有一只灰色的大眼睛凝视着我。那是屠夫的女儿。她的两只眼睛不对称，一只大，一只小。在我看来，这只大眼睛美得无法形容，所以我就一点都不感到她的眼睛不对称了。她的眼神很忧伤，这个小人儿是为我担忧吗？当我动了动，想去触碰她时，她就挪开一点。她这种姿态让我心凉。“你，是什么东西？”她说。她的口气忧伤得让我都要掉眼泪了。我经常到她家里来的，她怎么问这种话？是我的样子引起了她的忧伤吗？这时我才来打量我自己。我好好的，并没有什么变化，啊，我的一只脚上有烧灼的痕迹，但那并不显眼，只不过是掉了一块毛罢了。我到底是个什么东西呢？这难道是个问题吗？我年年来她们家，来了就去灶上待着，屠夫将那些香喷喷的动物内脏留给我吃，吃完我就在灶上打盹。在她们家，我总是睡眼蒙眬，从来没有将这些女孩子看清楚过。她们轻手轻脚地在厨房忙碌，从不注意我。现在看来我错了，她们不但注意了我，还仔细打量过我，一起讨论过关于我的事。要不她刚才怎么问这样的话呢？看来她对我还有所期望啊。我又问自己，我是个什么东西呢？可是我不知道啊，我怎么能消除这个小美人心里的忧伤呢？我不敢同她的目光对视，一对视，我就会哭起来。“我是老三，最小的。”她忽然又说，“爸爸在后面钉木笼子。”

我没有听懂女孩的话，我还没有醒悟过来是怎么回事，黑色的网就从头上罩下来，将我缠住了。有人拖着我往屋后走去，女孩在旁边对那人说：“你要把他扔到井里头去吗？”她的语气里头有点兴奋。我是没法挣扎的，我根本不能动。

他们扔下我的地方却不是井里，只不过是他家屋后的那条小巷。我被裹在那渔网似的东西里头一动都不能动，而这条小巷平时几乎无人经过。看来他们要让我死在这里，我怎么办呢？夜晚很快就降临了，贫民窟的夜总是那么寒冷，我蜷起了身体。这时我又听到了屠夫女儿们的歌声，我辨别出来，唱得最响亮的那一个就是刚才同我在一起的女孩。冷啊，冷啊，我这只被烧过的脚完全麻木了。我凄厉地叫了一声，屋里的人也许听见了，歌声停了一停，又响起来了。再仔细听，就可以听出歌声里头的凄凉来。当我的注意力被吸引过去时，我就暂时忘了寒冷，当我稍一走神，寒冷又像无数小刀一样在我皮肤上割呀割的。也许我全身的皮肤都肿起来了，我盼望皮肤的感觉快一点麻木，否则我还能盼望什么呢？我想起了侏儒和鼓，他们两个还在那屋里吗？还是像我一样给扔到了外面？屠夫，还有他的三个女儿，他们过着一种什么样的生活？

我透过网子看见了一团光，是有人打着灯笼过来了。“他们怎么总将猎获物扔在路边呢?”提灯笼的那一个对同伴不满地抱怨。因为我发出尖叫，他们就停下了。他们在我上面小声商量着，犹豫着什么事。起先说话的那一个突然提高了嗓门道：“老四，我们有多久没从这里经过了啊?”另一个就回答说：“有15年了吧。那时夜里总下雨，冰凌从屋檐垂下有一尺多长。现在气候已经温和多了。他干嘛老叫?”他俩说着话就蹲下来了，三下两下就将我从网子里头解脱出来。我还是躺在地上，因为我全身麻木了，不会动了。这是怎么回事呢？我明明感觉到是两个人在帮我，可是我没看到人，只有那盏灯笼孤零零地放在地上。灯笼将光线照在网子上头，那么强有力地缚住我的网子却原来只有一小抓，有点像动物身上的薄膜一类的东西。我又叫起来，我想通过叫喊来恢复知觉。就在这时屠夫的小女儿开了门。我听到她在同那两个人寒暄，我也看到她穿着披风，显得英姿飒爽，可就看不见那两人。他们进去了，将灯笼也提走了，四周又变得黑乎乎的。

我尝试滚动，我集中意念发出一声尖叫，身体终于动了起来。这一滚就滚到了屠夫小屋的墙角。这里没有刚才那个地方冷，我的部分知觉在慢慢恢复。屋子里头的谈话可以听得清清楚楚。我听到三个女孩子都争着抢着要同那两个我看不见的人接吻。她们咒骂着，闹成一团，后来那小女儿大概是用一件什么锐器伤了她的两个姐姐，两个大点的女孩发出可怕的哭叫。但里面很快就恢复了寂静。小女儿达到目的了吗？门“吱呀”一声开了一小半，那灯笼出来了，小女儿站在门口，脸部表情像一名毒妇，那只大眼睛居然闪出电火花来了。灯笼在空中游移着渐渐远去，最后消失在西边的转弯处。女孩忽然朝我弯下腰来，说道：“你都看到了吗？你这个小家伙，你都看到啦！嘿，我的命太苦了，对吧？”她用双手蒙住脸，哭起来。哭了几秒钟，她突然又止住，恶狠狠地说：“我哭了？呸！我才不会哭呢，刚才是笑！我要笑死了！”她用双手插到我的肋下，一下就将我举到她肩上，往屋里走去。她将我摔到灶台上就走开了。我看见屠夫闷着头坐在板凳上抽烟呢。

贫民窟是我的家，我生在这里，长在这里，我夜里寄宿在有火炉子的家庭里，白天到处刺探隐私。我掌握着这里的多种秘密，但我并不懂得这些秘密的谜底。这些秘密都有美丽而恐怖的外表，我是因为这个才总忍不住要去刺探的吗？

二

我住在贫民窟下面的地道里，贫民窟本身在城市西边的洼地里。当你走到化工厂的围墙那里，就能看见长长的阶梯了，从那上面下来，就是我们的贫民窟——一大片排成长列、挤在一起的简易屋子。以前我是寄住在别人家里的，家里有火炉的人家我都住过。然后，在一个阴郁的日子里，我无意中发现了地道。那一天，主家在我的饭食里面放了几枚毒蘑菇，被我发现了，我像难民一样匆匆出逃。那是半夜，家家门户紧闭，我也不敢去叩任何人家的门。我在寒冷中瑟缩着前行，却撞上了一只恶狗。恶狗要撵走我，我越跑，他在后面追得越紧。到后来我连路都不看了，跑到哪里算哪里，就这样稀里糊涂地掉进了地道。

我刚刚掉下来的时候是不习惯的，因为周围这么黑，什么都看不见，你生了眼睛一点用都没有，还不如把自己当瞎子。起先静悄悄的，后来才发现这只是假象，许许多多的小动物在这里掘呀、凿呀地忙个不停呢。最奇怪的是还有三个人坐在他们当中，这三个人什么活都不干，只是隔一会儿闲聊两句。我凑近去仔细听，听到他们在说两句极为无聊空洞的话。一句是："修了房子就不用住房子了，住在野地里就是。"另一句是："人嘛，要有自知之明。"三个人轮流重复这两句话。在此地，乱动是不行的，弄不好就撞着了一个家伙，而且这些家伙的身体都像铁一样硬邦邦的。我只好坐在地上不动。那只恶狗还在我头顶的什么地方叫个不停，即使隔得很远，还是很有威慑力的。我向上看，看到尽头，的确看到一团朦胧的光，我就是从那个有光的地方掉下来的。

我蹲在这个黑地方，回忆主人和我之间发生的那件事。下午我正在灶台上睡午觉时主人过来了，他轻抚着我背上的皮毛，样子有点伤感。"鼠啊鼠，你心里是如何想的呢？"他沙哑着嗓子说。我讨厌他叫我"鼠"，我也讨厌他那种伤感的样子。据我观察，这个人一点男子汉的风度都没有，没事就坐在敞开的门口洗他那双苍白的脚，是一个对自己的身体着迷的家伙。我一般对人是不设防的，但这一次也许是有某种模糊的预感吧。谁会想到这个人竟会那么阴毒呢？他炸毒蘑菇的时候，我就坐在旁边的柴堆上，我发现他的手在抖，苦闷的长脸上增加了几条皱纹。当时我还以为他要用毒蘑菇来毒老鼠呢，没想到我真的成了他所说的"鼠"。毒蘑菇埋在米饭的下面，一共有三枚，我一拨开米饭就看到了。他到底想些什么呢？以为我会乖乖地将它们吃下去吗？我以前就知道这个人很不厚道，连家里的蟑螂都要杀得一只不剩，但总的来说，他待我还是不错的。他是一个鳏夫，自己做饭，我住在他家，他就准备两份，不像别人家那样让我吃剩饭。我想不出是什么事让他的态度发生了突变。也许根本就没有什么事，也许他只不过要让我知道他的厉害。一个坐在家里的害气喘病的老男人，能有什么样的厉害呢？下毒是怯懦的手段，不过我知道那种蘑菇只要一只就可以毒死一个人。所以他是决心要弄死我，所以我就逃了。这就是下午刚刚发生的事，而现在，我坐在这个地狱一般的处所等待命运的裁决。我心里有一个声音始终在顽固不化地询问：到底发生什么了？我不知道，真的不知道，一切都是莫名其妙的。有一个人过来了，我虽看不见他，但能感到他踩在泥地上的重量。他停在我的旁边，说："修了房子嘛，就不用住房子了。"我觉得这个人很讨厌，就一声不响地起身离开他。没想到我刚一动挪，他就用手按住了我的背。他的力量很大，我只能趴在地上不动了。我脑子里闪过那句话："人嘛，要有自知之明。"但我不是人，我说不出话来。

他将我按在地上，可是过了一会儿，他就走神了，手也不知不觉地松了。我当然立刻就溜掉了。这里似乎是无遮无拦的平地，地上挤满了挖掘的小动物们。黑暗中我不断地撞着碰着他们，我感觉到他们的身体都很小，说不清他们是什么动物。有一个家伙半截身子卡在自己掘的洞中出不来了，口中发出凄厉的叫声。我俯下身去咬住他的一条腿，奋力一拖将他拖了出来。没想到这一来他就像疯了一样扑上来攻击我。毕竟我的身体比他大了几倍，我很快制服了他。我将他的头部往地下撞了十几次，撞得他不出声了才离开。我害怕再碰见那几个人，所以我很想隐藏起来，或者加入掘地的队伍也行。当我尝试同身边的小动物接近时，发现他们都对我很敌视。他们的态度似乎在告诉我：这里不是我该待的地方。我被他们推搡着，被恶意地呵斥着，成了走投无路的家伙。每当我想蹲下来休息一会儿，就会有一个家伙过来抢占我的地方，奋力将我推开。为什么他们都对我的存在这么神经过敏呢？我恐慌地抬起头来看那个地方，那一团光亮仍在那里，凝神细听，也还听得到那条恶狗的叫声。也许我该向上爬，回到那个地方去，当时，他并没有咬到我，怎么能断定他要咬死我呢？我现在后悔自己的鲁莽了，我连想都没想一下，就掉进了这个不属于我的地方。我曾在那些人家的灶台上度过了那么多宁静的夜晚，也许我是有点爱刺探，可这并不能成为我被逐出去的理由啊。再说那毒蘑菇，很可能也只是要恐吓一下我罢了，他知道我是很仔细的，我才不会闭着眼吃下去呢，唉，现在说这些也是多余了。

我终于被包围了，这些像铁一样硬邦邦的小东西一下一下朝我撞过来，撞在我的肚子上、脸上、脚上，我不断发出歇斯底里的尖叫，越叫，他们就越用力，我都要痛晕过去了。后来那个人来了，那个人用脚尖踢了踢我的肚子，说："他一点都不适合住在野地里。"人一来，小动物们就不知躲到哪里去了。这个人为什么说这里是“野地”呢？明明是贫民窟的地道嘛。要真是一片野地，怎么会看不到天空呢？不管它了，爱怎么说就怎么说吧。我听出来他就是刚才那个人。我痛得不能动，也不敢动，不然他又会用那只铁一般的手按住我的背。“你看不见吧，”他说，“这就是我们的优势，你看不见我们。在这种野地里，你要眼睛干什么呢？给你，这是你的晚饭。”一个圆圆的东西滚到我的脖子下，我抓起来咬了一口，立刻辣得流出了眼泪。它好像是洋葱，可又不太像。这个人在一旁说，这是我住的那户人家的主人给我送来的。那个坏蛋，居然还惦记着我呢。我心里盼望他多讲一点主人的事，可是他又走神了，他吹着口哨起身离开了我。我试着动了一下，身上的伤一下子都不疼了，是不是这洋葱的作用呢？我一边流泪一边啃洋葱，整个身心都感到一种痛快。啊，我必须干点什么，我要掘土！我用两条前腿很快地刨着，一会儿就刨出了一个坑。我停都停不下来了，弄得一身全是泥。我有一种幻觉，觉得会要刨出什么东西来，我每刨一下，都感到那个东西在我爪子下面弹跳。那是什么东西呢？快出来吧，出来就会知道了！

刨呀刨呀，尽管每一下都真切地感到有东西要出来了，但除了泥土，什么也没刨出来。我已经刨出一个洞了，下面的东西还在诱惑着我，我恨不得钻到地下去把那个东西揪出来。这时我恍然大悟地记起先前钻进自己掘出的洞里出不来了的那个小家伙，我错误地领会了他发出的叫声，那叫声其实是极乐，而我却以为是痛苦。这是一块什么样的神奇宝地啊，吸引了这么多的动物在这里挖掘！他们掘到了他们渴望的东西吗？那几个人又是在这里干什么的？刚才那一个不是将主人的食物传递给我了吗？也许这里有暗道通到上面的。糟糕，不好了，旁边也有个家伙在掘，啊，他将我的洞壁掘穿了，他到我的洞里来了！这是个沉默的家伙，我将他全身摸了一遍，我居然摸到他那肉乎乎的背上有一对坚硬的翅膀。我从来没见过这种东西！我用力推，要将他推出去，可是他居然打起鼾来，他在我的洞里睡着了。既然我的洞和他的洞现在相通了，我就顺着摸过去。啊，这个家伙，他掘了一条地道——地道里的地道。所有的家伙都在掘这种玩意儿吗？我不敢走远，我感到很危险，因为地道里头有可疑的响声。也许是别的动物在附近挖，声音传到这边来了，也许是有什么东西潜伏在那里，谁知道呢？我摸回我的洞里，同这个家伙待在一起，这样有安全感一些。自从掉下来之后，我总是缺乏安全感。虽然掘地引诱着我，其实我还是不想往更深的地底去的，我不属于地下动物。

同这个酣睡的家伙蹲在洞里倒也不错，不会被别的动物推来推去了。我仰起脸来，又看到了那束光，我分辨出那地方好像有一扇门，门开了又关了，朦胧的光线也微妙地变化着。我心里一下子产生出思乡的伤感情绪。躺在那些干净的灶面上是多么舒服啊，那种夜晚，奇遇源源不断……贫民窟抛弃我了吗？可是这里，不也是贫民窟吗？刚才的那几个人，不就是直接同上面联系着的吗？我想到这里时，忽然被一阵强烈的臭味打断了。啊，是这个家伙在放屁！这不是一般的臭气，这种臭气熏得我头疼欲裂！我气急败坏地跳出了洞子，恨不得杀了这个释放毒气的家伙！

他醒来了，他那对奇异的翅膀扇动着，他飞到了两米多高的空中。那臭气，也飘散开来。我想躲开，可是要么踩了这一个的脚，要么被另一个用力捅了一下，他们不让我离开呢。那家伙在空中停留了一下，“砰”的一声落到洞里。他的屁倒是放完了，他好像又睡着了呢。“有的家伙最不安分，在梦里就可以起飞。”旁边那个人说。说话的人扇着一把蒲扇，像先前那家人家的主人一样在木盆里洗脚。“这是飞鼠，他有时在地下掘土，有时起飞。不过他飞不高，也就两三米罢了。”那人又说，一边将洗脚水弄得哗哗响。这个人的做派使得我怀疑起来，这到底是什么地方呢？莫非这附近还有房屋吗？被小动物们推着挤着，我只好又跳进我的土洞。我有点昏昏欲睡，就伏在飞鼠的背上休息。我摸着那一对薄薄的硬翅膀，心里想，如果他再起飞，我就到半空同他一起做梦。想着想着我就睡着了，睡了没多久就听见那一家的主人叫我：“鼠！鼠！快飞上来！看见我了吗？”我一抬头，看见他在那束光里头，很遥远。我没有翅膀，他怎么叫我飞啊？我还没清醒过来，我身边的飞鼠就把我带到了半空。我伏在他背上，感到自己上升到了极乐的境界。他的力气真大！不过在很短的时间内，我们又降落到那个洞里了，飞鼠并没有醒来，他一直在打鼾！多么幸福的小家伙啊。“洞底下还有洞，你不敢下去吧?”还是那个用木盆洗脚的人在说话，“哈哈，上面就是下面。”我感到他的声音那么刺耳，令我那么不安。

我忽然就回忆起了我小时候的一件事。那时我同主家的一个小女孩最要好，她带我到水塘里去游水，下水前，她很郑重地对我说：“你呀，不要到中间去，到了中间就会顺着旋涡滑下去了。”我不懂她的意思。我俩待在塘边，抓着柳树的根在那里拍水。女孩叫“兰”，兰对我说：“你要是想逃跑，我可以带你跑的。”在当时，那些话我不想听。我跑到哪里去啊，我在主人家的灶台上过得舒舒服服，我又这么怕冷，冬天到野外去还不冻死吗？兰看出了我的心思，她又说，并不是要逃到外地去，就在原地我们也可以逃跑。那一天，我觉得她是在胡说八道。现在回忆起来，感到她一直就知道贫民窟地下的秘密的，也许贫民窟的所有的孩子都同她一样早熟。那些小孩们不是故意跑到屋外去冻僵吗？夜半时分，谁又知道他们脑袋里转着什么样的稀奇古怪的念头啊。那个女孩后来远嫁了，离开了贫民窟，我不知道那算不算“逃跑”。在家里，她可是一个规规矩矩的小孩，成天诚惶诚恐，担心灾祸降临。她爹常笑着说她“生错了地方”。我现在想起这个女孩，也是想的逃跑的事，我这算不算逃跑呢？这是不是她希望我来的地方？这里很温暖，又没有白天和黑夜，你想睡就可以睡，用不着到谁家的灶台上去，只要挖一个洞蹲在里头，免得别人来推你就可以了。至于没有光，只要眼睛习惯了也没什么关系。

糟糕，那个人将洗脚水倒进了我们的洞里。我虽及时跳了出来，可是飞鼠睡在了泥浆里头。他一点都不在乎，还是轻轻地打呼噜。“他啊，生活在梦想中。”那人说道。我是不喜欢自已身上弄得泥乎乎的，何况还是人的洗脚水，想想都恶心。飞鼠怎么会对这个一点感觉都没有，实在想不通。再说这个人，恐怕有虐待癖吧，我最好离他远点。可是我一走，他就追在后面喊：“哪里去？哪里去？你想找死啊！”他说得那么凶恶，我又不敢动了。

我站在一块大石头旁，那些小动物合力推我，使我一次又一次地撞到石头上。后来我全身的骨头都要散架了，我躺在地上动不了了，他们才罢手。我听见飞鼠又飞到了我的上空，那个人在说："你看看他，他有多么从容。这种风度是学来的吗？不，这是天生的。"我看见那束光离得更远了，成了一个模糊的光斑。飞鼠在黑暗中飞过，他也许飞到别的地方去了，有对翅膀真好啊。我摸过他的身体，那是同我很相似的身体，看来翅膀是进化的结果。随时入梦，高兴待就待，要飞走就飞走，多么潇洒的生活。原来这就叫生活在梦想中。他是如何成了我们这个类别里头的特权者的呢？我就是再进化，恐怕也不可能让我的背上长出翅膀来。他是个异类。那么我是什么类呢？人们叫我"鼠"，可是我又不是一般常见的那种鼠，我的身体大得多。我独来独往，对自己的父母记忆淡漠，对同异性苟合也没有兴趣，以后也不会有什么后代，我就是这样一个似鼠非鼠的家伙，一个蹲在贫民窟人家的灶台上吃闲饭的，一个稀里糊涂掉进了贫民窟下面的地道里的可怜虫。

我又开始挖洞了，一挖洞，又感到了那种兴奋，前脚后脚都变得痒痒的，不由自主地疯狂地刨土。用力，用力，真的有东西要出来了啊。我旁边有个家伙也在刨土，刨着刨着就突然嗷嗷地叫起来，他一定是刨出东西来了。我也要刨出东西来，我不能停下来，往左边，绕开那块石头！我的天，这么多的蚂蚁，我捅了蚂蚁窝了！啊！我猛的一下跳出洞子，发了疯地在身上一顿乱挠乱打，我恨不得将自己的耳朵都扯下来，那些小东西都钻到我的身体里面去了，它们咬破我的皮肤就进去了。真比死还难受啊。走投无路之际听见那人在冷冷地说："你啊，需要洗个澡。"他将木盆里的洗脚水弄得哗哗响。我也顾不得恶心了，一头扎进他的木盆里。他用双手按住我，吩咐我大口喝他的洗脚水，我糊里糊涂地就喝了不少。这时他将我连同木盆的水一道从木盆里倒出来，吆喝了一句："再去刨土"，就离开了。我哪里还能刨土，我不断地用脑袋撞地，心里想着："死了才好！死了才好……"然后我又在地上滚啊滚啊。滚了一会儿，脑子里猛的一亮，于是咬紧牙关又刨起土来。这一次，当我的爪子掘进泥土之际，我明显地感到了那些小东西正通过爪子回归到土里。刨了没有多久，身上就变得清爽起来。怎么会是这样？怎么会是这样？我对这块地产生了恐惧。

我坐在我刨出来的新洞里，周围是那些奔忙的小动物。我将自己的脑袋深深地埋下去，我怕他们撞着了我。我也不敢再往下刨，怕又刨到吃人的蚂蚁。当我这样脸朝下地蹲在那里时，就听到了一种隆隆的声音从更深更深的地方传来。如果我意念集中，那声音就很清楚，稍一松懈又听不到了。我在倾听之际想起了一件事，那是我当年睡在铁匠家发生的。那一家的小男孩叫“邻家弟弟”。邻家弟弟每天天快亮时就爬起来，外衣也不穿就推开门到外面街上站着。铁匠和铁匠老婆睡在床上喊：“弟弟啊，弟弟啊！”那喊声就好像他已经寻了短见一样。但他们为什么不起床呢？我走到门口，看见邻家弟弟还站在那里，他在同人讲话。“听清了吗？听清了吗？”他低着头焦急地问，就仿佛对方在地底下一样。他还跺脚呢。这边床上的两口子也在跺床板：“弟弟啊，弟弟啊！”急得都要发疯了。我也不知为什么就想起这个邻家弟弟的事来了。我很伤感，觉得自己再也见不着他们一家人了。“你听不到我，可是我听得到你。”一个小女孩（好像是兰）这样说。她在哪里说话呢？怎么像是下面？她不是远嫁了吗？“你听不到我，可是我听得到你。”她又说了。啊，真的在下面！我躺下去，将耳朵紧紧贴着洞底，这下听到了——那不是隆隆声，是兰在用银铃般的童声说话呢。怎么，兰还是一个儿童？她没有远嫁他乡？我明明看到她出嫁那天还带走了自己的小马凳嘛。虽然是银铃般的声音，可我听不懂她到底说些什么，因为她说的不是本地话，她那种话让我听久了就烦，就难受。于是我坐起来，不听了。有独轮车过来了，轮子哀哀地响得像小孩啼哭。这地下竟还有独轮车，是原来在这里的，还是从那个洞里掉下来的呢？那人停在了我旁边，他蹲下来，递给我两个饼。那饼很臭，有点像先前那飞鼠放出的屁的臭味。可是一得到吃的，我就饥肠辘辘了，我可是好长时间没吃东西了。我狼吞虎咽，几下子那饼就到了肚子里。那人笑起来，又到别处送食品去了。看来此地还是相当有序的社会呢。那么兰所在的更下面，又是什么地方呢？

我终于能够静下心来听小女孩兰说话了。我卧在洞底，将耳朵紧贴地面，她的声音就传来了。现在我听清了，那既不是隆隆声，也不是银铃般的童声，而是一个十四五岁的女孩的声音。她就是我熟悉的兰，那个带我去塘里玩水的女孩。我倒不是说我听得懂她的话了，我还是不懂。那种外乡话，每个字似乎听得懂，合起来又根本不知在说什么。可是不知为什么，我现在愿意听了。也可能是吃了独轮车上的臭饼，我有了耐力，也可能是那声音令我想起从前同她相处时的好时光，总之，我趴在地上专心地倾听着。她是怎么到了那种地方的呢？我这里虽黑，抬起头还可以看到一束光从那洞口射出，她那种地方一定是纯黑的世界了。见鬼，远嫁嫁到那种地方去了，她到底是怎么想的嘛。听她的语调，我觉得她在讲一个故事，也许是关于水塘的故事。我听着听着又回忆起同她的友情，我觉得自己爱上她了。我，一只"鼠"，爱上了一个女孩?！我吃了一惊，赶快打消这个念头。我就对着下面叫了两声，我的声音很尖细，类似于小孩的声音，只不过我不能像他们那样说话。我叫这两声的意思是告诉兰，我听到她的话了，我想念她。我刚一闭嘴，下面就乱套了，有好几个声音在那里争吵起来，它们好像都是兰的声音，又好像都不是，是一群外乡女子在那里闹。我运足了气，提高了嗓门又一叫。下面立刻沉默了。片刻沉默之后，又有更多的声音闹起来，声浪一浪高过一浪。

"鼠的工作是有前途的。"那个人说，"他学会我们的方法之后，就会担负起一定的职责。他是来学习的。"

他在我的旁边走动，我感到他是在自言自语。他为什么要自言自语呢？他在说什么呢？我听得懂他的方言，但不懂他的真正的意思。我的注意力转移到了他的身上。他是掉下来的吗？还是本就在这下面的？

"我听见他那一声叫，就对他寄予希望了。他同那些接上头了。他呀，以后会天天这样来叫几声。这地方的空气、伙食对他都有益处。"

他说我同"那些"接上头了。那么，我还要不要往下刨呢？有人在利用我，利用我干什么呢？下面闹得更厉害了，连我脚下的泥土都在微微震动。不知怎么，我并不想刨开将我同他们隔开的这些土，我有点害怕。我在心里对自己说："兰啊兰，我们又在一起了啊。"这样一想又觉得有了安慰感。每当嘈杂的争吵一停下来，就听到兰一个人在说那句话："你听不到我，可是我听得到你。"只有这句话是我听得懂的，但是兰为什么要这样说呢？看来这话不是对我说的，也许有个什么人在地底下同她对话。飞鼠从我上面飞过，我听到了他扇动翅膀的声音，他多么自由啊。兰被囚禁在下面了，不过听她说话，觉得她一点也不苦恼，好像还很自豪呢。我又回想起从前她对我说的关于逃跑的事。也许有两种逃跑，一种是往市中心跑，往外省跑，消失在茫茫的远方。还有一种呢，就像兰做的一样，往下面跑。她是在水塘里顺着旋涡滑下来的吗？那时她爹笑她"生错了地方"。说不定是他让她下来的呢。很可能兰是在对她爹说话。一个人到了那么深的地底，还可以听得到家人在上面的所有活动，那会是一种什么样的情形啊。下面的那些女子平息下来了，咕咕咕的，像鸽子一样，也许是要入睡了。突然，兰厉声说道："那里是不能去的！"她的声音那么大，吓了我一跳，然后就一点声音都没有了。我坐起来，我听到周围的忙碌声，还有那个人的呵斥声。那个人，他一边洗脚一边呵斥，他总是嫌小动物们太懒了。

我一直在想兰的那句话，她说什么地方不能去呢？这个黑地道里，一定隐藏了可怕的事，今后我得小心翼翼才行，蚂蚁事件就是个很好的教训。为避免灾祸降临，我最好是坐着一动都不要动，这个新刨出的洞就是我的家嘛。我刚好想到这里，那个人就端着一木盆洗脚水过来了，他口里喊着："注意啊"，就将洗脚水倒进了我的洞。我又一次气急败坏地跳了出来，一边身上的毛都湿了。他老是同我作对，难道这下面的小动物都归他掌管？我在这个洞里可以听得到兰说话，现在他将我的洞又弄得不能待了，我换一个地方的话，是不是还听得到兰的声音就很难说了。要是听不到兰，该有多么寂寞。飞鼠又过来了，擦着我的鼻子飞了过去，放了一个奇臭无比的屁。我很想摆脱他，因为他总在留心着不让我休息，我感到他居心险恶。也许他竟希望我死，他的举动里头有这种意味。我不能尝试溜掉吗？

我一定要溜掉，这种地方，我搞不清哪里能去哪里不能去，我要逃到哪里算哪里。啊，这里有一道篱笆，篱笆里面难道是菜园子吗？可以听到有更多的小动物在里头忙乎。我一边沿着篱笆走，一边用鼻子嗅，很快就发现了一个破洞，我从那个洞钻了进去，来到更为热闹的场所。然而更不好待了，凡是从我身边过去的都在推我，这是不欢迎的表示。我待了一小会儿就发现了区别，这里的小动物们都不挖洞，他们有时动，有时静。当他们静的时候，远处便响起一种呼哨声，呼哨声一停，大家就一窝蜂地往那个方向涌去。当他们奔跑时，呼哨声就不再响了，于是这些家伙的脚步犹疑起来，最后又停下来了。然后又是静静地倾听。过了不久，呼哨声又在另一个方向响起来，于是大家又一窝蜂往那个方向涌去。跑了没多远，又停下了。我在他们当中，感到很紧张，这里既紊乱，又有序，这里的一切都由那种奇怪的、不知从哪里冒出来的声音决定。不，我不能适应，他们跑得那么快，他们奔跑时就将我撞倒在地，从我身上踩过去。于是当他们下一轮倾听的时候，我就摸回那个破洞所在的地方，我要出去。我刚刚向篱笆外探了探身子，那个人就一拳打在我鼻子上，吼道："你找死啊！"这一拳真厉害，我差点被他打晕过去了。我坐在地上，听见他还在说："谁要临阵逃脱？试试看，我倒要看看他的脑瓜是不是铁制的，哼！"我当然不敢再尝试了。现在我唯一的出路就是同里面这些家伙一起疯，因为坐着不动也是不行的，那样的话会被他们踩死。瞧，又开始跑了，我忍着鼻子的疼痛，同他们一块跑。可他们只跑了没几步就停下了，而我呢，没反应过来，还在跑，结果就绊倒在某个家伙身上了。那是一个大家伙，有獠牙的那种，它的长嘴在我肚子上嗅了好久。我闭上眼，等着死亡降临。幸好这时那种呼哨声又响起来了，他扔下我就跑了。我趴在地上，任凭那些家伙从我背上踩过去。我担心他们会将我踩成肉酱，可是还好，过了一会儿他们就不踩我了，都从旁边绕过去。我无意中又触到了篱笆，这里的篱笆也有一个洞。我要不要出去呢？那人会不会也守在这外面？没有，他没在这里，我出来了。周围静静的，是荒野吗？啊，我看见了房屋，窗前有一盏油灯！地底下怎么会有这个的？

我一边朝那屋子走去，一边想着刚才那人说的“找死”的话。这就是去找死吗？屋里会有什么呢。哈，屋门口有一个小孩在刷牙，他吐了我一脸的水！“他要进来就让他进来。”屋子里头有人在说话，这不是让我吃毒蘑菇的主人吗？我就进去了，嘿，还真是他家！好啊，好啊，我已经回到贫民窟了。其实刚才我在路上就发现了前方影影绰绰的有些房子，但我不敢相信。我爬上他家的灶台，有种到家了的欣慰感。主人拿出一个碗，盛上饭菜摆在我面前，我一看，是毒蘑菇，饭里头一共有三枚。我虽饥肠辘辘，可还在踌躇着。我真的是来找死的吗？我可不想死！主人正盯着我呢。“吃吗？不吃我可就拿走了。”他似乎在轻笑。我连忙埋头吃了起来，连味道都没有细尝就吃完了。我脑子里一片空白，听见这个人拍了两下手掌，说：“好！好！”到底“好”什么呢？现在应该是夜里吧。可是我听到他说：“我去把那条路修一修。”他背了锄头就出去了。外面那么黑，他去修路！我跳下灶台，在房里巡视了一番。房子还是原来的房子，家具也是原来的家具，那个小孩坐在八仙桌底下玩一个陀螺。陀螺旋转时，发出很大的蜂鸣声，弄得我很紧张。那么，现在不应该是夜晚，人们都在活动嘛。可是这么黑，还得点灯，他们又是怎么看得见的呢？小孩用一只手稳住金属的陀螺，对我说：“鼠啊鼠，你干吗来我家？爹爹到后面挖坟去了。你快到这里来，我们一起玩陀螺，只要陀螺不停，爹爹就不会杀你。”他用一种奇异的手法往陀螺上头一使劲，陀螺便飞快地旋转，嗡嗡声令我头痛欲裂。那人进来了，放下锄头，东看西看，可能是在找我。我听见他从灶台上拿了我吃过饭的碗去洗，口里在咒骂着什么。小孩附在我脸旁说：“爹爹最怕陀螺。”他让陀螺停下来，叫我试一试。我的鼻子刚一嗅到那东西，它又飞旋起来，甚至脱离了地面。小孩夸我说：“你的技巧真高。”

但我还是受不了陀螺旋转发出的声音。有几轮我甚至都想跑开了，可刚跑两步又回到了桌子下面，因为那小孩对我喊道：“你找死啊！”奇怪，他的声音就同地下那个用木盆洗脚的人的声音是一样。后来小孩将陀螺收进他的衣袋里面，说：“我要给爹爹点厉害看。”他让我同他一道睡在桌子下面。

主人进来了，站在屋当中焦虑地跺脚，大叫："土生！土生！"他是叫他儿子，他难道看不见我们在桌子下面吗？"土生!!"他咆哮起来，一下子就撞到墙上，竹篾墙上糊的干牛屎都散落一地。土生紧紧地搂着我，因为暗笑而全身发抖。我也在发抖，却是因为怕土生。这个小孩连爹爹都可以控制，他要弄死我还不容易？我看见主人脸上流出血来了，他从地上爬起，沮丧地回到灶台那边继续收拾餐具。他的确害怕他儿子。

土生要我今后就同他一道睡在桌子下面，"想什么时候玩陀螺就什么时候玩"。他还将陀螺从衣袋里拿出来，叫我将脸放到上面去擦。我每擦一下，脑袋里头就轰轰地放金花。虽然难受，精神却是出奇的振奋。"好了好了。"土生说，"这桌子下面以后就是我们的地盘了，你也不要再去睡灶头了。"他这样说，我就想起他爹。他爹是个好人，于我有恩，我竟怀疑他要毒死我！我很想去向主人表示我的悔意，我听到他在哭，他可能以为他儿子丢了呢。土生不让我离开一步，他说爹爹哭的时候是不能去打扰的。我听到门一响，外面有人进屋来了。土生做了个鬼脸，将陀螺拿出来用力一旋，那人发出一声怪叫立刻跑掉了。我呢，我倒是有点适应这个陀螺了，难受的程度也减轻了一点。难道这个小东西使得我和土生隐身了吗？他爹怎么看不见我们了呢？神奇的陀螺！神奇！世上怎么会有这样的异物的啊。

"土生，土生！我看不见你，我知道你看得见我，你答应一声啊。"

他这话听起来很耳熟，我听谁说过呢？他悲悲戚戚地提着篮子出去买菜去了。我的心像被压了一块石头。

土生让我搂着陀螺睡，说这样会有很好的事发生。在梦里，我睡在一个巨大的旋转的圆盘之上，我眼里看见的一切：花草啦、树啦、石头啦、小兽啦等，全在向上飞升。而太阳，反而下来了，在我眼前来回滚动，我好像一伸爪子就可以触到他。什么人在圆盘下面焦急地呼喊："你看得见我吗？喂？你看得见我吗?!"

我就在这一家安居下来了。贫民窟是我的家，我生在这里，长在这里。

我不记得我有多大岁数了，可是我记得很久很久以前的事。那个时候，洼地里的房子刚刚盖起来，不像房子，倒像临时的工棚。房子盖满以后，太阳就缩进去了，只能照到那堵围墙之上。那些孩子们啊，倒地就睡，在清晨的薄霜里冻得小脸发紫。这些我都记得。

三

我同人的纠缠也许是我一直待在贫民窟不离开的主要原因。那时我还很小很小，身上只有浅浅的一层毛，被放在一家人家的灶台上。是妈妈将我生在那里的呢，还是这家人家收留了我？我待在一个陶钵里头，钵底铺了些碎布。如果火烧得太猛，钵子就变得滚烫，一不小心就烫着了我的皮。很长一段时间，我身上伤痕累累，一块一块的皮肤都变了颜色。吃的东西呢，是主家给我的一种糊糊，棕色的，很辣，放在很小的碟子上。可能那种糊糊还有催眠的作用，我吃了以后整天在睡，身上烫伤的痛苦大大减轻了。可是因为不清醒，因为在陶钵里面乱滚，又被烫伤了更多的地方。可以说在那个年头，我身上没有几块好肉，我只要醒来睁开眼身上就疼。我想跳出这个陶钵，可是我脚上的水泡破了，变成一个溃疡，我怎么能够跳呢？有时候，我听见主家夫妇议论我："小家伙会死吗？""死不了，他贱着呢。"他们是有意烤我，还是他们根本不知道？

虽然身上到处受伤，我还是慢慢长大了。有一天，陶钵被他们家小孩打翻，我就出来了。我出来一看，陶钵悬在灶台边上，眼看就要滚下去。我感到急火攻心，就用自己的头猛的一撞，那陶钵就掉下去了。我伸头一看，碎成了几大块。我再看屋里，都是我没看见过的陌生的东西，我不知道那是些什么东西，是后来才慢慢弄清的。只有一样东西我成年之后才弄清，那是一个白胡子老头的画像，挂在墙上的镜框里。我始终认为那是一个真人，因为这一家的夫妇两个总是对着那老头说话。出门的时候说："爸爸，我走了。"

进门时则说："爸爸，我回来了。"在外头做了什么事回来也要问："爸爸，我这样做对吗?"他们一说话，镜框就摇晃起来，"当当"地作响，仿佛在回答他们。

我的伤很快就好了，不久我就可以从灶台上跳下去了。我跳到桌子上，我用后腿立起来，前腿趴在墙上，我力图接近那白胡子老头。突然，我的后脑勺像被闷棍击了一下，然后我就不省人事了。

我醒来时，发现自己睡在街边，于是我就知道了房子外面还有街，还有这么大的贫民窟。而从这时起，关于贫民窟，关于上面的城市的记忆也在我脑海里一点点地复活了。一天里头，我就将整个贫民窟全部熟悉了，因为它的每个角落本来就在我的记忆里头。夜里，我回到那家人家的灶台上去睡觉。他们似乎很欢迎我，还给我准备了饭食。他们家的小男孩说："他出走了一天又回来了。"但我并不是自己出走的，是有人将我放到街边去的。谁呢?我不由自主地抬头看墙上的老爷爷。啊，油灯下，看不见老爷爷的脸，只有他的两只眼睛在喷火。我想起了上午的遭遇，吓得怪叫一声往屋外冲去。主人夫妇一齐出来了，他们一把捉住我，拍着我的背，反反复复地喊我："鼠啊鼠啊，回来！回来!"我停止了挣扎，他们又把我带回了屋里。我待在灶上簌簌发抖，我已经认定是墙上的老爷爷用棍子将我打晕，然后将我扔到外面去的。后来男主人将门和窗用什么东西紧紧插上，使我无法弄开，他们就睡觉了。我也想睡，可是我感到自己被那两道燃烧的目光瞪着，怎么也睡不着。我满脑子全是火苗。我强迫自己绝不往那边墙上张望，我将目光固定在墙角的一个黑角落里。当我这样做的时候，我就想起了城市。城市那么大，可是城里没有人，玻璃房子空空荡荡，而人，都住在下面的贫民窟里头。真伤感啊。我记得那些一栋挨一栋的玻璃屋，我一低头就想起来了。我决定，总有一天我要到那上面去看看。我听主人说过那上面并非一个人都没有，零零星星的有些人藏在那些木桶啊、果皮箱啊、垃圾站啊什么的里头。到太阳落山时他们就会钻出来，跑到空空荡荡的大街上去闹。

我就这样胡思乱想，像贼一样在屋里到处躲藏。后来我发觉，不管躲在什么隐蔽的地方，始终躲不开那两道目光。我不明白，这位老者，他为什么不从镜框子里头走出来呢，是他自己还是他家人将他封在那玻璃后面的呢？深夜墨黑的房子里，主人夫妇相互紧紧搂着睡在床上，隔一阵子，他们就会轻轻地喊出一声："有鬼！"他们沉浸在自己的梦魇当中，也顾不上来干涉我了。我睡在米桶里也好，大柜里头也好，他们都没注意到。当然，我身上的毛掉落在米里头，他们在吃饭时就会大惊小怪一阵。他们不会想到是我弄的，他们最不善于联想了。还有一次，我居然睡到他们的那张宽大的床上去了。我藏在靠墙的角落里，近距离地听到了夫妇间的对话。一个说："你以为爹看不见啊。"另一个说："我躲进梦里去总可以吧。"奇怪，他们说这两句的时候我再看那墙上，就看不到那喷火的目光了。我吃了一惊，心想，难道我进入了这两个人的梦？可这时那女的尖叫一声："有鬼！"随着这一声叫，那两道目光又射过来了。这时男主人就说："爹爹啊爹爹，爹爹啊爹爹。"他们夫妇钻到了被子的中间，被子像小山一样凸了起来。我心里害怕，就偷偷溜下了床。我鼓起勇气向外探出身子，我看见了什么？昏暗的路灯下，有人蹲在那里宰杀一只白猫，那叫声令我倒退几步，赶快用脑袋将门顶上了。唉，同外面的恐怖比较起来，屋里还算是个避难所呢。月光射进房里，床上那座被子的小山朦朦胧胧的。我记起了祖先所在的一个牧场。牧场很大，一眼望不到边。那时我们家族的那些家伙在牧场上奔来奔去的，他们也在躲避什么，就像这屋里的两个人一样。他们往往一窜就窜到牧场中央的那口水塘里去了。第二天，水塘里就浮起了这些不会游泳的家伙的尸体。我沉浸在回忆之中，试图弄清我的祖先到底在躲什么。

我独自在家中的一天，他们家的儿子小木闯了大祸。他将那镜框的玻璃用弹弓打碎了，玻璃戳坏了老爷爷的脸。小木做了坏事就躲出去了，一直到夜里都没回来。主家夫妇对这事沉默着。他们将坏了的镜框连同老爷爷扔进一个很旧的箱笼里头，以后就再也没理会了。每一天，我都为一个问题所困扰：老爷爷还活着吗？有了以前的经验教训，我是不敢去揭开那个箱盖的。老爷爷的威胁是不存在了，可是家中的气氛并没有松弛下来。沉默比以前的忽惊忽乍更为可怕。也许，因为儿子的失踪这两个人已经麻木了？我很想出去找一找小木，帮帮他们的忙。可是出于一种自尊的心理，我不愿在白天出门。我觉得我自己的形象不太雅观，而且既不像鼠，又不像兔（这两种动物我都记得他们的样子），必定会引起很多人的注意。我可不想被很多人围观啊。夜里我开过两次门，两次都看到那个人蹲在路灯下面杀猫。一次是一只黑猫，一次是一只黄猫。猫的惨叫差点使我晕过去了。屋里的两夫妇不再躲在被子里头，他们衣也不脱，就靠墙坐在床上打盹。我从他们的床底下慢慢地走出来，我听到叹息声从那箱笼里发出来，一声接一声的。我心里设想老爷爷一定被打坏了。我想不通这夫妇俩从前对他那么唯命是从，如今为什么胡乱将他塞在旧箱笼里头就不理会了，连起码的孝心都没有了。他们夫妇穿着衣坐在床上，是在等待什么事发生吗？他们对房里的叹息似乎不在意，因为两个人都在轻轻地打鼾。我悄悄溜到箱笼边，将耳朵贴上去。我听到里面发出玻璃炸开的响声，我真是吓坏了。忽然，主人说话了：“我们家那只新镜框呢？明天记得挂上。”然后女主人就咯咯地笑起来了。她笑得很突兀，也许是在做梦。

我想念起小木来。家里没有了小孩真寂寞啊。小木在家里没有床，他到处乱睡。我以前对这点觉得奇怪，后来时间长了，我也觉得他不应该有床。因为他睡得极少，总在钻来钻去，一夜要出门五六次。我不太清楚他到底忙乎些什么，我只知道主人对这个调皮儿子是很满意的。时常，他们在夜里躺在床上议论儿子的前途，似乎他们觉得这个儿子可以改变家里的贫穷局面。可是他们又非常害怕这种改变。他们说，万一改变发生了的话，他们就要双双出走呢。小木经常把家里的东西拿出去卖掉，有一次我看见他就在门口同人做交易。如果女主人烧菜的时候锅铲不见了，小木就说是我拖出去弄丢了。“他只顾自己好玩，什么都不管。”他对女主人诉说，搞得女主人对我一瞪眼，做出要打我的样子。但他们从未打过我。后来她找了根木棒暂时代替锅铲。虽然小木待我一点都不好，我还是觉得他有趣，依恋他。我想，主人夫妇大概同我的感觉也差不多吧。这个孩子就是讨人喜欢，也讨我喜欢。

你前一刻还看到他坐在家里，下一刻呢，他就到了邻家的屋顶上，也不知怎么上去的。

难道白胡子老爷爷死掉了吗？我没法判断，我只知道男主人和女主人已经不把他放在眼里了。我想象着被关在箱笼里头的老爷爷，还有他那被玻璃扎坏了的脸，不知怎么，我很悲伤。我记起那回事，我想，也许不是他将我打昏，扔到街上去的？那么是谁呢？是小木吗？是他不让我接近老爷爷吗？隔了两天，他们真的弄了个新镜框挂在墙上了，不过镜框里头不再是老爷爷，是一朵黄菊花。这朵黄菊花比我记得的那些差远了，有点无精打采，有点枯萎，背景呢，是灰蒙蒙的天空。挂上了黄菊花之后，这夫妇两个就不再同镜框对话了。他们站在那里，注视着那朵花，也不知他们心里想些什么。我在心里猜测：莫非他们把那朵花当他们父亲了？我对他们很不满意，因为在夜里，当我将耳朵贴在箱笼上时，我仍然可以听到里头发出微弱的呻吟声。现在他们完全不管他们的“爸爸”了，只管那朵花。我终于明白了人的感情是多么容易转移，人又是多么薄情！我想，我们大概是不同的。我，被遗留在灶台上的陶钵里、让火焰烤大的孤儿，我至今仍然记得我的父母，我的祖先，还有我的家乡——那个牧场，以及牧场中央的那口水塘。这些我都记得很牢，毫不费力地就可以想起来。可这两个人，昨天还口里叫着“爸爸”，似乎一刻也离不开，今天就忘得干干净净，只会对着一朵小花儿抒情了。而他们的爸爸呢，被他们关在一个破旧的笼子里，永世也不得出来了。我还处于分不清肖像和真人的年龄，所以我对主人夫妇由不满而生出了愤慨，我决心离开他们家，向外探索出一条出路。

我看见他俩一前一后推着三轮车出了门，我知道他们是去贩大米，他们就是以此为生。一般他们一去就是一天，要晚上才回来。他们走了以后，我到灶台上饱餐了一顿，然后跳下来，走出房子到了外面。我的主家的房子在这一排房子的末尾。我沿着墙根溜了好久，居然没碰到一个人。那些房门敞开着，人都到哪里去了呢？忽然一个小孩从一家人家的房里飞跑出来，他身后响起尖利的咒骂声。是的，我看清楚了，那正是小木，他穿过小街，消失在一栋式样奇怪的房屋后面。我也跟着他穿过小街，到了那栋房子前面。这栋房只是看起来像房子，它有屋顶，屋顶上盖着草。仔细一打量，便发现它既没有门，也没有窗，就连墙也没有——它是一个实心的东西，有两个洞通到里头。我站在那里不敢进洞。过了一会儿，小木从一个洞里走出来了，他微微弯着腰，免得洞顶碰着了他的头。他看到我，便走过来抱起我连举三下，然后拍拍我的头放下我，说："鼠！鼠！鼠！我想念你！"他的衣服很脏，上面有很多破洞，他浑身散发出一股臭味。这个小孩，现在他过着一种什么样的生活呢？他看见我凝视着那个黑洞，就哈哈笑起来，说："这是牢房呢。"他说到"牢房"时，我立刻就记起了我祖先的那些笼子。那些笼子放在草原上，一排一排的，每个笼子的前面有个门，如果谁进去了，那门就自动关上，再也打不开了。进去的那些同胞一开始都很兴奋，很急躁，不断地在里头冲撞，弄得那些铁笼子摇摇晃晃的。然而只要夜里一来他们就安静了。草原上那清冷的夜空啊，你想象不出她的威力！我的同胞们在笼子里头安静下来了。可是他们还要待好久才会死去，他们知道这一点。家长们从笼子前面走过时，笼子里头的孩子们已经进入了冥思。我想到这里时，小木就玩笑似的推了推我，问："你想进去吗？你想进去吗？"我觉得我还没有想好，就一个劲地往后缩。小木哈哈大笑，告诉我说这是一个假洞，从前面进去，从后面就可以出来。"你看看我，还不是好好的。"他说既然我不愿意那就算了，在外头转一转也很好。我们绕到房子的后面，我看了又看，并没有看到那两个洞的出口。小木告诉我说，那种出口用眼睛是看不见的。

遇到小木之后，我就忘了我出门的目的了，我死心塌地地跟着他。我也不知道自己怎么会这么没有意志力。我回忆我的祖先，他们当中并没有谁对人类这么依恋的啊。我的祖先都是敢于独来独往的勇士，没有谁会怕死。小木走一走，又停下来抚摸我一阵。他这是什么意思呢？我紧张起来，记起了他用弹弓打碎老爷爷镜框的事。他其实是非常凶狠的。我注意到有些人呆呆地站在路边看我们，我们走出好远后他们还在看。小木到底在策划什么呢？我们走过一排房子又走过一排房子，我以前从来不知道贫民窟有这么大，我只是站在小木家的门口看到过一点点远的地方。有时候，我看见一名妇女推门出来，女人见到我就像见了鬼一样，她赶快又躲回屋里去了。所以那个时候，我知道贫民窟很大，但大到什么程度是不清楚的。在我记忆里头，草原才是天空下面最大的。

不知走了多久，我发现我又来到了那栋实心的房子面前，小木说："鼠啊，我们到了。"天色暗下来了，那两个洞吓人地看着我。小木说他要休息了，就钻进右边那个洞里去了。我惶恐地站在那里不知怎么办才好。前面的路灯下，那个人又出现了，他蹲在那里宰一只黑猫。黑猫叫出第一声时，我就要发疯了。我就这样钻进了左边的那个洞。我进了洞，那吓人的叫声还是传到耳朵里，我只好往前急走，我走了五六步，就看见洞口，我就出来了，转身一看，果然是那栋房子的后面。我想退回洞里去，因为猫叫还是能听到。洞在哪里呢？我想起小木告诉我的话。我就用手到墙上去摸，摸了一会儿，无济于事，根本就找不到洞口。那么将就着在这屋檐下休息一下吧，乱走的话怕出事。再说猫的叫声也小下来了，可能他快断气了。我缩成一团蹲在那里给自己取暖，我前面的围墙上面有两颗星星在抖动。夜晚越来越冷，星星也抖得越来越厉害，好像要坠下来一样。我想起从前草原上空的那些星，它们一动不动地缀在夜空里，那才是永恒之星啊。这两颗星星是怎么回事呢？我都为它们担忧呢。果然，猫儿叫出最后一声断气之际，其中一颗就坠下来了，它还在空中跳了两下，划出一个"W"字母的白线。"鼠啊，你可不要迷在那种事里头啊。"小木在洞里对我说话呢，他自己一定躲在暖和的地方，却丢下我一个在这外面受冷。他好像不赞成我看星星。好吧，我这就不看了，让我闭上眼吧。可我立刻又张开了，多么可怕，我看见了——不，我看见的东西说不出来，永远说不出来，我不敢闭眼了。我的心怦怦跳个不停，心有余悸啊。就让我看着地下吧。小木是怎么回事呢？他不回家，可也不远行，就在贫民窟钻来钻去的，真是个怪孩子。他见过草原之星吗？恐怕没有，他要是见过的话，早离开这里了。城里的那些玻璃屋，同草原的天空比起来算什么啊。打个比方吧，一个是大象，一个是灶角的蚰蜒，嘿，刚才我想什么啦？难道我看不上灶角的蛐蜒啊？那些阴沉的家伙可厉害呢，你根本猜不出他们在想什么，而且他们最喜欢扎堆，一扎了堆，把你恶心死。啊，我最怕的那种风又吹起来了，像什么东西在咬身上的骨头。小木，小木，你太狠心了，你应该让我至少有个避风的地方啊。我张开嘴，想大叫一声，但我的嗓子又破又哑，费了老大的力气只有自己听得见。我偶尔一抬头，看见围墙那里黑乎乎的，即使再怎么看，也看不见星星的踪影了。我的眼睛解放了，我可以胡乱张望了。我看见那人抱着死猫骑在围墙上，路灯照着他那张苍白的脸，他隔一会儿就将鼻尖凑到那只猫身上。他好像在闻猫身上的气味。这世上就有这么些有怪癖的人。你以为他以杀猫为乐吧，他那副样子却又悲痛得不得了一样。

大约快下半夜时，小木才从洞里出来。当我看见他的时候，他已经朝我弯下腰来了。他用手来摸我的鼻子，我弹了起来，那只手冷得像冰块。他说他在冰洞里蹲了大半夜。“像鱼一样被冻在那里头一动也不能动。我啊，在外头待久了就得进去冻一冻，不然我身上就发臭。”我想起来了，小木在家里时从来不洗澡的。没想到里面这么冷，刚才我还抱怨他不让我进去呢，这么冷我可受不了。小木说：“你身上没有腐败的东西，不需要冰冻。”他让我跟他走。我们在昏暗中穿过几栋房子，来到一间草屋里。草屋很矮小，里头居然点着油灯。一个小铜盆放在地上，里头盛了半盆水。小木从衣袋里掏出一包粉末，倒在盆里。那粉末有浓烈的芳香味，一会儿家鼠就成群结队地来了，至少有一二十只吧。他们纷纷攀住铜盆的边缘溜了进去，然后再翻着灰白的肚皮浮上来。他们做这件事的时候那么迫不及待，一共只有一顿饭工夫就全部解决了。我在心里反复对自己说：“该死的，该死的！”我暗暗着急。小木弯下腰将那些尸体捞出来，放到旁边的一个纸盒里头。这时我闻到那股异香越来越浓了，令人头晕得想吐，而小木的声音仿佛浮在空中：“鼠啊鼠啊快进去！”好像有什么在背后推我一样，我用力一跳就掉进去了。我沉下去时脑子里黑黑的，只有一个念头：完蛋了。

醒来时已是第二天，也许是小木将我放在一块麻石上晒太阳。我周身疼痛难忍，睁眼一看，皮肤上到处裂着一道道口子，看得见里边的血。小木呢？小木不在。我的身旁，那些独轮车过了一辆又一辆，有时眼看就要轧着我了。我想，再不离开必死无疑。我用力往旁边一滚，痛得几乎晕了过去。我滚到一家人的门槛那里了。门外一摊一摊的尿，我就睡在尿里，伤口被尿一浸，像刀子在割。屋里一男一女在高声说话，竟然是我的男主人和女主人。男主人说："小木偷去的香料用完了吗？"女主人说："还有一包呢。他偷走了两包。"他们说完之后，有一个苍老的声音在屋里响了起来："你们在寻死啊！"然后屋里沉默了。可以听到男女主人在低声说话，叹气。他们一定看见了我，他们在商量如何处置我吗？我盼望他们将我从地上捡起来，抱回家去。我想念我在他们家度过的那些日子，毕竟还是家里好啊。像这样子被弄得遍体鳞伤躺在路边算个什么呢。主人们却并没有要来管我的意思，我听见他们在说小木的事。我在心里一遍又一遍地说，小木，小木，你这个小流氓，你同父母在合谋一件事吗？当那苍老的声音再次响起之际，这一男一女就惊慌地跑出去了。他们甚至连看也没看我一眼，一定是这样。"你是他们家的鼠啊。"那个老者在我上方说道。我用力侧转头向上看去，看见门框上挂着旧镜框，它微微地颤动，正在往下掉玻璃碴呢。这就是老爷爷啊，可我根本看不见他的脸了，只有玻璃碴粘在那框子里。突然，那里头大叫一声，相框子飞了出去，落在屋前的路边。一会儿就有一辆独轮车从它上面轧过去了。我想挣扎着站起来，挣扎了几次，没有成功。从这一家的房里跑出来两个小孩，他们弯下腰，好奇地打量了我好久，将我称为"伟奇"。我不知道他们为什么要给我取一个人的名字，我已经习惯了那一家叫我"鼠"。"伟奇要同我们住一阵子了，我们可要把他藏好。"高的那个将我抱起，我看见他是一个独眼人，不，他是两只眼长在一起的。他的两只眼都不看对方，而是相互看自己，给我一种奇异的印象。两只眼怎么能相互看？可这事就真真切切地发生了，而且被我看到了。我还没来得及习惯这种事，他们就将我关进了一个墨黑的地方。这里头有很多羽毛，我一躺上去，羽绒就腾起来。我虽然呼吸困难，却没有那么痛苦了。听见那两个男孩在房里争吵，然后他们一齐高声说："让太爷爷决定！让太爷爷决定！"随着响起玻璃破碎的声音。难道这房里还有一个镜框子啊？

当他们打开我栖身的箱子的门时，我把这两兄弟看清楚了——他们都是两只眼长在一起的，都是不看外面，只看自己。他们让我吃盘子里的一种红色的酱。那酱很辣，我的喉咙和胃里像着了火一样，不过我很舒服，身上的痛完全消失了。

我要在这一家住一阵子了。贫民窟是我的家，无论哪一家我都可以住。两只眼长在一起的孩子会怎样对待我呢？我现在名叫伟奇了，我必须让自己适应这个名字——伟奇。瞧，他进来了呢。他虽然不看我，可我一看到他脸上那两只相互对视的眼睛，我就不自在了。我真想躲到他家的柴堆里头去。

四

深秋的一天，我爬上了这家的茅屋顶。啊，我舒出了一口气。下面那两个人还是打得很厉害，那些陶碗啊、陶壶啊，全被他们砸烂了。有两个月了，我一直在心惊肉跳中度日。尤其是那位哥哥，那两只挤在一处的凶狠的黄眼睛，我一见到它们就觉得自己末日来临了。虽然这两只眼睛并不威胁我，而只是相互威胁，可我总觉得同自己有关。屋角什么地方日夜都响起磨刀的声音，哪有那么多的刀来磨？我蹲在屋顶，心里很害怕他们发现我。要是在底下，他们打完架一看见我就把气撒在我身上。有一回，那个哥哥差点割下了我的耳朵。我在偷偷地考虑要不要离开的问题。几个月了，我在这一家同这两兄弟过着暗无天日的生活。我嘛，通常是躲在床下的一个纸盒子里头不出来。因为没事可做我就在那里头想心事，我想的事都是很阴沉的，主要都是为贫民窟担忧，其中最大的担忧是洪水。我想，要是洪水淹到了城里，整个贫民窟就非得成汪洋不可。我记忆中一百多年以前发过一次洪水，那时贫民窟的人都逃光了，只剩下家鼠。后来家鼠在一夜之间全部毙命。家鼠为什么不逃走呢？他们对这类自然的变故应该是最敏感的啊。我可不愿意贫民窟变成汪洋，这里是我的家嘛。我虽然一旦在某家人家住下来，就不再外出，可是我每天都在脑海里神游这个地区，我将这里的房子按我喜欢的顺序反复地排列，打乱，再排列……有时，寂寞的漫漫长夜就这样过去了。在我的想象中，连成一排的房子都被我割开成了一栋一栋的，每一栋都有个地下室，地下室里有一名城里来的石匠在那里凿石头。我觉得这样的画面很美，我就像我记忆中的那位祖先一样，是个唯美主义者。那个祖先，为了同太阳对话，在草地上被毒日活活给晒死了。当时整个牧场都在传说他的事迹。

我不能弄出响声来，因为他们已经发现我不见了。"伟奇！伟奇！"他们在喊我，在屋子里到处搜寻，他们气急败坏了。后来，大概他们认为我已经逃走了，就一前一后出门去找。看见屋里空了，我就从那个洞里溜下来。我累极了，想睡。屋里到处是陶片，那两张床上被泼了很多水，我用来睡觉的纸盒也被他们弄湿了。管它湿不湿呢，先钻进去睡了再说。我正要睡，兄弟俩进来了。弟弟口里发出杀猪般的叫声。我伸头一看，原来他的右脚被一根竹签戳穿了，哥哥在旁边看着，两只血红的眼对视着，双手攥成拳头。糟糕，我又睡不成了，这个弟弟，谁让他老打赤脚啊。他脸色苍白得吓人，好像痛得要晕过去了，口里却在喊："伟奇！伟奇！我死不瞑目啊！"奇怪，他喊我，难道我同他的受伤有关系？我偷偷地从纸盒里溜出来，溜到了屋中间。弟弟的双手使劲地挥着，仿佛在同谁打架。我注意到他的两眼哪里都不看了，就翻着白眼。莫非他要死了？哥哥垂下了他的头，那背影有点悲哀。我靠近他，他看都没看就踹了我一脚，将我踹回床底下。怎么，他们都不欢迎我？可那弟弟又为什么要喊我的名字呢？他又喊了："伟奇，我要带走你！"他说这句话时就伸出手去，像要拔那竹签。他把我当成竹签了吗？他的神智完全错乱了吗？啊，他真的拔了！竹签血淋淋地出来了！他从椅子上跌到了地上，头向后仰，两臂在胸前交叉。我不知道他死没死。我悄悄地从床底下爬出来，闻了闻地上那根竹签。啊，这是什么？竹签在我鼻子下面跳了两跳，变成了软绵绵的、肉质的东西，粘糊糊的一长条，其中一端还有只小眼睛。那是我们种族的眼睛。圆圆的，不知害臊的那种。怪不得刚才弟弟把这种东西叫作“伟奇”呢。再看弟弟的脚，伤口已经不见了。“你，把那东西吃下去。”哥哥对我说。我回过头来看见他——他的两只眼已经变成了一只！那一只椭圆的眼在眉心正中，里头并列着两个瞳仁，两个瞳仁里头都映出我的影像。我只看了一眼就吓坏了，赶紧将自己的头紧贴地面，等待打击到来。哥哥却并没有攻击我，他只是将那一条东西放到我鼻子面前，哄劝道：“伟奇，你吃下去啊，吃下去什么事也没有。”我试着咬了一下有眼睛的那一头，那眼珠一下就弹出来，溜进了我的喉咙，于是我糊里糊涂地就将那一条吃下去了，嚼都没有来得及嚼。我感到它停留在我胃里头，一股咸咸的味道溢到我嘴里。那是弟弟的血吗？我很不舒服，就蹲在墙角喘息着，心里只想吐。哥哥说：“伟奇啊，一会儿就会下去了，不要急。”也许发出咸味的是那只眼睛？我的天啊。在牧场上，如果你细看，就会看到草茎下面藏着那种眼睛，那是同我父母一样的眼睛，到处都是，到处都是……我的头有点晕，我闭上眼，想让自己睡过去。

我听见两兄弟在压低了喉咙说话，他们倒是不吵也不打了，好像是在那里算账。我这么难受，难道快死了的竟然是我？我感到我的嘴和喉咙都肿起来了，我的舌头变成了一大块石头，在口腔里动也动不了。“三五一十五嘛。”弟弟在说。“对，减去一十五。”哥哥回应道。他接着又说：“那你认为他来我们家里以前已经活过了多少天呢？”于是弟弟在那里念念有词地做心算。他们是在算我的年龄，还是算我的死期？我忽然感到我的眼睛转不动了，我的目光固定在视线前方的一块墙上，那块墙上有一只红色的蝎子，他正缓缓地往我这边爬过来。他是杀手吗？我弄不清这事了，因为我的视线正在模糊，那只蝎子变得越来越大，越来越可怕。然后，我的鼻子被蜇了一下，我就什么都不知道了。

我醒来之后听见他们所说的第一句话是：“伟奇还有三十天。”我心里先是一冷，眼前黑黑的，然后忽然又轻松了。因为我感到浑身都舒坦了，肿也消了。再一看，死去的不是我，是那只红蝎子——它变得扁扁的，贴着地，生命从他体内消失了。哥哥用一把火钳夹起蝎子，将他扔进了垃圾桶。

他们俩出了门，房里静静的，我蹲在那里，回想起我吃下去的那只眼睛和那一条东西。忽然，我没有转动脑袋就看见了我背后的那只家鼠。多么奇怪啊，我是用我的背看见的，我背上有了一只眼睛！是不是那只眼睛？一定是的！家鼠机警地出了洞，看看房里没人，就轻松地爬上灶台，将我的那些食物吃了个精光。家鼠一点都不将我放在眼里，腆着肚子大摇大摆地回洞了。幸亏我不想吃东西了，我心里头的恶心感觉还没有完全消失呢。他们说我“还有三十天”，是什么意思呢？我曾听到过一天等于一年的说法，那么三十天就等于三十年了？我不知道。这种说法令我有一种很紧迫的感觉，是不是变故要发生了呢？我朝垃圾桶里一看，吓了一大跳！那只蝎子不但没死，身体还膨胀起来，有原来四五倍那么大了。他直立起来，用爪子攀住桶沿，马上要出来了！我连忙冲过去顶开门，跑到了外面。我可不想被他再蜇那么一下！

刚走到街口转弯那里就撞上了兄弟俩。哥哥一把揪住我的耳朵，说："伟奇这一出来，日子又少了一天了。"他们命令我回家。我走在前面，听见两人在后面相互打耳光。到了家门口我转过身来，看见他们相互揪着对方的胸口，一动不动地蹲在地上，凝固了一般。那四只眼睛离得那么近，我想，这下它们该盯着对方的眼睛了吧？可是我钻到他们之间一看，呀，每个人的眼睛还是只看着自己的眼睛，那眼神越发显得旁若无人了。搞不懂啊。大蝎子已经走出来了，正傍在门框上呢。忽然，他们松开了对方，站了起来。这时那蝎子像醉了酒一样，摇摇晃晃地出门，向右拐，不知往哪里去了。弟弟低声说道："伟奇串门去了呢。"什么，他们称蝎子为“伟奇”？是不是因为蝎子吃了我身体里的东西，变得同我差不多了？

折腾了这一场，又回家了。哈，还是家里好。我爬上灶头去睡觉，我累坏了。我正要闭眼，突然看到恐怖的一幕——窗户外面，那只贼头贼脑的黑猫正在吞吃红蝎子！啊，真可怕，真恶心！蝎子的后腿还在他嘴边挣扎呢。他的脖子伸了几伸，将蝎子完全吞下去了。这丑陋的一幕搞得我的瞌睡都没有了，我一下子感到自己周身都变成了眼睛，不但看见前方，也看见身后；不但看见表面，还看见里面。比如那只猫，我就看见他胃里的蝎子还在挣扎；比如我自己，我就看见体内腹腔那里有只眼睛被腹膜包着，正是我吞下的那只。那么蝎子没有死，过不多久也许他又会从猫身体里头钻出来。我不敢看下去了，我闭上眼。可这一来更不得了，我看见我里面有那么多的人和事。那是牧场，草地上有数不清的洞，每个洞里都有我的同类在那里探头。在天上，那只鹰飞过来了，那么大的鹰，把太阳都遮暗了。有一只动物，看去是鼠和乌鸦之间的形状，正在草原上飞跑——跑一阵飞一阵。他飞不高，看上去就像贴着草丛滑行似的。我不想看，可这些场景就是不消失。我想，唉，那家伙怎么逃得脱鹰的魔爪啊。后来鹰一头扎下来，所有的风景全消失了。可是巨大的空白却没有消失，白得晃眼，隐隐地还可以听到婴儿的啼哭。弟弟的声音响起来："你看伟奇睡得多么香，他啊，一定一个梦都没做。我敢打赌。"哥哥问："赌什么？""赌你那辆独轮车。你到这边来看就知道了。"

我没有睡着。也许我睡着了。谁知道呢？反正我一直在向我里面看啊看的，我真是不知疲倦呢。虽然后来什么都消失了，只有白晃晃的一片，可我闻到了草原的风，还有兽皮的味道。那只家鼠将我弄醒的时候，我正狂奔着扑向某个我认为是爷爷的影子的怀里。家鼠在我屁股上咬了一口，差点咬出了血。他的眼睛油亮，目标明确，同我们家族的眼睛是不一样的。他是来干什么的？他是来吃我的饭的，他看到灶台上没有饭，就来咬我身上的肉了。这只家鼠，真不同凡响，竟然认为我是他的食物，可以随便吃的。我瞪着他，他也瞪着我。他对我丝毫也不畏惧，看到我醒了，他没法吃到我了，就愤愤地下去了。他又在房里游了一圈，还是没找到吃的，这才老大不情愿地缩进他那个洞里去了。我开始来考虑家鼠的问题。家鼠一开始就生活在这个房间里，他似乎是我们家族的一个变种。当然，他也是我们家族的，看看他那双眼睛的形状就知道了——虽然眼神完全不同。他的身体缩得这么小，大概是由于环境而产生的变异吧。我的家族和祖先是从来不食同胞的，他却完全没有这个禁忌，把我看作他的食物。当然，也许他根本不认为我是他的同胞，但是我的身体比他大了这么多倍，他怎么会对我丝毫畏惧也没有呢？瞧，他又从那个洞里探出头来了，他看我的眼光让我心惊肉跳，因为他分明还是将我看作他的午餐啊。今后我睡觉可得小心点儿了。不过有一点我还是想不通：他怎么在这么多年里头都没有来袭击我？目前的袭击同那只红蝎子有关吗？是因为房主人说了我只有三十天好活了，他才肆无忌惮起来的吗？

为了躲避家鼠的眼光，我从灶台上下来，到了门外。门外怎么这么寂静？人都走空了吗？我回身一望，家鼠也跟出来了呢。他为什么要跟着我呢？那两兄弟到哪里去了呢？我可不能打瞌睡啊，这个家伙就在身后呢。我走到街对面的那一家，伏在门上一听，听到有人在里面喘粗气。门是虚掩的，抵开门，便看见肥胖的女人在床上发气喘病。由于我抵开了门，家鼠趁机窜了进去。他爬上雕花的大床，爬到那女人身上，在她脖子上咬破血管吸血。女人的喘息渐渐平息下去，显出很舒服的样子闭上了眼。我看见家鼠的肚子鼓胀起来，他溜下床时，几乎都有点走不动了。他摇摇晃晃地慢慢爬到墙根，那里有一个洞，洞比他的身体小好多，可他用力挤、用力挤，还是挤进去了。他还被夹得尖叫了一声呢。这下好了，我摆脱他了，我转身回我自己的家，打算好好睡一觉。啊，我回不去了，我的家门被从里头闩上了。谁呢？我只好蹲在门外等。一会儿两兄弟回家来了，他们看见门闩了就去爬窗子，可是房里有什么东西袭击他们了，两个人都捂着眼倒在地上。过了一会儿，门开了，出来一个白发的老妇人。老妇人手里拿着个纸包，她在门口打开纸包看里头的东西。那是砒霜，我认得砒霜，因为我小的时候那家人家常将极小量的砒霜放在陶钵里给我吃。她又到另一家去了。

我进了房，看见家鼠血迹斑斑地躺在地上，头和身子都已经分离了，旁边扔着一把菜刀。这是那老妇人干的吗？家鼠怎么会死在这里呢？他刚才不是到街对面去了吗？啊，当然是地道，他掘出了长长的地道。他从地道那边赶过来，死在这里，他的喝饱了血的肚子还胀鼓鼓的呢。刚才这屋里究竟是怎样一种情形？设想：①老妇人放下某种诱饵，家鼠被诱出洞，老妇人逮住他，砍了他的头。②家鼠出于本性去咬老妇人的腿子，被老妇人砍了头。③家鼠吃了老妇人放下的诱饵后，一心寻死，老妇人伸出刀，让他来撞，他用力撞在刀刃上，身首分离。设想下去，还有很多很多可能性，而现在，真情是无法知道了。房里怎么奇臭？我闻到了臭味的源头，的确是那只家鼠。怎么他刚死就腐烂了呢？嗨，这可是真的，瞧那肚子上，已经流出黄水来了，颈部的伤口那里，蠕动着细小的灰色虫子。也许在死之前他的身体就烂掉了，但我怎么一点都看不出来呢？我用火钳去夹那具尸体，想将他扔出去，可是火钳一挨上去，那皮肉就散掉了，里头的骨头也碎了。太可怕了，太可怕了！他成了一堆稀糊糊，只有灰色的毛还没融掉。我魂飞魄散，将火钳一扔，躲到灶台上，脑子里尽是疯狂的念头。我无意中瞥了一眼窗户，啊，两兄弟的脸都在那里，每张脸上都只有一只眼睛，那种有两个瞳仁的眼睛！他们还是哪里都不看，只看自己，两只瞳仁相互看。我突然觉得，这不是那两兄弟。他们是谁？来捉拿我的吗？我溜下灶台，躲进柴堆，我想他们这下看不见我了，就安安心心睡了一觉。

他们的确不是那两兄弟，只是长得有点像罢了。这两个独眼的青年接替了原来那两个人住在家中。我记起上一次我就曾见过哥哥变成独眼，那么这两个人是那两个的变体吗？看上去又不像。我睡在床下的纸盒子里头，到了半夜，床上的两人就一齐叫起来："洪水过来了！洪水!!"然后就鞋也不穿地跑出门去了。他们一走，我就从灶台那里爬上了茅屋顶。我放眼望去，看见上空乌云滚滚，整个贫民窟的房子里都亮起了灯。但没有人出门，他们在等吗？然而什么也没有发生。我等得不耐烦，就下去了。我能逃到哪里去呢？城里是我不能去的，那里无处可躲的酷热会让我在一天之内丧命；我也不能远行，我会在远行的途中因恐惧而丧命。我还是回纸盒里去睡算了。那是什么？啊，是那两个独眼人！他们从一家人家抬出尸体来，他们在趁乱抢劫杀人！可是没人出来看他们，难道他们一点响声都没弄出来吗？不可能！

哈，又一具！是不是人已经死了，他们在处理尸体呢？天没有下雨，乌云却坠下来了。现在什么都看不清了，连房子里的灯都成了一些模糊的光斑。洪水真的要来了？那么，就在屋顶上睡觉吧，万一灾祸来了，说不定还可以捡回一条命呢。我听一些人说起过洪水封门的事，被封门的人家都是一家人全部死亡。据说在那种情形下，无论你有多么机灵，你的力气有多么大，也是找不到门窗的位置的。既然在贫民窟，大家都知道这种事，又为什么不像我一样爬到屋顶上来呢？刚才这两个人高叫着“洪水”满街乱跑，应该所有的人都听到了的。他们听到了，他们听到了啊！

水是一点点涨上来的，并没有一下子“封门”。我听到城里汇集的水从阶梯那里哗啦哗啦地下来了。我在心里设想着——半尺深，一尺深，两尺深了……还是没听到有谁跑。如果跑的话，肯定要发出蹚水的声音啊。周围寂静得可怕，水到底涨得多深了也没法看见。有什么东西弄得我的脚痒痒的，是一些蜗牛，他们想要爬到我身上来。我将后脚伸向屋顶斜面的下方，便探到了水。这样看来，整个贫民窟都在水里了，但是水好像不再继续涨了。人呢，人在哪里？封门了，全部死了吗？我哭起来，没有声音，只有眼泪。在我的头顶天已经晴了，我再一听，哗哗的流水声停止了。什么人在“伟奇，伟奇”地叫我。那不是两兄弟吗？除了他们，不会有人用这个名字叫我的。我放眼望去，雾已经散了，那些房子虽然在水下，但不知怎么还是点着灯，我还看到那些玻璃窗上晃动的人影呢。这是什么样的洪水啊？有人从屋里走出来，就站在屋前刷牙，晃动的水波将他的身影拉得歪歪的。“伟奇！伟奇！”那声音来自水下。天快大亮了，是什么时辰了呢？

“伟奇，你下来！你下来！”水里的声音变急切了。我身子一倾斜，一下子就滑下去了。我落在隔壁那家的门口。奇怪，刚才明明看到，摸到的是水，现在怎么又不是水了呢？那只不过是一张巨大的透明膜，将整个贫民窟地区罩在里头。天大亮了，太阳也出来了，但隔着膜，阳光透不过来。隔壁家的门大敞着，我跑进去，看见地上躺着老头老太太，两位都翻着白眼，嘴里还在向外吐水。难道真的发了洪水吗？现在水又到了哪里去了？这两个人以前老在屋后养一种体形很大的灰色菜鸽，鸽子的样子奇丑，发出的叫声却如梦一般。每当几十只一齐叫起来时，恐怕连路人听了都要昏昏欲睡呢。在我的印象中，这两位老人从我门前走过时，好像总在梦里头。一般是老头牵着老太的手，老头走在前面一点，好像眼睛看不见似的用一只手在前方的空气中划来划去的。老太太呢，被他拖着走，总在抱怨："你不能走慢点吗？你不能走慢点吗？"屋里地面很干燥，根本就没有洪水的踪迹，只是我老感到眼前有那种细细的游丝，一没留心又被我吸到鼻孔里去了，弄得喷嚏不止。我凑近老太，用鼻子顶了顶她的脸颊。她醒来了，大呼小叫："老头！老头！我们没有死！我们没有死啊！"她先是坐起来，然后又颤颤巍巍地站起来，走过去拉开衣柜门，将自己关在里头了。我听到她在里头哭。老头也坐起来了，高声叫着："怎么没有死？怎么没有死？你胡说什么？啊？"他在屋里找不到老太，就站到门口去了。他手搭凉棚看着远方，看了又看，好像在等什么事发生。我也溜到门口去看，我一仰脸，看见先前见过的透明游丝铺天盖地，还隐隐约约地形成了波浪。这是洪水吗？当然不是，我一点在水中的感觉都没有嘛。那么，这两老又怎么晕倒在地的呢？刚才他们口里还吐水，像是肚子里灌满了水。文木匠过来了，手里拿着一杆秤，对老头说道："我称一称这个看看，我要称一称它。"他用左手做出在空中抓了一把什么东西的样子，又将那"东西"放进秤盘里。真是怪事，我看见秤杆高高地翘了起来。是什么东西这么重呢？那些游丝？可是秤盘里什么也没有啊。老头仔细看着他称完了，说："嗯，称一称很有必要的。"文木匠愁眉苦脸地诉苦说："从昨夜洪水来的时候起我就一直在称，累坏了。"这时，我看见那两兄弟站在街对面了。他们的姿态好像是在注视文木匠，但我知道他们的眼睛只注视自己。"这是什么呢？"老头指着空中的游丝问文木匠。"这，就是我称的东西。"文木匠说出这句话后，双眼就开始炯炯发光。他将那杆秤举起来，从空中抓一把什么放进去称，称完倒掉，又称新的。他做这件事做得气喘吁吁的。老头眼巴巴地看着，头部随着他的动作转动，口里唠叨着："这就不怕洪水了啊，对吧？"他说话时口角还聚着白沫，双手颤抖着，他的样子像是要进坟墓了的老朽。他是近视眼，所以越凑越近，想去看清秤杆上的准星刻度。这一来，妨碍了文木匠的动作。文木匠气愤地推他一把，他跌坐在地上了。这时，躲在衣柜里头的老太也出来了，她坐在门口，笑着，露出黑洞般的没牙的嘴。刚才她还哭呢，什么事让她这么高兴啊？“我，我，我……”她瘪着嘴说。忽然“当”的一声，是文木匠将秤摔在地上了，我看见他额头上尽是汗。老头如梦初醒地站起来问他：“怎么啦？怎么啦？”“连称了四五回没有重量的东西，这不是……”他沮丧地抱住自己的头，好像那头要炸开了似的。“常有的事，常有的。”老头竭力想安慰他。可是他咆哮了一声就抱着头跑掉了。他连那杆秤都不要了。老头捡起秤，想学文木匠的样子来称空中那些幻影似的东西，老太也兴致勃勃地过来了。可是无论他们怎么样称，也绝对称不出重量来。秤杆一次次往下掉，他们一道忙碌了半天，一点收获都没有，只好无可奈何地放弃了。这期间，那两兄弟一直关注着这里的活动。

老两口站在那里看天，空中的游丝越来越密，一会儿就凝成大滴的水珠滴下来了。我退到屋里避雨，心里想，这两个人怎么不怕雨呢？街的对面，那两兄弟喊着：“洪水！洪水啊……”声音渐渐地远了。我看见老太仰着脸，好像在吞吃落下的雨水。那老头干脆躺下了，任雨水将泥沙溅在他脸上，闭着眼睡觉。我在他们家转了转，想找点吃的。这个家真奇怪，连一件家具都没有。是被洪水冲走了，还是本来就没有？难道他俩平时是睡在地上的吗？灶头上有一个瓦罐，我爬上去往里头一瞧，吓得我差点摔了下去。下来老半天之后，我的心还在狂跳。那个大罐子里头尽是我见过的那种红蝎子！我回想起那只怎么也死不了的红蝎子，全身都起了鸡皮疙瘩。啊，原来他们在家里养这种东西。我望着罐子，看见有两只攀在瓦罐边缘要出来。灶台另一边有一只柳条篮，篮里装着我爱吃的熏肉，不过现在我可不敢去吃了。老太进屋来了。“鼠，你找东西吃吗？”她问。她怎么知道的？然后她一挥手，口里“嘘”了两声，那两只蝎子就下去了。她从篮子里拿出肉，切成片，放在盘子里，自己坐下来，将肉放进没牙的嘴里慢慢嚼，她已经忘了我的饥饿了。我用嘴扯她的裤腿，她仍然沉浸在自己的冥想里无动于衷。我一发狠从她腿上咬下一口带皮的肉吃下去了。啊，我变成家鼠了！我多么羞愧！她身子一斜，倚在墙上，喃喃地说："哦哟，我痛死了……"我这一口咬得很深，都快咬到骨头上了，但那伤口却没有出血。老太的肉有点酸，好像味道不错。我看着那伤口发愣，又起了再咬一口的心。但是老头进来了，老头抄起一根木棒就来打我。他一棒子打下去，我就感到自己的脊梁好像被打断了，我趴在屋当中一动都不能动。"让他去死！！"老太突然尖叫一声，然后他俩搀扶着出去了。他们从外面将门锁上了。

我除了眼珠还可以转动之外，全身都麻痹了。我会死吗？她说让我去死，这是不是说，我还要等一段时间才会死呢？我趴在地上想啊想的，就想起了那个牧场，那里有一只鹰天天在上空盘旋，我都看熟了。可是有一天，她飞得那么高，即使是我这么好的眼力，也只能眼睁睁地看着她消失在蓝天里。当时整个草场都沸腾了，我的同类全部都从他们的隐身处出来了，他们在草场上狂奔，一切都乱套了。后来鹰再也没出现过。我想到这里时，便看见了那只家鼠，他不是死了吗？我亲眼看见他身首分离的啊。也许他是那一只的兄弟，天哪，连眼神都是一模一样！我隐隐地激动起来，不知为什么。他走拢来，嗅了嗅我的屁股。奇怪，我的屁股像被鸟喙轻轻地啄了一下一样，痒痒地恢复了知觉。接着我就看见他口里血糊糊的，啊，他正在吃我呢。我变得那么兴奋，麻痹症状全部消失了。我扭头一看屁股，已被他咬了个窟窿。我虽然疼，但恢复了知觉的疼比刚才那种麻痹要好。我就朝他靠拢，我希望他再在我身上咬一口。可是他吃饱了、吃厌了，闻都不再闻我，退到一旁待着，看着我。我越看越觉得他像那只鼠，也许是孪生兄弟？那一只也是左腿上方有一块白斑……哪有这么凑巧的事呢？我又回想起刚才老太说的让我去死的话，现在我还会死吗？怎么个死法呢？我同这只鼠就这样对视着。没过多久他那胀鼓鼓的肚子就消下去了，他的消化力真强啊。当他又用饥饿的目光看我时，我心里就蠢蠢欲动了。我朝他露出自己厚实多肉的胸膛，希望他再咬我一口。他呢，把我看来看去的，却没有下口。有一下我觉得他要咬了，可他只是舔了舔我的毛，仿佛拿不定主意似的，最后又放弃了。他狡诈地看了我一眼之后，就钻进墙根那个洞里去了。我感到很失落！一种奇怪的失落。我到底想要什么？也许我想要自己变成他？他有明确的生活目的，有自己的家（那个洞），他从来不像我这样到处寄居，游游荡荡。鼠啊鼠，为什么不把我吃进肚子里去呢？我，我不知道要拿自己的身体怎么办才好了，这个身体现在对我来说是个累赘。

我在屋角舔着屁股上被他咬出的窟窿，这个窟窿既不出血，也不疼，难道鼠的唾液是麻醉药吗？我使劲回忆被咬的一刹那间的感觉，只模模糊糊地记得当时像被鸟喙啄了一下。也许连那被啄一下也只是我的幻想？也许咬啮完全是在我不知不觉中进行的？看，鼠又出来了，油亮的眼睛贪婪地盯着我，可是他站在洞口不想过来。我朝他走近一点，他就退进洞里一点，把我弄得灰溜溜的。我渐渐地有点明白我在贫民窟的位置了。

贫民窟是我的家，也是我最难以理解的地方。一般来说，我并不刻意地去理解它，我的生活本身驱赶着我从一个地方跑到另一个地方。我到过地下，到过城里，也在贫民窟的各式各样的主家住过。我的生活中常有危机，有死亡的威胁，可是到今天我还好好地活着。这是不是因为我的记忆深处住着我的祖先们，而他们在保护我呢？啊，那个无边的牧场，那只消失在大气里头的鹰，那些伏在草丛里、将胸膛紧贴泥地的同类！一想到他们，我就感到自己全知全能！但这只是在我的记忆里头，到了现实中就完全不同了。在现实中，我几乎什么都不知道，我经历了那么多……

五

我爬到这个简易炮楼上，放眼望去，看见贫民窟那一排排的茅草屋在雾霭之中静静地低着它们的头。我知道它们这种谦卑其实是假装的，无论哪一个屋顶下面，都包藏了阴险的祸心。可是我怎能不寄居在它们里头呢？我是这一片神奇的土地的儿子。这里很阴沉，可是我已经习惯了。从前，我在阴沉之中发育长大；如今，我在阴沉里头不断生出冥想。我还是看不清草屋里面的景象，这些屋子里头太黑了，它们的建造全都忽视眼睛的功能。有时候，我搬进一家人家，我以为里面只住了两个人，后来却发现竟有十二个！我畏怯地待在灶台角落里，熊熊的火焰差点舔着了我的皮毛。他们炒啊、煎啊、熬啊忙个不停，因为要填满十二个胃嘛。因为只有一间房，他们就到处乱睡，连床脚下都睡了两个。到了午夜，我就找不到他们了，他们彻底从家里消失了。那时我站在灶台上，扫视着空空的家，心里想，我怎么就追不上这些人的思路呢？也有的时候，那家人家人口简单，我欣喜，以为夜里可以睡个好觉。可是到了午夜，我差点被从灶台上震到了地上！我抓住墙上挂熏肉的铁钩才勉强站稳了，回头一望，七八个人在地震中跳舞呢。他们喝醉了似的，一下被摔到这边墙上，一下被摔到那边墙上。他们长得都很相像，应该是这一家的。那么，白天他们在哪里？一些房子里头根本就没有人，只不过是做出有人的样子——门口放着垃圾桶、扫帚，门虚掩着。我抵开门进去，跳上灶台，在那角落里睡着了。午夜醒来，还是没看见一个人。我跳下来找吃的东西，可是哪里有吃的呢？房里一股霉味，像很久没人住了。我在黑暗里潜行，有点害怕，这时就响起了叹息声。那声音在房间的上方，靠天花板那里响起来。发出声音的那个女人好像并不痛苦，只不过是累了。可是那声音没完没了，我实在受不了，我的胸膛要爆炸了，于是我冲出去，在寒气中游荡了一夜。当然大多数时候，我融入了房主们的生活，我怨恨他们，因为他们总逼我，但我又对他们的生活好奇，那通常是我怎么也理解不了的生活。每次到头来我都和他们搞坏了关系，然后我就出走了，去另外找一家寄居。想着这些事，我心里真烦。这个炮楼是什么时候建的呢？在我印象里头，贫民窟虽然阴谋重重，却并未发生过大的骚乱。那么，这个炮楼是建了干什么用的啊？抵御外敌吗？城里的人根本就不到这块洼地里来，这里同城里井水不犯河水，我想不出还会有什么其他敌人。

天黑了，我从渐渐变得冰冷的炮楼上跑下来，我看到我的前方跑着我的同类，他的身体比我略长一些，脑袋也比我大，左后腿上方生着一块白毛，有点像我熟悉的那两只家鼠。但他不是家鼠！他跑到小池塘那里，跳下去了，我的天！我可不敢跳，那水面不是快结冰了吗？起先我还看到他在游，游着游着就不见了，显然是扎下去了。我站在塘边发了一会儿愣，我想起早晨，我是被女主人赶出来的，她嫌我弄脏了她家的灶台。其实呢，我根本就没弄脏，我天天在灶台上吃饭睡觉，总要留下一点痕迹吧？可她就受不了！她是个洁癖狂，没事就在房里扫呀抹呀的，没见过贫民窟有这样的洁癖狂，完全没有必要嘛。这么简陋的房子，就是再弄得一尘不染，在旁人看来同别人家也没什么区别啊。可这个女人（我知道别人叫她“虾姨”）她就是不依不饶。如果我从外面进来脚上带了一点泥，她就挥舞着扫帚骂我老半天；吃饭的时候她不准我有一粒饭、一根菜掉在灶台上；她每天都要用一把刷子凶狠地刷我的皮毛，直到刷得我喊叫起来才罢手。至于她自己，我老看见她坐在木盆里洗澡，只要有时间她就烧水洗澡、洗头。那架势好像恨不得将身上的一层皮都洗脱似的。虾姨喜欢在半夜说话，我也不知道她说的是不是梦话。她从一开始就叫我“小鼠”。她在那张宽床上翻过来翻过去的，说个不停：“小鼠不懂得讲卫生，这是很危险的，我们这个地区到处都是传染病，要想不传染，就要每天毫不留情地做清洁。这个诀窍是我父母告诉我的。那一年他们去北方了，将我留在家里，嘱咐我每天做清洁。我是个懂事的女孩子……”有一天凌晨，她突然从床上站起来，大声问我：“小鼠，你今天刷了澡吗？我闻到了腐败的气味！”然后她下床来，用那把刷子刷我身上，刷得我哭天喊地。我离开的那天的冲突是这样的：我一直睡在灶台上的，可她突然就不高兴了，说我把灶台搞得不像个灶台了，这样下去我和她都会得瘟病。她说着就将我睡在里头的那只瓦钵扔出去了。我很伤心，我准备跳下灶台。正当我准备跳之际，我瞥见了她脸上的杀气。啊，难道她要杀我？她涨红着脸，手里捏着那把菜刀，我觉得我一旦跳下灶台，她就要将我剁死。于是我踌躇了，我缩到灶角，让出地方来给她打扫。没想到她却并不打扫，只是一个劲地逼我说："你还不下来？你还不下来？"边说边挥舞手里的刀，还用刀背来抵我。我只得拼死跳下去了，她抡起菜刀就砍，幸亏我躲得快，她砍到了泥地上。我瞅见门没关，就不顾一切地奔出去了。她在我背后破口大骂，说，只要看到我的踪影，她就要来追杀。我同她的关系是怎么演变成这样的呢？当初我流浪到她家，她是多么和蔼可亲的一位大妈！她不但给我好吃的，还弄了个瓦钵让我睡在里头，说这样就可以避免火舌舔掉我的毛。不久我就领教她的洁癖了，当时我认为这不是什么大不了的毛病。直到有一天，她提出将我的爪子砍掉（因为爪子里头积污垢），我才警惕起来。我想，这是个什么样的女人？我开始躲她，还好，她也就说说罢了，并没有实施，所以我的爪子还一直好好的。

她把家里弄得这么干净，只是给自己增加了无数的麻烦。比如，每次进屋都要刷鞋底；窗口和门口都挡着厚布，屋里变得像地窖里头那么黑；洗菜、洗碗、洗澡、搞卫生等用去了比别人多几倍的水，只好老到井边去挑水。她总是在家里忙碌着，我不知道她是靠什么为生，也许她父母给她留了些钱吧。她对男人也兴趣不大，仅止于站在门口，痴痴地望着某个男人的身影，但从不将男人带回来。也许她担心外人弄脏了她的家呢。可当初她又怎么看上了我，还接纳了我的呢？我不是比那些人还要脏吗？而且我也很少用水洗澡。我刚来的那一天，她用一把缺齿的大梳子将我全身的毛梳了一遍，梳下一些乱毛，然后就将梳子丢进了垃圾桶。她满意地对自己说，我已经"很干净了"。现在回忆她那时的说法，我觉得她很有点自欺欺人的味道。但她坚持要这样认为，她是个自负的女人，认为自己什么事都可以做得到。自那天起她每天用刷子刷我，弄得我身上很痛，不过我倒真被她刷干净了，至少比原来干净得多。本来我同她在一起可以相安无事的，虽然我讨厌她无休止地做清洁，可只要我待在灶台上的瓦钵里头不动，倒也没什么很大的问题。谁又料得到她的洁癖会变本加厉呢？

那一天，她居然找了把铁刷子来给我刷毛，我被她刷得伤痕累累，发出杀猪般的尖叫。后来她手一松，我就跑掉了。我停留在一家人家的屋檐下，蜷缩着，我的背上还在流血。太阳一落下去，我就冷得受不住了，我担心自己会熬不过那一夜，死在外面。有一个尖脸的小姑娘发现了我，她蹲下来，就着微弱的路灯灯光打量我。她穿着短袖，也冷得簌簌发抖。“大鼠王，”她这样叫我，“你不要待在这里，你待在这里就会死，因为夜里要下霜呢。你是学那些小孩的样吧？他们已经锻炼了好多年了，他们刚一学会走路，就到露天里去睡觉了，早就习惯了。你回家吧，大鼠王，不然你会死的。”于是我就回去了，我走得很慢，到后来几乎一步一挪，我又冷又痛，差不多要失去知觉了。到家大概已近午夜。屋里还点着灯，虾姨在床上呼呼大睡呢。我爬到灶边那一堆柴草上面，蹲下来休息。后来，大概我的呻吟声太大，虾姨醒来了。她起了床，举着油灯来照我，照了好一会儿，放下灯，转身去柜里拿出一瓶油膏，耐心地帮我涂在伤口上。“小鼠啊，我梳痛了你，你怎么不告诉我呢？”她责怪我说。她的话令我万分迷惑。这个人到底是怎么回事？对于她来说，什么是幻觉，什么是现实呢？油膏涂在身上很顶用，我总算喘出一口气，然后就在柴草堆上昏昏睡去了。

然后就发生了早晨的事。直到此刻我仍然弄不清虾姨的真实想法。然而从虾姨的家里一跑出来，就感到外面的确是脏！有什么办法呢？贫民窟嘛。我每走一步都好像踩着了人的排泄物，这街边满是人粪啦、狗粪啦、一湾一湾的尿啦、一堆一堆的烂菜叶啦、动物的内脏啦等，蚊蝇一群群飞舞，往你的鼻孔里头钻。到后来，臭气都熏得我恶心起来了，我才爬上那个炮楼的。我坐在炮楼上好久都没回过神来，我不理解，为什么我只是在虾姨家住了几个月，外面的环境就这么恶化了？据人们说以前的贫民窟也有点脏，可我几乎都感觉不到。现在这个脏啊，将空气全部污染了，弄得我都要呕吐了。即使我待在炮楼上，也感到下面是个大垃圾场，阵阵恶臭随风刮来。街上那些人全都低着头注意脚下，捂着鼻子匆匆前行。在虾姨家里这几个月我很少出来，即使出来也致多走到邻居家的屋檐下，不然，虾姨就要让我没完没了地洗脚，还要恶狠狠地骂我。那么，是因为对比我才觉出贫民窟的肮脏的吗？是不是在这几个月里头，虾姨一直在训练我的感觉呢？也许从前我并没有注意到路人是捂着鼻子走的，也许贫民窟的路边从来就是堆满了秽物的，只不过我以前没在意而已。回忆这几个月里头虾姨那苦役似的生活，设身处地为她想一想，再想一想自己，真是不寒而栗啊。不过我还是要感谢虾姨—以前我身上乱长脓包，浑身是毒，不知吃下了多少脏东西呢。倒是在她家这几个月身上一个脓包都没长，可见清洁的重要性啊。贫民窟的人惰性太重了，他们怎么会懒成这样，就把屋门口当排泄物和秽物的存放场所。污秽不但溢满了整个地区的空气，还渗透到了地下呢。柏油路和人行道上的卵石都沾上了一种黑腻腻的东西，很厚的一层，就连泥土都是脏兮兮的，满是灰和油，我以前怎么就没注意到呢？这个炮楼上倒是很干净，像是从未有人上来过，又像是天上的风雨对它进行了自然的清洗。这个花岗岩的建筑一定年代非常悠久了，我搜索自己的记忆深处，似乎没有关于它的任何痕迹。是因为从未有人上来过，它才这么干净的吗？为什么别人不上来呢？

我站在小池塘的边上，想着这种种的事，我快冻僵了。我的当务之急是找一个人家住进去保命。我看到一间屋子的门没有关死，就想一头撞进去再说。“谁呀？”一个苍老的声音在黑暗中说。我静静地蜷缩在墙根，怕被主人发现，可是主人竟然起来了，举着油灯来照我，说：“原来是一条蛇啊。”我怎么变成蛇了？他用一根很粗的棍子来拨我，我呢，就势栽进了屋内。奇怪奇怪，屋里热浪滚滚的，我立刻就暖和了。灶上并没有烧火，热气是从哪里来的呢？我看见那只熟悉的鼠在洞口伸了一下头，而床底下，并排立着三只瘦公鸡呢。主人又矮又小，头上包着白毛巾，面目看不清楚。他用那根粗棍去赶公鸡，公鸡飞跳起来，有一只飞到了窗台上，弄得满屋子鸡毛味。那只红尾巴的小公鸡从我身边穿过去，我居然被烫了一下，它身上烫得像烧红的煤！这时主人蹲下来打量我了。我看清了他是一个三角脸，凶狠的眼睛隐藏在浓浓的眉毛下面。他用棍子来扫我的腿，我跳开了。“这种蛇，真怪……”他喃喃地说，他还是将我看作一条蛇，是因为我的身体不发热吗？那几只公鸡是怎么回事？

他突然古怪地笑了起来，说：“虾姨啊……”那声音像墓穴里头发出来的，我回头一看，虾姨的脸果然出现在门口，她讪讪地笑着，却不进来。他一挥手，我还以为他要打我呢，可是只不过从我脸面前扇了一下，一股热浪冲到我的脸上，我眨了眨眼，发现虾姨不见了。窗台上的小公鸡跳到他肩上，他站起身，拖着那根棍绕房间走了一圈。地上那两只公鸡从我面前冲过去的时候，烫着了我的鼻子，鼻子上立刻起了一个水泡。怎么回事，这个老头好像是要找这两只鸡，可是鸡从他身边跑过，他又一点都看不见，用那根棍子乱打一气。肩膀上的小家伙随着他身体的晃动发出咯咯的叫声，脚爪死死地抓住他的衣服。我害怕他打到我身上，就往床底下躲。我刚刚钻进床底下，脑袋就被什么东西击了一下，痛得简直要晕过去了。我定下神来，辨认出很多样子同我差不多的家伙，他们围着我站成一圈，他们身上的热辐射令我几乎睁不开眼。这是我的同胞吗？这些家伙怎么变得这么耐高温了啊？从前在家乡，我们的牧场一年里头大部分时间都处在冰封之中，我们躲在地洞里，我们根本就不懂得高温是怎么回事。现在这是怎么啦，他们成了一团一团的火，自己却还不感到难受！他们围着我，是要消灭我的肉体吗？为什么又不动作？我听到虾姨在门口对主人说："那个病毒解决了吗？他到哪里去了？他呀，到处乱钻，会传播瘟疫！"她竟然说我是病毒！老男人回答说："没关系的，我这里是高温消毒房嘛。他的问题会得到解决的。""那就拜托您啦。"虾姨似乎真的走了。

我被烤着，我的眼睛睁不开。难道这就是治疗我的瘟病？这些样子像同胞的家伙虎视眈眈地看着我，我的眼睛被刺出了泪，看不清了。那个老头的棍子又扫到床底下来了，同胞们都跑开了，我被棍子重重地抵到墙上。"看你往哪里跑！"老头说。我听见自己因为疼痛叫了两声，我的声音像家鼠。我的声音怎么会像家鼠了啊。我挣扎着，那棍子纹丝不动，我快要窒息了。现在我眼前彻底黑了。我可能要死了？多么热啊。可是棍子突然又松了，老头在棍子的那一头说："蛇的身体是不会变暖的。"我将爪子贴到鼻子上的水泡那里，我的爪子的确是冰凉的，难怪他说我是蛇！

我被消毒了吗？我不知道。我从床底下慢慢走出来，又听到了虾姨的声音:“我从来没有见过小鼠有这么干净!不过呢,明天又脏了,还得再烤,哼!他啊,要是像那一些,我就将他接回去了。”我知道“那一些”指的是另外那些同胞,他们的身体都变成了日夜燃烧的煤块,他们身上当然不会有病毒。可是他们是如何样做到那样的呢?看来虾姨是不打算要我回去了,她站在窗口那里冷冷地看着我。难道他们要每天这样烤我?即使每天烤,一条蛇又怎么能变成烧红的煤块呢?被老头从床底下扫出来的同胞在墙根排成一排,老头一棍子扫过去,他们又溃散了,钻到了床底下。他打累了,就叉腰站在房间中央说:“谁想偷懒?谁想偷懒?小心大爷的棍子!”我往床底下一看,那些家伙都在簌簌发抖呢!小公鸡从他肩上飞到半空,然后落下来,在房间里掀起一股热浪,浪头打得我倒退几步,靠到了墙上。我注意到房东身上并不发热,但他也一点都不怕烫,这是怎么回事呢?他放下棍子,到橱柜里拿东西出来吃。他吃的似乎是一碟黑色的小球,从他的吃相来判断,那食品很硬。他的牙齿间发出很大的崩裂声,莫非他咬碎的是金属一类的东西?他的牙真厉害啊。这时有一道阳光从敞开的门外射进来了,我一下子看清了他的脸。原来他的左边脸上有一个巨大的瘤子,将嘴和鼻子都扯到了一边。那瘤子红得发紫,上面居然还穿着一个铜环,有脓从那穿环的洞眼里流出来。该死的,他身上有这么重的毒,却一心想着帮动物们消毒!人啊人,我实在是不能理解他们!他将那一碟小球通通咬碎,吞到肚子里去了,他的牙就像钢牙。“一听来!一听来!”我看见虾姨又站在门口了。为什么他的名字叫“一听来”呢?好古怪!虾姨又说:“他要有你这么干净我就放心了。他总弄脏自己!”老头笑起来像妖怪,张开的嘴里黑洞洞的,看不到一颗牙。刚才他是用什么东西咬那些小球?“你这就走了吗?你不带他回去了吗?”房主老头问虾姨。“这下我真的要走了,再不走他们要封路了。小鼠嘛,我就交给你了,你可要费心了啊。”“瘟疫过来了吗?”“昨天。死了两个了。我就担心小鼠要发病,他身上那么脏。”他俩的对话听得我心惊肉跳的。

房主又从橱柜里拿出一大盘黑球放在地上。这种球小得多,只比家鼠的粪便大一点点。我的那些同胞都围拢来了，匆匆地吃着，发出“嘎嘣嘎嘣”的响声。我也想吃，可我又害怕被它们烫着。房东说：“你这只小蛇鼠，还不到你吃饭的时候呢。他们吃的是块煤，你吞得下去吗?”当然，我可不想让块煤在我肚子里头燃烧，我认为自己没必要这样来消毒。这时他就端出一碗黑水，说是让我“洗肠”。我看着肮脏的黑水上的泡沫，犹豫着。他大吼一声：“还不赶紧，你都快死了!”我就开始喝了，这种水喝了之后有点头晕，晕晕乎乎中我心里涨满了思乡的情绪。仍然是那片牧场、那片天。天空飞雪，同胞们躲在地洞里。他们都快死了吗?不，他们活得很好，他们在拉肚子，要将整个夏天吃进去的脏物全拉得干干净净!哈，原来是我在拉，已经拉了一大摊了。主人正全神贯注地盯着我。“拉干净了吗?”主人问。我摇摇尾巴表示拉完了。主人撒上煤灰，随便乱扫几下，将我的粪便扫到灶脚下。他似乎认为粪便一点都不脏。那又为什么要洗肠呢?真弄不清他们是什么意思。“虾姨把你交给我来处理了。”老头又说。“你给我站起来，让我看看你。”我的腿发软，我站不起来了，趴在地上一下也动不了，我觉得自己会死。“你站不起来吗?那就算了。你们都这样。你爷爷那年来串门，把我的烤猪肉吃了个精光，可是我叫他从地上跳到灶头，他就跳不上去!”老头唠唠叨叨地，躺到床上去了。这时那些吃饱了的同胞陆陆续续离开盘子，靠墙排成一排打起瞌睡来。我感到房子里头又升温了，与此同时，我的腿也在恢复力量，我尝试了几次，终于站起来了。热啊，热!一定是房主和同胞肚子里面的煤球在燃烧。他们都在睡，仿佛高温令他们惬意无比。突然，三只公鸡在屋当中打起架来了。两只大的攻击那一只小的，将那只小的的冠子都撕裂了。小公鸡脸上血糊糊的，蹲在地上将头努力地藏到胸脯毛里头去。那两只还不放过他，继续攻击他，在他身上乱啄，啄得毛都掉下来，身上啄出了血。看来他要死在同胞手里了。正在这心惊肉跳的瞬间，他一下子就腾飞起来了。他张开翅膀，像鸟一样在空中飞了一个圈，然后重重地摔了下来。房子里被他掀起热浪，我都快中暑了。他在地上急骤地挣扎了几下就不动了。另外两只围拢来啄他的羽毛，一束一束地啄下来，他们的动作凶暴又迅速，很快小公鸡身上就光秃秃的了。公鸡们闹腾的时候，我那些同胞们都在昏睡，可是有一只家鼠出来了，他长得同我从前在别人家里看见的那只一模一样，也是左后腿那里有一块白毛。他从小公鸡的背上用力咬下去，扯下一块肉，很快地吃起来。吃完一块又去撕咬第二块，将小公鸡的背上弄出一个大窟窿。从门口射进来了一道光，我看到了窟窿里的内脏。家鼠叼着那块肉到了我的面前，向我炫耀似地大嚼，我闻到浓烈的腐败的臭味。难道是这块肉发出的气味？小公鸡不是刚死吗？肉还是鲜活的啊。啊，没有毛的小公鸡居然摇摇晃晃地站起来了！他背上那个窟窿格外显眼。他摇摇摆摆地朝我走过来！家鼠立刻叼着那块肉钻进洞里去了。白白的身体，鸡冠上面的血都凝结了，圆圆的眼睛瞪着我。我感觉他只要再走过来几步，我就会被他体内发出的热辐射灼伤。他在原地跳了几下，有几粒弹子样的小球从他背上的窟窿里蹦了出来，落在地上，燃起火苗，一会儿就烧得不留痕迹了。他再蹦几下，又有几粒飞了出来，我都看呆了。他蹦呀蹦的，直到将体内弄空了才停下来，倒在地上。这时他身上的热辐射也消失了。我走到他面前，拨了拨他。天哪，他只有一层皮了！连骨头都消失了！我还想将这一小堆秽物看个明白时，就听见房主在床上说话了。

“他嘛，就是有意来报复我，死在我屋里的。要知道我这里是容不得死东西的，我最怕看见死。好久以来啊，我因为怕天天做噩梦，所以我才更起劲地消毒嘛。”他说着就下了床，也蹲在小公鸡的遗骸边，用火钳去拨弄那张皮囊。他口里喃喃地说：“瘟疫啊瘟疫。”我心里暗想，他都已经烧没了，剩下这点点皮囊，里头还会有瘟疫？既然有瘟疫，他又为什么不马上扔出去，而是老用火钳去拨？他突然又将矛头对准了我，凶狠地瞪着三角眼恶狠狠地问我：“你，蹲在这里看什么？这不是给蛇看的东西！”我担心他用火钳来戳我，赶紧往床底下躲。我从床底下看见他将那张鸡皮夹到一个碗里，然后将碗放到橱柜里头去了。我真是吃惊！这个人说的同做的会这么相反！另外那两只公鸡也出来了，围着主人叫，还飞起来啄他。他们是抗议吗？那么抗议什么呢？是他们大家（包括那只鼠）将小公鸡肢解了，主人将剩余的一点点皮囊收到碗柜里去了。难道他们又不满意了？这屋里的高温到底是怎么回事？主人将脑袋伸到床底下来了，问，“蛇啊，你想吃东西吗？可是煤球不是给你吃的，你吃了就会被烧得灰都不留。给你吃这个吧。”他将大把青草扔到床底下。我可不是食草动物。当我厌恶地离开那些草，到墙边去睡觉时，那些草散发出来的气味却又令我返回。这是什么气味？我尝试着吃下几根，这多汁的东西让我的嘴角流下绿色汁水。我感到异样的兴奋！真恨不得乱蹦乱跳。我极想跳到一个什么地方去，我说不清那是一个什么地方，似乎同阴暗有关。于是我往大柜后面的阴影里钻去。啊，那种草的味道越来越浓，曾经有过的对故乡的思念又煎熬着我了。我还待在这个大垃圾桶似的贫民窟里干什么啊？我应该毫不犹豫地马上回到故乡，我脑子里关于她的记忆都快爆炸了。然而我的腿这么细瘦，就是走到城里去一次都那么费力；我也不知道去草原的路，万里迢迢，我会死在路上的，这种事想都不要想。我只能满身病毒地待在这个垃圾桶里，成日里做清洁、消毒。主人又为什么要让我吃故乡的青草呢？让我的欲望破灭，这就是他处心积虑想达到的目的，大概他认为这对我有益吧？故乡故乡，我今生今世是回不去了。我没料到我还能吃到故乡的草，这当然是那里的草，我记得那么清楚，这是很久很久以前我还没出生时，我的祖先天天吃的东西。房主到过那里了吗？还是有个使者穿梭于两地？我想呀想的，就睡着了。梦里头有人在说话，是虾姨。虾姨说，我可以走得到草原。“只要试一下，腿子就强壮起来了。”她这话是什么意思呢？看来我得赶快醒来，去尝试。我用力一睁眼，看见主人将头探到床下来了，他瞪着我，那两只倒三角眼看得我心里发怵。“街拐角那里有两条蛇被烧死了，整个地区都在消毒，他们往哪里跑。哼哼。”他叫我出来。

我摇摇晃晃地走出来，看见他又将那一碟小公鸡的残骸放在地上了。他让我吃了那点东西。我不想吃，他就用木棒击我的头，反复击，我晕过去又醒来，后来实在受不了了，只好忍着恶心吞下那点东西。吞下之后很不舒服，老翻白眼，想吐，又站不起来了，就趴在地上。在我前面的那个洞里，家鼠伸出了头，用奇怪的眼神看我。什么？他在等着来吃我吗？瞧那眼神！

又一阵恶心，我眼前模糊了。啊，他来咬我的脸了！我一发疯就站起来了，他还是死死咬住不放，就像同我的脸粘在一起了一样。我觉得他一定将我的脸咬穿了，我不能动，一动脸就会被连毛带皮撕下一块。房主在上方说："蛇啊蛇，这是练习你的耐力呢。"我闻到家鼠身上一股阴沟水的气味。他这么脏，老头却让他住在他家，还走来走去！忽然，他松开了我的脸。我用前爪摸了摸脸，还好，大概只咬了几个牙洞。奇怪的是这个凶恶的家伙立刻就倒在了我面前，肚皮鼓胀，嘴角也流出了黑血。中毒的是他！我身上带着剧毒！老头的消毒方法怎么没能消掉我的毒呢？他到底是要消掉我的毒，还是要让我变成一团剧毒物质，用我来毒老鼠？他背对我坐在那把椅子里头，他的背影很像一个我熟悉的东西。我想呀想的，终于想起来了，他就是像家乡的那块人形石头！那石头从泥土里长出地面，一直矗立在那草场的中央。像人，却又不是人，很多同胞特别喜欢绕着它跑来跑去的。"你不要老盯着我看了，我就是从牧场来的。"他说这话时没有转过身来。靠墙排列的同胞们都在侧耳倾听。这么说，我们都是牧场来的！我记得那严酷的气候，我也记得那晶莹的蓝天，还有短暂得不像真实的夏天，草丛里藏着无数的秘密，终日不知疲倦地在天空盘旋的鹰……回忆，杀死人的回忆，让人万念俱灰的回忆！我恨不得立刻让肉体消失，进入那里头去……我也不知道我怎么会记得我太爷爷，甚至太爷爷的爷爷他们那一辈的事。那些事随时都可以在我脑海里出现，同我现在的生活形成对照。当然，即使是真的还能够回去，我也不能适应那种气候了。每年那里都有一半以上的同胞死去——死在初冬降临之际。如果我在那里的话，一定是第一个死去的家伙。草原上没有瘟疫，你只不过是感觉到透心的冷，然后心就停止跳动了。所以同胞不说谁"死了"，只是说："冷了。"我虽没在那地方，可是我记得那个黑尾巴的家伙，他仰天躺在那里，看着他上面那些堆起来的灰云，微微地张着嘴，一动不动。他已经冷得像冰，硬邦邦的。我还记得一年又一年，尽管有新的同胞出生，我们的数量还是越来越少。我却不记得后来是否有过逃亡，应该是有过的，不然的话，贫民窟里的这些同胞，还有我，又是怎么回事？"让我带小鼠回家，让我带小鼠回家，让我……”虾姨在门外老重复这句话，却不进来，也许她怕热吧。

贫民窟是我的家，这个家不尽如我意，到处都艰难，到处埋伏着杀机。可是我只有这一个家，只能待在这里。从前我有一个故乡，那个故乡再也回不去了，我再渴念她也是无济于事。我待在我的贫民窟里，眼睛浑浊，腿子细瘦，肠胃反复中毒。熬着熬着，故乡上空那只巨大的鹰就会出现在脑海里，给我带来力量。

末世爱情

四爷是个夜猫子，子夜时分，如果有人从外面归来，看见一个矮小的身影愣愣地立在胡同口，那便是四爷。

四爷的家是市中心那一片属于要拆迁的平房中的一栋独屋，共两间正房。房子很有些年代了，虽然同四爷一样矮小，但却是货真价实的青砖瓦屋。据四爷说这房子是他从他爹爹手里继承的，他爹爹是泥水匠，手艺高强。听说那一代人里头有很多人都是泥水匠，常年走南闯北的。但为什么将房子盖得这么矮呢？也许是为了更贴近地面吧。那时候的人的心思，是今天的人琢磨不透的。年复一年，四爷家的周围耸立起一栋栋高楼。就是他所在的平房区，其他的房子也比他的要高出许多。但是四爷的家虽旧却特别结实，好像与地面结成了一个整体似的，那些个青砖，那些个瓦片，还有窗棂，在上百年里头始终完好无损。房子是横排的，两间都朝南，后面是厨房杂屋，四爷住一间，另一间就空着。空着的房间里面连家具都没有。曾有邻居劝四爷将这间空房租出去，或养鸡养鸭，给自己增加点收入，四爷听了总是一笑了之。四爷是政府的退休工作人员，他有养老金，他不需要增加收入。关于空房的事，有一种流言似乎同女人有关，但很快又自行消失了。没人能证实这个老鳏夫对女人还有兴趣。

关于四爷夜间的神秘活动，有过各式各样的猜测，但大都市里的人们一般都专注于自己手头的事，猜过了也就忘记了。再说也很少有人有那份精力半夜去跟踪一个孤老头子。反正在一般人的印象中，四爷夜里是不睡觉的；他那空空荡荡的、不上锁的房子里头肯定是有秘密的。也许在某一个静谧的、有月光的夜里，某人在一栋高楼的房间里醒来，会忽然想起楼下有一个像贼一样的矮个子干巴老头儿在绕着他所在的建筑物转来转去。这种念头是令人很不愉快的，那人会一闭眼，立刻沉入黑暗之中。有时某一家人在茶余饭后也会感叹：这个四爷，70 岁的老头子，就不会去找一点儿适合自己年龄的娱乐吗？他怎么变成这种不可理喻的人了啊，要是将自己设想成这块土地的守护神，那才是愚蠢到家了呢。人不应该自命不凡啊。

有人注意到四爷夜间神游的地方总是那些没人的处所。那人是这一带值夜班的巡警，他两次看见四爷站在未竣工的楼房的脚手架上抽烟。他同他之间有过这样的对话：

巡警："四爷，你那里可是观月的好处所啊。"

四爷："有些事，站得高也未必看得清。不过是瞎忙乎罢了。"

巡警："那就下来，把心里的念头忘掉，怎么样？"

四爷："你的办法对我来说太晚了。你放心，像我这种退休的孤老头子，对别人不会有威胁的。我的事不在你的管辖范围之内。"

巡警悻悻地离开。后来将这事说给大伙儿听，大伙儿心里都有点疙疙瘩瘩的，有个青年还说四爷"老不正经"。四爷的行为的确有同人过不去的成分。在深夜，人们劳累了一天进入梦乡的时分，在所有的活动的痕迹都暂时消失之际，为什么要由他来站在高处，将一切重新激活？这难道不是某种意义上的冒犯吗？冒犯归冒犯，谁也拿四爷没办法。再说是不是真冒犯也很难说。某人白天在公司里同人争吵，恶语相向，夜里在梦中还在继续吵。早上起床便自言自语道："让四爷评评理。"另一个人特别善于总结自己的思想，每天临睡前都要将白天里所做过的那些不那么光彩的事找出一条条正义的理由来。当他这样做时，他总是感到四爷在暗地里为他撑腰呢。这样看起来，又好像四爷的夜间活动对他们不但不是冒犯，反而是种有益的影响呢。

人们对四爷那间空房的看法也是很微妙的。城市这么拥挤，可以说，无论谁家都没有空房。有时候，三代人住在一间大房子里头，挤都挤不下呢。四爷的空房不出租，也不利用它养鸡鸭增加收入，大家对此都持愤怒的态度。但这种愤怒只是短暂的、表面的，那间空房在这一大片住宅区里成了一个激发幻想的契机。在繁忙的城市生活中，邻居们只要偶尔停下手里的活儿，做出沉思状，话题就会自然而然地转到那间空房上头。是啊，四爷的行为太出格了，他到底怀着一种什么样的企图呢？难道他对致富（人人都在为此而努力）有种天然的仇视吗？

有一天，住在四爷对面的老刘同几个人在露天里赌扑克时，忽然没头没脑地说：

“要是我家多一间房，我也要像四爷那样让它空着！”

他说完这句话后满脸通红，羞愧得抬不起头来，因为其他人都在瞪着他呢。

他显然是在吹牛嘛，他又不是四爷，哪里会有空房。他就是有了空房，还能不出租、不养鸡养鸭？人应该有自知之明，不要把自己想成另外一个人，那可是很危险的。这是另外几个人的想法，也是老刘的想法，所以老刘就羞愧了。在这样的时候，四爷的空房是不是成了某种高级的奢侈品呢？也不是。那只是一个例外，一个促使人们不断用贬低口气去谈论的话题。城里的繁忙生活如滚滚洪流，除了这种话题，又还有什么其他的话题可以持续5分钟以上呢？老刘之所以吹牛，只不过是因为心里寂寞吧。

大都市的春天是很伤感的：马路上车辆隆隆而过，灰雾冲天；人们低着头匆匆行走，似乎每个人都有急事；街心花园里的桃花寂寞地怒放着，杨树徒劳地射出大量生殖的白絮。就是在这样的一个春天里，大家认为四爷坠入了情网。当然这不是造谣，而是谁都看得见的事实。这事令邻居们兴奋——这位老鳏夫应该有所归宿，这样也不辜负大家对他的关注了。

四爷的对象是大街上罗家酒铺的寡妇，酒铺就是她开的。女人有一副胖大的身材，虽已年过半百，头发还是黑而油光。当她看人的时候，陷在肉缝里的两只小眼珠时常会射出一种寒光。瘦小的四爷同她站在一起时显得很滑稽，就像一只老猴子。谁也不知道他俩是如何勾搭上的。但有一点大家是知道的，那就是寡妇也时常夜里不睡觉，因为巡警偶然在半夜里撞见她在马路当中为死鬼烧纸钱，并且后来他又撞见一次她在干同样的事，只不过是将地点换到了电影院后面。可见这罗寡妇是一个生活在过去的黑暗中的女人。她是送钱给她那身在阴间的丈夫吗？那是一个阴郁的酒鬼，他用剔骨刀砍掉了她左手的两根指头。酒店的经营到他死后才兴旺起来，先前几度濒临破产。

在人们一般的印象中，四爷的行为举止在白天里是中规中矩的，他只是在夜间神游的时候才变得放荡起来。然而老头儿对罗寡妇的追求却发生在白天。老头儿穿着皮鞋，头发梳得整整齐齐，谦卑地站在酒铺门口等寡妇叫他进去。他似乎很害羞，像那种从未结过婚的童男子一样，这令大家感到惊讶，因为他的妻子死去没几年嘛。罗寡妇的做派正好同四爷相反，这位粗俗的半老女人大大咧咧、叫叫嚷嚷，时常冲出来一把揪住四爷拖到屋里去。屋里的前面是卖酒喝酒的地方，后面是储藏室。四爷就是从那张小门同寡妇进了储藏室，然后寡妇就把门锁上了。有多事者将耳朵贴到门上去听，听完后伸着舌头说，四爷被那牛高马大的寡妇虐待了呢。也许他说的是实情吧，但大家看见的却是，四爷和寡妇红光满面地从里头走出来，两人都用手指梳理着凌乱的头发。大都市的人们是很油滑的，这个时候都愿意同四爷开玩笑，而不敢同罗寡妇开玩笑。因为同寡妇开玩笑会招来她的恶骂，而同四爷开玩笑却往往有意外的收获。

“四爷，性的需要得到解决了啊？”

四爷听了这话脸红得更厉害了。他想了一想，正色道：

“人在尝试适合自己的性交位置之际，有庄严的念头支配着他的行动。”

他的回答令大家好一阵瞠目结舌，然后屋里便轰响起哈哈大笑。四爷在笑声中愤愤地走出门，人们看见他的脚步居然有些乱了。关于这个老头儿到底是“一本正经”还是“老不正经”，成了人们脑子里长久的疑问。酒铺里的常客一般都是些闲汉，关于这种事他们不会追究到底的，因为他们的心神过于涣散。也有人认为四爷在说假话掩饰自己，因为70岁的人很少还有真正的性能力。

四爷并不畏惧人们的嘲笑，也可能他体内的确有了不得的欲望，反正隔了一两天，他又毕恭毕敬地站在酒铺门外了。于是轮到看客们愤愤了。他们想不通风韵犹存的罗寡妇为什么一定要钟情于这个干猴子，实在看不出他有哪里好，他明明是假正经嘛。这些人是不是真生气呢？要是真生气，为何还要滞留在酒铺里看个究竟呢？再说四爷，他就真的是庄严地看待自己同寡妇的性活动吗？如果像他说的那样，他又为什么要脸红呢？他的脸红羞愧，是为自己还是为他的寡妇？如果是为寡妇，那就说明他对她是贬低的。如果这样，他又为什么谦卑地站在门口，耐心地等她叫自己进去呢？

自从风流艳事发生以来，四爷的那间空房里就有些人出出进进了。这些人都是寡妇的亲戚朋友，他们在黄昏之际一拨又一拨、三三两两地来，站在房里同四爷谈什么事。他们说话的声音都很低，别人就是想要偷听也听不清。他们不知是来为寡妇传递信息的呢，还是来敲诈的。四爷似乎急切地盼望这些人的到来，他总是在下午将那间空房的房门大敞，背着手在屋前焦虑地踱步。从四爷的行迹看来，那些人像是来传递信息的。但又怎么会有这么多的信息需要传递呢？他同罗寡妇不是每隔两三天就见面吗？难道寡妇的这些亲戚就这么愿意管闲事啊？再说这四爷，他的空房子留了这么多年，原来是为了干这个用的啊？不管怎样，四爷的精神面貌是大大改变了。邻居柴叔隔着窗玻璃看见，四爷同那些亲戚们谈话时，矮小的身体在空气中缓缓往上升腾，就像幻术中的人一样。一会儿工夫，他就上升得比那些人都要高了，说话之际俯视着他们。人们离开之际，四爷“啪”的一声落回地面，追着那些人的背影大声喊道：

“喂，千万不要忘记啊！”

四爷的风流事持续着，夜间的神游却大大减少了。有时候，他就一个人在空房里睡觉，门也不关，人们看见他就睡在房里的水泥地上，身上什么都不盖。这一带长期鼠患成灾，于是四爷的一边脸和一只耳朵被老鼠咬得血淋淋的。

对面的老刘送来两对毛茸茸的鸭子，对四爷说：

“养鸭吧，四爷，这些鸭很容易养的。”

老刘一离开，四爷就将叽叽乱叫的小鸭扔到屋外，于是老刘又捡回去了。

四爷仍然是郑重其事地赴约会，头发梳得一丝不苟，旧式皮鞋擦得发亮。而罗寡妇，好像对彼此的这种关系越来越满不在乎了。有时她会使小性子故意不出来，让四爷在门口等了又等；有时她出来了却对四爷说她没空，要他下次再来。当这种事发生时，四爷满脸焦虑，拖着沉重的脚步走回去。时间一长，罗寡妇对自己同这个老头儿间的关系就厌倦了，她待在铺里不再出来，就仿佛没有四爷这个人一样。现在酒友们都来看四爷的笑话了。但四爷一点儿都不怕别人讥笑，他沉浸在某种关于爱情的冥想之中，他在这种冥想中找到了新的出路。人们看见他站在那里，神情热烈而恍惚，却不再伸长脖子往酒铺里头探望了。四爷竟然这么快就调整好了自己的心态，实在让大伙儿感到惊讶。

“四爷啊四爷，你的情妇有了新欢了呢。”他们挑逗他说。

“她很美，难道不是吗？”四爷深情地说，对于别人调戏他的那些话一点儿都听不进去。

后来他又恢复了夜间的神游。有人看见他同寡妇一块儿蹲在脚手架上头烧纸钱，让那些纸灰像蝙蝠一样飞得满天都是。烧完纸钱他们就分头回家了。他们往阴间送纸钱是送给谁呢？住在平房里的人们于睡梦中闻到那种特殊的毛边纸燃烧的味道，便看见了故乡的坟场，还有一排黄泥小屋。

好长一段时间，四爷也变得同罗寡妇一样，热衷于烧纸钱。那暗夜里升起的三角形的火焰曾多次让夜归的邻居吓破了胆。这种阴森的迷信活动显然不受欢迎。如果他俩要召唤亡灵，为什么不白天干这事呢？在白天里，这两个人已经公开决裂，难道这样一桩暧昧的夜间活动又使他们旧情重温？要真是旧情复燃，为什么烧完纸钱又各自回家？都市里的人们虽然不赞成四爷他们的举动，但他们对于同亡灵有关的梦还是很欢迎的。四爷他们烧纸钱的举动就可以给他们带来那种宁静的好梦。据巡警说，他看见罗寡妇在烧纸钱时顺便将自己的头发也点燃了，那一刻，四爷的脸在火光里像裹尸布一样白。然后他就奋力将寡妇头上的火扑灭了。做梦的人们并不知道这个细节，他们听见的是故乡的杨树在和风中发出的“沙沙”响声。

脑袋上失去了半边头发的罗寡妇照样天天在铺里卖酒，她的脾气更火爆了。没人敢问她关于头发的事，因为都害怕她眼里射出的寒光。

“又是清明节了，我们的亲人在那边有没有钱用呢？”麻哥讨好地同寡妇搭讪着。

罗寡妇脸上毫无表情，仅仅从鼻子里头哼了一声。

她这一哼，使麻哥立刻意识到自己在说假话。可是他总要说几句话吧，于是他从她手里接过酒杯时，又鼓起勇气说道：

“为亲人解难是我们的义务，不是吗？”

他感到自己在挑逗这个女人。挑逗什么呢？

“我才不会管死鬼的事呢。”她冷笑着说道，将酒杯往桌上一蹾。

酒友们全都傻了眼。什么？不管死鬼的事？那是为谁烧纸钱呢？难道不是因为那些纸钱人们才梦见遥远的故乡吗？如果纸钱同死者无关，这位寡妇和四爷从事的活动就更为可疑了，也更引起人们进一步探究下去的兴趣了。但是眼下，健忘的都市的人们并不想马上探究，他们忙着呢。

烧纸钱的活动使四爷变得活跃起来了。他开始在他的空房里头烧。下夜班的人们经过他的房子时听到了里头的嘈杂喧闹。走近窗前一看呢，看见墙上的影子如千军万马，地上燃着小火，四爷不知身在何处。大家感到身上发冷，连忙离开，各自回家。这些黎明前才入睡的人们梦见的不再是故乡的白杨了，他们做的是无梦之梦，悬置的感觉令头脑发疯。

一个上夜班的人下午在米店里碰见四爷，不禁倒抽一口冷气——他在四爷的背上看见了匕首的刀尖，难道那匕首是从他体内长出来的吗？

“四爷，身体可好？”他问候道。

“不好。周身都疼，清明都已经过了，为什么这些人还购置花圈？实在是多此一举啊。”

在人们的印象中，寡妇是见识短的女人，不足道，只有四爷这样的人才真正不可捉摸。这位住在年代悠久的青砖瓦屋里头的四爷，总令人想起某些消失了的事物，但那些事物到底是什么，却没人说得出来。反正，那是人们对他感兴趣的根源吧。随着周围环境变化，在那些林立的高楼大厦的衬托之下，四爷的小屋越发显得古怪。近来人们都传说这一带很快要拆迁，大家都盼拆迁，因为大家都喜欢变化。一想到全家老小带着旧家具搬进高楼大厦里头去，许多人梦里头笑开了花。住在半空里来看这个城市，会是什么样一种情景呢？人人都在跃跃欲试，他们不知疲倦地谈论拆迁的话题，那么四爷会如何看待这件事呢？四爷显得很镇静，至少表面看来如此。

“搬迁是好事，也是个机遇。”他说。

大家不知道他所指的是什么样的机遇，不过他们都对四爷抱一种恶作剧的心理，他们很想看到四爷引以为自豪的小屋（尤其是那间人人嫉妒的空房）被夷为平地的情形。四爷有什么样的办法来对抗形势的发展呢？人们拭目以待。人们没有想到，正是那位被他们认为见识短的、粗俗的罗寡妇，帮助四爷渡过了难关，而她才是长期以来不显山不露水、更为不可捉摸的人物呢。

酝酿已久的拆迁终于开始了。之前的好几天，四爷也同邻居们一样，将自己的家具用品搬到了附近的一栋旧楼的单元房里。在那些动荡不安的夜里，四爷却没有出来游荡，他的房门关得紧紧的。他是住的12楼。黄昏的时候，老刘看见罗寡妇敲开了四爷的门，被他让进了屋里。然后门又开了，神情阴郁的寡妇出来了——她看上去一点儿也不像同四爷破镜重圆了的样子。

四爷的小屋在整个庞大的拆迁工作中一点儿也不显眼。从浓浓的灰雾里，眯缝着眼的人们勉强可以看见四五个工人站在脚手架上，他们每拆下一块砖就拿到眼面前仔细辨认，甚至还用鼻子去闻，就像在考古似的。他们会不会是化装成建筑小工的考古人员呢？这个时候，四爷在哪里呢？现在那栋结实、规整的小屋已经消失了，连最后一块砖、一片瓦都被搬走了。只有地基上还留着墙的轮廓线。从迷眼的灰雾里头，一下子钻出一只大白鹅来，是对面老刘家养的。他的房子还未拆，他站在屋檐下，翘着下巴用鼻子嗅来嗅去的，他的表情像要哭一样。也许四爷的空房子里寄居着老刘的梦？

家消失的那一瞬间，身处半空里的四爷一阵眩晕。他感到自己成了一只作茧的蚕，那茧子正要最后完成。可是寡妇来了，他觉得她不应该在这个关节眼上来，此刻他毫无防护，易受伤害。寡妇镇定地一点头，那些有序缠绕的丝就纷纷溃散了。见面是短暂的，窗外推土机的轰鸣声令四爷的思想冻结着，荒原不断出现在眼前。

“你、你……那张床!”他稀里糊涂地说。

“我们自己!”寡妇的这句话留在空荡的房子里头。

她疾步走向门口，身上的披风像鹰的翅膀。

有人看见女人阴沉着脸。老头儿在房里用猛力砸门，他似乎活过来了。

废墟中的夜显得有点凄凉，老刘夜不能眠，浮想联翩。他走出房来，坐在自家的青石板台阶上看星星，他感到自己成了一名卫士。远处的断垣残壁后面有火光，老刘警惕起来。过了一会儿他就听到了讲话声，原来是四爷和罗寡妇又在烧纸钱。这一次，他们在四爷房子的地基上燃起了大火，寡妇带着一个硕大的包袱，里头全是纸钱。他们俩的脸在火光中浮动着，老刘将双眼眨了又眨，怎么也看不真切。当火苗渐渐熄掉的时候，原来的小屋就显出了透明的轮廓，四爷和一些黑影站在那间空屋里，寡妇已经不见了。四爷挥着手在说些什么，他那矮小的身影渐渐升高，双脚离了地。老刘觉得四爷所处的位置很可怕，他一次次设想万一四爷摔下来的情景，想得两眼发黑，不敢动挪。

罗寡妇和四爷夜间在这一大片废墟中越来越活跃，老刘将他俩烧纸钱的活动称为“制造繁荣的假象”。什么东西的繁荣呢？老刘想不清楚，他不愿深究这类事。巡警看到，高楼的脚手架仍是这两个人青睐的场所。在那让人看着头晕的处所，他俩燃起火焰，不断向空中释放着“黑蝙蝠”，使得见多识广的巡警老头儿都张大嘴巴看呆了。

坐在酒店里，浑身是肉的矮哥喧哗着，高声说道：

“像四爷这种年纪的老汉，居然还可以站在30层楼的脚手架上头眼都不眨，这种事堪称都市中的奇迹啊！”

酒友们都知道矮哥是说给谁听的，都将热辣的目光投向寡妇，但罗寡妇垂着眼皮，一脸的傲慢。只有她养的那只褐色猫在酒友当中穿来穿去的，朝他们献媚地、嗲声嗲气地叫着，使现场的氛围显得很古怪。不知谁伸出手一把捉住老猫，抱在怀中赞叹道：

“这就是都市之猫！”

那只老猫居然一动不动，做出依恋的神态。

“老猫，老猫，都市的元老！”矮哥随口唱了出来。

“老猫！老猫！！”乌合之众一齐附和道。

罗寡妇离开柜台走进储藏室，她用力关上了门。

她在那些酒桶的阴影中发着呆，竭力回忆她那只猫去过的场所。有一瞬间，她似乎看见了一个毛茸茸的窝棚，但那只是酒桶的盖子罢了。不，她看不见她想看的东西，阴影重重叠叠，她的视力穿不透那些屏障。是不是她老了呢？屋角有一个巨大的骨灰坛，寡妇走过去弯下身用力摇晃那坛子，那些骨头就在里面发出类似金属的响声。她脸上出现一丝笑意，心里想道：“都已经过去那么多年了，那件事还是历历在目啊！”前些日子，她和四爷就是在这骨灰坛边上的泥地上滚成了一堆呢，他俩真是昏了头了。她记起丈夫老罗死后不久，她便坐在这里编了一首儿歌：“老罗，老罗！住在坛子里，敲着一面锣！”她的那些纸钱确实不是为他烧的，她烧纸钱开始为的是解闷，后来烧着烧着就对这事上瘾了。寡妇转身打开后门，放进来一大群野猫。她看见苍凉的暮色中有骆驼走过，一匹又一匹，她觉得眼前的景色太熟悉了。

这个时候，四爷正在12层楼上的房间里看这个城市。他房里的窗户很大，正对着市中心的商业区，但为什么他看不见那些霓虹灯呢？一会儿天就黑了，他的眼前也是一片黑，连那些高楼大厦的轮廓都消失了。一连好几天都是这样，四爷心里闷闷的。他和她坐在已被搬空的大商场里头，倾听空旷的大厅里的脚步声。黑暗中，他变得啰唆起来，向她说起自己在家中看到的这个城市的情况，还不住地叹气。他不明白，为什么城市变成这样了。不爱说话的寡妇起先不耐烦地在那些被丢弃的空衣架之间走来走去，四爷不知道她有没有听见他的话。忽然随着她的脚步远去，他听到了她的声音："你自己!"她就说了这三个字。四爷心里想，她是不是说他应该自己亲自去市中心看看呢？毕竟这里是他的家园啊。

四爷独自穿过废墟，走到了大路上。他碰见了巡警，巡警默默地朝他一鞠躬，四爷觉得老街坊的举动很古怪。他偶尔一回头，看见巡警不远不近地跟着自己，于是心里像往常一样感到好笑。马路上的路灯不知为什么灭了。四爷想，走过这一段，到了大百货商场就好了，那里是酒吧一条街，还有夜宵一条街，几乎整夜灯火通明。他靠边慢慢走，免得摔倒。

"我们以为它是这样，其实呢，它是那样。"是巡警赶上来了，对他说话呢。

"你说谁啊?"他迷惑地站住不动了。

"还不是关于路灯的事，你不是看见了吗？电业局总是搞阴谋。"

"电业局?"四爷感到一阵轻微颤抖。

"是啊，他们迟早完蛋!"巡警忽然拐进一条小巷，离开了四爷。

四爷心里好一阵迷惑。他们的城市缺乏能源，这他早就知道，可是，他还从来没有听说过电业局搞阴谋的事呢。这个总是尾随着他的巡警，心里到底打着什么主意呢？长期以来，四爷早已习惯于将巡警看作自己夜间神游的伴侣了，不是因为同他有共同的情趣，而是因为不论自己走到哪里，这个老头儿总会从身边冒出来。有时在夜色中，四爷感到自己像泥鳅一样灵活，谁也逮不住自己，可是只要一停下来，就会响起巡警的声音，令他感到气急败坏。

他走到酒吧一条街了，那些酒吧都开着门，但是每一家都只亮着一盏黄色的小灯，客人像鬼影一样在窗前晃动，似乎男男女女全抱成一团。一种深深的孤独向四爷袭来，他感到冷，于是缩了缩脖子。他想到夜宵一条街去，可是由于看不清脚下的路，他走得很慢。他所经过的一家又一家的酒吧全是一个模式：黑洞洞的大门口站着两个旗袍开叉至大腿的女郎，一盏昏灯照着巨大的玻璃窗，里头尽是影子。还好，门口的女郎并不拉客。四爷注意到人行道上也有像自己一样在黑地里行路的人，也是小心翼翼，走得很慢。街上没有车辆声，只有仔细倾听时，才可以听到玻璃器皿碰响的声音，脚踩着木地板擦出的声音，以及衣服的簌簌声。四爷觉得自己正在走进自己那黑暗的青年时代，而事实却是，他年轻的时候，这一带还没有任何酒吧，只有一家挨一家的自行车行。可是为什么会有这种熟悉感呢？熟悉得连骨头都产生了麻酥的战栗。他听见那些酒吧内的骚动声中都有同一种被窒息着的喊叫声，就像一个人看见了谋杀案，但又用手捂住了嘴巴一样。那声音像是女声，上了年纪的妇人发出的，因为被捂住了，所以又有点类似于叹息。四爷这一辈子从未进过酒吧，所以也不敢进去。他知道走完这条街就到了夜宵一条街，那时他就可以在大排档里坐下来吃一碗热馄饨御寒了。

虽然他十分小心地挪动脚步，还是有一个人撞到了他身上。他后退几步，坐到地上去了，那个人并没有摔倒，却站在那里哭了起来。

“你哭什么呢？你撞了别人。”四爷责备他说。

“我想进去，可是进不去。”他诉说道。

“进哪里？”

“酒吧啊。没有一张门是向我开的，我走啊，走啊，两脚都走肿了。”

“你进去干什么？”

“因为，因为我姐姐在里头啊。她是初二出走的，我以为她在城外，其实呢，她在酒吧里头。肯定是这样。”

四爷从地上爬起来，他觉得眼前这家伙说话的口吻同一个人很相像，于是问他道：

“你同巡警有亲戚关系吗？”

“你是说廖巡警吗？他是我爹爹啊。”

四爷两眼一阵发黑，他扶着电线杆镇定下来。他只想摆脱这个家伙，这个冒充是廖巡警的儿子的骗子，因为他知道巡警同他一样，也是个孤老头儿，根本没有儿子。那人并没有追上来，只是站在原地哭，这又令四爷有点失落感。

不知走了多久，四爷终于到了夜宵一条街——他估计他站立的地方应该是那里，因为完全变样了。那不是一条街，而是一个空坪，很多人在煤火前忙碌着，那些灶全是用装煤油的大铁桶改制成的。厨师是一些中年男子，一律赤裸着上身在炒菜。四爷注意到这个空坪里头连一盏电灯也没有，在暗夜里喷发的煤火的火焰给人一种到了某个原始地带的幻觉。空气中弥漫着五香牛肉和红烧羊肉的味道，四爷发现自己已经饥肠辘辘了。可是他找不到一个地方坐下来，此地既没有桌椅，也没有接待他的伙计。那些厨师将烧好了的菜随随便便放在地上，有的人则坐在火前发呆。他走近一个满脸胡须的人，同他搭讪。

“最近生意好做吗？”

“什么？”那人回过头来问四爷，放下了手中的炒锅。

“我是来吃饭的啊。”

“吃饭？你弄错了地方，这里没饭吃，你应该去夜宵一条街。”

“那么夜宵一条街在哪里呢？”

“走出这里就是。”他用手随便比画了一下，就坐到板凳上发呆去了。

四爷绕开那些煤火灶靠边走。这时后面有人赶上来了，是那大胡子厨师。

“刚才我一直在考虑你的事，你还是不要去那边了吧，最好哪里都不要去，就在这里等。”

“等谁?”四爷问。

“等你的心上人嘛。她是我姐姐。这张凳子给你坐，你就在这里等吧。这个地方黑了一点儿，市政府不让点灯，不过这是好事，我姐姐最喜欢待在黑地里。”

四爷坐下来之后便感到食欲从体内消失了。他抬起眼向四周扫去，看见所有的煤火灶都在将火焰喷向天空，恐怕将半个城市都照亮了。

“这里很亮啊。”他对大胡子说。

“这不过是假象罢了，外面的人是见不到的，你在高楼上不是也看不见这些火焰吗?”

“你们的顾客在哪里呢?”

“他们不会让你看见的，要等你走了，他们才会出现。可是我们，我们总在这里，一年又一年。”

四爷闻到浓浓的肉香，这里的每一寸空间都充满了那种香味。不过此刻，味道并不能引起四爷的食欲，他甚至有点恶心。那些放在地上的菜肴，究竟是让谁来吃的呢？在通明透亮的火光中，四爷看见那些厨师全都僵硬地坐在板凳上，做出企盼的姿态。

“你姐姐每天都来这里?”

“是啊。一般人都不敢来，可是她那么骄傲，什么都不怕。她来来往往，还帮我们生炉子。”

“你到底是谁?!”四爷感到背上出冷汗了。

“我先前也住在你们街上，你不会记得我的。你看，她不是来了吗?”

在场子边缘的黑暗中，罗寡妇正猫着腰在那里烧纸钱。她穿着黑衣，头上包着黑头巾，显得特别苍老，她有点不像这个世界里的人。

“啊，你来了。”

“嘘，不要出声。”

她用一根棍子去搅那一堆纸灰，“黑蝙蝠”纷纷飞向半明半暗的处所。这个时候，四爷看见厨师用双手蒙着自己的脸坐在地上，仿佛被这情景吓坏了似的。啊，她的身后还有那么人一堆纸灰，她在这里烧了多久了呢？她用棍子挑几下，那纸灰里头便火星飞舞。

“罗寡妇啊罗寡妇，莫非那桩事真来了吗？”有人在四爷耳边叨念道。

四爷一回头，看见了巡警。

“我们自己……”四爷不由自主地说出这半句话，他瞪着巡警，似乎是在向他提问。

“她是不同的，她是不同的。”巡警连连向四爷点头，表示赞成某件事，“你以为她住在我们里头，其实呢，她住在你想象不到的地方。我啊，我盯她的梢有20多年了。”

火焰熄灭了，四周归于黑暗，四爷发起抖来，止也止不住。他脑子里乱哄哄地响着这句话：

“她是谁？她是谁？她是谁……”

但他说出来的却是：

“我想吃一碗热馄饨。”

巡警一下子活跃起来，高兴地回应道：

“我们去夜宵一条街，这就去！”

四爷跟着巡警往那边走时，寡妇和她弟弟已不见了，不知他们什么时候离开的。四爷看见那些铁桶灶已经不喷火了，但火势还旺，划出一个一个弧形的亮处，那些厨师坐在光亮中间，脸上都是那种怪怪的表情。巡警回过头来对四爷说：

“别看这些人面熟，你可是一个都不认识的。”

四爷很不喜欢巡警说话的腔调，可又觉得自己在他的掌握之中，这令他很懊丧。他突然感到自己的两条腿是那样地老迈，疲惫，他一步也走不动了。他四处张望，想知道“她”是否还在附近，他多么想同她说话啊。巡警埋怨说：

“你怎么又坐下了？你太优柔寡断了。坐在这黑地里，你以为生活有希望了，其实呢，你正走进一个死胡同，这种事，我看得多了。”

四爷想，他又用这种腔调同自己讲话了，几十年都已经过去了，这个老家伙还是坚持对自己所做的一切加以否定。他那么自负，认为只有他才知道实情，可是实情到底是怎样的呢？四爷的食欲又一次消失了，他不想去夜宵一条街了。这一大片空地，这些个炉火，此刻让他的脑海里出现了儿童时代的一个场景。那时四爷的父亲总在外地干活，冬天里，四爷将双手拢在袖筒里，到一个卖馄饨的老头儿旁边坐下等父亲，那老头儿使用的就是这种大铁桶炉子。老头儿总爱摸摸他的头，说同一句话："你家的房子是从地里头长出来的。"现在那房子已经没有了，四爷住在高楼的临时住所里，一连好多天想了又想，最后才在"她"的帮助下理解了百年老屋从地面消失这件事。然而眼前的这些炉子，这些明亮的炉火，怎么一点儿也不使他感到温暖呢？巡警又不见了，四爷觉得这人一辈子总是躲躲藏藏的。

忽然，他的耳边响起了杂乱的呼哨音，是那些厨师口中发出来的。四爷一辈子从未听到过这么可怕的声音，他用手死死捂住耳朵，那些声音还是刺痛他的耳膜。他心里生出末日来临的预感，也不知哪儿来的力气，他一下站起来，抱着头就朝场外跑。他的前面也有好几个人在跑，其中一个似乎是自称是巡警的儿子的汉子。他们跑得快，四爷跑得慢，落在后头的四爷被那些噪音撕裂着，脑袋都要炸开了。

他终于回到了酒吧一条街。喘着气回头一望，那黑黝黝的大片空坪已经不见了，那里正是夜宵一条街的所在，大排档的明亮灯光刺破夜空，蒸气弥漫在空中，桌椅间人头攒动。他不想吃东西，他要回家，这时他又听到了哭声。

"你怎么可以从我肚子上踩过去？啊？"自称巡警的儿子的汉子说。

他扯住四爷的衣袖哭哭啼啼。

"你回去吧，你回去吧，你不要跑到我们的地盘上来。"

他一边啜泣一边将四爷用力一推，然后自己缩进一个酒吧里头去了。

那一天，四爷睡到下午才醒来，他醒来之后的第一个念头便是关于

"她"的。她还在不在此地呢？一个人怎么可以同时在这里，又在那里呢？他竭力回忆她那美妙的肉体给自己的感觉，可是在所有的场景中，他都像是一个第三者，有一个模糊的影子，像是自己的替身，在同她缠绵。白天里从高楼上望出去，酒吧一条街和夜宵一条街都可以看得见，但是他在夜里到过的那个空坪根本就不存在。他回忆起她说的那半句话"你自己……"有一件事在他心里渐渐清楚起来了。当他的百年老屋被拆掉时，他心里的那种悲哀是多么地浅薄啊。他就像一个摘了眼镜的近视眼，不管看什么都是模模糊糊的，而她，是他的眼镜。有时他又禁不住沉醉在遐想之中：他的老年生活是多么幸福啊。当然，这种沉醉十分短暂，因为随即他便会听到父亲临终时的喘息。不管在什么时候，那种喘息都令他感到无法忍受。

邻居老刘敲门进来了，他满脸倦容，像被什么念头折磨着似的。他不坐下，就那么直挺挺地站在房中间。他说话时不必要地挥动手臂，做些奇怪的手势。

"四爷，你的空房，借我用一用吧。"

"我早就没有房子了，你都看见了。"

"不，你有房子。我知道你有，你干吗遮遮掩掩的？这个地方，没人藏得住秘密。"

"那么，好，我借给你吧。"

"但是你没有诚意。你不是从心里愿意借。"

四爷觉得他说话的口气就像个流氓，而且他的手挥到他脸面前来了。

"你要我怎么样？同你一块儿养鸡鸭吗？"

"你没有诚意，哼，你这种人……"

他一边乱挥着手，像做体操似的，一边朝门走去。他出去了好久，四爷还闻得到屋里的酒味。他要是没喝酒，是不敢在他面前这么放肆的。也许这才是老刘的本性？这个几十年的老邻居，一直将他的底细摸得清清楚楚？那天他站在他原来的家的宅基地上，看见父亲在远处的瓦砾堆里来来回回地走。他招手叫老刘到自己身边来，问他是不是看见了远处那个人影，老刘回答说看见了。他又问他是不是看清楚了，老刘说看清楚了。

“你知道他是谁吗？”四爷问。

“我不知道。这种事，你要去问你的心上人。”

四爷想，拆迁又能改变什么呢？即使盖起摩天大楼，“她”还是生活在他自己去不了的地方啊。当他同她站在高高的脚手架上放飞那些“黑蝙蝠”时，他以为他俩心贴着心，其实呢，她是在向自己的故乡发信号。而他，是看不见她的故乡的。那地方并不远，就在城里，比如昨天夜里去过的那个空坪就是属于那里的。四爷想象着她在酒铺里卖酒的时候，一下子就进入地下通道，同那些个厨师会合的情形，不由得十分嫉妒他们。下一次他再去酒铺后面的储藏室，他一定要仔细观察酒桶后面那些黑暗角落，看是否有地道之类。可是他又知道这是不可能的。每次他们一闩上门，立刻进入销魂的缠绵之中，哪里还顾得上别的。现在他的这种想法，正是上了年纪的糟老头儿坠入情网的表现，疑神疑鬼，到处打探，恶心得很。

四爷离开窗前，郁闷地走到后面的厨房里，用煤油炉子煮鸡蛋。他煮了很多，有十来个。他幻想着“她”会来同他一道食用这些鸡蛋，实际上这事从未发生过。他坐下来剥鸡蛋时，有人进屋来了，是那自称是巡警的儿子的家伙。

“找不到我姐姐，我只好来找你。”他说话时一脸苦相。

“找我有什么用？”

“你同那种地方有联系，同那种地方有联系的人我一眼就认得出来。你也要找人，对吧？”

他突然活跃起来，东看西看的，还推开门朝走廊里张望。

“哈！我看啊，她有可能就在这栋楼里！”

四爷厌恶地转过脸去不看他。他将鸡蛋收拾好，就开始洗菜。那家伙在同走廊里的什么人说话，叫叫嚷嚷的，兴奋地将门拍得“啪啪”直响。这栋旧楼里住的都是四爷的邻居，几十年风风雨雨，四爷知道他的这些邻居绝不是头脑简单的粗人，而是，怎么说呢，应该说他们是一些心理复杂阴暗、精通社会关系的人。四爷从来不相信他们表面的那种和善和不在乎的态度，总是本能地防备着他们。所以现在，四爷很想弄明白是谁在同这个家伙说话。他在房里竖起耳朵听，但总听不到走廊那头传来声音。最后，他放下手里的活儿走到门口去。四爷一走到门口，汉子就不出声了，垂下头，仿佛做了什么错事一样。

“你同谁说话？”

“我说话了吗？”他茫然地瞪着两眼，双手绞扭着。“我说话了吗？我不知道。我好像看见我姐姐了呢。我老爹说，让你们住进这栋高楼是供电局的阴谋。你也注意到停电事件了吧？我们这个城市可说是、可说是瞬息万变呢！”

四爷看见走廊里空空的，再看汉子，看见他一脸涨得通红。他回忆起这个人昨夜在酒吧一条街的表现，心里想道，也许他就是那种常年不醒的梦游者吧，一个城市里总是有一两个这种人，自己活了70岁，才第一次遇见他。四爷又觉得，这个人可能会知道“她”的秘密，于是问他：

“你去罗家酒铺找过了吗？”

“我经常在那里搅坏她的生意。”他有点不好意思地说，“我一说话，那些个酒友们就很惭愧，他们一个接一个地悄悄溜走。她对我很生气，总将我锁在储藏室里。可是那个地方是我最喜欢待的地方，酒桶后面那些黑角落里……”

四爷注意到了他称“她”为“她”，于是心里有点酸溜溜的。

“黑角落里怎么样？”四爷冷冷地问。

“黑角落里……黑角落里……我的天啊！”

他大张着嘴，说不出他要说的。

四爷一把抓住他的衣服前襟摇晃着他，嚷着：“你说！说出来！”

他的身子瘫软下去，坐到了地上，他的眼珠一动不动。

四爷看着面前僵尸一样的男子，害怕了。他心里思忖：莫非他进入那种地方了吗？

“喂！喂！”四爷一边打他的耳光一边叫。

有人进房来了。由于他们堵着门口，那个人不得不用力挤进来。

“天已经黑了，今晚供电局又要搞鬼！”他大声说。

原来是廖巡警。

“这是你儿子吗？”四爷问。

“我儿子？我儿子不愿待在家里，早就出走了。这个人是文三元。不过他也有可能是我儿子，谁知道他会不会改名换姓呢？文三元是去年搬来的新住户。你觉得他长得像我吗？”

“不像。”

“我儿子也不像我。他去了那种地方，我就不好去追踪他了。20多年都过去了。”

“哪种地方？”

“呸，我说漏了嘴。”

四爷注意到他根本没有朝门边的汉子看一眼，只是沉浸在自己的情绪中。他是来干什么的呢？他的表面职务是巡警，他是否另外还有一种真实职务呢？

他将手插进背心口袋里摸索了一会儿，掏出一个天平上的旧砝码交给四爷，说：

“你的心上人带给你的，瞧她多么体贴你啊。”

接着他弯下腰，用力一拉，将文三元拉起来，推着他往外走。两个人扭打着，骂骂咧咧地出了门，到了走廊上，然后下楼去了。

四爷将砝码凑到电灯底下去看，并没有发现什么奇异之处，这是块普通的砝码。巡警说“她”是因为“体贴”自己才送这个给自己的，是什么样的体贴呢？四爷觉得他必须等待，也许在等待中生活之谜将自己展开。

夜渐深，四爷戴上帽子正要出门时，文三元又来了。

“你以为我不会来了，其实呢，我根本就没离开。”他又用这种腔调说话了。

他大摇大摆地走到房里，拿过一把椅子坐下来。

“我正要出门，你找我有什么事？”四爷心里对他生出敌意。

“我能有什么事呢？我这种人？如今你的事就是我的事。”

他一反常态地显出挑衅态度，甚至掏出一把小手枪瞄准了四爷。

“你不要动！你动我就开枪。我正替我爹爹值勤，今夜的任务就是看守你。你现在给我退回去，待在那个角落里不要动。我爹说，整个地区治安问题的核心就是你，现在非把你的事解决不可！你别动，我要开枪了！”

文三元正坐在那一大包纸钱上头，那是他刚才放在椅子上准备带了出门的。四爷焦虑不安地看着黑洞洞的枪管，不知该怎么办才好。看来文三元不是要杀他，而是要将他困在房里，因为巡警认为他是治安的核心问题，巡警为什么要这样说呢？莫非怀疑他同某个地下黑组织有联系？他可是遵纪守法的好公民，他的夜间神游也并不影响任何人，这是怎么回事呢？一定有某个环节出了错。四爷心底盼望“她”来给自己解围，可是“她”在哪里呢？

文三元脸上始终挂着冷笑，握枪的手一动不动。四爷无法在枪口下弄清自己那些乱糟糟的念头，他的焦虑到了极限，双目怒张的脸成了一个面具。

鬼使神差一般，四爷的手伸向衣袋，摸到了那个砝码。他将砝码猛力朝文三元投去，文三元立刻倒在地上了，他的手枪扔到了屋角。

“你杀了我……”他咕噜道，他的前额上冒出血来，“还不快跑。”

四爷捡起地上的砝码，不管不顾地跑下了楼。

他的脑子里“轰轰”地响着“凶器”这两个字，他不明白“她”为什么要送他这么一件礼物。

像往常一样，罗寡妇的酒铺在7点钟准时开门，此时太阳正从街口那里缓缓地升起，新的一天满载古老沉重的重负开始了。她今天有点精神恍惚，因为她刚才打扫铺面时听见有个女人在外面同人吵架，那女人诅咒似的说：“今天要下暴雨。”就因为她这句话，她提前撑起了遮雨篷。客人陆陆续续到来，罗寡妇心不在焉地做生意，并时不时走到门外看天。

酒友们也感到了铺里异常的氛围，他们不像往常那样喋喋不休了，只是闷头喝酒。一拨人喝完两杯就离开了，另一拨又来了。第二拨人里头有巡警，巡警也不说话，只是偶尔用钩子一样的目光在寡妇脸上钩一下。但是寡妇好像没有觉察他的目光，只是垂着眼皮干她的活儿。巡警心里想，没有任何事能使这个女人害怕。巡警第二杯酒没喝完就站起身来了。

“你不喝了啊？”老刘小声地、紧张地问道。

“我在那边有任务呢。”他的声音显得很不自然。

寡妇的手抖了一下，一只酒杯跌在地上，却没有破，酒友们都感到奇怪。这时巡警已经走远了。她蹲下去捡酒杯，就坐在地上了，用手捂着前额。

“你怎么了？你怎么了？”老刘朝她弯下身去。

“我头晕。外面在下暴雨吗？”

“今天是晴天。不会有事的。”

“当然，能有什么事呢？我就是头晕罢了。人都走了吗？”

“都走了。只有我还在这里，你要帮忙吗？”

“不。你走吧。”

她关上店门，走进储藏室。只有在酒桶的阴影中，她才有安全感。但是她看见了那件事。红的和黑的，滚滚而来，很快就要踏平她的酒铺。她赶紧坐到地上，抱住“嘣嘣”作响的骨灰坛子。她的身体始终绷紧着，她预感到雨快要下下来了。

黄昏时她扎上一条黑头巾外出。她走进了那栋尚未竣工的楼房的地下室。

四爷正在角落里簌簌发抖。

“你听，雨……我们自己……”她说。

四爷听见了暴雨打在他上方的平台上的声音，雨声令他松了一口气，他感到那桩罪行正在天气的猛然变故中化解。

“啊，啊！真是雨！我们自己！”

几分钟后，他俩就在那些纸钱上滚成了一堆。纸钱是她带来的，有很多，她将它们都铺在水泥地上了。当她在他的耳边悄悄地说“雨”时，他就看见了他父亲在洪水中撒网捕鱼的形象。忽然，他感到背部有烧灼感，原来是纸钱燃着了。这时她已经站起来了，正在穿衣服，她的动作不紧不慢。

“啊！啊……”

四爷冲出火焰的包围。

许许多多三角形的小火苗在地下室里跳跃着。她用脚尖去踢那些纸片，每踢一下，又有更多的火苗生出来，整个地下室被照得通亮。火焰还飞起来，在空中浮游。多日来，四爷的阴暗的心情第一次变得明朗了。但是却响起了激烈的敲门声，是巡警。

“不要开门。”她说。

“当然不开。”

于是子弹穿过木板门打在对面的墙上：一响，两响，三响。

他俩紧紧地搂着对方，任那火焰将他们的肉体做燃料。

“暴雨啊。”她说。

“爹爹盖的房子。”他说，“他们都觊觎那间空房，因为那里头住着爹爹。”

大伙儿搬进新楼之后，关于四爷那栋小矮屋的记忆就渐渐地稀薄了。当然，那只是就表层的记忆而言，在深层的记忆里，那矮屋更为频繁地出现，简直成了此地居民做梦的背景。夜半醒来，他们站在高楼的窗前发一阵呆，叹道：

“这位四爷的爹爹，真是一位能干的工匠啊。恐怕今后再也没人能将房子的基脚打到地心去了，那种工程到底是如何样完成的呢？不可思议。”

男人和女人都是醒了睡，睡了醒，反复地折腾，希望在某一次探险中查明底细。

白天里，他们坐在罗家酒铺的酒桌旁继续冥想，偶尔也有人说这样的大话：

“四爷是有些乖张之处，可是同他爹爹比起来就是小巫见大巫了。”

不过大多数人白天里都不谈这个话题，因为想不起来要谈什么了。他们谈论的是地下走私的活动，这些汉子用炯炯发光的眼睛盯着罗寡妇叙说那些离奇的故事。对于他们，她向来是不屑一顾的。让他们去编造离奇事件吧，都市的生活实在是枯燥无聊得很，她这样想道。

好多年以后，罗寡妇仍然不能清楚地回忆出自己将砝码交给巡警的情形。也许并无那回事？也许那回事发生在梦里？

四爷要在都市的监狱里度过余生。寡妇在探视室同他会面，她觉得他看上去清瘦而镇定，脸上的迷惘之气一扫而光。

“你自己……”寡妇说。

“这几天我正在忙那项工程。”他说。

她长长地吐出一口气，美丽的脸上浮出宁静的表情。

罗寡妇开始在自己的铺里烧纸钱。每天上午10点半，储藏室里的骨灰坛子无端地就响了起来，像敲响了军鼓一样。

寡妇脸上显出听天由命的表情。她拿纸钱的右手显得有点僵硬，指头已经捏不成拳头了。这是夜里发生的事，当时巡警在铺面外头叫她“老罗”，一连叫了五声，她想，究竟是叫她丈夫还是叫她？然后她就发现右手出问题了。

她将纸钱放在屋当中，酒友们便默默地围成一个半圆。

“有打火机吗？”蹲在地上的她抬头问道。

矮哥点燃了那些纸片。

那是一堆三角形的小火，他们以前看见过的那种。纸片烧完了，火还是不灭，无根的火有模有样地升腾着。酒友们陷入深深的回忆之中。

“雨……”她的声音细得几乎听不见。

“雨啊！！”八九个酒友齐声应和道。

火终于灭了，酒友们仍然是泪眼蒙眬的。年复一年，他们聚集在这里难道仅仅是为了喝酒吗?

“你的杯子掉在地上了。”矮哥同情地对她说。

“啊!”她说。

她举起右手，张开手掌给他们看。他们看见那只手掌正在变黑，黑色从指尖开始往掌心蔓延。她用左手掰了掰那些指头，它们像木棍一样僵硬。

在外面，在耀眼的阳光下，都市生活如滚滚车轮。如果静下心来倾听，就可以听到石匠将铁锤砸到花岗岩上头的声音，一下一下的，永不停息。

痕

痕在他那间有些简陋的木板房里睁开眼，打着哈欠，悔懊之情又一次涌上心头。近十年来他几乎每天都为这种心情所笼罩。这一次是为昨天下午出去找野菜的事。

山就在对面，痕没事就爱去那里面，有时是去捡点蘑菇野菜，有时只是看来看去。昨天下午天高气爽，刮了几天不息的风突然静了下来，痕无端地觉得自己应该去山里转一转了。他记起前不久吃的那种称为“野藠头”的野菜，十分爽口，于是提了一只小篮迈步出门。

上山的小路又陡又窄，而且仅有一条路。痕攀住路边的乱藤和野草往上爬，毕竟已年近五十，动作不那么利索，一会儿他就气喘吁吁了。正要在草丛里坐下，抬眼看见前头有一打补丁的屁股出现，从身影看那人似乎比他老得多。痕重新迈动僵硬的两腿，紧紧跟上，一直到了山顶，才大汗淋漓地与那老者一同停下。

老者的样子并不好看，三角眼，无眉，一脸贼相，手执一把明晃晃的镰刀，使痕不由得顾盼四周，打了个寒噤。

老者盯着痕的眼睛说道：

“在这荒山野地里，如果我杀了你，然后挖坑埋了，上面铺些乱草，便便当当，完全不会有人知道的。我早就认识你，对你这种人早厌烦了。过去我们一年当中至少有一两次谋面，有时在路上，有时在人群里，难道你就这么健忘？我真的对你这种人厌烦了。”他扬了扬手中的镰刀，威胁地向前跨了一步。

“你并不要杀我，”痕故作镇定地说，虽然腿子禁不住打抖，“你这么大的年纪了，杀起人来也费力，更不要说埋一个人了，何苦呢？我对你又毫无妨碍，我差不多等于水面上的一个气泡，山上的一棵草（他一急就乱打比喻）。真的，我只是今天下午出来找野藠头做菜吃，完全没想妨碍你，你看，这是我挖野菜的篮子。”他觉得自己后面一句话简直有些故作天真的味道，随之好一阵后悔。

“那么我就饶了你。”老者收了镰刀，仍然盯着他看，脸上不无鄙夷之色。“像你这种人，胆量这么小，对自己的性命又看得特别要紧，根本不该来这种地方。你该听说过最近两天老虎吃人的事了吧？这一带有三只华南虎出没，吃了两个壮年人，还是好好待在家里为妙。刚才我看见你爬山的模样了，窘迫得很啊。这是何苦呢？你看见天气好，风又停了，于是就不安分了，跑到这山上来。你们这种人总是这样不安分，胆子又小，把自己的性命看得要紧得不得了。如果在前面的草丛里被人捅一刀子，或用那种砍柴的钩刀勾一块肉下来，你会作何感想呢？这种事轻而易举……”

他还在说下去，痕几次抬脚要走，又慑于他眼中的凶光没敢挪动。

“请问你的家在什么地方？”痕卑屈地挤出一个讨好的笑脸。

老者不屑于回答他的问题，继续说道：

“……干脆就待在家里不要动，到村子里打油买米之类的事全让你老婆孩子去干，出头露面是十分危险的。看见山下那口塘了吗？有个和你差不多的人每天在塘边溜达，结果上星期中了埋伏，夹子夹住了他的脚，败血症完蛋了。我亲眼看见猎人安放的夹子，那人就藏在路边，这类事层出不穷。你以为我在恐吓吗？”

痕呆立原地，老者首先走掉了。

他神情恍惚地从原路下山，东张西望，连一株野藠头也没找到。抬头看看，满天乱云，太阳光也不似出来时那般亮，一只啄木鸟叩击树干的声音竟使他毛骨悚然了好一阵。直到下了山才看见几株野藠头，连忙弯下腰采了放进篮子，叶子黄黄的、瘦瘦的，完全不能做菜。

下了山，看见熟悉的田野和村里的农夫，才又懊悔根本不该去采野菜。如果做些别的，比如说，坐在塘边钓鱼，不就遇不上那凶恶的老头儿了吗？说不定还钓上一条鱼了呢！而现在，无故地被惊吓了一回，又没采到野菜，完全是自己的错误。他这样打比喻时，忘记了自己从来不喜欢钓鱼的事实。

回到家，女儿正从学校回家，高兴地说："爸爸去秋游了呀！"

痕慈祥地笑了笑，他当然不会将遇见一个恶人的事告诉任何人，免得讲完了又后悔。他将手中的篮子往门角一扔，若无其事地坐下来编草席。

现在痕一边穿衣一边想：那老者的话究竟有几分是真的呢？如今外面杀人的事真有那么多吗？这些年来，他已习惯于不去别人家里了。除了去没人的山上，一月一次到村里买米、买煤，偶尔为家里买些笨重的东西，他基本上是坐在厅屋里编草席。他给自己作了规定：每天6小时工作，3小时吃饭，3小时看"编织技术"，4小时"闲散"，8小时睡眠。有时也有客人来，自己村子里或邻近村子里的人。每逢来了人，他总不免本性难改，一个劲儿地吹起牛来，将自己编草席的技术吹得神乎其神，喻自己为世上独一无二的神手。这种时候，客人毫无例外地乜斜着眼，很不耐烦的神气，痕则提高了嗓门，硬着头皮吹下去，心里恨不得给客人一记耳光。客人一走，痕就愤怒地关上门，吩咐妻子："以后不要放这家伙进来，就说我不在。"仍坐下编草席。

客人一天天少下去，痕也习惯了。

只有景兰每月来一次。景兰是痕最老的朋友，两人几乎无话不谈。景兰谈话十分讲究艺术，拐弯抹角，朦胧而晦涩。他将痕称为"了不起的织手""非凡的创新者"等，但从不使用"世界之最"这类字眼。痕注意到了景兰的态度，有点耿耿于怀，但还是与他聊天，一聊，又免不了吹牛。所以每次景兰刚来的时候痕都不反感，走的时候痕却十分愤怒，将门"嘭"地一关。

刚吃完早饭，景兰就来了，来了便坐下。

"听见老虎吃人的事了吗？"景兰开口道，狡诈地眯着眼，被太阳晒黑的双颊不停地咀嚼什么东西。"传得满村风雨呢！"

"我是从一个恶人口中得知的，那家伙用一把手枪抵住我的后脑勺，给找讲了这件事。”痕不知不觉瞎编起来，“如今我对出门的事越来越厌倦了，真恶心啊。你想，我不过是去那边山上散一散步，就遇上歹徒，那家伙一直尾随我，后来看见没什么油水可捞，才悻悻地走了。这样的世界，出门还有什么意义呢？我真不该出去，可是每月还要买米、买煤，你有什么办法呢？我尽量避开熟人，现在我连一个朋友也没有了。”

“可是还有收房租的，他每月来找你，和你谈编织方面的事。”景兰挑衅地说道。

痕不由得皱了皱眉，记起上次吹牛的事。

“是的，那蠢货的确和我谈过，那又怎么样，很多人都和我谈过，我说了同样的话，对你也没什么例外。我想说便说。”他忽然大发脾气了。

“我是很钦佩你的技术的，我缺乏你的才能。”景兰心平气和地说，末了又加一句：“我听说老虎专吃胆小的人，如果迎面走上去，它们反而不感兴趣了，有没有这种事呢？这村里什么样的说法全有。”

“恶人用的是一支‘五四’手枪，还蒙着面。你想，我不过去散散步，这世界真险恶啊。我现在有时很讨厌别人来我这里，最好谁也别来。”

“像你这样有本事的人总是有怪癖的嘛。我记起一件事了：你不反对我来你家吧？”

“你说到哪里去了，当然你是例外。”痕连忙说，不自在地将手中的杯子在桌上推来推去，他的妻子连忙走过来说：“老景是例外，我们欢迎你来。”

一边说着些外面的传闻，景兰又夹带着重复了先前的老生常谈，将痕称为“极有创造力的”之类，然后站起来告辞了。

这一次痕特别生气，竟骂起老朋友来，而且用了“钻营”这样的字眼。

“你知道他为什么总来吗？”妻子说，“一个朋友告诉我，他来这里是为了剽窃你的技术，最近他也编起草席来了。”

“我早知道他是个庸庸碌碌的家伙，他如果学得会我这一手倒有救了。这家伙骨子里是个骗子。还记得我们和他是如何相识的吗？就因为他骗了我们，我们才与他做朋友。”

“那你还理他？”

“因为习惯了。来了一个人，我便忍不住旧病复发，说起老一套来，其实谁又有兴趣呢？他们都认为我发疯了。”

“大家总是根据买卖做得怎么样来看人吧，你的草席卖得平平常常，当然只好孤芳自赏。你不要理那些人。”

“我什么时候理过那些人了？你以为向他们吹牛就是理他们吗？谁知道我心里想些什么呢？”

痕坐在家里编了十多天草席，又要出去买米了。

走到村口，远远地便看见粮店门口排着长队，村民们的脸面都一致转向他来的方向。痕停住脚步，不想去加入那一伙了。但一想到家里中午没米下锅，只好硬着头皮迎上去。

他排在最末尾，注意到大家都在躲躲闪闪地打量他，他也知道这是大家一贯的态度，可就是没法习惯，于是翻着白眼看天。忽然，在队伍的前方有一张十分熟悉的面孔闪了一闪，使他周身发起热来。他连忙躲到前面那位身材高大的老头儿背后，避开那个方向的视线。那个人是谁呢？

匆匆地背了米往回走，边走边回忆，慢慢地记起了十多天前遇见的三角眼老头儿。原来那人就在村子里，为什么他从来没见过呢？也许他是谁家的亲戚？怪不得他去买米时大家都朝他看呢！想起这事便使他有种非常讨厌的感觉，幸亏这感觉的时间不长，因为他早就学会了“豁出去”的对付方法。走到村头的茶馆，将米放下来歇息。茶馆老板娘耷拉着眼皮，装作没看见他，他也装作没看见她，摘下草帽来扇风。

“痕师傅，他们说你在山上编草席，这是真的吗？”一个嘹亮的少年的嗓音在背后响起，使他一怔。

“是有这回事，”他冷笑着回答，“还遇见一只华南虎呢！”

“那它不吃你吗？真可怕呀！”少年天真地瞪大眼。

痕知道他在演戏，这村里的人不管男女老少都有这种古怪的本性。

“华南虎从来不吃胆小的人，你还没有听说过吗？真是孤陋寡闻！”

“我的确有点孤陋寡闻。”少年嬉皮笑脸地走掉了。

老板娘仍旧耷拉着眼皮在打瞌睡，痕盯着自己的两条瘦腿发呆。

村路弯弯曲曲，两旁的稻田黄灿灿的。他费力地走着，分明感到自己正在走进一个巨大的塑料袋里去，那袋子正在慢慢收口，里面的氧气还可用两小时，所以他要节省用。

“刚才来了一个收草席的人，看了你的草席，愿意出高一倍的价钱呢！”妻子接过他背上的米高兴地说，“我没有立刻答应他，说要等你回来商量，我想这也是一种策略，你看怎样？哈，有了钱，我们首先雇个人来背米，你就用不着外出了，有时间就去山上游一游，该有多么好！”

“那人什么时候再来？”痕擦着汗着急地问道。

“晚上。你要洗个澡，收拾一下，显得我们是有身份的人。”

“我就这个样子，他想要就要，不要算了！”痕嘴上很硬，心里不免有点怯。“村里来了一个新家伙吗？”

“哈！那老家伙，租了老良的房子开铁铺，前天，想赖房租，和老良两口子大吵一架，就亮出刀子来要杀人，真吓人。”

入夜时分收草席的来了。买卖并不如妻子期望的那样好，讨价还价了很久，对方仍只同意出比现在外面的价格高一倍的价钱，不过这样痕也相当高兴了。于是痕让他买去十床草席，都是那种古怪图案的，形状也不太像草席，有的竟中间缺了一块，很不适用。中间缺了一块的这床他从未拿出来卖过，知道别人不会接受，而这一次，一时冲动就拿出来了。那人不动声色地点了数，一一捆好，然后挑着出门了。痕从窗口望去，看见他并不朝公路方向走，却走到对面山里去了，心里感到说不出的奇怪。山里面黑乎乎的，路都看不见，他打算怎么个走法？

“一共五百块，我没想到会有这些钱。你以后可以少编一些了，他说了每月要来收的，我们还可以抬价。”妻子高兴地扬着手中的钱说，说完赶紧将钱藏在枕头底下的一个布包里，警惕地看了看四周。

痕在窗口看了很久，想等那人从山里往回走，但那人始终没有回来。他知道这条路只能通往山里，那么肯定他是到山里去了。这是一座荒山，山上仅有这一条不成形的小路，就是白天里，也只有熟悉地形的人才去山上，夜间从来没人敢去，怕迷失在里面，也怕野兽。痕越想越觉得此事蹊跷，简直不可思议。于是问妻子注意过这人的长相特征没有，妻子说没有，因为他长得太平常了，和那些收购草席的贩子没什么两样。痕又记起，他竟没有向这个人吹嘘自己的编织技术！这可是生平第一次，为什么会忘了呢？就因为他不曾问起！平时，无论什么样的客人来到他家，总少不了问起他的编织技术。一问，他就开始吹嘘，一吹就忘乎所以似的。而这个人，似乎与他心心相印，又似乎与他有什么默契，反正他有这种感觉，才拿出中间缺一块的草席卖给他的。整整一晚上，他连想都没想过吹牛的事！

痕很兴奋，走到厅屋里打开灯，编起草席来。妻子催了几次他也不去睡，脑子里不断地将发生的事走马灯似的演了又演，反复地在心里与那收草席的和那凶恶的铁匠对话，设想种种的遭遇，今后可能发生的种种变化，直到黎明时分才进屋去睡。

第二天，生活又恢复了往日的平静和单调，就像什么也不曾发生过一样。他让妻子进村去探听，看看村子里可有什么传言。过了一会儿，妻子回来了，告诉他没有。他便在心里讥笑自己竟然神魂颠倒起来，太不像话，于是又强制自己履行作息时间表，装作什么事也不曾发生过。

妻子对于他的举动心领神会，也装作什么都没发生过的样子。他们俩都在心里存着那个疑惑：谁知道那收草席的人靠不靠得住呢？世上的怪事谁能预料？

不声不响过了些日子，景兰又来了。

景兰是看见过他那些古怪的织法的，今天一进门就谈起他那床中间缺了一块的席子，弄得痕警惕起来。

“我对于你的改良织法有了一些新的想法……”

他侃侃而谈，又是那陈腐的一套，自己却以为发现新大陆。言谈中还不知不觉地要凌驾于他之上。

“我已经将那床席子扔进垃圾站了。”痕打断他的话，傲慢地眯着眼，“我一直在想，你干这一行太委屈了，靠这行当养家也太困难。我嘛，反正已经老了，无所谓。这一行是不会有什么出息的。”

景兰做作地瞪大双眼，痕又从他脸上看出村里人那种古怪的表情来。“狗改不了吃屎。”他想道。

“然而事业呢？一个人，尤其男人，没有事业心算个什么东西？另外还有荣誉，还有谁比你更看重它呢？不要以为我不知道，口里不说并不等于不知道，我们要实事求是。”

“这编草席，实在也算不了什么事业，我只不过是喜欢吹一吹牛罢了，谁又当回事呢？就连你，也是在嘴上附和而已。”

“你怎么怀疑起我的诚意来……”景兰做出吃惊得说不出话的样子，继而又转为愤怒，站起来一言不发地告辞了。

“走了正好，”痕对妻子说，“现在门一响，我就紧张，怕来什么人。来了人我又忍不住吹牛，吹完又后悔。不来人倒好，免得破坏了我的作息时间。”

然而那铁匠却来了。来了便毫不客气地坐下，自己倒茶喝。这个人，仍旧穿着打补丁的裤子，腰上别着砍柴的刀，满脸匪气。

痕不敢先开口，自顾自地编草席。时间一点点挨过，屋里只有他们俩，谁也不理谁。铁匠倒沉得住气，一杯接一杯地喝茶。当两个热水瓶里的水全倒光了时，便站起来，一边出门一边回过头来抛出一句：

“今后要时常来光顾。”

他追出门去，看见铁匠正大踏步地往山里走，心里又一次感到那种说不出的奇怪。对面这座山是一座平平常常的荒山，他在这地方住了十几年了，每天开门就看见。平时，那上面除了打柴的，谁也不会上去，再说除了他，别人也没有这种雅兴。就是常去的他，也每回都小心翼翼的，生怕出事。上个月，要不是想起什么野藠头，他也不会遇见那该死的铁匠，铁匠去那里干什么呢？还有，收草席的人去那里干什么呢？他进去之后走得出来吗？想到自己的买卖，痕有些担心起来。

这第一次等待的时间似乎长了些。两个月过去了，秋天已过，初冬的寒意渐渐渗了出来。铁匠没有来光顾，收草席的也没来。织好的草席在厅屋里堆得老高了，这些席子，一张比一张古怪，一张比一张不适用，有一张的形状竟和渔网差不多。痕心里明白，这种东西是没法卖出去的，所以别的收草席的小贩来了，他一张草席也没拿出来。可是再等下去，吃饭就成问题了，还有女儿的学费、过冬的衣裳。幸亏他的妻子近来去外面打些零工补贴家用，然而一回来就腰酸背痛，还不时地去窗口张望。痕知道她望什么。

一天早上，痕又上山了。他打好绑腿，穿好麻鞋，提着篮子出门的。这一次，在小路上看见了很多野藠头，可惜都已开花，老了，不能吃。他疑惑地想着为什么上次没发现它们。爬了很久，抬起头来，看见前面的野栗子树上支棱着一捆什么东西，心怦怦地猛跳，走到面前一看，果然是他织的草席，再看地下，还有一根扁担。“华南虎”，他想到这三个字，呆呆地坐下了。他坐在栗子树下，一直坐到天快黑，浑身冷得发抖了才回家。道路模模糊糊，他高一脚低一脚地乱走，到后来简直就不再管什么路，只是往下冲，弄得满手都是刺藤剐出的血迹。下得山来，衣服都成了破布片，冷风一吹，伤口刀割一般。

“啊呀，终于回来了！”还没进屋，就听到妻子的嗓音。

“我们一直等你，”妻子说，“他说晚上还要有事呢！”她指着暗处坐着的人影，那人走上前来，真是那收草席的。

“我还以为你……”痕张大了嘴。

“以为我不来了吗？我说过要来的，我这人最守信用。”他咧嘴一笑，弯下腰去捆草席。

“还是老价钱吗？”他问。

“我们要加价呢！”妻子说。

“你不要乱说！！”痕怒吼道，满脸涨成猪肝色。

小贩慢慢地数钞票，数完，低着头将钱交给痕，痕也低着头去接，两人谁也不望谁。痕接过钱后深深地叹了口气，心脏又狂跳起来。

小贩还是挑着草席朝山里走，并且走得很快，很着急的样子，一会儿就消失在树丛中了。痕在屋里长长地叹着气，久久不能平静。

“这个人，可能是住在山那边的，山路已走熟了。要不，谁敢在这个时候过山？”妻子在厅屋里边打扫边唠叨，“其实加点价他也会同意的。你没注意吗？他一心要收你的货，每次看也不看就挑走。”

“我们现在不是比原来有钱了吗？你还要雇人来买米，我看不用了，买米、买煤之类的事，我的体力还可以支持几年，省下这些钱吧。”他心平气和了。

痕是在粮店排队买米时无意中听到关于他的流言的，那流言极其模糊，却又似乎极其恶毒。排队时，很久不见的铁匠意外地出现在他前面，扭过头来朝他嚷嚷，说晚上要来他家中拜访。前面排队的人都一式扭过头来看他，他则阴沉着脸看天。排到柜台前，又有人故意挤他，他愤恨地踢了那人一脚。

背了米到茶馆歇脚，茶馆老板娘正和另一老妪聊天，看见他来，两人同时闭嘴，用谴责的目光瞪他，希望他快走。

痕假装不知，偏要在那桌边多坐一会儿，还喝了一碗茶，将一角钱放在桌上。

老板娘走过来，将他喝过茶的碗朝地上用力一摔，一声锐响，破了。

痕一动不动，又坐了几分钟才慢慢站起，背起米回家，心里再一次感到在这个村里已成了一个幽灵。

他想到那铁匠。原先不曾见过面，却对他的一切了如指掌。这些年经常有这样一些陌生人，一见面就对他的过去了如指掌的样子。痕想，大约于不知不觉之中，他在这一带的知名度已是非常高了吧。这个人，无缘无故地来他家里坐，弄得他心神不定，而且他那种反客为主的态度也令他无可奈何。如果关上门不让他来，又显得自己十分怯懦；让他来呢，又不能做到镇静坦然。

痕心里七上八下的，走到家门口，又连人带米跌进了水沟，将左脸擦伤了一块。

那天晚上铁匠并没有来，却有什么野兽在对面山里叫了一夜。擦伤的左脸也奇怪，直到早上才开始流血，用冷水、用纱布、用香灰都止不住，搞得身上血迹斑斑，只好让妻子去请草药郎中来。

草药郎中嚼了一种什么藤，敷在伤口上，止住了血。痕定睛一看那郎中的脸，原来是铁匠，冷汗一下就从背上冒出来了。

郎中走了之后，他感到自己的头重得很，大约是失血过多吧。

“这个人不是铁匠吗？他怎么成了郎中？”他问妻子。

“啊，你好好躺着吧，你发烧呢！简郎中和我们认识十几年了，你怎么连他也认不出了呢？真可怜啊，我看还是请个人来做这些事算了，我们现在不是有点钱了吗？下一次那收席子的来了，我还是要提加价的事，不然他还以为我们的席子没人要呢！”

“正是没人要嘛，你怎么糊涂了，居然以为有人要我们的草席？我看你发昏了。”

“可能我是发昏了，这种事最容易生出错觉。”

跌伤脸的第三天，收草席的又来了，一进门就说要与痕签一个合同，今后草席有多少他收多少。痕浮肿着脸坐在那人对面，心中喜出望外。他的妻子也掩饰不住脸上的高兴，却一声不响。

“价钱嘛，还是老样，这一点无法作大的变更。”他慢悠悠地说。

“老样就老样。”痕连忙说，他还担心他要减价呢。

“这对你来说已经够了。”他脸上浮起那种模糊的笑意。

“对，已经够了。经济上的困难我自己克服，我这个人，能吃苦。”痕又忍不住表白起来，“你看，我脸上的伤是背米时摔的。”

那人从口袋里拿出一张纸，展平了放在桌上。痕接过合同左看右看，直看得脑袋发胀，却怎么也看不懂。他眼前的这张纸上画着许多圆圈和箭头，其间又有一些动物的头部，简直让人眼花缭乱。莫非他自己产生了幻觉？昨天他不是将郎中认作了铁匠吗？他定了一下神，不动声色地将合同递给妻子，想看看她如何说。

妻子拿起合同，对着光眯缝着眼看了几秒钟，然后用食指的指甲指着右边角上对他说："就在这里签名吧。"

他的手抖得厉害，糊里糊涂地签了名。

"这就行了。"收草席的说，将合同仔细叠好，收进胸衣口袋。那人走了以后，痕问妻子："你看清楚了合同上写的什么吗？""我？我没有看。看什么呢？签名就是了，反正我们又不失去什么。"

"这倒也有道理。你没发现那上面有箭头什么的吗？"

"我没看，看什么呢？我们又不认识这个人。"

"你的话很有道理。"

此后的日子并未如所料想的越过越顺心，反而徒然生出诸多的烦恼来。

痕总忍不住去那山上看一看。在山半腰，那棵栗子树干分杈处，已经搁了三捆草席。最先搁的那捆已经长霉，还有一捆也变成了黑色，最外边那床渔网状的已多处脱落。痕坐在树下，看上去若有所思，实际上脑子里空空如也。

就这样，他与收草席的人心存默契，严守着一个共同的秘密。

现在他妻子去肉店的次数多起来，女儿也添置了新衣服。据妻子说，并没有人见过那个收草席的，每次她去买肉，肉店老板就做出怜悯的样子，要她劝劝痕，不要这样拼命织草席，身体要紧，"留得青山在，不怕没柴烧。"还猛烈攻击某些人是"要钱不要命"。痕听了妻子的话冷笑起来。

他去粮店买米，所有排队的人都与他拉开一段距离，好像他有传染病似的，更没人再来推他了。他则仍然一如既往，翻着白眼看天。只是有一回，一个常来的村民当着大家的面叫了他一个十分耳生的称呼。当时那人笑容满面，迎上前来叫了一声"痕老师"，给了痕一种毛骨悚然的感觉，脸都有点白了。他当时不自觉地后退了两步，呆呆地瞪着那人。那老头儿自觉没趣，怏怏地走了。周围的人则窃窃私语起来，连米都忘了去买，直到店员高声叫喊才匆匆去柜台。

在村头歇息的时候，老板娘也不再给他脸色看，而是干脆走进屋里不出来了。他坐多久她就在屋里待多久，桌上也不再放着茶杯茶壶，那一定是远远看见他来了就收进去的。

回家的路上遇见背着草药的简郎中，他热情地向他打招呼，简郎中却似乎不认得他，自顾自地走路，连头也没抬起来。这件事倒是他没料到的，就如一瓢冷水从头顶泼下来。他放下米，在田埂上坐了老半天脚还发软，抬起头来，看见那个称他为“痕老师”的老头儿远远地朝他奔来了。

“啊，你在这里，我要告诉你一个十分重要的消息。”他喘着气说，“都说你快离开此地了，要将你家的房子改为工具房呢，这不是糟蹋房屋吗？而且是像你这样的体面人的房子。想想看，编草席的技术高超，独一无二，却将他的房子改为工具房！真是险恶！这样吧，我来帮你守这房子，待你回来之后完整归还，你看怎样，我不怕他们造谣，我要伸张正义，看他们敢把我老头儿怎么办。”他扬了扬拳头。

“我并不要搬家，住在此地好得很，再说搬到哪里去呢？”痕冷冷地说，心里十分厌恶。

“你还要对我保密呀！哈，你这滑头！他们计算出来，你老婆这个月去了六回肉店了，真奢侈呀，哪儿来的钱？”

“拼命织草席所得呀！”

“你不要对我保密了，痕老师。”他又说出这个刺耳的称呼，弄得痕脸上红一块白一块，愤怒地站起身背了米就走。

“你好好考虑一下！”他在后面大声喊，“只有我一个人知道你的秘密！”

老头儿果然知道他的秘密还是虚张声势？他又记起近来已没有人到他家里来，连景兰也不来了。开始他把这看作一件好事，现在又看作一种凶兆，原来还有人在算计他住的房子呢！这一招太阴险了。虽有这许多烦恼，痕的心里头还是不像原先那么虚了似的。就因为来了一个收草席的，将他的毫无用处的东西用稍高的价钱收下，使得他的生活有了保障，从此他便生出一股理直气壮的情绪来。但一想到那些草席扔在荒山里任凭日晒雨淋，又有点担心，担心被别人发现，识破这里头的机关。因此他去山里光顾自己的产品的次数渐渐多起来，当然每次都是偷偷摸摸的，连对妻子也不说实话，还提了竹篮作为掩护。最初一星期去一次，慢慢地变为两三次了。原来并没有路通往那棵栗子树，踩的次数一多，周围的毛竹和草都被他踏倒一大片。他担心这会不会更容易暴露目标，又想将自己踩倒的那些植物扶起来，但徒然忙乱了一阵，并无什么效果。

首先产生疑心的是他妻子。追问之下，他便只好讲出实情。妻子的脸色看起来有点奇怪，虽竭力掩饰，但还是引起了他的愠怒。

“这件事我早就告诉过你了，有什么意外的呢？重要的是有人按时来收我们的席子，这是个事实，我们还用卖席子的钱买了肉，难道不是吗？”

“这种买卖能不能长久呢？”妻子仍然担心，“你现在每天去山上，会不会被人发现？”

“他们不会对那种地方感兴趣的，就是发现了，对于我也没有丝毫的损害，他们现在已经认不出我织的东西了。”他自信地分析道。

“似乎也正是这么回事，”妻子叹了口气，“还有几天那人又要来收席子了。”

妻子很快适应了新的情况，还无端地自豪起来。从肉店回来，她告诉痕，现在村里人连她也戒备起来，说话阴阳怪气的。那肉店的老板本是个熟人，爱与她东拉西扯，这几天却十分警惕的样子，连眼皮都不抬起，割了肉往她篮子里一放，赶紧躲到一边去了。

“势利眼！”妻子眼里发亮。

“不要理他们。”痕想着心事，注意着门的响动，因为收草席的要来了。

“这一回卖得不是十分好，所以要压一点点价。”他一放下扁担就宣布，“你不会介意吧？这是常有的事，不过我会信守合同。”

“当然不介意，当然。我怎么会让你为难呢？”痕一边递过烟去一边疑惑着：那合同究竟是怎么回事呢？

“你知道，做买卖总是这样，有旺季也有淡季，重要的是我们的产品，对不对？这一点你该有信心吧？”他说起大道理来。

“这一点我很有信心。”

他并没有压多少，只是每床席子少两角钱，付了钱就走了。这一次他也是毫无例外地往山里去了。痕想起被踩倒的那些植物，脸上浮出一丝笑意：那些草和毛竹是他们俩共同踩倒的。

时光在寂寞中不知不觉地溜过，一转眼半年过去了，窗外已是初夏的绿色，篱笆上星星点点地缀着一些黄色小花。景兰已经很久不来了，妻子说，他早就不织草席，去乡下收购鸡蛋去了。这样，除了收房租电费的每月来一次，收草席的每月来一次，再也没有外人来痕的家里了。有时他在去山里的路上遇见熟人，想要打招呼，那人却别过脸去，于是他也就势别过脸。再后来他走路根本不抬头了，省去了许多麻烦。可能是肉吃多了的缘故，爬起山来特别有劲儿了，下山时简直有腾云驾雾的感觉。

扔在山上的草席已有六捆，三捆架在栗子树丫上，三捆躺在地上，旁边还有六根扁担，都是新的。痕不同意妻子到这个地方来，但也可能她偷偷来过了，谁知道呢？从树缝间朝山下望去，村民们正在稻田里打农药，白雾腾腾的，一片繁忙景象，对比之下，自己真算得上是清闲了。后两个月收草席的大大提高了价钱，说是旺季来了，给的价比原来多了一倍，所以他就乘机偷闲，每月少织几床，懒散了许多。坐在栗子树下，凝视着最先扔掉的那捆正在腐烂的草席，他感到自己生活在一个解不开的谜之中，这谜的答案似乎十分清楚，又似乎根本没有，他也懒得去深究，他本来就不是那种凡事刨根问底的人。要是换了别人，早就要将那收草席的来历搞个一清二楚，他却没这个习惯，他愿意得过且过，也愿意与收草席的保持这种心照不宣的关系，他觉得这样才是顺其自然。

然而他又撞上了铁匠。老头儿这次没带刀，却仍是杀气腾腾的，当时他正瞎忙着将那些踩倒的毛竹扶起，他忽然就在草丛中出现了。痕开始看花了眼，以为是一头野兽，脑袋里“轰”的一下，手脚都动弹不得了。

“我看你现在越来越怕死了。”铁匠走近栗子树坐了下来，“既是将自己的性命看得如此要紧，又还天天来这里干什么呢？你的思想，怕是走进了死胡同了。一般人都不来这里，不是吗？原先有个人天天来过，他撞死在那边的一个岩洞里了。你和他很不同，你怕死怕得厉害。你不担心我会谋害你吗？”

“我不担心。”痕壮着胆子说，“你已经知道我心里的事了，像你这种老谋深算的人，早对我的前途清清楚楚的了，你才不会来费这个力气呢。”

铁匠老头儿笑了笑，站起身往山顶爬去，一会儿就消失在树丛中。痕记起，他连看也没看一眼面前的草席，是他根本没看见，还是他认为这类事不值一提呢？他可算得上是痕认识的人当中说话最为干脆的了，不像有的人词不达意，啰里啰唆，他总是一语中的，胸有成竹。不管痕做出何种不在乎的样子，仍然遮掩不住内心的恐惧，他就是怕这个人，不论他带刀还是不带，对于他总是个很大的威胁，这里面的缘由他也说不清。他总是扬那把刀，而且总说要杀他，他是说一说好玩的，还是真的要杀呢？痕的这种畏惧似乎已经成了一个病，无论在什么地方，无论睡着了还是醒着，只要想到有铁匠老头儿这个人存在，他便觉得不安。铁匠的身份是暧昧的，也可能是人们虚构的，痕在乎的倒不是这个，痕惧怕的是他眼里的那两道寒光。痕回忆起第一次遇见这个老头儿的情景，记起了采野藠头的事，那似乎是很久很久以前的事了，那以后发生了什么呢？从那以后一捆又一捆的草席扔在这树底下了。

“只要心不在焉地沿着小路往前走，便可以采到野藠头，还有蘑菇呀什么的。”他开始向着空中大声说，“其他的一切不去想它，顺顺溜溜地下山，好像山下这些人收割完毕回家似的。”

一说完又觉得自己的话特别可笑，忍不住笑出了声。这一笑，周围的灌木可疑地响动起来，像有野物潜伏在那里。他连忙收住笑声。

下到山脚时他还在想：要是那天不去采野藠头，铁匠老头儿会不会来村子里落户呢？村里人是在与他一道合谋捉弄他，还是根本不相干呢？幸亏这老头儿看不见，也似乎不关心这些草席，不然就麻烦了。

回家的路上又被那称他为“痕老师”的人追赶，奔命一般奔回屋里，弄得满脚都是泥。那老头儿倒也不进屋，只是在门口高一声、低一声“痕老师，痕老师”地叫，搞得他只好躲进厨房。一直到妻子回家那家伙才走开。

“那铁匠的话你也不要过分顶真，”妻子说，一边垂着头帮他刷鞋，“不就一个外来户，有门打铁的手艺吗？如今那种手艺会做的很多，也不怎么吃香了。我看你最近不如原来有规律了，为什么呢？”

“就是。说起来也怪，我昨天一天竟忘了编席子了，我怎么会渐渐疏懒了呢？看起来，我还是不应该有很多的空闲，最好被人从后面追命一样地追。我昨天干了些什么，我竟忘了。让我想想看，我想起来了：我在里面房里造计划，我不断地考虑应该怎样对付那收席子的，我想了一个又一个方案，后来有点疲倦，就睡了。”

“收席子的有什么难对付的呢？自自然然地讨价还价不就完了吗？倒是门口那人真恶心，看你跑得满脚都是泥。”

“其实也没什么特别恶心的，我就是沉不住气。”

那晚的月亮出得特别早，痕坐在窗前，抽着纸烟，看着山坳里的月亮，古怪地笑个不停。女儿抱怨说他的笑声使得她无心复习功课，于是他只好收住笑，到厅屋里去编席子。

近来他的产量明显减少了，也不如过去那么认真，这一点连妻子都看出来了，心里暗暗着急呢。

“饭嘛，总是有吃的。”他安慰妻子说，“对我们来说，那收席子的人就如从天而降。其实哪里会是从天而降呢？老早就安排好了的。现在即使他不来了，也会有什么别的人来收的，或者竟就收也不收，直接把钱给我们。我对这件事已经看得相当透了。”

“你太自信了，我们还是稳重一点儿的好。我刚才在回家的路上听人告诉我，有人说你与那铁匠狼狈为奸呢！”妻子不无忧虑。

“那有什么关系呢?”他心平气和地说。

铁匠就如一个疮，不去碰它倒也不怎么痛，但总感觉得到。与人谈话只要一涉及这个人，痕就变得局促起来，语言绕道走。幸亏来找他谈话的人越来越少，除了收房租水电费的，就只是在路上碰见过一次简郎中，谈到了铁匠。当时的情况很奇怪，简郎中背着药篓子向他叙述早晨上山采药的情况，忽然停住话头问他：

“听说你也常去山上，你在山上总看见我。我感到纳闷你怎么不和我打招呼。我一心采药，从来没看见过你。你应该和我打招呼，我常帮你老婆治病，你总不会不知道。”

“我并没有见过你，我只是遇见过铁匠……”他急急地申辩。

“铁——匠，”郎中拉长了声音，又重复了一次，“铁——匠！好，这就证实了某些看法是有充分根据的。现在还去山上钻来钻去的人可说是寥寥无几了，再说你的气色并不怎么好。”

“当然，我有病。”他爽快地说。

简郎中却责怪地看着他，摇头，然后走了。

“铁匠是一个疮。”他轻轻地说。

“什么？你还在想那个人呀！其实我对他也并非一无所知，但我不去想，这不就完了吗？有些人我们不去多想的，顺顺溜溜，我们不是已经过得顺顺溜溜了吗？比原先好多了。”妻子说。

“在山上钻来钻去的人本来就寥寥无几嘛!”

“你指的是什么?”

“我指的是，像我这类人快要绝迹了啊。当然我也并非完全没有用的废物，不是还有人给我送钱吗？昨天我出外还到了一个好地方，满地的青草和剑兰，一个幽静的所在。”

“你还打算去那里吗?”

“我？不，不去了，坐在这里想一想就可以了，我对看到的东西并无很大的兴趣，因为说不定是眼睛产生的幻觉，所谓昙花一现，也可说是年老眼花。”

痕觉得有点惭愧，因为他并没有找到一个什么好地方，有青草和剑兰的地方。实际上，他连想也没想到这类地方，之所以说一说谎，主要是为了让妻子放心。近来他经常像这样信口乱说，幸亏妻子觉察不到。现在，他抽着纸烟，面朝着月亮，他听见前面那一排房屋里传出嘈杂的谈话声，那些声音近乎喧嚣，细听却又听不出任何头绪。从一间房子里，铁匠走了出来，用他犀利的目光扫向痕的窗口。痕想避开他那炯炯的目光，但又总忍不住要往那边扫一眼，像有磁石吸引一样。后来他想装出若无其事的样子去睡觉，可又感到不太合适，感到那双眼睛不会将他放过，思来想去的，越来越觉得自己的行为诡秘，不由得对自己的今后生出一种忧虑来。当他这样想着的时候，铁匠已经不见了，在那门口，代替他立着一把长柄的扫帚。不知为什么，那扫帚也使痕坐立不安，不敢去睡。就这样与那扫帚对峙着，不知过了多久，昏昏沉沉中竟看见东边显出了鱼肚白，背上也有些沉重，原来是妻子将一床毯子搭在他身上了。再朝前一看，那张门关上了，门口什么也没有。

“原来那扫帚是一个幻象，”他自言自语地说，“任何事只要过于专注都会产生幻象。”红着眼睛去洗了一把脸，不知不觉又踱到窗口。眼前什么也没有，几个农民背着锄头在路上走，兴高采烈地聊天，其中两个聊得兴起，还打了起来，相互用锄头去挖对方的头，当然并没有挖到。山坳里，红彤彤的太阳已露了半边脸。痕对这些景象完全没有感受，心底里竟盼望着昨晚的事再次出现，铁匠也好，扫帚也好，总比这眼前的东西有所不同，白天真是太漫长了。从前制定的作息时间表渐渐被他破坏了，因为夜里坐着看外面，白天便打不起精神来编席子，所以手上功夫越来越粗糙，敷衍了事。为此也受到内心谴责，但也就是这样堕落下去了。

走进厅屋，一种异样空旷的感觉。堆在角落里卷起的草席像蛇一样缠着他的思维。他数了一数，这个月只编了八铺。回忆起编织的情形，不禁哑然失笑。近两个月他的工作态度是大不如从前了，有时简直吊儿郎当，做一天和尚撞一天钟，有几铺席子编到半途就扔下不管，过了几天就放到那一堆充数。他还有一个典型的变化就是他现在无法稳稳地坐在矮凳上工作了，扭来扭去的，还不时踱到卧房的窗口去看风景，有时风景也不看，只是在房里转来转去，每当这个时候，妻子就以为他是在思考编织技术问题，后来他却说他什么也没想，就只是茫茫然然，他对编织的事已厌烦了。“茫茫然然，随随便便又过了一天。”

算来算去，他与之交往的只有两个人了：铁匠和那收席子的。对铁匠老头儿，他是又怕又离不开，所以他总到窗口去待着。说到收席子的，他只是期待和莫名的兴奋。说来也怪，这两个人都不是他有意要交往的，他与他们碰面也从来没有什么事先的招呼和预感，一切都像一个悬案，而现在他的整个生活都变成与这两个人打交道了。这两个人又有区别：铁匠住在村里，天天看见，一见面就威胁和嘲弄他；那收席子的却是没有个住处（也许有），只是不定期地拜访，收了席子就走了，行踪诡秘得很。他时常坐在屋里发呆，偶尔脑子里像电影一般出现与这两个人会面的情景，但那都是不由自主的，他从不有意去回忆与他们之间的关系。

现在他正等待下一轮的席子收购。他曾对妻子说，就是不工作也会有人送钱来的，当时他说这话倒不完全是吹牛，他对这一点无端地有种自信，也不知这自信是从哪里来的。反正近几个月来，他觉得自己的目的越来越容易达到了，有时刚刚在脑子里产生一个念头，随之就变成了现实。比如，他刚刚想到“少工作一点儿，多偷些懒，照样活下去”，他的身体马上就变懒了，而且心安理得，并不为今后的生活发愁。上午他还鬼使神差一般对妻子说：“我的席子会卖很高的价钱的，这世界上需要我这么个人，虽然地位、身份模糊，这种需要也就规定下来了。”妻子还以为他说胡话呢。

“你总得工作。”沉默了半晌她才说。

“为什么呢？有时候我想，干脆洗手不干算了，照样有办法活下去。我愿意每天坐在窗口，无所事事。每天该背米的时候便去背米，该买煤的时候便去买煤，有事没事到山上转一转。”

下午收席子的来了，看了看堆在角落里的席子，点点头，掏出腰包来付钱，一边将钞票数得飞快一边说：

“现在旺季来了，比上个月加一点儿价。”

“这当然好，也应该，我们并不富裕。”他仍然不动声色地说。

他一走，妻子就惊呼起来：

“他并不按席子的数量给钱！他每次都是付同样的数目，这次还加了许多，会不会弄错了呢？也许等他想起来，会来要你退钱的。”

“怎么会呢？”痕微微一笑，“我们是遵照合同行事，你还不明白吗？”

“啊，你看懂了那合同吗？”

“用不着看，通过这一年来的买卖，我明白好些事了。”

“那合同是永久性的吗？”

“哈！这种事谁说得清？又有谁能签上一个永久性的合同呢？大致估计今后有饭吃就可以了。早几天我去背米，茶馆的老板娘假装忘记似的让茶壶留在桌上，我一尝，是特级花茶！其实她怎么会忘记？她自认为应该对我改变态度了，这些人真可笑。”

几个月不来的景兰又上门了，穿了一身黄衣服，满脸容光焕发，显得年轻了好多。这回他还带来一个陌生人，那人也穿着黄衣服，很谦卑的样子。

“这是我的表弟，他在外面听到了你的名声，打算经常来这里向你学习学习，获得一些灵感，提高自己的技术。”景兰说。

“学什么呀，我近来差不多要放弃这门行当了，技术也退化得厉害，我将来可能不干这个了。”

“你真是过于谦虚了。我记得在困难的日子里，我好像是你唯一的知音吧？我常对表弟说，你是一个顶天立地的人！不管外面怎么看，我们始终是站在一起的。啊，我真怀念那些好日子！我听说你们家现在天天去肉店砍肉回来吃了。我就想，早该如此，这个世界埋没了多少英才啊！”

“埋没了多少英才。”表弟也说，脸上无动于衷。

“请问你现在干什么工作？”痕出于礼貌问那表弟，表弟却嗔怪似的瞪他一眼，掉转头去不理他。

“四海为家，四海为家！”景兰急忙替他回答，“向你学习的事就这样定了，我想你不会辜负老朋友的期望的。”

“我并没有答应，”痕连忙辩解，“我已经不打算干老行当了，我早该休息了。”

“不要推托了，你以为我不知道你天天去肉店吗？难道天上会掉下钱来？当然我不是侦探，也不想管你的闲事，但你们去肉店是人人看见了的。你就不要推托了，我这点面子还是有的吧？我们是志同道合的朋友。”

“当然。”痕无可奈何地叹了口气。

“你当然注意到我们俩的服装了。这是一种标志，说明我们已洗心革面了。我们穿着这身醒目的服装，时时刻刻不忘自己与众不同。”

但那表弟似乎并不感到与众不同的乐趣，只是一个劲儿往后退，退到了门边，背对大家站在那里。痕的妻子递给他一杯茶，他失手将茶杯落到地上打碎了。

“我明天早上8点来。”他毕恭毕敬地说，垂着双手。

“8点？早上8点我要睡觉呢！”痕连忙说，“再说我的生活就是站在窗口打发日子，你来跟我学什么呢？”

“我早上8点来。”他重复道，然后提起脚就走出门去，景兰也随之出了门。

痕感到非常地气愤，他想到这景兰真是十分地卑鄙，和他那称为表弟的什么人穿着一身黄衣服就来了，目的暧昧且不说，还硬把这表弟塞到他家来，而这家伙简直是个疯子。痕一边生气一边思忖着明天早上如何对付表弟。于无形之中，他已经不打算明早睡懒觉了。景兰这一招真是厉害，竟改变了他的习惯。他又记起这景兰已经好久不来了，他并未目睹他生活中近来的变化，包括经济收入的增加等，他只是根据村里人的议论瞎猜测，而且也似乎并不想弄明白个中底细。既然如此，他打发表弟到他家里来会有什么样的目的呢？对他不感兴趣，却又打发人来他家，真是人心难以揣测啊！

天蒙蒙亮痕就醒来了，洗了脸，到外面院子里转了一圈，又回来将厅屋里扫了扫，将工具上的灰掸了掸，将没织完的那床席子摆好，然后才去吃早饭。

“今天那人要来。”妻子说，并不将头从碗上抬起来。

“是的。”他简短地回答，语气有些愤怒似的。

吃完饭他就去站在窗口，心里盘算着如果那什么表弟来了，他就这样站一整天，看他说些什么。铁匠今天没有出来，那门口冷清清的，只有一只乌鸦落在地上，又飞走了。痕看了一会儿，觉得相当乏味，再看看表，已经7点50了，于是去上厕所，一边吩咐妻子：如果那人来了，就说他在厕所里。

他故意把动作放得很慢，上完厕所已是8点半，然而那人并没有来。因为妻子掩饰不住脸上的失望，痕又很气愤。他开始在屋里踱来踱去，一直踱到9点那表弟仍没来。幸亏妻子到邻村买菜去了，要不然可糟糕死了。9点15分的样子，痕伸长脖子朝大路上望了望，确定他不会来了，便穿好外衣，提了篮子打算上山去了。回想自己早上的行径，也觉得不可思议：原来自己是很在乎这类事的？那表弟是不是看透了他，才开的这个玩笑呢？

一出门，便看见铁匠那隐隐约约的身影在前方飘动，想跟上去又改变主意，决定还是放慢脚步的好。早春的天气有些燥热，还没上山就出汗了，就势在路边石头上坐下来，有人在身后说话：

“在如今这种年月，你对于织工的生涯有种什么样的预测呢？”

回头一看，竟是他等了这么久的表弟。他仍旧穿着那身黄衣服，低着头，十分谦卑。

“你这个说谎的人，你根本没来，却躲在这里捉弄我！”痕心中火冒三丈。

“我为什么要说谎呢？”他显得茫茫然然，“我没打算说谎。也许你心里有太多的臆测。”

“是谁说的早上8点来我家？”痕仍旧气愤愤的。

“是谁说的呢？”他也反问道，完全是迷惑不解的神气。

“也许是我自己。”痕的火气忽然小了下去。

“也许是你自己。”他也说，放了心似的。

“可是你不要学我说话好不好?”痕又生气了。

“谁在学你说话呢?”他再次显出茫茫然的样子，“谁学你说话了?”他一边重复一边朝路上走，一会儿就走远了。

“谁学我说话了?”痕自言自语道，同时大吃一惊，以为自己中了邪，产生了幻觉。揪揪头发，猛眨几下眼，还是搞不清刚发生的事。

有几个村民从路上走过来了，痕生怕他们注意自己，连忙朝回家的方向走，也不想到山里去了。那几个人居然也掉转头，跟在他后面走，还叽叽喳喳的，似乎是在说他。痕索性站在原地，看他们干什么。但他们不干什么，也站在原地，还是叽叽喳喳地小声说他。痕趁他们不注意，撒开腿便跑。

他又奔命一样奔到家里，关上门。一看自己的裤脚和鞋子，又是沾满了泥，狼狈不堪。

一会儿妻子就回来了，买回一大堆莴笋做菜。因为痕近几个月比较懒散，也不管理菜园子，妻子只好去邻村买蔬菜来吃，这一来支出就增加了，幸亏那收席子的也付得多了。对于这件蹊跷的事，痕的妻子也糊里糊涂的，懒得去弄清。她相信这些事全写在合同上，而她，一辈子没和人签过合同。

“这事就这样算了。”痕一边刷裤腿上的泥巴一边说。

“什么?”妻子吃了一惊。

“我是说与人打交道的事。今后除了收席子的和铁匠，不要放任何人进屋里来，我与外面这些人的关系就这样算了，太麻烦。”

“可是简郎中呢?他可是个好人，总帮我看病。”

“那就再加上简郎中和收水电费房租的，共四个人。小孩子可以不算数，女儿的同学什么的可以来。”

说过这些话之后，他觉得心里格外轻松。踱到窗口，看见那几个村民已走远了，铁匠又出现在那张门外，似乎在冷笑，还朝他做了一个鄙夷的手势，使得痕不由得脸一热，低下头去。他想到最近发生的这些麻烦，都是那收席子的来了之后出现的。要是那人只出个普通价收购他的席子，他妻子就不会常去肉店，村里人就不会知道他的生活“好了”，也不会有人来打他的房子的主意以及跑到他家来要向他学习什么的。现在事情已经复杂化了，但他与收席子的之间的关系却是简简单单，那人连货都不看就给钱，挑了席子就去扔在山里。而原先，那些收席子的总是左看右看，还挑毛病，狠狠地压他的价，说他的工作“华而不实”什么的，甚至常退货。

现在他倒并不担心别人去山里看了，又有谁搞得清这种事呢？就算他们看见了扔在那里的东西，大惊小怪一阵，随即便会抛之脑后的。再说他们做梦也不会将那些腐烂的席子与他这个人联系起来，他们村里的人从来不对事物加以联想，生来就没这个习惯，从这一点看起来倒是很纯朴似的。就比如一个人看见有人挑了席子从他家出来，然后这个人尾随收席子的到了山里，看见他将席子扔在栗子树下吧，他也绝不会想到这些席子是痕的，他会认为它们是某个他们不认识的怪人织的。这是奇怪的，这些村里人的脑子就是不能联想。

有一回那收席子的来他家收了席子，他送他出门，回来时在门口碰见王嫂，王嫂和他打招呼说：“你工作忙吧？你的这位朋友我认识，他什么都不干，到处游荡，今天他怎么将简郎中的草席挑走了呢？我认得医生的手工，那绝对是他织的，马马虎虎，怪里怪气的。”

而对于他的经济收入的增加，大家又另有一番解释。他们说他并没有卖出一张草席，只是他有个未见过面的远房亲戚欣赏他的手艺，每月汇钱给他。“现在他家里的存货已经堆得像小山一样了，他不让我们去他家里，纯粹是不好意思。”他们都这样说。

在粮店排队买米时，他也曾故意提高了嗓子告诉人，说他卖出了多少床席子，什么价钱等，但那听他讲话的人开始一本正经地点头，最后却现出嘲弄的神色。“这个人从来也不知道谦虚是怎么回事。”这是他偷听到的一句话，还有一句是：“谁看见过有人收购他的席子吗？谁也没有，这是很明白的，吹牛也不起作用。”

景兰的表弟终于又来了，黄衣服一闪就溜进了门。痕以为他要留下，慌忙走到窗口那里去站好，目不斜视。然而表弟并不要留下，却在他背后说："我现在有事，今天下午两点再来你家。"说完就走。

痕又开始坐立不安，对于表弟的做法愤恨到了极点，打算等他下午来了之后将他撇在家里，自己到山里去；或让他在厅屋里干等，自己闩了门在卧房睡觉；或根本不让他进门，任凭他怎么喊也不开。想呀想的，想出好多主意。两点钟到了，他没来；3点钟了，还是没来。痕垂头丧气，将愤怒转移到了自己身上，坐在屋里生闷气。

生完气痕就睡午觉，这一觉从下午一直睡到第二天中午，搞得妻子不知出了什么事，大大担心起来。中午胡乱吃完中饭，痕又倒头便睡，蒙眬中听见女儿在耳边说："那人又来了。"

"谁?"痕一下子坐起来。

"他说是你的老乡，你从小就与他要好。"

痕从门缝里看见铁匠那把钩刀在晃动着，连忙穿好衣走到厅屋里去。

铁匠叉开腿坐在桌旁，脸上的横肉跳了几下，一只手紧握住钩刀，一副准备砍杀的姿势，痕不由得倒退几步。然而他的手又松开了，从容地到桌上拿杯子喝茶。

痕畏怯地移动步子，也到桌边坐下。

"生意怎么样?"铁匠故意粗声粗气地问。

"怎么样呢？我也搞不清……"他嗫嚅着，"要等那收席子的来才知道，合同都在他那里。"

"什么!?"铁匠大吼一声。

"啊，我弄错了，没有什么合同，我刚睡醒，还在说梦话呢。"他的腿簌簌发抖了，随即又提高嗓门给自己壮胆，"我什么都没说。"

"以后说话要注意一点儿，有些话可以不说。"铁匠毫不放松地瞪他，"你一个人在山上的时候尤其害怕，难道不是吗？睡着了也没用，总要醒来，我正是来提醒你这一点的。这件事不要轻易地忘记。你看见这钩刀上的血了吧？很普通的事。要彻底从心里打消关于合同的企望，我在那边每天都关心着你的这个问题，你都清楚的，只是别忘记。”

痕的女儿倒并不怕铁匠，她从他腰上取下钩刀，在屋里舞弄起来，一副顽皮相。铁匠注视着她，目光就如两条冰。

“放下！”痕气急败坏地冲过去。夺回钩刀交给铁匠。女儿吓了一跳，一溜烟儿跑掉了。

“你想清楚了没有？”铁匠系好钩刀，打算离开。

“也许。但还要再想想。你总不介意我坐在窗口吧？”他犹豫不决地说，对自己的声音很厌恶。

“你坐在那里看我，事情并不因此有什么改变。我可以告诉你，你不要指望奇迹出现，从来就没有。你已经知道了，日子会越来越难熬，慢慢地，每一分钟都会让你实实在在地感到它的漫长。当然你只好坐在窗口，以看我来打发你那单调猥琐的生活。你的朋友再一次欺骗了你，对吗？你将手放到这上面，试一试刀刃。”他将钩刀解下，摆在桌上。

痕的手抖得厉害，脸都白了，手指在衣服前襟上摸索着，始终不敢伸过去，他的脸因惭愧而涨得通红。铁匠观察他良久，表情越来越鄙夷，越来越不耐烦，最后他收起了钩刀。

“这也是一种体验，一种权宜之计，”他说，“和你坐在窗口差不多。你这类人都想看见，但是慢慢地，你连看都不看了，只用耳朵听。比如，现在外面晴空万里，我们俩用力一凝神，就这样，你感觉怎么样？”

“我不能很准确地说出来。”

“好，你就采取这种权宜之计吧。冒险的生涯并不适合你，上一次，我险些将你误杀了。要知道我从不手软。”

“你就是在这里住一两天我也是欢迎的。”痕突然说，说过后目光就躲闪起来。

“为什么呢？你要弄清一些事？我刚才告诉了你，完全是白费心思。”

他走了，痕的内心空空落落的，他不愿编草席了。

“那把刀，我玩起来很顺手的。”女儿不知什么时候从屋里溜了出来，兴奋得两眼发光。

“你懂个屁！这种事是要命的！”他大声呵斥，可是女儿并不害怕，表情还有几分嘲弄，似乎看穿了他，又似乎在想自己的心事。

然而关于那把刀，关于铁匠，自己又懂得什么呢？无非是一些朦胧的猜测而已，甚至连猜测都算不上，只是在恐惧中挨日子。回想这一阵的行为，只不过是被动地干了些不可思议的事罢了，他又怎么知道那种事是要命的呢？难道只是因为铁匠面目凶恶？要了命去之后又会怎么样呢？这些问题他完全回答不出，他不过在装腔罢了。他知道的还不如妻子多，因为妻子起码还知道铁匠是个外来户，现在成了村里的一员，而他连这也不知道，整个的糊涂，越细想越糊涂。昨天夜里他躺在床上想出了一个好办法来消磨时间，那就是将自己每天梳头掉下的头发搜集起来，进行一种有趣的编织。他越想越兴奋，每个细节都想到了，在床上翻来覆去地睡不着。

“你想什么呢？”妻子问。

“我想开始一种新的尝试，52 岁并不算太晚吧？”

“当然。”

当东方透出第一线曙光时，他感到昨夜的躁动开始一丝丝从体内消失。什么叫作新的尝试呢？已经延续了 52 年的模式，又怎能自行隐退呢？毫无疑问，他正在走向老年，也不再常冲动，而要搞什么尝试往往是出于冲动。好久以来，他就不愿动脑筋了，对尝试也渐渐生出了厌恶之情。他回想起从前，当他织出那床中间空缺一大块的席子时，心里那种恶作剧的快乐，觉得十分乏味。但是就没有别的了吗？坐在窗口仅仅是出于无奈吗？又似乎并不是。在他与铁匠和收席子的之间这种直线似的、心照不宣的联系中，深深地隐藏着某种微妙的、无法言说的东西，似乎是满足，又似乎是挑战。正是这种灵魂最深处的颤动使得他一次又一次，心不在焉地站在窗口，或跑到山上去采集野菜。有时，这种颤动是如此微弱，以至于他觉得可以对此忽略不计。但两三天之后，他又深感绝不能忽略不计。有一次，他甚至在没人的时候大声喊出：“它是存在的！”喊过之后又觉得很没把握，很担忧。因为这种存在的东西并不给予他某种稳定感，而只是不断地夺去他赖以生存的种种依据，比如说作息时间表啦、工作进度啦、工作的技巧方式啦、与人的交往啦，等等。他偶尔想一想自己的处境，觉得真是暧昧极了。他知道自己是一个枯燥乏味的人，以前每次去粮店买米都体会到这一点，可他并未料到自己会到这步田地，以至于每天都站在或坐在窗口挨日子。幸亏这一点除了那铁匠别人都不知道，也不关心，不然会更烦恼。

穿黄衣服的表弟又是怎么回事呢？他对于这种骗局似的约会越来越不耐烦了，每天早上或下午醒来，他都暗下决心，绝不再等待什么，而只要停止了等待，那家伙就会自行消失。可是稀奇古怪的事情发生了。每天，他越是告诫自己不要再等什么，心里越是念念不忘那穿黄衣服的家伙，搞得门都不愿意出了，既怕撞上他，又怕错过他。上次去买米，走到茶馆碰见他，他说：“你今天不该出门，我下午3点要去你家，万一碰不上怎么办？”一席话说得他灰溜溜的，买了米就飞也似的奔回屋里，当然他没来。他从不守约，但这种不守约的态度里又似乎隐藏了某种坚定不移的原则。这种事妻子也觉察到了，而且每天与他一道默默地等待，她不知道他最忌讳的就是这个，他不好告诉她，只得任其自然。他想起了一件事，那就是他现在所等待的并不是表弟如期来他家里，因为他从不曾如期来过；他所等待的还不如说是与表弟不期而遇时，他那种随随便便的口头许诺。每当听到那种许诺，他那空空落落的心里都会有种踏实的感觉。表弟是谁，是景兰的表弟，一个奇怪的人物，正如他自己。那么景兰又是谁呢？景兰原来是他的朋友，尝试过编草席，后来不见了。生活中有很多人就是这样消失了的，但又并不是真的消失了，而是为另外一些人所代替了，比如这景兰，就为他的一个表弟所代替了。所以现在，除了与铁匠和收席子的之间那种直线联系以外，他还与这个穿黄衣服的表弟有一种曲线的联系，这种联系最为复杂，说不清道不明。比如，昨天在路口远远看见他的黄衣服，痕拔腿便跑，生怕被他发现，然而一回家，又忐忑不安了，踱来踱去的似乎在等他，可他偏不来。有一次他真来了，痕却又蹲在厕所里不出来，一直到他走了才出来。总的来说，痕与他的关系就像捉迷藏，这种迷藏不知不觉地捉了一个秋天，那表弟不但不厌烦，反而更显得精神百倍了。甚至在他睡着了的时候，比如昨天夜里，他也在外面敲着他的房门，大声通知他，说他天一亮就要来他家里，搞得他瞌睡全无，胡思乱想了几个小时就起床。近来就连他的梦里都经常跳跃金黄的色块，有时干脆就是一匹黄布遮天盖日，这不是那表弟的影响又是什么呢？

痕再次上山的时候，那棵树下的草席全部烂掉了，连那几根竹扁担也不知被谁捡走了。屈指一算，他已经有三个月没搞任何编织了。他举目望去，荒山上一片萧索景象，晚秋的风声中竟然会夹杂了铃铛的响声，隐隐约约，含义模糊。

昨天收席子的汉子来了他家。那人进来的时候，痕稍微有点紧张，因为他这是第一次没有成品可以交给他。而妻子比他更紧张，声音都发抖了。

他坐下来，依然是那张躲躲闪闪的、模糊的面孔。喝了一口水，他提出要在那张合同上再增加一些条款，痕的手心出汗了。

妻子从房里拿出合同来递给那人，那人看也不看，从口袋里抽出一支红笔，画了一个圆圈似的东西，又递给了妻子。

“这种合同，也许是有年限的吧？”痕迟迟疑疑地问。

“当然。”他背对着痕在数钞票，痕觉得他数得特别久，然而终于数完了。痕的妻子正目不转睛地看着。“那么，离合同期满还有多少年呢？”痕又鼓足了勇气问道，这一次他连背上都出汗了，声音也极不自然。

“你想得太远了！”那人忽然发脾气了，将钞票往桌上一摔，依然背向痕而立。“谁又能知道这种事情呢？知道了又究竟有多大意义？你想拿它去和人吹牛吗？我告诉你，不可能知道的。正是因为这一点，我才与你签合同，因为你工不工作全一个样，难道你还没有明白吗？”

他气冲冲地走出门，痕这才发现，他根本没挑担子，他是空手来的。这就是说，他知道自己这几个月什么都没织，他只不过是来送钱的。那么，以往他来他家时，肩上挑的又是谁的席子呢？也许那不过是个幌子，他的职业并不是收购席子，他只是打扮成那种样子冒充收席子的？还有合同上的红圈又意味着什么呢？他问妻子要那张合同来看，又发现上面并无什么红圈，除了上次那些无法看明白的记号以外，什么也没有。

“这种合同是很可怕的。”妻子忽然说。

痕含糊地“唔”了一声，什么也没说。

今天他又上山了，他听见了铃铛声，这是以往不曾注意到的，那声音时远时近，时强时弱，并不时时刻刻吸引他的注意力，但总让他感到。这座山，他来过无数次了，上来又下去，采集野藠头和野栗子。但直到今天，他才发现自己完全不认识它，也搞不清近年来在山上所遭遇的事情。比如说，铁匠到底来山上干什么？是不是为了跟踪他呢？似乎完全不是，因为他根本不把他放在眼里，每次都是威吓教训他一顿就走了，好像有什么重要的事在等他去干。他才不把他当回事呢！但又为什么他如此频繁地与他在山里邂逅呢？再比如说，他到现在也弄不清收席子的每次进山之后到什么地方去了。山后是一条又大又深的壕沟，绝对过不去，所有的人都得像铁匠和他自己那样，沿着原路下山。痕从未看见过收席子的往回走，他一进山就整个消失了。有一回，痕在窗口等了整整一下午也没见他的踪影。但他又并没真正消失，一两个月之后他又出现在他家里。那么，当他将这些草席扔到树下之后，他究竟去了什么地方呢？莫非这山上有一个秘密的洞穴，可以通到外面？痕觉得这事又蹊跷又荒唐。他又记起自己从不曾与人谈论过这事，哪怕和妻子也不曾。因为他没法确定自己的语调。再说搞得别人不安反而不好，他也不愿意有人来这荒山上查看，吵吵嚷嚷的反而要出事。他不希望自己的生活中出事，早就没有了那种好奇心，只盼望平平安安度过一生，不断有人给他送钱来就行了。

他弯下腰去看一种很熟悉的草，一下子吃了一惊，因为他叫不出这种草的名字了，这太奇怪了。五年前，他认为自己踏遍了这座山的每一寸土，对山上的一草一木全了如指掌了。他还带着植物学的书上山，将每一种植物的名称、习性全记熟了，暗地里，他已经将这座山看作他个人的财产，因为没人会来这荒山上，他还为自己选了一块墓地呢！就在那棵酸枣树下。然而这山上出现了人迹，至少已有两个人到这山上来了。自从遭遇到这些不可思议的事，他于不知不觉中已将过去的事全忘了。但是他一定要找到野藠头，不仅因为当他想起这个词的时候脑子里出现模糊的绿色，而且也因为这是他唯一还记得起来的几种植物了。他刚来这里时，这种野草满山都是，近年来忽然消失得无影无踪。也可能是慢慢消失的，反正他没注意到。有时费了九牛二虎之力在岩石缝里找到几株，也不像从前那么绿得郁郁葱葱。而是又黄又瘦，无法食用。即便如此，痕还是觉得这种寻找有意思，所以上山时总忘不了提个篮子，而且每次必声称："挖野菜去。"妻子明知他说这话是幌子，也从不戳穿，而且每次他回家也从不查看他的篮子，假装忘了他是去做什么的了。

风越刮越大了，铃声离他越来越近，似乎有很多风铃挂在不远的地方，又似乎声音是从一个方向传来的，越响越急。痕想道：如果他顺着铃声追寻下去，会出现什么样的境地呢？每次他都沿这条小路上山，因为山上只有这一条路。而如果要随铃声追下去的话，就要从没有路的草丛和灌木丛中穿过。他大致判断了一下方向，便往南边开起路来。他捡了根枯枝拨开树枝和杂草，一步步行进。然而一旦他偏离了原来的路线，铃声就变得微弱，最后完全消失了。大约爬了半里山路，痕已是满头大汗。看着这些活生生的小树，痕觉得异常沮丧。侧起耳朵来听，什么也听不到。他猛然想到，铁匠总是与他走在同一条路线上，还有那收席子的，扔席子的地点不也是临近这条小路吗？或许这便是为什么在小路上听得见风铃响的原因了！风铃是挂在什么地方呢？是铁匠或收席子的挂的吗？还是根本就不存在？痕累极了，再走下去已是不可能，于是他掉转头沿来路往回走。在接近小路时，风铃声又隐隐约约地响起来了，到他踏上小路回家时，铃声就像发了疯似的在他身后追击，每当他一回头，铃声又戛然而止，就是搞不清是从什么方向发出的。也可能是他脑子里的幻觉吧。

"让我们推心置腹地谈一谈。"在茶馆，穿黄衣服的表弟拦住他毕恭毕敬地说道，还递给他一杯茶。“有些事，你是不是过于急切了一点儿呢?”

“那是因为你总与我约会。”他怨恨地说，偷眼看了一下手中的篮子，篮子里躺着一株说不出名字的野草，瘦伶伶的，如一个孤儿。

“这种事，你不能设想有个尽头，你太急切了一点儿。”表弟枯瘦的指头在茶杯边沿旋转着，很悠闲自在的样子。

老板娘忽然从里间出来了，帮他们斟满茶，似乎很贴心地凑近痕的耳朵，悄悄地说：

“凡事总要细细思量，不是吗？比如你站队买米，你知道有多少人在注意你的举动吗？他们都为你操心。你背起米便走，谁的劝告也不听，这怎么行？你知道，我在此地开茶馆已有40年了，真是一言难尽啊！就因为你不听我们的，你才会在家里心急如焚地等一个约会，其实那是我设下的迷宫，我对你了解得太透彻了。”她居然坐下了。

表弟向她投去赞许的目光，她说一句他点一下头。

他忽然觉得很窘，就没话找话地说：“我听到一种风铃的声音。”

“当然啊！当然啊！”老板娘连忙接过口去，“如果你不那么急切，如果你征求一下我的意见，你还会听得更清楚，某种微妙的声音会终生伴随你。我们这些人就像一座桥梁，你要过河，就离不开我们。”

她耸了耸肩，做出一种挑逗的样子，痕觉得那样子实在可恶。

“我倒并不想过河。”他冷冷地说，掉转头去不看老板娘。

“不过你已经到了桥上，”表弟彬彬有礼地提醒他，“怎么还能说你不想过河呢？老板娘是一片好心，你太自相矛盾了。你每天在家等待的不就是这件事吗？急切的心情有时会使人忽略了最为重大的情节。你在粮店排队时可以不理那些人，但是你不能不理老板娘，你太狂妄了，这是不可以的，我们都不可以这样。今天你来了，大家正好推心置腹。要知道她在此地40年了，比你资格老得多，她差不多可以说什么都懂。”

“就是，我差不多什么都懂。”老板娘再次抖一抖眉毛，风骚地将一只胖手搭在表弟的肩头。“你想想看，40年了，你还没来我就在这里开茶馆，谁会比我的资历更老？我可以毫不惭愧地说，对于这个村子里的每件事，我都是一个铁面无私的评判员，你也要受到我的评判。以前你总是厌倦这件事，瞧不起我，我也不愿多向你解释。现在表弟来了，这下好了，我与你的关系这就趋于明确了，你为什么还想不通呢？”

不知出于何种意图，他们俩都提议痕到茶馆内部去参观一下。他们说，因为痕，过去一贯不务实，高傲，对平凡的事物采取轻视的态度，现在应该改一改了。痕就糊里糊涂地跟随他们进到了茶馆里间。

在一间十平方米左右的小房间里，茶馆的老板躺在一张破破烂烂的木板床上，痕记起已有多年没见过他了。老板娘解释说那是因为他中了风，无法走动。所以一直躺在这里。还说别看他躺在这里不动，村里所有的事都是由他发指示给老板娘，然后由老板娘做出总结，成为正式的评判的。

“我们也评判过你。”那男人左脸不能动，就用右边的脸艰难地抽动着说话，一个字一个字拖得很长。“你屋前那座山的山顶四季云彩飘逸，真是一个仙境般的所在，难怪你要去山上。自从你得到你亲戚那笔馈赠，光顾肉店的次数多起来以后，我们无时无刻不在关心你的命运。你想想看，你现在能受到我和老板娘这两个杰出人物的评判，这可不是一件容易的事。”他忽然住口，右脸也不抽动了，直翻白眼。老板娘忙乎开了，一边给她丈夫扎针灸，一边大声埋怨痕，说他脑子太死板，惹得她丈夫生气，她丈夫可是好多年没生过气了。这个时候，表弟就在旁边为老板娘递蘸了酒精的棉花球，并柔声柔气地对痕说：

“你看，所有的人都认为你是心情过于急切了，心情浮躁就是不切实际的表现啊。看看这位老板，已瘫痪多年，仍然冷静地躺在这里。虽然我时常来看他，但是他并不像你一样等待我的到来，这就是你们之间的不同了。你的脚没毛病，可以到处走，你还是心情焦躁。多到这里来看看吧，多来一次你自然就了解他们了。他们是真正关心你的人啊。”

扎了一通针灸，老板终于活了过来。他阴沉着脸，朝痕直摆手，示意他出去，老板娘则充满怨恨地大声呵斥：“还不快走！”于是痕就昏昏地出门了。出了门，朝那边山头一望，似乎真看见了几朵云彩。

一想起自己被这莫名其妙的老板娘缠上了，痕就后悔得不行。他一回忆，记起是因为表弟才与这女人搭上腔的，又怀恨起表弟来。这么多年了，他一直将茶馆老板娘看作他最讨厌的人。又怎么能与她连成一气呢？可现在，他硬是与这女人搞出些扯不清的关系来了，而牵线人则是表弟——他在莫以名状的情绪中朝思暮想的人物。这些年来，他本以为自己已渐渐与外界割断了联系，原来却没有，先是表弟来了，现在又搭上了老板娘以及她丈夫，看来以后买米路过村口时，断然逃不过她的纠缠了。说不定她每次都会逼他去见老板呢。他觉得更不可解的是，自己竟会乖乖地跟随他们，他从前的傲气到哪里去了呢？那时候，他看见老板娘之类的人是绝对不理的，可这一次，他觉得也没什么理由不理他们，因为他并没有弄通一些道理，他们反而弄通了。说到底，自己只是半桶子水。真的，那个人怎么能够做到躺在破烂的房间里，却始终毫不焦虑的呢？他就没有感到自己正在沉沦吗？真是奇迹啊！这个茶馆，他曾无数次在此歇脚，从未想到过这位残废人正躺在茶馆的里间，想想自己背米路过此地时一贯的表演，痕不由得脸上发烧，脚步也迟钝了许多。原来他的傲气是十分可笑的，说不定那两夫妇在里间笑他笑得不亦乐乎。他的表演做给谁看了？一个躺在破屋里的洞穿世事的残废人，那人早对他了解得十分透彻。尽管这一切，痕还是不习惯被他们缠上，现在只好走着瞧了。痕觉得自己的肢体正在起变化，变成一些幼嫩的、软绵绵的东西，全不似从前那种老练的感觉。

“我是绝不会再去你家里的，当然你可以来找我，但我绝不去！”

痕诧异地一回头，看见老板娘正气喘吁吁地追了过来。喊了这句话，她掉转头就走了。她的背影很像一只母鸭，沉甸甸的。

痕想道：自己要去找他们吗？当然不。那么买米路过怎么办呢？能不能抄另外一条路回家呢？不能，从粮店到他家只有那一条路。他又想了好几个方案，比如雇人买米啦、自己改头换面啦、到邻村去买啦，最后都一一否决了。原来自己根本没法躲开，真要躲开的话，就得连表弟也不见，然而他不是每时每刻既想见他又想躲他吗？他想不出一个解决的办法来。他生活中的这条线是如此地弯曲多变，一点儿都不像铁匠和收席子的与他之间的那种联系。有时他也想干干脆脆地断了与表弟的联系，可又做不到，结果总是每回弄得他满心沮丧。为这个他又恨起景兰来。那么景兰又是个什么人呢？痕记得他从小便认识景兰，那时他家境苦，经常去别人家收废报纸去卖，很多比他大的男孩抢了他的报纸，他捶胸顿足地哭倒在地。后来长大了，他就圆滑起来了。即使对于自己从事的所谓“事业”，他实际上也是抱着一种功利的态度，并将这种态度强加于痕。从他派表弟来痕家里这一点就可以看出来。而且他从不听痕的解释，一味按照自己那种简单的思维去做。在痕认识的人当中，他是最善于将复杂的事情简单化的了。以前痕暗暗瞧不起他，可是自从他将表弟介绍给自己以后，痕忽然改变了看法。算来算去，他是自己在这世上唯一的一位朋友、可以谈话的对象了，铁匠和收席子的都不能算，因为他俩只是对他发指示，从不与他交谈。他俩是全不在乎痕对他们的态度的。景兰到什么地方去了呢？是不是将表弟介绍给痕之后，他就觉得自己可以隐退了呢？这个景兰，对于痕来说，如此熟悉的人，如今像影子一样消失了。痕又想到，山上那些植物不也是如此吗？唯一不变的是那条上山的路，那条永无出口的小路。如果多年前的一天，他不上山，他就不知道那条路。他和铁匠一次又一次地攀登，一次又一次地从原路回来，只有那收席子的，也许是在返回的途中消失得无影无踪。他记得当他第一次上山，叫出每一种植物的名称时，心里洋溢着的，是怎样的无法言传的狂喜啊！谁又会想到他会变成今天这个样子呢？那时候，他的生活井井有条而繁忙，每天编织，经常上山，可以说是心中有数。谁也无法破坏他的心境，他也从未想到要跟在任何人的屁股后头跑，当时他觉得自得其乐。如今他回忆起当时的想法来，感到毫无意义了。

过了两天景兰意想不到的又来了，仍旧穿的黄衣服，兴致勃勃的样子。一来就在桌边坐下聊天，声音很高。

“最近我以你的名义在外面做生意了。你不是富裕了吗？外面全知道这回事了，我跑了好几个乡，他们全知道。于是我想了一个办法，我从别人那里收购了席子，说是你织的，再卖出去。因为我是你的好朋友，没人不相信。你看，这一来，一方面扩大了你的名声，另一方面我也得了好处。我还是很够朋友的吧？”

“可是这种欺骗的方式不是败坏了我的名声吗？”痕有些着急，同时马上隐隐地感到了自己的可笑。

“你怎能说这就是欺骗？”景兰生气地站起来，“如果不是因为友谊的关系，我才不会自讨苦吃呢！你知道的，我并没有去贩卖别人的东西，我贩卖的是你的东西，你太不识好歹了。你想想，你的东西实际上是很难卖出去的，你我心中有数。现在都是由于我的宣传那些货才受到欢迎。在这以前十多年里，你到底卖出了多少货，你是清楚的。”

“请你不要生气，”痕连忙说，“我完全知道，我的那些货一点儿用也没有，况且我又好久不工作了，现在完全是徒有其名。有时候，我爱说说大话，请你不必生气。我以后要牢记少说大话。这都是从前养成的恶习。”

“我听说我的表弟向你学到了很多东西。”

“应该说我向他学到了很多东西，他是一个了不起的怪人。”

“你终于看出了这一点我很高兴。以前我还认为你是那种顽固不化的人呢！我一直想影响你，你就没看出来吗？”

“我签了一个合同……”

“那是没有用的，”景兰打断他，“我们都签了各式各样的合同，区别只在于大家都不说，而你说出来。合同又怎么样，我们照旧在惶恐中度日，无法忘记某些事。我为什么派我的表弟来呢？就是为了帮助你忘记某些事。你做得还不错，只是有些急躁情绪还需克服。我看得出我终于对你产生一定的影响了。”

后来景兰提议说，为了纪念他俩在艰难的日子里结下的友谊，痕应该发表一个讲话，为此他特地准备了录音机，打算将这个讲话录下来，带到四处去播放，为痕做宣传。他拿出一个小匣子放在桌上，痕拿起来细细一看，发现那只是一个普通的木匣子，里面放了一条小手绢。

“这个匣子具有神奇的作用，”景兰说，“请开始说吧。”

“我与景兰建立友谊大约在15年前，”痕说了这一句突然打住，因为实在想不出要说些什么了。费尽了心机从脑子里搜索，还是没有句子。于是他张开嘴，茫然地看着景兰。景兰微闭双目，面带笑容，用指关节敲着桌面，根本没注意到痕已经沉默了，他正在聚精会神地想自己的心事。

这时有一件事情发生了。在窗口那里，出现了铁匠的脸，铁匠正死盯着这边。痕感到坐立不安了，他站起身推了推景兰。

“你还记得我从前向你提到的那个恶人吗？现在他来了。原来他并不那么可怕，我已经习惯于和他谈话了。”痕压低了声音凑近他说道，一边瞟着铁匠的脸。那脸在玻璃上一动不动。

“那不是铁匠吗？原来是他吓着了你。为什么你要将他说得那么可怕呢？村里人都不喜欢他。也许都怕他怕得厉害，但谁也不会说出来，因为他不过是个铁匠罢了，一个正常人怎么会怕一个铁匠呢？完全不应该。有人说他将小孩扔进炉膛里烧焦了拿出来锤，也只是传说而已，一个人是不应当害怕一个铁匠的。”景兰说这些的时候也压低了声音，目光躲躲闪闪起来。“啊，你的报告完了，很好。”

景兰将木匣子收进袋子装好，又向痕要了一张纸，在上面写了一张收条，告诉痕好好保存，因为是痕的报告记录的收条。痕发现景兰做这一切的时候，根本不朝窗口望一眼，虽然他不望，还是感觉得出来他完全知道铁匠的存在，因为他的动作和语言都显得大大地不自然了。

“为什么你不去和铁匠说句话呢？”痕忽然想到。

“说话？”景兰茫茫然然地重复，“说话？谁会和铁匠说话？没人会这样干的，难道你还没有注意到吗？不，我从来没有想到这个问题。”

他的话音刚一落，铁匠的脸就从窗口消失了，景兰的动作也随之自然了起来。

他嘱咐痕与他表弟好好相处，就轻佻地耸耸肩出门了。痕看着他的背影，感到惘然若失。

然而景兰又回来了，显得情绪低落。“我并不喜欢那个人，”他说，“他为什么站在你门口不走呢？他总这样吗？弄得我不敢出去了。”

“其实他并不总这样，这一次为什么呢？可能是因为你来了。你这么怕他，我倒没想到。”

“你完全错了，我没有怕他，一个正常人怎么会怕一个铁匠呢？这是说不通的。我只是不想见他罢了，你有什么办法让我从另外的地方出去吗？”

“当然，我可以让你从厨房窗口爬出去。”

他们俩偷偷摸摸溜进厨房，打开灶台上方的窗户，景兰轻手轻脚地跳了下去。痕正打算关窗，景兰又敲着窗玻璃，然后又跳了进来。

“那人还是没走，他绕到后面来了。我真不愿见他，我要在你这里躲一躲。”景兰不由分说地走进痕的卧室，鞋也不脱就在痕的床上躺下来。“我太累了，要在你这里休息一下。”

痕走到厨房窗口朝外看，看见铁匠悠闲自在地在马路边上抽烟，那把钩刀就放在他的膝头上。抽完一支烟，他就朝着自己家的方向走了。

痕连忙跑进卧室去叫醒景兰，告诉他可以回家了。但景兰伸着懒腰坐起来，很生气的样子。

“为什么你这么着急赶我走？我们不是好朋友吗？我虽然没有签过你那种合同，并不因此就比你低一等。我早说过，签不签合同不能说明问题的。这两天我不想见那个人，所以我想在你的厅屋里住一两天，让他误认为我不在此地了，你看如何？你现在反正又不工作，我们俩正好趁此机会谈谈今后的打算，以便我为你订出一个宣传方案。”

“你怎么知道我不工作？”痕有些愤懑。

“哈！你装什么蒜？你以为我不知道吗？这事已经好久了，大家都在议论。我是理解你的，正如签不签合同不能说明问题一样，一个人工不工作同样不能说明问题。你有钱去肉店，这就可以了。”

痕没有注意到，在他们说话的时候，表弟和那茶馆老板娘已进来了。他俩悄悄坐在床边上，很焦急的样子。

“我们老板昨天下午已对他做出了评价，我们来就是请他去听一听的，这事至关重要，所以我们匆匆赶了来。”老板娘说，“你们想想看，现在他一个人孤零零地躺在那里，难道我们不应当尊重他吗？”

她说完就抓住痕的手臂往门外拖，痕胡乱与她分辩着、争吵着，景兰和表弟也跟在后面说服他，四个人吵吵嚷嚷地出了门。痕的妻子在门口看见这一幕，很吃惊的样子。

就这样，痕第二次到了茶馆后面的小房间里，然而老板不在。老板娘招呼大家坐在那空床上，就说出去找老板去。据她说可能老板等得不耐烦，出门看亲戚去了，但她一定要将他找回来。

“奇怪，老板不是一位瘫痪病人吗？”她一走，痕就忍不住发问了。

“怎么了？难道你还要怀疑我们吗？”表弟一反往常谦虚的风度，责怪起痕来。“谁告诉你他是一位瘫痪病人呢？他身强力壮，还能上山打柴呢！”

“我真不能理解这种事。”痕闷闷地说。

“你应该常常来见他，不要等到我们去喊你。”表弟又说，语气中带些教训的味道了。“这样的好机会可不是一般人常有的。当然，我们都看见你昨天去了肉店。啊，这里有耗子！”他惊跳起来，一下就逃走了。

接着景兰也逃走了。

痕正打算溜掉，老板娘进来了。她的身后跟着铁匠，铁匠眼睛直直的，并不看他，脱了鞋径直躺到乱糟糟的床上去，用被子蒙住全身，只剩半个脸在外。痕觉得他与他的直线联系完全乱了。

“他正要去走亲戚，我将他拖回来了。”老板娘说，“要知道你不来的话，他会特别生气，你应该自己来。”

“我认识这个人。”痕迷惑地眨眼。

“你认识吗？你当然认识，你们见过一面了。”老板娘点头同意。

“我们不止见过一面。”

“那也非常可能。我早告诉了你，他躺在这里无所不知，你们之间早就有过神交了。很多司空见惯的事都有其深刻的意义，难道不是吗？”

“我要说的是，他并不是上次躺在这里的老板，他是村里的铁匠！”痕大声嚷道，对于老板娘的胡缠蛮搅感到非常痛恨。

“我请你到这里来就是为了要你认识事物的本质。时常，你认为决然不同的两个人，却原来是一个。你万万想不到，这个老板，这个有病的汉子，有时竟能变成一个强壮的人上山打柴，并且每次都把你吓坏了。这就是不同寻常的本领。请你轻轻地坐下去，不要把床单弄皱了，他是一个非常挑剔的人。你感觉怎样了？宝贝？”

“我非常疲倦，”铁匠将秃头在枕头上擦来擦去的，“一想到我要向这个人解释我就有很重的心理负担，有些事难以解释清楚，难道不是吗？我们完全是无私地承担了这个任务，可他并不懂得我们的苦心。刚才我出去是因为不想理他了，你的心太好了，他不会领情的。上一次他也搞得我不痛快，发了病，这一次，他又对我的身份产生怀疑，太不像话了。”说着说着，铁匠就坐了起来，一把揪住痕，两眼射出凶光盯视他良久，最后问道：

“你打算怎样看我？”

“我想你就是铁匠。我们已经打过好多次交道了。”痕鼓起勇气坚持，同时就感到老板娘狠狠地踩了他一脚。

“你看，这就是这个人对我们的回报。”铁匠颓然放开他，重又躺下去，翻过身，将面向着墙壁，不理他了。

“你这个人太不知好歹了。”老板娘气愤地说，“要知道他不是什么一般的人，他的一个脚趾头都比你不知高贵多少，你怎能以貌取人呢？这便是你们这类人的恶习。你走吧，我们很生气，对你彻底失望了。”

痕悻悻地走到外面，脑子完全搅昏了，胡思乱想不着边际，而他那双腿又将他带到了粮店门口。

很多人正在站队买米，痕看着他们都很面熟，但一个个都叫不出名字。痕正想掉转身往回走，一个熟悉的声音叫住了他。

“痕老师，千万不要把房子让给别人啊！”

痕的脸涨得通红，拔腿便跑，背后响起一阵哄笑。

“收席子的来过了，他问我要了那张合同，收回去了。”妻子垂着眼说。“他走了之后我才想起：我怎么能让他收回去呢？那是我们的合同，我们靠它吃饭的呀，我太傻了。”

痕先是一怔，脸色灰白，沉思了好一阵才恢复常态。他反过来安慰妻子：“不要紧的，那份合同对我们毫无意义，你想想看，一般的合同总是一式两份，我们这个买主似乎只有一份，而且我们看不懂，这算什么合同呢？一纸虚文罢了。这种事要看开，我们并不是靠那张纸吃饭，那个人也完全不在乎那张纸。我现在越来越感到，有好多事我们根本没弄清，所以还是过一天算一天，今天不想明天的事为好。签不签合同完全不能说明问题。”

“这种话我好像听人说过。”

痕的脸微微一红。

几个月过去，又是冬天来了。树底下那些席子已成了黑乎乎的一堆，而且腐烂得特别快，连轮廓都不清楚了，一眼望去，和一堆草皮没什么两样。痕还是常到这里来，因为已经习惯了。不久前的一切都还历历在目，但痕那空空落落的心里竟找不出丝毫留恋的感情。他只是站在树下，做出沉思的样子，其实什么也没想。如今他的脑海里是过于黑暗了，所有要想的事都在那里化为模糊的一团，如眼前的这一堆，色彩和轮廓也早就从他的记忆中消失了。他看着周围，看见了很多东西，但每一样东西都看不清楚。痕听说过大脑退化的事，据说大脑神经是一棵树，当退化发生时，树叶和树枝慢慢地掉光，只剩下一个光秃秃的主干。痕知道自己也只留下一个光秃秃的主干了，或许这都是因为放弃了日常工作所致。

现在他每天什么都不干，一天睡 10 个小时，除了一月一次去粮店和煤店外，其余时间就是呆呆地坐在窗前，与对面的铁匠无声地交谈，有时也并没交谈，只不过是习惯性地坐在那里。他又去过几次茶馆，都是被老板娘叫去的，但再也没有见过第一次看见的那位老板，而是看见一些另外的人，每次看见的都不同，不过都是村里的熟人。老板娘却每次都坚持说那人就是老板，不是别人。坚持的次数多了，痕就觉得自己没有力量与之争辩了。于是他试图使自己慢慢适应老板娘的观念，可是还不行，老板娘还是嫌他反应迟钝，思想陈腐，不值得他们来对他作评价，说要不是看表弟的面子，她根本就不理他了。

表弟到什么地方去了呢？说也奇怪，他和景兰一起消失了，所以痕现在也没什么可盼望的了。然而真的没有吗？也不见得。只是那东西越来越说不清楚了，它可以是铁匠，也可以是那位不收购席子却按时送钱来的人，甚至可以是老板娘。他开始胡思乱想的那天，清清楚楚地听见大脑里"咔嚓"两响，那也许是最后残留的两根枝条从大树的主干上落下了。他愿意坐在窗口与那人对峙。那个人一天比一天衰老，身上的穿着一天比一天褴褛，然而腰间的钩刀依然是那般闪光，两眼像鹰一样锐利。痕从直觉上知道，只有他将伴随自己一生，其他人都将一个一个地消失，像景兰和表弟一样消失。如果收席子的那人也消失了的话，谁来给他送钱呢？这还是小问题。他可以重操旧业，像别人一样织那种一般的草席。重要的是，如果收席子的那人再也不来了的话，他还有什么理由上山去呢？如果再不上山去，他的日子将如何打发呢？就整天面对凶神恶煞的铁匠，最后因恐惧丧生吗？他无法清晰地设想那种情形，但他隐隐地感到了那种时刻正在临近。有那么几天，他试着故意不到窗口去，就只是躺在卧房里与铁匠对话，然而铁匠进来了，沉默无语地站在房里，看了痕几眼，又走到厅屋里与痕的妻子讲几句话，然后出去了。

"他与你谈了什么吗？"痕问。

"没谈什么。你知道的，我不太注意听他这类人讲话，而且他的声音含糊，完全没什么意义。"

"那么你，总还记得一两句的吧？至少还记得一两个字吧？你怎么对他抱这么深的成见，根本不听他说话，还说听不懂。"

"我也试过，就是听不懂，到后面头就疼起来，所以干脆不听了。他不就是一个铁匠吗？让我想一想，对，他说了'濒临'这个词，我完全不懂，我也觉得你没有必要去细想，搞得自己整日不安。”

“你认为那些人里面谁是真正的老板呢？我为这个问题很伤脑筋。但我的脑子已没法想事了。”

“依我看，你不但不要去想事，还应该忘记发生的事。如果你每天都把前一天的事忘个干干净净，那你每天早上起来都会觉得自己是刚来这个世界上的婴儿，省去了好多麻烦。你试试这个办法看。”

“我要试的。”

“我在路上碰见景兰和他表弟，他俩拉住我，告诉我说他们不再来我们家了，因为他们要远走高飞了。还说反正茶馆的老板娘会和你联系的，他们已将重要的事委托给她了。最后他们还拿出一个泥制的口哨送给我，说要我转送给你，让你觉得烦闷时拿来消遣。”

“你为什么不给我呢?”

“在这里，我扔到门背后了，那是小孩玩的，我觉得他们在取笑你呢。”

“但我却要好好保存，这是好友景兰留给我的唯一的东西。”

痕将那只蒙灰的小东西看来看去，仔细用布抹干净，放进一只木匣子，收到柜里。

“既然他们已将重要的事委托了人了，我也放下心了。兴许今后的事并不那么可怕，他们一个个消失，远走高飞，但总有人代替他们。而我，只要耐心与他们周旋，自己就不会出问题，再加上你告诉我的，学会忘记，简直十全十美了。”

每天夜里睡觉前，痕有意地将思路引到“十全十美”这件事上。他很快就“嘻嘻”地笑起来，然后在梦中变成了一个柔弱的婴儿，贪婪地吸吮着一只大甜瓜。

老板娘来得更勤了，来喊他去茶馆。她招来各式各样的男人，一律称他们“老板”，叫痕认真地听他们说话。有一回她竟叫来一个乞丐，这个乞丐是全村人都熟悉的，不但乞讨，还偷东西。夏天里刚刚偷走了痕园子里的一只大冬瓜。那人一见痕就上来拍他的肩膀，拍完了又说他很愿意照顾痕这样的人，因为他一贯对他有兴趣。

痕板着脸，告诉老板娘他今年夏天丢了一只大冬瓜的事。

“我记得十分清楚，”痕愤慨地说，“大冬瓜原是长得十分茁壮的，我倾注了很多精力照料它，它长得不同一般。后来，一个早上，它消失了。”

“啊，它就那样消失了吗？”乞丐注意地看着痕，弄得他又不自然了。“你还是这样爱吹牛，又不爽快。依我看，吹就吹他个天花乱坠，痛快了事，免得躲躲闪闪太难受。冬瓜？谁又没栽过？值得一提吗？为什么一到白天你就脾气暴躁了？这很不好，要沉住气。”

老板娘也劝痕：“沉住气。”

痕开始认定，白天的事是最消耗精力的，不论去老板娘家也好，与铁匠见面也好，上山去看也好，都是一种纯粹的消耗。就因为这，他更应该在夜里睡得死沉沉的，做一些婴儿的好梦。这种愿望有时实现了，有时却不能实现。不能实现的时候他往往睡不着，就到窗口去看铁匠。铁匠的黑影立在对面屋檐下，痕看着那影子，一颗心像从悬崖滚入无底的深渊。这一瞬间，他往往决定再不去老板娘家，也不去任何地方了。他失魂落魄地睡下，到早上醒来。又把夜里的感觉忘记了。也许就因为白天的事虽引来不祥的感觉，也引来婴儿的好梦，他才不由自主地一次又一次去老板娘家里？他无法解释自己的行为。

近来，好梦的意境越来越鲜明，有一次醒来后，他口里真的有苹果味，过了好久那股味儿还不消失。与此同时，不祥的感觉也越来越切身了。昨天夜里铁匠走到窗口来告诉他，他的日子不多了，很快，他就不会再醒来，但也不会真正沉睡，而是像那块石头，在无底的、狭窄的空间里下坠，永无尽头。那是一个永无尽头的管状空间，他周围的管壁是水泥做的。“难道这不是很有诗意吗？”痕却因为这诗意吓出一身冷汗。

后来铁匠提议与痕一道去做那个下坠的试验。在黑咕隆咚的夜里，痕昏昏地随他走过了池塘，横过了公路，然后沿一条麻石铺成阶梯的小路往上爬，不知爬了多久，痕已经精疲力竭、满头大汗了，铁匠才停下。

“这种事发生在漆黑的夜里更有意思。”铁匠说，“因为什么也看不见，才会更贴近那种感觉。我已经等了这么久，为了带你来做这个试验，因为你是块做这个试验的材料。你大概还记得我们第一次见面，你吓得发抖的事。那时我就知道了你对这件事有很大的兴趣。现在你比那时沉静多了。”

“我听见你在我身边说话，但我看不见你。我就这么糊里糊涂地跟你来了。今夜的事是最后的结局吗？在结局之前我们是不是还要留下点什么呢？”

“来不及了。我们脚下就是那个无底的洞。上面有成群的秃鹫，可是它们吃不到我们的尸体，因为这个洞是无底的。秃鹫知道这个洞是无底的，于是它们永恒地在洞口盘旋，它们绝望的翅膀扑打着洞口。这只是空想，实际上没有秃鹫，只有我们俩。”

痕的双腿开始发抖，越抖越厉害，最后只好坐在地上。远处的什么地方有隐隐约约的号角声，他侧耳倾听。

“听什么呢？那是你自己的幻觉罢了。”铁匠冷冷地说，“退路是没有了的，我还带着刀呢！你可以来摸一摸。”

“我要回去处理一些家务事，天亮了再来。”

“天亮？这里不会天亮了。如果你想拖延时间，你可以睡一觉，这里到处可以睡，你随便往地下一躺就是。我不反对别人睡觉，人人都可以这样做，你也不例外。”

痕用双手在地上摸了一通，摸到一块稍平的地面，躺下正要睡，却随手在地上抓到了一个东西，是个苹果，咬了一口，香味扑鼻。于是顾不得睡觉，大吃起来。吃完了又觉得纳闷：这地方哪儿来的苹果？

“那是我带来的。”铁匠平静地说，“我要让临刑的犯人脑子里产生最好的联想，这是我唯一的弱点。你并不是第一个犯人。你知道，我们一同落下去之后，我是要踏上归途的，这就是你我之间的区别。将来我还要为别的人带去苹果，当然不是村子里的人。你们村里的人都不认识我，他们把我看作一个毫不相干的人，你认出了我，所以你成了犯人，也有了吃苹果的特权，这不正是你一直努力要做的吗？”

“我现在应当做什么呢?”

“你可以拖延时间，我刚说过。”

“我愿意四处走一走。”

“你可以走。这里是一个悬空的平台，一百平方米左右，我们在平台的中心。不论你朝哪个方向走，都要仔细数自己的脚步。掉下去是无底的，像我们面前这个洞一样。当然你可以数好脚步走一走，这也是一种有益的游戏。我在这里大声击掌，你可以根据我的掌声判断方位。”

“我不想走了，太麻烦，我就坐在这里算了吧。”

“这也是一种权宜之计。你觉得你还在担心家人什么的吗?”

“我现在什么都不担心了，除了一件事。”

“你可以尽你的力量拖延，你的潜力还大得很啊。从我遇见你到现在，你显示出非同一般的潜力。你要不要睡?”

“我也不想睡了，就坐一坐算了。我对自己完全没把握了，我还有多久?”

“你不应该问这个问题，你只要尽力拖延就是。我和你一同将最后一张草席织完，从这个洞口扔下去，这可是个不小的赌博。我和你，一直在赌一样东西，我还没有确定谁能最后得胜呢!”

“当然你会赢，但偶尔我想也许我会赢，谁又知道这种事呢? 我是不可能知道的了，而且我也不在乎了。”

“这个试验无论对我对你都是有趣的。”

“我估计在最后关头我会因恐惧而失去知觉的。”

“很可能。那也就谈不上是否有趣了，反正你也不在乎了。”

“我是不在乎啊。我们就这样谈下去吗?”

“我也正要问你这个问题：我们就这样谈下去吗? 你没有什么别的事要做了吗?”

“我想我们谈下去算了，不然会越来越恐惧的。我想忘记这个无底的洞，这个洞太讨厌了。你觉得我尽力了吗?”

“我不能判断。谁又能肯定你究竟有多大的潜力呢？我看见你稳坐在这个洞口边谈论。”

“请别提这个洞，我要忘记。”

“你无法忘记，但你会慢慢习惯，习惯了就好了。而且我还会给你苹果吃，长夜就是这样被消磨的。”

他们俩在黑暗中对话，开始还挺有条理的，说多了脑子就完全乱了，变成一些乱七八糟的句子，再到后来连句子也消失了，只是口中胡乱发出些单音节。

痕不记得夜里的事是如何结束的，那件事变成了一个永久的谜。他也不愿去细细想了，因为他早就不愿动脑筋了。

自从收席子的不再问他要草席，只是定期给他送钱以来，痕觉得自己对年代的记忆慢慢模糊了。一年又一年，他时而觉得自己已经活了很久很久，时而又觉得自己还是个婴儿。尽管妻子女儿每天提醒，痕还是没有日期和年月的概念。一切全是错乱的、颠倒的。

他不再上山去看了，原因是山上那条小路忽然找不到了，这发生在最后一次去山上的途中。他走到那块大岩石边，忽然就没有路了，周围全是密密丛丛的毛竹，他踩着毛竹上山，将衣裳剐破几个大洞。回来后，他无数次在梦里找到那条小路，但每次醒来都觉得荒唐、无意义。收席子的那人仍然往山里去，痕却已经对他的去向不感兴趣了。他想，一切事物都没有什么一定的道理的吧？

现在他唯一的事就是坐在窗口发呆，当然只是旁人看起来像发呆而已。他并没有发呆，他聚精会神地盯着对面那日渐衰老的身影，面上露着紧张的微笑。他的两鬓渐渐斑白，眼皮也松弛了，那眼里的光芒却一天比一天更像铁匠了，只是多了一些急切的成分。旁人也许会认为有什么计划在他心里酝酿成熟了，或者他会做出什么意外的举动，然而没有。他只是坐在那里，与对面那位终生搭档一起变老，用眼神传达着信息。

“1991 年这么快就过去了。”妻子在他背后说。

“是吗？我刚才还在计划用一年的时间来研究出一种新的编织技术呢。”他叹了口气，“1991 年这么快就过去了吗？”

“你并不想研究任何事，我已经看出来那对你是没有意义的。”

“的确。你看出来了。”他似乎放了心。

“你已经丧失兴趣了。这并不等于说，你就不去茶馆老板娘家里了。”

“我仍然要去的。”他心平气和地同意了，“你说得对。”

“刚刚碰见老板娘，她说今后要和你加强联系，扩大茶馆对你的影响力呢！”

“我已经不在乎了，怎样做都可以的。”

就在那一年的秋天，痕在毛竹丛中迷路了。他走失的地点并不远，大约进山二百米的样子。或许因为是半夜，他心里又急，到处乱闯才迷路的。深秋的山风是很冷的，他出门又忘了穿外套，可能受了惊吓，再一冻，就在毛竹丛中倒下了。其实只要头脑稍微冷静一点儿，往回走一段就出山了。可是谁知道真情呢？也许年龄不饶人，他精疲力竭了；也许他根本没有挣扎，坐在那里睡着了；也许他知道出山的方向，就是不愿出去，自己造成了自己的迷失；也许是什么人将他骗到山上去的，因为他并没有半夜上山的习惯，也从来不梦游。什么可能性都有，但这件事毕竟是反常的。

痕走失的前一天，他妻子看见铁匠来他家与痕告别，说是要出远门，一时半刻不会回来，到再回来时，就住在痕的对面不走了。

铁匠离去后，痕还是坐在窗口，整整坐了一天，神情很平静。

“铁匠的祖籍是什么地方呢？”妻子问。

“我想他是没有祖籍的吧。我们都有祖籍，年老了都习惯于回到那里去，只有他没有。”

“近来我对你的祖籍也渐渐产生了怀疑，因为从未得到过证实，是你信口乱说的吧？”

“其实我原是有祖籍的，只是并没有人告诉我，那段历史已经模糊了，也无法查证。又因为我对此事根本不感兴趣，就信口胡诌了一个。这与铁匠还是有区别的。但我们又有一致的地方，因为我现在根本无法回到我的祖籍所在地去了。连设想一下都不可能。”

他躺在毛竹丛中，身子蜷得十分紧。妻子看出了他的心愿：不愿别人来搬动他。

然而他张开眼看见了妻子，若无其事地跟随妻子回家了。回去的路上他频频回首，眼里透出依恋，还出乎意料地在毛竹里拔出一株野藠头。

“年纪这么大的人了，丢得了吗？”他说，像是自我取笑，又像质疑。

民工团

民工的生活是多么苦啊。

我是2月3日跟随大队人马到达这个大城市的。我记得那天傍晚天下着大雪，整个城市阴沉沉的，街上行人稀少。走一段就能看见一个高档的餐馆，里面热气腾腾，灯火辉煌，人头攒动。为头的带着我们这一群人在雪地里走了将近一个小时才到达住的地方，我们的行李铺盖全都被雪花弄得湿淋淋的，脸都被冻得麻木了，说话结结巴巴的。

我们的宿舍是一座破旧的高楼的地下室。地下室有两层，我们民工团租住在下面一层，同车库相邻的地方。这是一个不见天日的处所，幸亏是冬天，室内还开了暖气，所以我们一到这里心里就轻松起来了。我们六个人住一间十平方米的小房间，房里放着三个双层铺。大家立刻将被子毯子摊开在床上，以便睡觉之前稍微干燥一点儿。刚刚换掉湿鞋袜工头就来喊我们去吃饭了。

饭是在工棚里吃，伙食比乡下好多了。我们吃洋葱炒肉、南瓜和番茄鸡蛋汤。每个人都可以吃饱，只是动作要快，不然做菜的大师傅就要来夺碗了。同来的灰子是独生子，吃饭吃得慢，在家时还挑食。厨师站在他身后注意了他半天他也没发觉。我们都吃完了，蹲在地上抽烟。忽然听见“哐当”一声响，是厨师摔了灰子的碗，饭菜都倒在泥地上。灰子一脸通红，眼里噙着泪不敢哭出来。厨师还不罢休，揪着他的衣领要他“滚回去”。大家都去劝架，厨师这才骂骂咧咧地松了手。后来还是葵叔带灰子到街上去，买了一张煎饼让他吃了。葵叔是灰子的叔叔，灰子就是他带出来打工的。

吃饱了饭，回到臭烘烘的宿舍里，我们一个个都变得睡眼蒙眬的。但是被单和棉絮还没干，所以大家都还撑着不睡，只是靠着墙打盹儿。昏昏沉沉之中，忽然被一声炸雷似的吼叫惊醒，原来是工头进来了。

“你们这些家伙不想活了啊？明天一早就要上工，到现在还开着灯在这里赌钱！我要把你们通通赶走！”

我不知道他为什么要说我们“在这里赌钱”。可是容不得我细想了，我赶紧铺好棉絮，找了一件没被弄湿的衣服铺在上头，不管不顾地躺了下去。接着工头就熄了我们的灯，又到隔壁骂人去了。他就这么一路骂过去，我们六个人躺在床上听得清清楚楚。睡在我上面的灰子似乎在哭，又似乎是擤鼻涕。开始我还对他弄出响声感到很气愤，后来我就睡着了。当我们第二次被吵醒时，却是叫我们起来开工了。我看看放在箱子上的闹钟，才3点过5分。我有点怀疑工头是不是弄错了时间。

除了灰子外，我们这些人的工作都是背水泥。有三辆长车厢的卡车停在路边，必须在天亮前将那些水泥都背到工地上，因为天一亮城管队看见路边的水泥就要来罚款。我们在家乡都背过碎石子，所以这活儿难不倒我们。

背了几轮我们就尝出了这活儿的厉害。水泥一袋有两百多斤；搭在车厢上的跳板又高又窄；工头又站在旁边催命一样催；再加上没吃早饭，我们背了几趟之后就脚发软了。但每个人都知道只能进不能退，如果在跳板上闪一下恐怕一生都完了。至于临阵逃脱，我们连想都没想过，谁愿意回乡下去啊。

“有志者事竟成”，第一天早上就这样熬过来了。到后来我感到自己完全是在出冷汗，似乎要晕过去了，幸亏那时水泥也背完了。王肚皮第一个冲到街上的烧饼铺，买了八个烧饼充饥，因为食堂开饭还得等一气儿。我的腿子发抖，一步一挪，过了好久才挪到烧饼铺坐下。吃了五个烧饼之后总算恢复了一点儿元气。

烧饼铺的老板娘是个斜眼的高个子女人，她定睛看着我狼狈的样子，鄙夷地说：

“我的烧饼就是专门卖给你们这种人吃的。除了你们，谁会起得这么早啊。”

吃完烧饼我站起来要走时，她又开口了。

“我说这位兄弟啊，你怎么也落到这种地步了呢？”

我很生气，觉得这人实在是啰唆，就说：

“落到什么地步？总不会死人吧？”

“这个嘛，就很难说了。”

她一扭一扭地进去了，显得风韵犹存。我还从未见过这么爱管闲事的人。莫非她把我们这一大群人都看作死囚了？为了什么呢？

每天白天的工作是挖土方、扎钢筋、倒预制板、搭脚手架等。有什么活儿干什么，每天干完后骨头都累散了架。没有人敢偷懒，稍微歇一歇工头就威胁要我们“滚回去”。工头的眼睛就像是黏在我们背上一样，哪怕上厕所也被他紧紧地盯着。

我看见灰子了，他在我干活的地方挑灰，那是比较轻的活儿。这个16岁的男孩的样子完全变了，才几天时间，圆脸就变成了尖脸，眼睛下面一圈黑晕，狭窄的肩膀挑着两小桶灰，腰弯得像虾子一样。我始终想不通，他为什么要来做民工呢？他家境不错，父母都健在，听说还有个姑姑在城里，有时可以援助他们家。他实在没必要来这里挣钱。

由于每天清晨3点就得起来干活，所以大家都抓紧时间早早睡觉。听说城里有很多好玩的地方，还有夜市，但我们哪里有钱去玩呢？就算有钱，又哪里有时间呢？每天7点才收工，吃完饭、洗完澡、洗完衣服，就快9点了，得马上上床，不然第二天干活就要出事。我们邻村一个小伙子，就是因为睡眠不足，不知怎么的掉进石灰池里去了。后来在附近小医院里胡乱治了一下，拉回家去等死。听说先前还从脚手架上掉下一个，当场就没命了。工地上还有很多传说，我们这一批人胆子小，到了外地之后格外谨慎。

民工之间聊天之类的事是越来越少了。除了时间的原因之外，最主要的是因为建筑队里流行一种告密的风气。有很多人去向工头告发自己的同事，为的是换取轻松一点的活儿。工作实在是太艰苦了，告密的举动也是可以理解的。有一个告密者，还没来得及换上轻松活儿就躺倒了，大病，只得派人送他回家。自告奋勇送他回去的人正是被他告发的老实巴交的堂叔。工头对那堂叔说，回去了就不用来了，工地人手有富余，三天后民工团就要解散。堂叔一边走一边落泪，不知道他是怜悯自己呢还是怜悯那告密者。我的原则是不同任何人拉家常，我知道所有的是是非非都是拉家常拉出来的。

一回宿舍大家就睡觉。睡在我上面的灰子最近已老实多了。他的活儿比较轻，工资少得可怜，可他还在硬挺着，从来没提过回家的事。这小孩真是自讨苦吃。他的母亲来工地上看过他一次，一把鼻涕一把泪的，后来被他暴躁地骂走了。灰子这小孩的内心离他娘太远。他的叔叔葵叔，更是个不可理喻的汉子。这个叔叔每年出来当民工，一回到村里就赌咒发誓，说："砍了我的脑袋也不去建筑队了，死人的地方啊。"然而没过几天，他老婆又帮他准备行装，他又坐着长途汽车出发了。我们这一大群人都是他带出来的。实际上，我们是有心理准备的，但工作的繁重还是超出了我们的承受力。我每天都在恐惧中，生怕自己生病、出事。不过我不相信到了这里都死路一条，葵叔不就活得好好的吗？

我们的工头姓杨，他的上级是包工头，他死心塌地为他的上级卖力。有一天吃饭时我刚好坐在他旁边。他和大家一样匆匆地吃完，放下碗，点上一支烟。随着一声"喂"，我面前的桌子上落下了一根烟。杨工头居然向我敬烟，这不是太阳从西边出来了么？他清了清嗓子要同我说话，周围的人全都知趣地走开了。

"我说你啊，怎么会落到这步田地的呢？"

他说，然后他傲慢地喷出一口烟。我觉得这句话很耳熟，可一时又想不起自己在哪里听到过。见我答不上他的问题，他就笑起来。

"你好好想想吧。你看看我们民工团里，谁是最喜欢偷懒的家伙呢？我要搜集这方面的情况汇报上去。灰子这个小孩子怎么样？他不是同你住一起吗？你最了解情况。"

"不，我并不了解他。你也看见了的，我同谁都不说话，我只想把活儿干好。我们每个人都应该学会吃苦。"

“那你这样做不是脱离群众了吗?”

杨工头停止吐烟圈，板起脸来。

“啊，也许吧。我是不管别人的事的，我只想做好自己分内的工作。”

“这样可不行!”

他斩钉截铁地说完这句话，撇下我走出去了。

杨工头的话令我忐忑不安，熄灯后我在床上好久没睡着。我和村里的男劳动力一样，也是自愿来到民工团的。我要养活老婆孩子，如果不外出赚钱，在家乡就只能长年过一种半饥不饱的生活。杨工头说我“落到这步田地”的话是完全错误的。虽然这里的工作苦得超出了想象，饭还是可以吃得饱的，况且不是还可以赚钱吗？拿了钱回去，家里人也可以吃得饱了。他今天找我谈话的目的就是要我告发别人，我当然不能遂了他的心愿做出这种事来，哪怕让我不干活光拿钱也不能。我眼前出现灰子那张沮丧瘦削的脸。不知怎么，睡在上铺的他今天夜里也不安宁了，他反复辗转，弄得床铺“吱吱呀呀”叫。是不是工头又去找他谈话了呢？我心里可怜这个小孩，又有点气愤：在家待得好好的，偏要跑到这里来寻死!

因为夜里没睡好，我和灰子两人的脸色都极难看。我还发现这小孩在躲着我，也可能是杨工头在他面前造了我的谣。我想，他要造谣我也没办法，身正不怕影子歪吧。

从后面看去，灰子的样子像个患病的人，风都可以吹得倒一样。奇怪，工头居然没有打发他回家。要是真打发他回去了，倒不失为一件好事呢。

我在装脚手架的时候，有个邻村的家伙总往我跟前凑，想要同我说什么事。我尽量避开他，不想听他的。我心里事情已经够多了，干这个活儿可不能出岔子。他见我硬是不理他，就悻悻地走开了，还朝地上吐了口浓痰。他不知道和工头谈话后，我已暗暗下了决心，不让工头找到我的差错。我要使工头看清：我是个言行一致的人。

然而我内心的平静很快被打破了。我隔壁房间的一个中年汉子对我说，有人告发了我。他让我小心。我没有向他打听详情，这种事，越打听越糟糕。

果然，我又被派去背水泥了。这一次就不只是背一早上了，我整整背了一天，第二天还得继续背。是谁告发了我呢？我又发现灰子也被调换了工作，调到相对繁重的挑沙队去了。挑沙队从早到晚挑，连喘口气都不可能。当天夜里我就听到他在上铺发出痛苦的呻吟，到了下半夜又喊救命。我以为他早上起不来了，谁知他还是起来了。这个娇生惯养的独生子看来并不是等闲之辈。

啊，我觉得自己快要累垮了。我浑身都不舒服，汗如雨下，甚至吃饭都吃不出味道了。但是怎能躺下呢？一躺下，什么都完了。我心怀恐惧回到地下室，车库不知怎么没开灯，我只好摸着走。突然，从一辆轿车后面蹿出一条黑影，朝我逼近。

“谁?”我声音发颤。

那人不吭声，走到我面前一把搂住我，凑近我的耳朵说：

“你的情况都是灰子提供给我的，他说你时常发泄对民工团的不满。你不要担忧，明天就可以让你休息一天，不过不是待在宿舍，而是去公园。你真幸运啊，老兄!”

我很想看清工头这张丑恶的脸，但他用力推了我一把，将我推到灯光那边，他自己又缩到黑暗里去了。他刚才说的灰子告发了我的话肯定是骗我的，他在挑拨离间。如果灰子真的告发了我，为什么他没能换个轻松点的活儿呢？这种人的话当然不能信。

既然第二天可以休息，我就睡得很死，一个梦都没做。工头来叫我的时候，天已经大亮了。这一觉真是酣畅极了，我来民工团之后还从未这样享受过呢。自然，我的病也好了。工头让我去伙房吃饭。

由于已经过了开餐的时间，厨师就让我去吃小灶。我的菜是蘑菇炖肉、羊肉汤，还有粉条豆腐。没有人催，我可以慢慢吃。

厨师抽着烟袋，看着我说道：

“你今天去公园，一举一动都要用些心机啊。怎么说呢，这是个危险的大城市，我在这里待了多年了，什么没见过？时常，就在你自以为是休息时间，可以放松的当儿，不幸就发生了。有一个女的，是原来的厨师，在公园里玩得好好的，一下子就被从笼子里逃出的老虎吃进了肚子。啊，吃饭时不说这些，我和你开玩笑呢，不要放在心上。”

我偶尔瞥一眼他，看见他正热切地盯着我，似乎还有话要同我说，但他没说。

我吃完的时候，他突然又气愤地说了一句：

“灰子那小子，给脸不要脸，迟早要完蛋！”

厨师一定是嫉妒我有了一天休息才说出那些鬼话的。唉，这个地方啊，你就不要期望别人嘴里说出什么人话来。想一想也情有可原，这个厨师，终年在低矮的棚子里闻油烟，从来也没见他有休息的时候，这样的生活，叫他怎么不满肚子的愤怒呢？也许他同我一样，在乡下也有家小，所以不得不坚守在这里吧。这时我心里突然又起了疑惑，怎么只有我一个人有一天休息呢？来的时候我们都被告知过：民工团里没有休息日，每天都要做，做到躺下为止。

一会儿就有一辆吉普车停在院子里，车子又破又旧，差不多要报废了。工头走进来叫我坐车去，说公园离得很远。

车上只有我和司机两个人。司机的脸又粗又黑，眉毛像两把小扫帚，身上酒气熏熏的。我听说酒后开车很危险，但已经上了他的车，只好听天由命了。我注意到司机一直没有朝坐在旁边的我看一眼，不知道他是看不起我呢，还是讨厌同别人谈话。

现在我可以好好地看一看这个城市了。同我来的那天一样，这个城市的特点就是那些红红绿绿的饭店。有的饭店门口站着穿金黄色服装的侍童，穿红袍子的小姐；但大部分饭店都关着门，因为现在不是吃晚饭的时间。除了饭店之外，我还看到了许多住宅区，它们朝街的出口一律是黑色的大铁门，门上都有一把大锁。这些住宅区都住的什么人呢？也许每个住宅区都有另外的出口吧。

车子越开越快，我被劣质汽油的味道呛得发晕，差点儿都要呕出来了。这时我的视野里出现了郊区的风景，大概我们已经出城了，我已闻到了泥土的腥味。我看到车子开进了一座红色的牌楼，牌楼进去是大片的黄土，没有树也没有房屋，显得很荒凉。我正在琢磨自己到了什么地方时，车子就“嘎”地一个急刹车，我的脑袋差点儿碰到了前窗。

我等司机对我发指令，可是司机绷着一张脸不吭声。忽然他站起来，上半身越过我，用他的拳头“嘭”地一声打开了我这边的车门。很显然他是要我下车了。

我看着那一片黄土心里发毛，脑子里立刻浮出一些谋杀的场面。但我想没人会要杀我的，一个乡下佬，身上一文不名，杀他干什么呢？当然，有可能被掳去当奴隶，城里四处流传着这种流言。

见我不下车，司机就火了，他抡起一把扳手要来砸我，吓得我滚了下去。我忍痛爬起来之际，车子已开走了。司机从驾驶室里探出上半身，喊道：

“我5点钟来这里接你回工地！”

我警觉地打量四周，我打算这个时候如果有人来袭击我的话我就往牌楼那里跑，我记得出了牌楼就有一些商店和房屋。但我的担心是多余了，这地方除了黄土还是黄土，黄土上癞子似的长着一些乱草，不要说人了，就连一只鸟都见不到。我忽然想起，我现在已经失去了方向感，这里显然没有进城的班车，唯一的办法就是等到下午5点，让司机来接我。但万一司机骗我呢？我一边胡思乱想一边走到牌楼下面。抬眼一望，右边是一个皮革服装厂，左边是一个亭子，亭子里有一群汉子在打牌赌钱。我想了一想，决定先去亭子里。那些汉子也是同我一样的乡下汉子，不知为什么，我觉得他们当中有两个人似乎有点面熟。

我在亭子里站了一气儿，没人理睬我。最后，我瞅住一个空子问一个年纪大点的人进城该如何走。那个人翻了我一眼，很不情愿地说：

“你不会去问灰子么?”

我心里一兴奋，急追问：

“灰子？他在哪里?！我正要找他!”

那人朝对面一努嘴，说：

“到皮革厂去找!”

皮革厂里头机器轰鸣，弥漫着极为刺鼻的化学药水味。一进大门就是车间，车间的面积很大，一眼几乎望不到头，但屋顶却十分低矮。所有的男男女女都趴在缝纫机上劳作，这些人的样子看起来也很相似。我沿着狭窄的过道绕车间走了一圈，没有碰上一个我可以询问的人。我只好出了车间走到一个堆满了皮革的院子里，我想在这里等待某个人的出现。我等了好一会儿，却没人来这里。我又来到一个类似库房的、紧挨车间的偏屋里，那里有一个秃头正在算账，圆珠笔夹在耳朵上。

“这里有名叫灰禹的小伙子么?”我发出的声音意外地响亮。

秃头立刻抬起头来，怕光似的用一只手挡在眼睛的前方。他做了个手势，让我看他身后的水泥池。池子里果然站了一个人，他的小腿淹没在染皮革的黑水里，裤管扎到了大腿根。他正是灰子。我看着他，忍不住自己的寒战。

“灰子怎么会在这里啊?”

“你不也在这里吗?我一早就来了。我的工作就是将皮革翻过来，这工作倒不累，就是有点冷。真的有点冷。”

他弯下腰去咳嗽，憋得一脸通红。我觉得他要生大病了。他咳完后，就从池子里爬出来，将两只染得墨黑的脚套上长筒套鞋，也不穿袜子了。他好像对一切都无所谓了。这个小孩的变化真是惊人。

“他们叫我休息一天来游公园，可公园怎么是一个这样的地方!”我气愤地说。

“我倒是早料到了。”灰子撇了下发青的嘴唇，淡然地说，“这又有什么关系呢，我反正是可以适应的。”

“你的适应力也太强了吧。”我讥讽地反驳他。

“难道有什么事适应不了么？咳嗽也没什么可怕的，你刚才都看到了。”

灰子将我带到库房后面的一个小杂屋里，那是个很小的房间，里头结满了蛛网，废纸和破布头一直堆到天花板，占据了三分之二的空间。一关上门，我们两个就把靠近门边的这点空间填充了。灰子哧哧地笑个不停，我问他笑什么，他好半天才停下来，回答我说，他不是笑，他是在打嗝，可能受了凉。我一摸他的手，比死人的手还冷。

“瑶叔啊。”灰子顺势紧紧抓住我的手，对我说道，“你瞧，我还是被工头搞到这里来了。工头已经威胁我好多天了，说要把我弄到这里来做苦力。我嘛，当然不想来。后来工头就要我出卖你。我以为出卖了你自己就可以免罪，结果呢，还是不能免。”

“原来你真的出卖了我!”

“那又怎么样，你不也出卖了我么？现在我什么都不想了，只想回到我们村。夏天的时候，我要躺在老榆树下面就着烧鸡蛋喝稀饭。”

他的喉头一响，眼睛散了光。

“那我们一道跑回家去吧。”我试探地提议道。

灰子苦笑了一下，脸上立刻像老人一样布满了皱纹。

“跑？跑得了么？再说我不想跑。到了下午5点，你就可以回去了，我还得留在这里。你看看这些废纸，你用手摸一摸，摸到了吧？这是我布置的一个床，我钻进了这个纸洞里，一身都暖和了。人到了这里不能乱来，我下午还要去翻那些皮革呢。”他说话的口气就像他是我的叔叔。

房里太冷，我和他都跺起脚来，跺了一会儿，灰子就开始蹦高，越蹦越高，停不下来。我发愁地看着他，好久好久，他才停下来了，脸上红得有些古怪。我伸手触了触他的胸膛，那里头有个圆东西在往外鼓，很吓人。

“这是什么?!”我指着他一动一动的衣服前襟问道。

“是、是我的心嘛。”他喘着气回答，“我的心是长在外面的，我娘做了布袋子帮我兜起来，这事村里只有几个人知道。前天工头看见了它，要我解下来让他看个清楚，我没同意，他就决定了送我来这里。”

这样的奇事，我在村里从不曾风闻过，真难为这个小孩了啊。那个问题又一次萦绕在我的心头：他干吗非要勉为其难，出来做苦工呢？这不是往死路上闯吗？他好像听见了我心里的疑问似的，说：

“我就是要死得轰轰烈烈。现在你走吧，去公园里到处看一看。我在这里还要待很久。要是我娘到民工团去看我，你就和她说说，让她就当没生我这个儿子吧。”

“那怎么行！我可说不出口的。”

“你太古板了，难怪工头对你印象不好。”

出得门来，晕头晕脑的。抬头一看，太阳出来了，但是这里的太阳一点儿暖意都没有。回忆起刚到城里的那天晚上，随大队人马走进地下室宿舍的感觉，竟然生出一丝留念之情。毕竟，宿舍里是装了暖气的，不像这郊外，随时有冻伤的危险。这种天气里到冰水里去泡着太可怕了，这个灰子到底怎么了？现在他钻进那个废纸和破布头的洞穴里去了，那里头真像他说的那么暖和吗？一边想心事一边又走到了一望无际的黄土荒地里。我不敢走远，就在原地兜圈；我也不敢停下来，怕冻坏。

“老瑶——老瑶——喂！”

有人在喊我，声音很熟悉，是谁呢？视野以内并没有人影，然而喊声又响起了。

我试着回应了一声，但是一种吓人的噪音使得我紧紧地捂住耳朵蹲了下去。那种声音给人的感觉就好像灾难临头了似的。天上还是那个太阳，气温还是极低。我本来可以躲到牌楼那边的商店里头去，那里头该有暖气，但是我不敢，因为担心司机很快要来。已经是下午三四点了，我这才记起中午什么也没吃，所以饿得有点发昏。那么就去店里买点东西来吃吧。

这个店名叫“便民超市”。我进去之后发现货架上全是空的，而且柜台后面也没坐人。我大声喊了几句之后，才有一个男的慢吞吞地出来了。这人瘸着一条腿，脸上有很多疤。不知道是不是他的眼睛有毛病，他根本没有朝我望一眼，对着另外一个方向说：

“你要什么东西？”

“我要吃的，糕饼都可以。”

他一步一瘸地进去了。过了一会儿，端着一盘发饼出来了。

“三块五。”

我看见那是些劣质的陈货，可是已经顾不得那么多了，先吃了再说。我一边啃发饼一边推门出去。

“喂！你来的时候看见有人输钱了么？”男人叫住了我。

“我没有注意。”

“要是有人输钱，晚上这里就会发生血案。你犯了什么错误呢？”他凑过来，用他那对斜眼打量我。

“我没有犯错误。”

“鬼话！没有犯错误不会来这里。要是那人到了5点还不来接你回去，你就必须参加这里的赌博。这里其实是个劳改农场，他们骗你说是公园吧？”

我没吭声，他又继续说：

“不会赌博吧？不会赌博就只好牺牲了。已经死了不少人了。皮革厂的那个小孩，吃了晚饭就会去亭子里赌博。你听，你的车来了。这不等于你今后就不会来这里了，你逃不脱的，什么办法都没有……”

他还在说，我已经冲出了门，远远地看见了那辆破吉普。我心里暗暗佩服刚才那人敏锐的听觉。车子“嘎”的一声停在我身旁。

上车后，司机将车掉了个头往城里开。这时我才发现他不是上午那个司机。但是这辆车还是原来的车啊，他是如何认出我的呢？经验告诉我，这种时候还是不开口为好。

吃了发饼，又受了惊吓，我很快就在驾驶室里睡过去了。我的睡相大概有些无赖的味道吧。一不做，二不休！

我睁开眼的时候，已经躺在民工团食堂前面那块空地上了。看来是司机将我推出车外，又把车子开走了。

“你的睡相一点儿都不雅观，张着一张蠢嘴，像没吃饱一样。”厨师对我说。

此时显然已过了吃饭的时间，他不会为我额外留饭的。幸亏衣袋里还有两个没吃完的发饼，可暂且充饥。我现在急于去休息，因为累坏了。

宿舍里头出现了新的情况，我的床铺被人占了。一个汉子坐在床上，他在我原有的铺盖上面又加了一套铺盖，是那种蓝底白花的土布铺盖。我一坐下就闻到一股汗臭味。我问汉子是怎么回事，他回答说因为工地住房紧张，工头就将他安排到我的铺位了，他要他同我挤一个铺位。我听了之后愤愤地骂了几句粗话。

“你一定对上级有很多不满吧?”他问。

我忽然意识到了什么，连忙改口说，我骂的不是这里的人，是一个劳改农场的坏人。

“你今天去一个劳改农场了吗?”他又问。

“不，我今天去公园了，我很愉快。我刚才看见这床土布被子，就想起从前遇见过的劳改农场的家伙，就骂出口了。他也有这样一床被子。”

“人不可貌相，海水不可斗量，对吗?”

我不敢和这人对视，他瞪着圆眼睛的样子令我又不快又畏惧，也许他可以看透一切吧。我坐得和他隔开一点儿，但他已开始脱衣上床了。

“两人睡有两人睡的优点。”他说。

我心里对他十分厌恶，但瞌睡不饶人，我只好也挤上了床。床实在是太窄了，两床被子胡乱堆在上面，人睡在底下一动也动不了。我被挤得紧紧地贴着墙。这个人不但脚臭，还特别警觉。只要我稍微动一动，他就会一下子坐起来，摸着黑检查他挂在墙上的衣服的口袋里的东西，也不知那袋里到底装了多少钱。这样折腾着睡了一夜，到凌晨起床时，还是觉得自己和没睡差不多。一想到前景，全身就像泡在冰水里一样。我抬头一看，灰子的铺位还空着。

“你今晚能不能睡上铺去呢？反正空着也是空着。”我试着同他商量。

“不能。”他断然否决了我的提议。“这不是由我决定得了的。上铺的人有可能冷不防就回来了，杨工头就是这么说的。”

不知是不是我神经过敏，我感到自己说话时房间里的另外几个人都在那里暗笑。但是我没法再作推测了，马上又要开工了。我为自己打气说：“熬一天算一天吧。”当然这句话我没说出声来。

在昏暗的过道里，老石拍了拍我的肩头说：

“灰子昨夜回来睡你一点儿都不知道啊？”

“他?!”

“他在他床上躺了一个小时，又被强行叫起来，吉普车将他拉走了。我昨夜刚好牙痛，听见他进来又出去，真是个苦命的孩子。你没有做过对不起他的事吧?”

“我从不做对不起别人的事。”

“那你是个好人吗？我看你心里有鬼。”

“我心里没有鬼。”

“你要是说你心里没鬼，就一定是有鬼。”

“哼!”

我在做工的时候把脚上的鞋弄破了，我抽了一个空子去宿舍里换鞋。进了房间，我看见和我同铺的汉子睡在床上没起来。他大张着双眼，木然地看着我。

我不想理他，就匆匆地换鞋。换好鞋，正准备走时，他一把扯住了我。

“没有用的。”他说。

“什么没有用?”

“这么拼死拼活工作，没有用的。工头在心里已经把你除名了。”

“呸！除名！我又没犯错误！我昨天还领了工资呢!”

“你这家伙，死到临头不知情啊。”

他咕噜着什么，用被子蒙住了头。似乎是很消沉。

吃完晚饭我坐在食堂门口抽一支烟。自从我从所谓的“公园”回来之后，同事们就很少同我说话了。这样倒也好，少去了许多可能的麻烦。我想到和我同铺的汉子，他是从哪里来的？来干什么的？既然他什么都不想干，又那么消沉，他来民工团对他有什么好处呢？我心里暗暗打定主意，夜间睡到上铺去。我没听到灰子半夜回来，老石一定在胡说八道。我抬头望去，看见烧饼铺门口站着高个子的老板娘，她正在对我招手呢。我犹豫了一下，还是走过去了。

“大兄弟啊，你平安无事吧？”

“还好，还好。”

“我屋里有个宝贝要给你看，你跟我来。”

她打开门让我进去。我看见铺里完全变了样，空荡荡的。

“你再抬头看上面。”

屋梁上垂下一根绳子，绳子上绑着一个小伙子，他的长头发遮住了面部，在半空晃荡着。我吃了一惊，回过头疑惑地望着老板娘。

“这是我儿子，我请人将他挂上去的。他呀，哀求我几天几夜了。你说，谁能经得住这样死缠不休啊。现在他的企图得逞了。你站到一边去，不然他会朝你吐唾沫，他是一个没有教养的家伙。”

“这是什么？”我抹着脸上的水珠问。

“是他出的汗。隔一会儿我就搭梯子给他喂一次水。”

我这时才看见了隐在暗处的木梯。

“这件事，你不要对外人说，那会伤了他的自尊心的。”

老板娘送我出来时这样叮嘱道。我突然灵机一动，对她说：

“你还不如让他来当民工呢！”

“这种事，我会考虑的。”她若有所思地说了这句话后，就进去了。

我回头张望了一下，看见写着“烧饼店”三个字的招牌已经被摘掉了。

尽管白天累得要命，到了吃晚饭时，我又惦记起吊在半空中的小伙子来了。我在宿舍里听人议论老板娘，他们说起了她的儿子。老石说那青年是这一带有名的恶棍，且十分阴险，善于搞暗害，都是老板娘这个寡妇将他宠坏了。他们的话我半信半疑。

放了碗，我就直奔烧饼店。

门关着，里面没有响动。我刚要敲门，门就打开了。是那青年，目光像逃犯一样。

“你是来找我妈的吧？她现在在那上面。”

我一看，果然。她因为身材高，挂在上面显得很长，茂密的长头发垂下，很吓人。我虽然没看见她的脸，但不知怎么，总觉得她吐出了长长的舌头。

“她总算生了我，也没有枉活一世了，对吧？这种关起门来的秘密活动，除了你这种多事的人，别人也不会注意到的。我妈不是一般的女人，有好多年了，我帮她做烧饼卖钱，我们赚了些钱，她的心思不在这上头，她属于那种心高气傲的。现在我要是去把她解下来，她就会大发雷霆，因为还没到她忍耐的极限。”

“你们吃过饭了吗？”我不知怎么问出了这句蠢话。

“我们不吃饭，只喝水。”他沉下脸来，生气地回答。“像你这样的人才会吃饭呢！你要看的全看见了，还不走吗？”

夜里我睡在灰子的铺上，想着这件怪事，心里总有些疙疙瘩瘩的。昨夜我就睡了他的铺，但他并没有回来。我下面的这个汉子已经不干活了，我白天偶尔见到他趿着鞋走到院子里，一副潦倒的模样。不知道这个人在民工团里到底是什么身份。我被分配了最重的活儿，但我已有一天多没见到杨工头了。他不在场监视，我仍然不敢有丝毫的怠慢，我现在几乎确信我是在危险之中了。这一回是不动声色的网捕。灰子大概已经完了，接下来轮到我了吧。即使如此，我也没想过要回乡下，民工团的人都不会主动回去，这似乎是天经地义的。

我总是想，在繁重的劳动中获得的经验越多，就越难出事。现在我稳稳地走在跳板上，像那些走钢丝的杂技演员一样有信心了。我的技能的熟练一定引起了一些人的妒忌，那张网就是由这些小人物构成的。我没有理会他们，就是理会，我也得不到丝毫好处。杨工头似乎在躲着我，我有一回看见他站在脚手架下面骂人，他还抽了对方一个耳光。当时我正在和另外一人抬水泥板，他经过我身边时，看都没看我一眼。我在心里嘀咕：现在他不注意我了，我倒盼着他来注意，真见了鬼了。

我洗完澡，端着脸盆里的湿衣服回宿舍。和我同铺的汉子蹓跶着过来了。

“你这样刻苦，其实没有用。”他又老调重弹。

“你要我怎么样？”

“我？不过随便说说罢了。见过那寡妇了吧？她呀，是杨工头的相好！”

我想起抽人耳光的工头，心里好一阵后怕。看来这个地方真不是人待的地方。但是不也有待得好好的人吗？比如葵叔，比如厨师。不错，他们也会歇斯底里地发作，但发作过后一切又恢复了原状啊。所以，我也没必要过分忧虑。杨工头居然会有寡妇这样一个相好，看来他到底是怎样一个人我也是摸不清的。表面上，他是那种残暴阴险的，靠榨取别人获利的人，然而寡妇又并不是这种人啊。除非寡妇也受他压榨，否则我只能说我对工头并不了解。但我感到，寡妇这个人不是别人轻易控制得了的，她有自己的原则。她和她儿子将自己吊在屋梁上的举动就是那些原则的体现。

“你要是今夜里晚睡一会儿，我带你去看一场好戏。看了这场好戏之后，他们就会给你加工资，而且你也用不着这么刻苦了。”

同铺的汉子在我晾衣服之际又对我说了这番话，他的目光里包含了期望。

“好吧。”我半信半疑地回答他。

说老实话，在这种天寒地冻的气候里，我不愿晚上外出。不过我心里有太多的疑问，还有对灾祸的预感。也许去弄个水落石出比鸵鸟政策要好。

同铺的汉了领着我走巷子、穿胡同，来到了一处院落。这个院落里黑漆漆的，显然没住人。但一进大门我就知道自己的判断错了。到处都是叹息声和哀号声，那些低矮的房屋里有很多人住着，只不过没开灯而已。汉子告诉我，这个大院被市政公司断了电，因为他们长期拖欠电费。他说着就用脚踢开了一间屋的大门，一边进去一边向里边的人通报说："他来了。"我立刻紧张起来，站在敞开的门边没动。

"穿堂风都刮进来了，你要死啊?!"门口那人暴躁无比地吼道。

我只得将门关好，用一只手抓住门把手站着——为了便于开溜。但是那个人还不放过我，他对同铺的汉子说我是个骗子，让他将我轰出去。这时我听到了另一个我熟悉的声音，当我听到那个声音在黑暗中响起的时候，我的全身就抖得像筛糠一样。

"他要有这雅兴，让他站在那里旁听一下也是件好事。"

那是杨工头的声音。他的声音很快就被窒息了，我听到了"啊——啊——"的挣扎声，似乎是有人在掐杨工头的脖子，可能是起先说话的那个人。房里大乱，一片桌椅翻倒之声，同铺的汉子也不知上哪里去了。

我从衣袋里掏出打火机，敲出一朵火苗，但还没来得及观看，脸上就挨了重重的一击，火苗立刻熄灭了。我口里有咸味，也许牙被打坏了吧。

"你，快过来帮你的工头做人工呼吸。"最先讲话的那人叫我。

我战战兢兢地摸到那群人面前（好像有五六个人）。他们将我牵往躺在地上的杨工头，要我将他的脖子托起来。那脖子软绵绵的，脑袋怎么也扶不正。他们就说不管他的呼吸了，先做心脏按摩再说。于是七手八脚扒掉他的上衣。他们都不动手，要我做，说是往他胸口拳击就行了，用脚踩也行。我心里发怵，脱了鞋，勉强踩了几下，我感到自己像踩在一堆柔软的烂泥上一样。

"好!"他们齐声称赞我。

我鼓起勇气又踩了几下，大家又说好。但是我害怕极了，我觉得工头已经死了。我这样践踏他，是为了报复他对我的迫害吗？其实，我一点儿都不想报复他，毕竟，他没有从肉体上折磨过我，也没扣过我的工资，怎么谈得上迫害？

我停止了动作之后他们就把工头搬到床上去了。我看不清这些人，也不知道他们一共有几个。我闻到他们身上的气味，那是一种很浓重的兽味，熏得我很不舒服。我还从来没遇见过发出这种气味的人呢。

“看来老瑶对他的工头评价不高？”最先讲话的那人又开口了，他好像是这群人里面为头的。“有些事，要亲身经受一下才有发言权。民工团是个自觉性很高的组织。”

我悄悄地往门边缩，担心着他们是不是要来掐我的脖子了。

氛围越来越紧张，那几个人影都凑到了一块儿，同我对峙着。我又偷偷地去摸门把手，在心里测量着他们离我的距离。然而工头忽然在床上说话了。

“打我的脑袋吧，你们打啊，用力打！给我一把刀，让我把脑袋割下来！”

“他说得多么动听啊。”有一个嗓子尖尖的人称赞道。

有人按住工头不让他动，他又用力挣扎起来。这一次，连床都弄翻了。工头的力气真大啊，三个人都按不住！于是又掐脖子，又喊救命。我想趁乱逃跑，就开了门。

“住手！回来!!”尖嗓子冲我吼道。

我又被拖进屋内，拖我的人守住了门，一时无法逃走了。

“正是那些不情愿受苦的人，我们不会折磨他的。”守门的汉子开导我说，“你一定听到了，这个院落里尽是私设的刑堂，有些刑具的花样没人能想得出。来这里的人全是来寻死的，你的工头就是一个。他已经来过两次了。他第一次来这里时正好是他把你的工友遣送回家那一回。”

我嘀嘀咕咕地向他表示说我一点儿都不了解杨工头。

“那当然，他怎么会让你了解他呢，他是一名工头啊。你既然想走，那就走吧，你看，我把门打开了。怎么，你还不走？”

工头也在床上怒吼道：

“让他走!”

我摸到身边的一把椅子，坐了下来。我自己都不明白我这种好奇心。

但是他们全都停止了动作，屋里变得很安静，只有外面的哭叫不时传来。有一个男高音始终在那里重复同一句歌词“你呀，你的衣裳，你呀……”

考虑到第二天还要干活，我只好抽身退出了。我听见工头在床上说了句什么，我没听清。

我刚一出院子，却又清楚地听见了工头的声音，他仍在哀求那些人打他的脑袋。

我在夜色中匆匆地前行，我看见天上有一只巨鹰展开翅膀在滑翔。这种死寂干巴的水泥城市里哪儿来的鹰啊？也许是从动物园逃出来的吧？

回到宿舍，那些人都已经睡了，我自己的床上却是空的，同铺的还没回来。我懒得爬上去了，就拖下我的被子，睡在我自己的铺上。夜已深了，得赶紧睡。不知是幻觉还是怎么回事，我居然闻到房里也有股兽味，就同我先前闻到的一样。莫非这股味道是从我自己身上发出来的？但我来不及想清楚就入梦了。

早上去食堂，看见同铺的汉子趿着鞋站在院子里抽烟，样子显得很萎靡。他哭丧着脸对我说：

“你昨天那一跑啊，把工头害苦了。”

“为什么呢？他不是要寻死吗？他还叫人把他的脑袋割下来呢。”

“是啊，我看他是真心的。可是你干吗要走？你一走，全都乱套了。”

“是他要我走的嘛。”

“你这种态度让我觉得我们没希望。”

他不吃早饭，始终在院子里抽纸烟，地上都扔了好几个烟头了。我弄不懂这个人。

上午的活儿是筛沙子，我同葵叔合作。我看见工头离得远远地站着。

筛了一会儿，葵叔就对我说：

“你去歇着吧，我一个人干。工头不会来管你的，他现在要讨好你了。你昨天那一走啊，搞得他没脸见人了。你那一招真厉害啊。”

我问他是怎么知道昨夜的事的，他告诉我当时他也在那房里。

我不相信我真的可以不干活了，我走到旁边去拿起铁铲铲沙子。这时葵叔就讥笑我是“小脚女人”。工头一直远远地站着，注视着我们，却不像平时一样走拢来。我开始有点相信葵叔的话了。哈，我一定是于不觉中掌握了工头不愿让人知道的内情，所以他开始怕我了。这么一想，干起活儿来就有点松懈了。当然这种松懈只是内行才看得出。

葵叔意味深长地看着我，口里念叨着：

“这就对了嘛，这就对了。”

我向葵叔打听灰子的行踪，葵叔用力摇头，说他不管这种事。

“这年头，谁管得了谁呢？”

他甩下这句话，就埋头筛沙子去了。

整整一天，工头都站在原地方看着我干活。他是不是有求于我呢？葵叔让我别理他，因为我“已经占了上风”。但我并不想占上风，我只想规规矩矩地赚钱。葵叔怂恿我利用这个“机会”捞好处。实际上，我已经捞了好处了，我铲沙子的速度已经放慢了。人的惰性真是无孔不入啊。

第二天这一幕又重演了。工头不再直接给我派活儿，我的活儿是通过别人传达的。我被安排给外墙贴瓷砖。我站在脚手架上工作时，工头就远远地待在脚手架的另一头。贴瓷砖是个技术活儿，我做得比较慢；又由于意识到工头在那一头，我做得更慢了。中途我还上了两次厕所，就像故意做给工头看似的。而工头，他自己绝不上厕所，整整一上午如雕像一般立在那里。我终于有些不安了，但我没人诉说。

到了第三天中午，我径直走到工头面前，开口说：

“真对不起啊，那天夜里的事！”

工头倒抽了一口冷气，眼神变得呆滞起来。

我有点心慌意乱了。

“你，是不是怀疑我的诚意?”他迟疑地问道。

“你真的想死吗?”我反问。

他用劲地点头。我觉得他完全变成另外一个人了。先前他又自负又残暴，成天变着法子折磨人，他对我们吼一声，我们的腿子就要发抖，没有任何人敢违抗他。这些日子以来，已经有三个人被赶回了老家，我至今记得他们苦苦哀求的哭声。这样一个恶人，居然会怕我!

“那就去死吧!”我说。

他却又摇头，脸都发白了。

“那你到底想干什么?”

“你，对我失去信心了么?”他迟疑了半天才又想出这句话。

他绞扭着双手，显得异常沉痛，不知他到底哪里不舒服。而我，忽然对与他之间这种莫名其妙的纠缠厌烦了。我不能为事情的表面迷惑，我得继续老老实实地干活。于是我说了声对不起，从他身边擦过，往食堂走去。

待我吃完饭回来，工头已经不在那里了。老石对我说，刚才工头闹肚子痛，痛得从脚手架上栽下去，幸亏下面是个沙坑，他没有受伤，后来他自己一瘸一拐地回宿舍去了。

“你为什么没去帮他一把呢?”

“我是想帮他，可是他的眼神像要杀人，我就吓得躲开了。这个人啊，他是何苦呢?我当时真的是同情他。”老石叹了口气。

下午我还是和老石一块儿贴瓷砖。他不再同我说话，总是停下手里的活儿发呆。我想，工头落难了，他本应该幸灾乐祸才是，怎么反倒这副模样呢?平时那家伙对他多狠啊，他的小手指曾被工头的木棒打成骨折，当时他痛得在地下打滚呢。不知怎么，我觉得他对工头的同情是发自内心的。这个民工团的一切事情都太难理解了。我站在脚手架上，看着我们寄住的破旧的灰色大楼，一时脑子里浮想联翩。已经是早春了，要是在家乡，早就到处花红柳绿，阳光暖洋洋。可是这里呢，风刮在脸上还是像刀子一样剜人。平时我从未到大楼里去看过，似乎是，里头没住几个人。偶尔出来一个脸色难看的男子，总是脚步匆匆，有急事的样子。那些窗户全都被帘子遮得密密实实的，外人休想看到里头。

就在那天夜里，灰子回来了。半夜里，我睡在他的铺上，睡得不太踏实，滚来滚去的，这时他就摸上来了。他让我往里靠一靠，我就紧紧地贴到了墙上。他一躺下就猛烈地咳嗽起来，于是又欠起身往下面吐痰，如此反复了四五次，弄得我没法入睡。

“灰子啊，我看你在皮革厂落下病了呢。”

“胡说，我好得很。要不是因为你，我才不会回建筑队呢。”

“因为我?!”

“是啊，他们说你把杨工头搞得一点儿自信心都没有了。我是杨工头派到那里去的，他们每天都托人带口信给我，可是这些天没人管我了，我被遗弃在那个小地方了，一想到这事我就伤心。直到今天，才有个司机把我接回来。”

由于我们的说话声太响，惊醒了同房的人，他们就一齐恶骂起来，咆哮着说要把我们“赶走”。我和灰子吓得连忙闭嘴。黑暗中，我听见灰子蒙在被子里窃笑。真奇怪啊。

早上我起床去干活，灰子躺在床上不动。我问他为什么不起来，他就说对他来说生活已经没意义了，干不干全一样。我又问他是否打算回家，他说当然不。我还要问下去，同铺的汉子就不高兴了，说我太多嘴了。我边出门边想，已经有两个人躺在房里不起来了，这样下去，宿舍要变疗养院了。我当然不会像他们这样干的，因为我是有家小、有负担的人，不能轻举妄动。再说一开始，我就是打算来吃苦，来赚钱的，只有赚到了钱之后我才能放松自己。同铺汉子的底细我不了解，灰子的情况我是知道的。他毫无理由地跑到这种地方来受苦，搞出一身病；他当然也可以毫无理由地躺倒。对他来说一切都是心血来潮。但说到究竟是什么在支配他的行动，我依然一无所知。

大家吃饭的时候灰子和同铺的汉子并排站在院子里晒太阳。两人都是趿着鞋，双手拢在袖筒里，灰子还流着清鼻涕。他们俩大概是刚刚才结识，可他们的表情已经是惺惺相惜的味道了。我走出来抽一根烟，就听到了他们之间的对话。

“你这小子说起话来成熟得很啊。这种地方是很能锻炼人的，你算走对了路。”汉子说。

“有人劝我回去，他们根本不了解我。”灰子缩着鼻涕说。

“你打算怎么办，同工头说了吗?”

“他才不会来管这种事呢。再说这是我个人的事，我要见机行事。”

灰子说了这句话之后又猛咳起来，并往地下吐。我看见他吐出的全是红色的东西。我心里想，他活不过这个冬天了。现在他就是愿意干活也干不了了。当我仔细观察他时，我发现他并不沮丧，甚至还有点兴奋的样子。他同汉子站在那里，脸上的神气就好像他们是某桩事件的主谋策划者，那种优越感是显而易见的。我经过他们身边时，看见灰子脚上又没穿袜子，已经冻得发紫了。他对此类事大概已失去感觉了。

晚饭后见到灰子，他对我说他已经从老曹（同铺汉子）口中听说了我那天夜里的事，他对我的遭遇特别有兴趣，他问我愿不愿带他去一回那个“行刑的院子”（他就是这样称呼那地方的)。我说我恐怕没精力干这事了，第二天一早要上工，太耗费精力的事不敢做，怕身体出问题。

“怪不得他们说你是势利小人呢，我不过试探一下你罢了。”

我只好答应他了。可是当我找到那个地方时，院落已经被拆除了，只有一些碎砖乱瓦堆在很大的空坪里。北风“呜呜”地吹着，断垣残壁在月光下显得很阴惨。灰子兴奋极了，这里看看，那里听听，口里不住地说：“来得真及时啊。”我冷得受不住，就催他回去，他摆摆手让我先走，他说他要搞清心里的疑问。于是我走了，撇下他像猴子一样在废墟上跳来跳去。

一直到了第二天我去上工他也没回来。同铺的汉子让我“不要搭理这种人”。我反问他灰子是哪种人，他说他也不清楚，好像是靠不住的那种人。

这事弄得我上班时没法集中注意力了。灰子如果昨夜被冻死，他的老娘来找我要人，我该怎么办呢？我一边贴瓷砖一边想着这个问题时，工头又像幽灵一样出现在脚手架的那一头了。工头不是一个人来的，他身后还跟着烧饼铺老板娘的儿子。这时我才看清了小伙子的脸，这张脸已经变得又老又凶，也许这是另外一个人，并不是老板娘的儿子。他们俩径直朝我走过来了。我的心“怦怦”地乱跳。

“老瑶啊，”工头对我说，“这些天我们心里乱糟糟的，什么事都拿不定主意了。他的妈妈（他指了指小伙子）要你今后多多指导他。”

“他是谁？”

“你真健忘，他不是还同你说过话吗？”

“我以为他不是那一个呢。”

“他正是那一个。你不要用老眼光看人嘛。你看这个民工团，哪一件事不在飞速变化呢？我这就把他托付给你了啊。”

工头撅着个屁股下去了，他的样子好像是放下了一桩心事似的。那小伙子（说不定他比我还老）叼着一根烟，吊儿郎当地站在那里。

“你妈让你学泥水匠手艺啊？”

“呸！不知道！”他凶神恶煞地回答我。“今后别问这种事！”

“那你就同我无关了啊！”我也火了，大声回敬他。

他气哼哼地将烟头甩出去，说：

“这个责任你躲不了！”

他站在我旁边既不讲话也不走开，我暗想，刚刚摆脱一个凶神又来了一个，到底是他被托付给我了还是我被托付给他了啊？我就不理他，干我的活儿。他要默不作声倒也罢了，偏偏他一会儿就来指责我一下，说我瓷砖没靠平啦，线缝没对直啦，有的地方有松动脱落的迹象啦等，在他眼里，我是个偷工减料的家伙，而且技术也不怎么样。我心里本来就不踏实，现在听他说起话来针锋相对，我就更紧张了。天很冷，手冻得很木，我越想做好，越出乱子。一失手，几块瓷砖掉下去打烂了。

“原来这个行当里尽是些混饭吃的啊。”他冷笑着说。

“那你来做试试看！”

“我？我才不干这个呢。我又不是囚犯。”

“你说我是囚犯？”

“那你是什么？你看看你自己，你没有自己的家，你如果想把自己吊上屋梁也没地方吊；到了夜里，你就在笼子里乱窜；你的一举一动都要听命令。我没说错吧？”

“倒也没错。”我泄气地说。

“这就是囚犯嘛。”

整整一天他都站在我边上指责我、讽刺我，也不知他哪儿来那么大的兴趣。有一下我一生气就忍不住挖苦他道：

“你前一阵可比现在显得年轻啊。”

我这句话果然打中了他的要害。他愣在那里半天没出声，后来才嗫嚅道：

“都是因为妈妈……”

“妈妈怎么啦？”

“出走了。她把铺子留给我了。我可继承不了她的事业，没这个能耐，所以我就成了闲汉。但是你不要以为可以压得住我！我可是有家的人！”

奇怪，他立刻又盛气凌人了。后来老石来了，他一看见老石，就灰溜溜地走掉了。

老石告诉我说，前些日子这个家伙偷了他的钱包，他发现之后狠狠地揍了他一顿，若不是看在他妈妈的面子上，他要打断他一条腿！

“他妈妈是工头的相好，工头也拿这小子伤脑筋。不瞒你说，工头有次还派我去除掉他，不过工头后来又改变了主意，只是要我抓住了他的错误就狠狠地揍他。我抓住他的时候，立刻想起被工头打断的手指，所以我就额外下死力打他。”

老石的逻辑是很怪的，民工团里有很多人都是像他这样想问题，好像只有我成了例外。时常，我顺着他们的意思听他们讲下去，但他们的结论往往同我的预期相反。时间一长，我慢慢有点适应了这种思考方法，但我还是难以及时预测到他们的真实想法。比如灰子，我就不知道他现在到哪里去了。

我还是睡在灰子的铺上，一连好多天他都没回来，也没人问起他。我又去那个被拆掉的院落里找过，根本就没有他的踪迹。一想起这事，我就背上出冷汗。

我又去问同铺的汉子。他对我说：

"快不要打听了，这年头啊，自身都难保，谁还去管这些闲事啊。有这工夫，你还不如去打听你自己加工资的事呢。这城里夜间猛兽出没，全是动物园放出来的。"

来这里不到一个月，我就眼睁睁地看着这孩子消失了，而且凶多吉少。我回忆起这一个多月里同他的每一次见面，越发觉得他可怜，觉得自己解脱不了。有时我也想，我对他的怜悯全是多余的，他很有主见，太有主见了。他使自己的身体受苦，甚至致残，其实是为了达到一个我没法了解的目的。如果真是这样，我的怜悯心就成了自作多情了。想一想，这种解释也有道理，因为自古以来我们那个村就不是一般的农民村。我们虽然也是脸朝黄土背朝天地劳作，但我们极不安分，一有机会就往外面钻，接受新事物又特别快，所以村里的人大都有一两门手艺，大都见过些世面。我记得我小的时候，村里有几个汉子长年累月在山上弄一种土制的飞机，后来听说那几个人在试飞时出了事故，栽进深沟里面去了。这个灰子就是在这种地方长大的一个怪种。从前在村里时我们很少见到他，可能是因为他的心脏长在体外，家人有意隐瞒吧。但是他忽然就做出惊人之举，不仅仅出来打工，过一种公共的生活，还神出鬼没地进行某种活动，这个转折真是令人摸不清他的路数。现在发生了这种情况，他的娘要是得知了一定会痛苦得昏过去。那位葵叔，灰子是他带出来的，现在失踪了，我也告诉了他，他仅仅点了点头，完全不放在心上。由种种的事情我得出结论：此地是一个大冷库，不管谁到了这里，他的心都要被冻僵。然而还是有原因不明的激情在暗中活动。工头啦、灰子啦、厨师啦、葵叔啦，不论是谁，都怀着这种古怪的激情，也许他们仅仅为这而活。那么我自己呢？我不也在对一些莫名其妙的事产生兴趣吗？尽管白天里体力劳动十分繁重，尽管睡眠总是不足，我还是觉得自己比在家乡时爱思考问题了。也可能是形势所逼吧，被网捕的感觉从来没消失过，那网越收越紧了。我有老婆、有父母，还有两个儿子，但是来这里之后我几乎没怎么想过他们，就好像我是个单身汉似的。现在我同他们之间唯一的维系只在一点上了——我必须赚钱改善他们的生活，在这里硬挺下去。

杨工头晚上意外地又来查铺了，不过他的态度更出人意料。他走进来站在那里，满脸堆着假笑，说：

“各位请多多担待，民工团的声誉就靠你们了。大家努力吧，上面领导不会忘记各位的功劳的，到时会有嘉奖。”

由于同室的几个工友都没有理他，他就很尴尬地退出去了。这是怎么回事呢？本来，我们大家见了他就像老鼠见了猫，没有人敢在他面前说个“不”字，就连背后也不敢说他的坏话，因为怕告密。此刻大家猛然就采取了这种态度，难道人人都吃了豹子胆？我躺在床上想着工头的那几句话，琢磨着他说的会有嘉奖是什么样的嘉奖。想着想着我就睡着了。

夜里我被弄醒了，有个人挤上了我的铺。开始我以为是灰子回来了，心中一喜，后来才发觉不对头。那人又粗又壮，是睡在对面铺上的言哥。言哥浑身发抖，将我的铺弄得响个不停，我听到底下那同铺的汉子在咬牙切齿地骂他。我终于不耐烦了，厉声责问他：

“你到底怎么回事?!”

“我不能睡我的铺了，我一合眼，工头就来掐我的脖子。他这一手真毒辣啊!”

他居然像个小孩一样“呜呜”地哭了起来，还用我的被子蒙住他的臭脸，大约将鼻涕也擦到被单上了。我无比厌恶，喝令他滚下去，但他不但不滚，还放声大哭，声音之大，将所有的人全吵醒了。就连隔壁都有几个人跑过来了。灯开了，大家都气恨恨的。忽然，矛头全指向了我，说我是“蛇蝎心肠”，说我害死了一个人还不够，还要继续作恶。由于他们人多势众，我也不敢回嘴。那几个人回自己的房去时，我瞥了一眼闹钟，看见只差一个多小时就要上工了。熄了灯之后我还想睡一下，言哥却唠叨开了：

“你想想看，一睡着就掐脖子，这种手段有多么恐怖。先前我在家里的时候，摊开手脚一觉睡到大天亮，有时候，我的黄狗就来咬我的脚后跟了。不管它怎么咬，我也不醒！现在我成了这个样子，你看我怎么办？你看我怎么办啊！”他又提高了声音。

我劝他小声点，不要吵着同室的人。他一听这话，嚷嚷得更响了。他说他不光是诉他自己的苦，他还是代表工友们讲话，因为谁的心里都是一肚子苦水。他把他受的苦讲出来，就是为大家减轻负担。果然，他嚷嚷之际大家都在静静地倾听，完全没有对我的那种反感。

后来他不光嚷嚷，还一脚一脚地往我身上踹，踹得我都要发疯了。看来觉是睡不成了，我愤怒地跳下来，站在黑地里生闷气。这个时候同铺的汉子就劝我“想开点”，他还说他经历这类事经历得多了，生活在一个大家庭里，可不要随便对人记仇，而应该认为别人都是为自己好。我对他说我宁愿不要这种好，只要别人不来管我，他就沉默了。过了一会儿才又开口，说我的想法“太幼稚，行不通”。经这么一折腾，我当然就不能睡了，不过上工的时间也已经到了。

啊，我真是累坏了啊。夜里睡不好，白天还得拼命干活，我感到我快要倒下了。好多天以来，我右边的肋下就一阵阵地痛，可能是肝脏要出毛病了。起先我想忽略这事，可是发作越来越频繁，我不得不考虑退路了。春天早该来了，这个城市里还是一派严冬景象。而我的身体在这种严酷的天气里正在萎靡下去。前不久我被加了一次工资，这件事应了同铺汉子的那句话。如果我现在离开，放着眼前的钱不赚，实在有点可惜；而如果不离开硬挺下去呢，又有可能因此丧命。我愁眉不展，想不出解决的办法。最后我鼓起勇气去同杨工头商量。

杨工头很久都不训人了，他每天都坐在工地上的空坪里一根接一根地抽烟。我把我的困难告诉他，他便扬了扬眉毛严肃地问我：

“你说的是真话么？”

我立刻指天发誓。

“我不能安排你做轻松工作，因为你的年龄未到。”

我听了后心里一冷，万念俱灰。

“但我可以安排你一个特殊工作，而且工资照发。”

我又起死回生了，眼巴巴地望着工头，恨不得把自己的心掏出来交给他。

“你抬起头看一看。”他命令我说，“看见了什么？”

“没有什么啊，就是我们新砌的这栋楼嘛。”

“对，这楼有26层，顶上面那一层有一个房间，是值班室。这个值班室从明天起要启用了。老板昨天要求我找一个人坐在那里头，我打算派你去。不过你不要以为这个工作很容易做好。当然你并没有什么具体责任，差不多可以说你不用管事。但是你的活动范围只限于顶层的平台，每天有人给你送饭，你只要待在上面就是。这听起来不像一个值班的工作，但是有什么办法呢，老板就是这样嘱咐的。你干还是不干？”

他瞪着那双金鱼眼，他的表情似乎有点紧张，这种紧张情绪又影响了我，我不知道他葫芦里卖的什么药。然而别无选择了。至少可以保命，而且工资照发。

“我干。”

“好！”他一拍大腿站了起来，“这样就解决了。”

吃过中饭我就将自己的铺盖往楼上搬。我收拾铺盖时，同铺的汉子皮笑肉不笑地对站在一旁的言哥说：

“他这回可是真正的高升了啊，从地下室一下子升到了26层！”

言哥恶声恶气地回了一句：

“要是掉下来可就惨了。”

我的身体是真的垮了，似乎说垮就垮。26层楼，我歇了四回才爬上去。

我推开门，看见房里有一个木床，一张凳子，于是心里一阵激动。有多少日子了啊，我连个休息的地方都没有，现在我可要好好地睡一大觉了。我把床铺好，又走到门外的平台上视察了一下，没有发现什么异样，就只是觉得这上面十分地静。虽然可以看得到对面工地的繁忙景象，也可以看到街上跑着的各式汽车，但这上面一点儿都听不到下面的喧闹，只有北风吹过的声音。我从未上过这么高的楼，所以觉得非常怪异。我返回房间，脱下衣服搭在被子上头，然后用被子紧紧地裹住身子进入了梦乡。

这一觉醒来已是第二天早上。由于暖气没有开通，这顶楼上无疑是非常寒冷的，但我竟没有觉得！这时我又记起我昨天还没吃晚饭。工头说过每天有人送饭，那人怎么还不上来呢？我到厕所里就着冷水胡乱漱洗了一通，然后就坐在铺上等送饭的。大约等了十分钟，果然有人敲门了。

进来的是失踪已久的烧饼铺老板娘。她垂着头，将一个小竹篮放在凳子上。到了面前，我才看清了她的脸。那张脸肿得像紫茄子一样，鼻子歪向一边，被人打歪了似的。放下饭菜后她就要走，我叫住了她。

“我见过你的儿子了，他还好。”我想让她安心。

她看了看我，眼里闪出一丝光，很快又黯淡了。她开口说话时，嘴歪得很厉害。

“你要好好地待着。”她一个字一个字地说。

“你等一等，我想问你一件事。”

“问什么呢？不要问。”

她下楼去了，不是坐电梯，而是一层一层走下去的。这栋楼的电梯还未启用。

竹篮里的饭菜分量很多，大概是给我吃一天的。我饿极了，不管三七二十一，将所有的食物一扫而光。吃饭的兴奋很快就过去了。我又在顶楼上的北风中蹓跶了一大圈。除了风声，除了阴沉沉的天空，这上面什么都没有。我在心里对自己说，这种囚禁对我来说算不了什么，我就当它是住疗养院吧。这种环境是很能让自己放松的，昨天睡了这一大觉之后，肝部已经不疼了，休息的疗法比什么都好，一想到坐在这里养病，饭来张口，居然还可以拿到工资，简直有点心花怒放了。也许是老天开眼吧，我的苦日子总算熬到头了。而且听工头的口气，这个工作似乎可以无限期地干下去。我怎么会有这种好福气呢？这样看来工头并不是一个恶人，难怪很多人都对他印象很好，听他的话。可能他只是表面上很凶，有时喜欢打一打人而已。说不定他还有一副仁慈的心肠！不到关键的时候，谁又能看出这一点来啊。

我把碗洗好放进竹篮，就关好门，坐进被窝里。幸亏我早有准备，到街上买了一双厚厚的棉花脚套，现在我就将它们套在我的脚上，所以也不感到特别冷了。一想到楼底下的工友们所受的苦，我心里就涌出一股幸福的暖流。长这么大，我还不知道幸福是怎么回事，现在总算体会到了。我想着想着就有了睡意，我成了睡不醒的懒人，而且在梦里，我好几次笑出了声！

这是什么样的惬意的生活啊！这样的生活我整整享受了三天！每天都是老板娘来送饭。她垂着头，放下手里的竹篮，将上一餐的竹篮拿走，她脸上的伤引起我满心的怜悯。

闲坐之际，我开始来考虑这个问题：为什么要设这样一个值班室？想来想去，最大的可能性是：楼房的投资商向承接这个工程的老板提出了这个要求，老板又把这个要求下达给了工头。听说那位投资商是一个神出鬼没的人。有一回我们刚回到宿舍睡下，工头就冲进来把我们叫起，要我们去开夜班，因为那位投资商要在那个时候来视察。当时工头还嘱咐我们说：“要造出一种热火朝天的氛围来。”这个古怪的投资商，也许哪一天突然想到了要在屋顶安插一个人值班吧。工程老板由于害怕他半夜到顶楼来视察，就想出了这个既经济划算，又靠得住的办法。于是我就成了那值班的。我的任务就是守着这栋未竣工的楼房，绝不离开半步。深夜里，我必须开着电灯睡觉，这也是工头规定的。或许那个投资商正在远处的某个旅馆里默默地注视着半空中的这一线灯光?

今天是我上顶楼的第四天了。今天早上发生了一件很不好的事。我不知道这是一个偶然还是早就设计好的阴谋。

早上老板娘像往常一样来送饭。她放下一个篮子，提起装了空碗的另一个篮子。本来她就要走出门了，可是她忽然有些迟疑，在门口停了两秒钟。我问:

“有什么事吗?”

这句话竟然令她惊跳起来，她朝楼梯口冲去。我听到急急的脚步声一路响下去。

我正在洗碗的时候，那条狗出现了。是那种杂交的狼狗，身上脏兮兮的，尾巴耷拉着。它耷拉着尾巴的样子说明它很可能是一条疯狗。它并没有发现我，径直往平台上走去。本来我如果闩上门待在房里的话就什么事也没有，可是我的意志出现了偏差。不知道根据什么我自信地认为我可以除掉这只疯狗。于是我拿起放在门后防贼的木棒出去了。它正在平台上绕圈子，我一出现它就停下来。我们对峙着，我发现它的眼珠是血红的。

第一个回合我吃了亏，它隔着裤子狠狠地咬了一口我的小腿，痛得我眼冒金星，心里生出绝望的念头:“完了!”它再冲上来时，我差不多要疯了，我用那根头子上包了铁皮的木棒下死力击打它的大脑袋。我打了又打，停不下来，直到自己累得趴在水泥地上。它的脑袋被我打扁了，血溅了一地。到了这个时候，真正的恐怖才开始。

我当然无心去收拾狗的尸体，我心里最紧迫的念头是赶快去医院注射疫苗，防止狂犬病毒在我体内扩散。我忍着痛，一步步挪向楼道。当我下到消防通道的倒数第二层时，我面前赫然出现了一张新装的铁门，铁门被锁得紧紧的。也就是说，我被关在顶楼上了。我用木棒用力捅了一阵铁门，又声嘶力竭地喊了好久，但是没有任何回应。看来楼里根本就没有人。绝望中我还想了这个问题：疯狗又是如何上来的呢?

回到寂静的平台上，我看到我的同事们正在下面的工地上忙碌。我一边高喊一边用木棒击打低矮的护墙，闹腾了半天，仍无任何效果。正如我丝毫听不见下面的声音一样，他们大概也听不到我的声音，我和他们已被分隔在两个世界了。我垂头丧气地拖着腿回到房里，这时右腿已经开始麻木了。我往铺上一坐下去就没法再站起来了。我背靠着我的被子，呼吸很困难，但是我的思路还是很清晰的。

回忆早上的事，差不多可以认为，疯狗是老板娘放进来的。她是为了什么要这样干呢？在这个楼顶，我唯一可以接触到的人就是她了。如果她有意放进疯狗来咬我，那么明天她来给我送饭时，也绝不会帮助我去就医。这样我就凶多吉少了。啊，我的腿！现在它已经不是我的腿了，只是发胀的、紫色的肉块，伤口还向外溢出黄色的泡沫。突然又有一声狗叫打破了周围的寂静。难道那家伙起死回生了吗？还是她又放了一只狗进来呢？我的门没有闩，我只有坐在这里等那畜生来进攻了。还好，它只是在平台那边叫，并不进我的房间。我就在它发出的刺耳的叫声中昏睡了一会儿。

是工头将我推醒的。我睁开眼见到工头时，差点儿要痛哭失声了，工头用两个指头拎起我的裤腿，查看了一下我的伤情。

“嘘，不要激动！这对你没好处。”他说，“那条狗一直养在这顶楼的，先前你没来的时候，它就住在你这屋里。那是条好狗，真可惜。”

“它不会是疯狗吧？”

“嗐，不要这样说它。这年头，就是人也一下子就疯了，何况狗！它先前可是条好狗。”

“我觉得我要死了，送我去医院吧。”

“你这样悲观啊。其实哪里死得了呢？你要相信我，我们是死不了的。你再这样悲观，老板娘就要生气了。菊华！菊华！”

他大叫起来，大概是叫老板娘的名字。

“她躲起来了，她总是这样喜欢捉迷藏。你把她心爱的狗打成那副惨状，她都不想活了。你看你有多么凶残！”

听他这么一说，连我自己也被我的暴行吓坏了。我甚至暂时忘记了我的腿，一味地沉浸到刚才的回忆中去了。我是因为恐惧而杀了它的，但我是主动走出房门去同它交战的，这点我记得十分清楚。要是我待在房里，什么事也没有。我问自己：我是不是像工头所说的那样喜好杀戮呢？显然一点儿也不是。我是那种最喜欢瞻前顾后的胆小的人，远的不说，就说我和灰子的关系，从这上面也可以看出我的品性。可是那只狗又的确是我杀的，我用乱棍打死它还不够，还要把它的脑袋打扁。我主动找出去同它交战。我想了又想，还是想不出我性格变化的原因。或许我根本没变，以前的几十年全是伪装？

"我得去处理狗的尸体，老板下午要带投资商来视察，不能让他们看到。"

在外面，有女人的哭声。于是我又想起那只被我打扁的狗的大脑袋。木棒还立在门边，铁皮上血迹斑斑。我看着它眼睛发了直，一股杀气又莫名其妙地在体内升腾。要不是工头向我指出来，我是怎么也不会知道自己是这样一个人的。我坐在床上动不了，但我又在脑海里同那只疯狗进行了一场恶战。这一次，我用包了铁皮的木棒捅进了它的肚皮，一大堆花花绿绿的东西全流到了地上，四条腿抽搐着……我越想这些事脑子里越黑，竟然绝望得晕过去了。

没过多久，腿部的剧痛又使我醒了过来。我吃惊地看见老板娘正在用一把精巧的小匕首在我小腿的伤口上捣弄，一会儿她就从那里剜下了一小块肉。我发出一声恐怖的尖叫。

"叫出来就好了，你不会有事的。"

她仔细查看了一下那块带着脓血的肉，将它甩到地上，用自己的围裙擦拭着匕首。

我的小腿那里出现了一个洞，却并不流血，我甚至看见了里面的白骨。经她这么一刺激，所有的感觉全恢复了，腿子钻心地痛。

"你可以试着站起来走一走嘛。"她得意地看着我说。

趁我没注意，她猛地一把将我拉起。我晃动了一下，居然站稳了，当然那种痛是没法形容的。我本能地要坐回床上，可是她不让，她横蛮地将我拖到房子中间，拽住我不放手。我牙齿磕响着，告诉她我受不住了。

“我还没有把你捆起来，你就成了这个样子了。”

她将我一推，我坐到了地上。我知道她对我很不满意，将我看作一个脓包，什么都干不了，还这么娇气。我心里有点感激她，也很抱歉，但我痛得说不出话来。

“我把你治好了，你可不要再惹祸了。狗是很通人性的，你懂吗?”

工头在门外叫她，她倾听了一会儿，显出懊恼的神情，一跺脚就出去了。

疼痛一直在持续，不知已持续了多久，也许三天，也许四天，丝毫也不减轻。我不断晕过去，又不断醒来。其间我也胡乱吃了些饭菜（当然没顾上洗碗），上了几次厕所。如此剧烈的伤痛却并没有影响我的室内活动，想来有些奇怪。也许这要归功于老板娘的横蛮作风，她将我从床上拉起来站稳的一瞬间，我便向极限挑战了。这段时间，我明白了一个真理：只要不晕过去，没有什么受不了的。即使晕过去，也还是会醒来，反正死不了。注视着白骨森森的伤口是有点吓人，但我并没有死，伤情也没有恶化，这就暗示事情正在朝着好的方向发展。这种伤痛与一般的伤痛很不相同，它不存在缓解，所以我在忍耐之际也没什么好盼望的。忍耐就只是单纯的忍耐，最近的结局是晕过去，或者不晕。我想，那些意志薄弱的人遇上这种情况恐怕要发疯的吧。这也说明了我是一个意志力超常的人。不知从哪一刻起，我已经适应了在剧痛中思考问题了。我最先思考的问题是小时候的一桩疑案。那时我们家很穷，有一年春天，大饥荒又来了，母亲叫我去邻村表姨家借五个红薯。我拿到五个大红薯之后（个个都是红皮黄心的好货色），就提了篮子往回赶。回到家，篮子里的红薯却只剩下了三个。父亲认定我在路上偷吃了，就狠狠揍了我一顿。事隔好多年之后，我仍然忍不住一遍又一遍地反省那个问题：到底是表姨用障眼法骗了我呢，还是我在路上掉了两个红薯？抑或更坏，是父亲藏起了红薯，却一口咬定是我吃掉了？不论用哪种假设来解释，我都说服不了自己。我的整个青年时代都被这个红薯的怪梦萦绕。此刻，在这个高楼顶上，在剧痛之中，这件往事忽然浮现出了不同的意义，我感到我就要接近答案了。如果不是眼前发黑，又一轮昏迷席卷了我的话，那个答案就被我得到了。

工头认为我既然已经受了伤，成了个废人，就不再适合在这顶楼上担任值班的工作了。因为万一那投资商来了，看见他日夜挂念的值班工作竟然是由一个废人在这里担任，一定会大发脾气的。他一发脾气，工程老板的前途就会被毁掉。工头决定下午派几个人将我抬下去，抬到宿舍里去养伤，他还告诉我工资照发。

"你看看大家为你做出了多么大的牺牲。"

他说这话时有点咬牙切齿的味道，我不知道他仇恨的对象是什么，看起来好像不是我。我问他为什么今天早上来送饭的不是老板娘，他翻了翻金鱼眼回答说：

"她已经回烧饼铺去了，过两天铺子又要开张。总不能因为死了一条狗就打乱日常生活吧。很快又有大批民工团要来，她的烧饼铺要为他们服务。想想看吧，一个乡下佬来到大城市，两眼墨墨黑黑，她不去指引他们谁去指引？"

我回想起刚到城里时在她铺里同她交谈的情形，不由得感慨万分。

下午共来了四个人，有两个是同我住一间房的同事。我究竟是如何被搬下楼的自己已经不知道了，因为我昏过去了。我醒来时就已经在我原来的铺上，房里一个人都没有。

后来他们都来了，却没看见同铺的汉子。大家都羡慕又不平，抱怨他们自己的坏运气，没有一个人提到我受伤的事。我听见他们满口粗话骂个不停，将工地称为"粪缸"，将某些得了好处的人称为"粪缸里的蛆"。我觉得他们很明显是在骂我，一气之下我向他们亮出我的伤口说：

“我现在成了废人了，你们来羡慕我吧。我一天要晕过去好多次。”

我的话音刚一落，房里的四个人就都嚷嚷起来，说他们“巴不得成废人”“巴不得晕过去”，那样就可以躺下了，那是多么好的事啊。

说话间老石走过来，一巴掌拍在我背上，拍得我差点儿失去了知觉。他阴沉着一副脸对我说，我明天必须去干活，又说我要是再这样娇气，再这样纵容自己的话，大家就要去集体请愿，要求上面减轻民工们的工作。上面肯定是不会同意这种请愿的，那么，随之到来的事就是民工团面临解散。不过要是我明天去干活的话，请愿的事就不会发生了。

夜里我几乎没怎么睡，因为疼痛也因为绝望。我这个样子怎么能干得了活儿呢？老石在其余人的鼾声中几次同我说话，他说“车到山前必有路”。我问他和我同铺的汉子到哪里去了，他说那汉子做了厨师的徒弟，搬到伙房去了。

“你瞧，每个人都有出路。”

他似乎在宽我的心。我想了想，觉得那汉子的确适合做厨师。

上工的时间终于到了。房里的四条汉子不由分说，架起我就往工地上走。虽然每走一步都像踩在尖刀上，这一次我却并没有晕过去，伤口也没有恶化。自从老板娘用匕首从伤口剜出腐肉之后，伤口还从来没包扎过呢。那个深洞始终没长拢，骨头就那样露着，看一眼都让人毛骨悚然。

我的活儿还是同老石一块儿贴瓷砖，不过这一回不用上架，就在底下贴。因为我站不住，老石就弄了个矮凳让我坐着，由他来将瓷砖一块一块地递到我手里。这一来他自己反倒不干活了。我一阵阵头晕，将瓷砖贴得歪七竖八，牙关咬得“咯咯”作响。

“没关系的，习惯了就好了。”他在一旁说。

我流着冷汗，不断问自己：这到底是在干什么？

老石仿佛听到了我心里的话，就笑着对我说道：

“你是在重新学习嘛。你看这么久了你也没晕倒，我在帮助你打掉娇气呢。”

那天吃饭时来了很多同乡。他们垂着眼，显得很驯服的样子。由于长年吃不饱，他们个个看起来面有菜色。工头又变成了一头凶残的狼。他将双手背在后面，鼓着金鱼眼，手一挥一挥地向这些人训话。起先我懒得听，因为腿痛得厉害，我要赶快吃完饭去休息。后来我忽然听见他说到我的名字。

“这个老瑶是你们的同乡，你们以后就要同他共事了。他刚来的时候也同你们一样，什么都不懂，现在他已经变成老狐狸了。到了他这个份儿上啊，就是不干活，我们也要花钱养着他！你们好好在这里学习吧。”

工头的话让我哭笑不得。这时大家都将目光投向我，老民工们既疑惑又鄙夷；新民工们满心羡慕；厨师和工头，还有老石则像在看把戏。我一咬牙就站起来了，我的忍受力倍增，居然可以像正常人一样走路了。虽然还是痛得两眼发黑，我却可以机械地迈动脚步。我的背后响起一片惊讶之声。

“他是民工团的宝贝!”

工头的声音比谁都响亮。

我的伤口到今天也没有痊愈，但也没有更进一步恶化。正如它所给我的疼痛的感觉一样。发生变化的只是我的适应力。现在我已经把自己看作一个正常人了。有些重活儿我已经不能干，但我能够胜任的活儿还是很多的，所以工头也用不着为派我的活儿伤脑筋了。我的裤腿遮挡着伤口，别人看不出有什么异样。只是当风太大从伤口那里吹到骨头上时，我的全身就会发起抖来。

垂直运动

我们是生活在沙漠底下的黑土地带的小动物。大地上的人们不会想到，从一望无际的漫漫黄沙往下深入几十米，会存在着这么一大片充满了腐殖质的沃土。我们的种族祖祖辈辈都生活在这里。我们没有眼睛也没有嗅觉一类的器官。在这个大温床里头，那一类的器官没有什么用。我们的生活很简单，就是用我们的长长的喙掘土，吃进那些有营养的土，然后排泄。我们生活得其乐融融，因为家乡的资源太丰富了，我们都可以尽量满足自己的食欲，不会有什么争夺发生，至少我从未听到过。

闲下来时我们就聚在一起回忆我们祖先的一些逸事。我们总是从最老的那些祖先回忆起，然后一路追溯下来。回忆是愉快的，充满了奇异的咸味和甜味，还有一些松脂琥珀，咬起来“喳喳”响。我们的回忆里头有一段空白，那是一件难以描述的事。粗略地说，就是我们中的一位长辈（他是我们当中长着最长的喙的长辈）在一次掘土运动中突然越过界限，消失在上面的沙漠地带里了。他再也没有回到我们当中。每次回忆到这里的时候，大家都沉默了，我感到大家都很害怕。

虽然并没有人到我们底下来，我们的确获得了种种关于上面的人类的知识。我不知道那是通过什么样的渠道获取的，据说非常神秘，同我们的身体结构有关。我是一条中等身材的、各方面都很平庸的动物。我同大家一样，每天掘土、排泄，以回忆祖先为生活中的最大娱乐。可是当我睡着了时，我就会有一些奇怪的梦。我梦见人，梦见上面的天空。那些人们都是些好动的动物，触摸起来疙疙瘩瘩的。他们发达的四肢让我无比羡慕，因为在底下，我们的那些腿脚都退化了，我们全靠身体的摆动和扭曲来活动。我们的皮肤也过分光滑，很容易受伤。

一般来说，关于上面人类的话题有这样一些议论：

“钻到接近黄沙的边界那里，就可以听到驼铃的响声。这是我祖父告诉我的。可是我不愿到那种地方去。”

“人类繁殖太快了，据说数目巨大，地面可以吃的全被他们吃完了，现在正在吃黄沙。太可怕了。”

“如果我们不去想同天空、同地面的人类有关的事，不就等于那些事根本不存在吗？我们关于这方面的回忆和知识已经够多了，用不着去继续开发了。”

“我们头顶上的黄沙有十几米厚，这对于我们这种生活在温润的深土中的动物来说，就相当于世界边缘的绝境。我到过边界，也产生过冲上去的欲望。今天在这里，我愿意回忆当时的情景。”

“黑土王国先前没有，后来就有了。我们最老的爷爷也是先前没有，后来就有了。于是有了我们。有时我想，或许我们中的哪一个应该尝试一下冒险。既然我们来历不明，我们的使命当中就应该有冒险。”

“我也想冒险，我最近开始绝食了，我要改变我的湿滑的、喜欢出汗的体质。一想到几十米深的黄沙就恐惧，越恐惧反而越想去那种地方。我在那种地方一定会失去方向感的，大概唯一的方向感只能来自下面的引力。但是在那种地方，引力会不会改变？我忧心忡忡。”

“所有的历史，所有发生过的逸事我们都记得，为什么独独忘记了我们的长喙老爷爷？我老觉得他还活着，可又想不起关于他的任何事。看起来，我们的记忆只保留在家乡，一离开这里，就要被历史彻底取消。”

“当我静下来的时候，我会产生那种怪念头，我愿意自已被我们的集体遗忘。我也知道在这里是做不到这一点的。在这里，我的一言一行都留在大家的记忆里，而且还会一代一代流传下去。”

“我觉得我是可以生出疙疙瘩瘩的皮肤的，只要每天刻苦锻炼。最近以来，我总是往那些比较硬的土疙瘩上擦呀撞呀的，弄得皮肤出血，然后结痂。好像有些效果。”

值得指出的是，我们这些动物并不是聚集在一块空地上开会（像上面的人类那样）。我们这个黑土王国没有空隙，全都密密实实的。当我们聚到一起来休闲娱乐或开会时，我们仍然是被泥土隔开的。黑土的传音效果十分好，我们只要表达，哪怕是发出最微弱的声音，也会被大家听到。有时候，我们也会在掘土时无意中碰到了另一位的身体，这时双方就会生出无比厌恶的感觉。啊，我们实在是不愿意同自己的族类有任何身体上的接触！据说上面的人类是通过交媾来繁殖后代，同我们这种无性生殖有很大的不同。那会是一种什么样的情况？我们还没有关于这方面的细节的知识。有时候，我想一想与自己的同类纠缠在一起的情况，竟会恶心得尖叫起来。

停止了掘土时，我们就一动不动了。我们像一些蛹，在黑土里面做梦。我们知道我们的梦都是大同小异，不过相互之间串梦的事从来没有发生过，都是各做各的。在那些长梦里，我会钻进泥土的深处，然后就同泥土融为一体了。最后，我就只做关于泥土的梦了。长梦真好，那是真正的休息。可是时间长了我也会隐隐约约地生出不满来，因为变为泥土的梦并不能让我体会到我最想体会的那种欢乐。

有一次，我们聚在一块儿说梦。当我说完我的一个梦时，我居然失望得哭起来了。那是什么样的梦啊，越来越黑，越来越黑，最后就变成了黑土。我想在梦里发出声音，可是我的嘴也消失了。他们一个接一个地劝慰我，举了很多祖先的例子来证明我们的生活的正当性。我停止了哭泣，然而有一种冰冷的东西停留在我的体内，我觉得自己很难再像以前那样对生活抱一种乐观的态度了。后来，即使是在劳动之际，我也会感到沉沉的黑土压在我的心上。甚至连我的硬喙，也有种软化的倾向，时常竟会酸痛起来。我愿意通过做梦来获得休息，可是我不愿意梦醒之后无精打采，失去生活的兴趣。我一定是鬼魂附体了。我想，难道我会步那位失踪的前辈的后尘，消失在漫漫黄沙里头？

最近以来，我的身体有所消瘦，我的皮肤更容易出汗了。也许受情绪的影响，我要得病了。当我掘土时，我听到同伴们在为我鼓劲，可不知为什么，这并不能让我的情绪明朗，我反而变得自怜又伤感了。闲下来时，有一位老爹同我谈起我那过世的父亲。这位老爹的声音很美，嗡嗡嗡、嗡嗡嗡的，很像黑土有时发出的那种声音。我将那种声音称为催眠曲。老爹说，我的父亲其实是有一个遗愿的，只是他不能表达出来，而旁人也没有探究的习惯，那遗愿才没能进入我们记忆的历史。我父亲临终前弄出奇怪的响动，这位老爹离他最近，所以听得最清楚。老爹说我父亲是想学空中的鸟儿飞翔的样子，他一听那声音就知道了。

“那么，他是想成为鸟类吗？”我问。

“我想不是。他有更高的目标。”

那一回，关于我父亲的遗愿到底是什么，我同这位老爹讨论了好久。我们说到了沙暴，说到了巨型蜥蜴，说到了存在过的某个绿洲，也说到了远古祖先的某次小小骚动——因为土质变化导致缺少食物而引起。每次我们说起一件事，就觉得快要接近那个遗愿了。可是再说下去呢，又越离越远了。真是让我们不甘心啊。

由于这位老爹带来的信息，我的情绪慢慢地稳定下来了。毕竟有一个遗愿！当我想到这一点的时候，空虚感居然减弱了。

“M！你在掘土吗？”

“哈，我在掘土！”

“这就好了，我们都为你担心呢。”

这些可爱的朋友、同伴、亲属、知己！如果我不属于他们的话，我还能属于谁呢？家乡是多么宁静，土壤是多么柔软，吃起来多么美味！我觉得自己已经成长了，对一些事看得开了，虽然胸口仍有点隐隐作痛，病已经从我的身体里离去了。然而这并不等于我没有变化，我已经变了，我的体内现在隐藏了一个自己也说不清的朦胧计划。

我仍然同大家一样，劳动，休息，劳动，休息……我听到我们的家乡发生了一些微妙的变化，比如种群的数量在减少；比如生殖的意愿在降低；比如某种莫名其妙的抱怨在我们当中蔓延；比如……最近在我们当中还兴起了一项娱乐，这就是用我们那退化的手指的宽度来测量我们的喙的长度。“哈哈，我是三指长!”“我是四指长!”“我的更长，四指半!”虽然我们每个个体的手指的宽度并不一样，这项活动还是给大家带来很大的欢乐。我发现我的喙比所有的同胞都要长。莫非那位失踪的长辈是我老老爷爷?! 我的发现让我身上冒出了冷汗，我把这个秘密藏在心里。

“M，你的喙是几指?”

“三指半!”

我让自己的身体保持垂直，不断地向上突进。这种方法的改变很快就被大家觉察了，我感觉到我的周围都是恐慌。我听到他们在说：“他!”“可怕啊，可怕!”“我觉得地在摇晃，会不会出事?”“M，你可要把握住自己啊。”“向上的直线运动不是我们的本性!”

我都听到了，我在做一件危险的事，我已经止不住自己的冲动了。我上升啊上升啊，一直劳动到精疲力竭，然后就睡着了。我睡着之后一个梦都没做，那是种死一般的沉睡，没有迷惑，也没有痛苦，而且也无法判断睡了多长时间。醒来之后呢，我的身体又条件反射一般地往上冲。

没过多久我就发现自己周围成了一片死寂。也许他们是有意地避开我，因为我离边界地区还很远，我活动的地方不可能没有同类。生平第一次，我在绝对的静寂中独自待着了。有两大块东西，很黑，应该比泥土还黑，始终停留在我的头顶。在我的感觉中，那两个东西应该很重，无法穿透。奇怪的是我不断向上掘进时，它们也不断后退。我触不到它们。如果我的喙触到了它们，会不会是灭顶之灾？它们有时混合成巨大的一块，有时又分开。它们混合时发出“格格”的磨合声，它们分开时也发出不乐意的呻吟。我顾不了那么多了，我就像它们不存在似的继续突进。我想，我应该是死不了的!也许，我正在履行父亲的遗愿?

又过了一段时间，我在死寂中劳动，在死寂中沉睡。我小心翼翼地控制着自己的情绪不去多想。我知道我正在接近边界。啊，我差不多将那两块黑东西忘记了！是不是我将它们看作我自己了呢？可见无论什么事情都是可以习惯的。当然我也有软弱的时候，这种时候我就会在心里发出悲鸣："父亲啊父亲，您的遗愿是一个多么恐怖的黑洞！"我发出悲鸣时就产生那样的错觉：黑土层绞扭着我，像要扭断我的身躯一般。我还感到那些泥土皱褶里面藏匿着祖先的尸体，尸体发出点点磷光。产生这种幻觉的时间不会太长，我不是一个喜欢伤感的人，大部分时间我都在按部就班地上升、上升！

做垂直运动以来，我觉得自己的生活更有规律了：劳动，睡觉，劳动，睡觉……因为这种规律化，我的思想也起了某种变化。以前我很喜欢漫无边际地遐想，关于黑土层啦、关于祖先啦、关于父亲啦、关于上面的世界啦，等等。遐想是一种放松、一种娱乐、一种最好吃的松脂。现在呢，一切都变了，我的遐想不再是漫无边际，而是像有了目标似的。情况是这样的：只要我开始休息，我上面的那两块黑东西就在向我暗示着一个方向，牵引着我的思想朝那个方向去。上方是什么？就是那两块东西，我在冥想中听见它们里头发出一种奇异的梆子的声音，像是地上的某座古老的大山里有人在敲梆子，声音居然传到了我们地下。我倾听着，想着上面这巨大的黑东西。当我沉迷于其间时，梆子声会突然停止，变成我们虫子钻地的声音，许许多多虫子。虫子当中又往往有我似曾听到过的声音在含糊地说话。啊，那种声音！那不是我从父亲的身体上分裂出来之后不久常常听到的声音吗？这样看来，父亲还在我们当中。他带给我稳定感、信心，还有那种特殊的兴奋。这里是一个新的想象的领域，我发现我喜欢我目前的这种生活。当你的一切举动都好像要达到你的既定目标一样，当你将你的喙不断伸向你对之有无比兴趣的东西时，这种感觉是不是幸福？当然我也没有过多地去想这个，我只是对我的新境况有种满足感。

其实那上面哪里是两块黑东西，我慢慢感到了那两块东西里头的层次。是的，那不是漆黑一团，而是具有无限浓淡层次的东西，而且那些层次在不断地变化。我越接近边界，它们的核心部分就变得越淡、越薄，似乎就要透出光来了一样。是的，我的皮肤差点儿要感觉到光了。那种淡红的，有点热的东西。有一回我猛力一掘，感到自己戳破了它们当中之一的核心，我甚至听到"喳"的一响。我激动又害怕。然而过了一会儿，我就发现没有那回事，它们还在我上面，好好的。我的想法是很幼稚的，地底下怎么会有光呢？这两块东西现在是多么玲珑、多么诱人了啊，父亲含糊的声音不是又响起来了吗？

不久就发生了这样一件事，我在向上掘土时，忽然发生了崩塌。我事后才判断出这是崩塌，在当时，我只感到自己在坠落，也不知落到了什么地方。我记得起先我处在一种兴奋状态中，我隐隐约约地听到我们古老传说中的那种嘈杂声，也就是上面的人们集会歌舞的声音。当时我想，怎么会在沙漠中聚会呢？或许我们的上面并不是沙漠？这一下，我上面那两块黑东西真的透出光来了。我这样说只是说出我的判断，因为我感觉不到光。这个光，它不是淡红也不是黄色、橙色，它是一个感觉不到的东西，它嵌在那两块黑东西之间。乐器伴奏的声音越来越激烈，我越来越冲动。我拼全力向上一戳……然后就是崩塌。

我很沮丧，我认为我一定是落到了我做垂直运动之前的地方了。可是过了好一会儿，周围仍然是那种寂静。那么，在沙漠之下还有另外一个王国，一个死的王国？这里真干燥，泥土也不是原来的那种黑土了。我忽然明白了，这根本就不是土，这是沙！对，这就是那种不成形的沙！我明明是往下坠落的，怎么会来到这种地方的？难道引力改变了方向吗？我不愿多想这种事，我要尽快开始我的劳动，因为只有劳动，可以带给我稳定自信的好心情。

我就开始挖掘了——仍然是向上、垂直的运动。沙漠中的运动和泥土中的运动大不相同。在黑土里，你可以感觉到你运动的轨迹、你穿过的地方所留下的那种造型。可是这些无情的沙子啊，它们将一切都淹没，你什么都留不下来，也无从判断方向。当然，以我现在的这种生活方式，我只要做垂直运动就可以了，因为我的体内对引力还是很敏感的。这样下来，我感到这种劳动比以前辛苦多了，也紧张多了，并且吃的是沙，谈不上口味，只能说是凑合了。之所以紧张是因为怕犯错误、怕迷失方向。我必须每时每刻聚精会神地执着于对引力的感觉，只有这样才能保持路线的垂直。这些沙子似乎要窒息我的所有感觉，甚至想让我没法知道自己在运动。于是我的感觉就用力向内收缩了。不再有轨迹，也不再有造型，只有一些模模糊糊的搏动着的内脏，以及一闪一闪的微弱的光出现在我脑海里。

那么，我是在原地伸缩还是在向上移动？抑或是在向下沉沦？我能够判断吗？当然不能。情况变成了这样：每隔一段时间我就一伸一缩地做运动，那种我自认为是向上的运动。当然，沙子比泥土的阻力小多了，但正是这种阻力小让你无所适从，你没有立足点，也无法确定你努力的成果，很可能根本就没有成果。做运动做累了之后，我就吃一些沙，然后进入死一般的睡眠。我的皮肤开裂后又愈合，愈合了又开裂，在渐渐地增厚。上面的人们就生着很厚的皮肤，他们经历了我的这种磨炼吗？啊，这种寂静，这种荒芜！短时间也许可以忍受，如果总是这样的话，同死有什么区别呢？不安慢慢地萌生了。我想到那位失踪者，莫非他还活着？有一种可能就是我和他都活着，再也不会死了，我们被埋在这漫漫黄沙里各自跃动着，永远不能见面。一想到这种可能性我的全身就会抽搐起来。我这样发作过好几次了。

最后一次发作非常厉害，我以为我要死了。我感觉到了山。山就是我原来上面的那两块黑东西，它们失踪了一段时间又来了。它们朝我压下来，但并没有把我压死，只是悬在上面。这时我的发作马上停止了。在缓解之中，我的意识起先急速地运转着，然后就全部丧失了。我拼死力向上一跃！山立刻就变薄了，薄得像两片树叶，上面的那种梧桐树叶。我甚至感觉到它们在飘荡。对于我来说，这就是奇迹发生了。我在兴奋中再用力一跃，梧桐树叶又变成了四片！的确是四片，我听见了每一片发出的那种声音，那是传说中的金属的响声。我明白了，我没有迷路，我走在正道上！很快，金属的树叶就要裂开，我就要遇见光了！不错，我没有眼睛，但这并不妨碍我“看”。

我，地底的虫子，看见光！哈哈！且慢，凭什么？就凭我这伤痕累累的不安分的身体？还是凭我的某种妄想？谁能保证我出地面的瞬间不是我的死期？不，我不要深究这种问题，我只要不断地感到我上面的梧桐叶就好。啊，那种永恒的金属叶，大地上的清风在叶间穿梭……

我晕过去了。我醒来的时候，听到我周围的沙子“嗡嗡”作响，在这一片响声中，有一个苍老的、低沉的声音在说：

“M，你的喙还在继续生长吗？”

是谁？是他吗？除了他还会有谁呢？多少时光都过去了，这片沙漠，这片沙漠……事情怎么会是这样?!

“是啊，我的喙，我的喙！请问前辈，我在哪里?”

“你在地壳最上面的一层，这是你的新的故乡。”

“我不能钻出去吗？您是说，我今后只能在这些沙子里面游荡？可是我已经习惯了做垂直运动啊。”

“在这里只能做垂直运动。不要担心，沙子上面还有沙子。”

“您的意思是说，我不可能完全突破出去？我明白了，您已经尝试过了。您在这片地带住多久了？一定是很久很久了。我们不会划分时间，但我们知道我们失去您很久很久了。亲爱的前辈，我没想到，真的没想到，在这个——怎么说？在这个绝境里，我会同您相逢。要是我父亲……啊，我不能提他，要是提他，我又会晕过去。”

他没有再说话，我听见他远去的声音：嚓，嚓，嚓……他一下一下地用老迈的长喙掘着沙子。我身体里面的液体在沸腾。奇怪，在如此干燥的地方待了这么久，我的身体里头仍然有液体。根据我听到的声音来判断，这位前辈的身体里头也有液体。真是奇迹啊！他是从我上面走掉的，他一定也看见了梧桐树叶。

哈，他又来了！多么美好啊，我有一个同伴了！我可以有交流的对象了！漫漫黄沙不再那么可怕了！他……他是谁?

“前辈，您是失踪的那一位吗?”

“我是一个游荡的幽灵。”

多么好，我说话，就有人回答我。多长时间没有这样了？有同类同我做一样的运动，同样在这沙漠中生存……父亲的遗愿就是让我来找他，我感到了这个！

我是一只沦陷在沙漠里的小动物，这种沦陷是我追求的结果。在这个中间地带，我幻想着大地之上的梧桐树叶，我也没有忘记我的黑暗中的同类。